mtb

Julia Quinn

Frivole Tücken einer Lady

Roman

Aus dem Amerikanischen von
Petra Lingsminat

MIRA® TASCHENBUCH
Band 25801
1. Auflage: Dezember 2014

MIRA® TASCHENBÜCHER
erscheinen in der Harlequin Enterprises GmbH,
Valentinskamp 24, 20354 Hamburg
Geschäftsführer: Thomas Beckmann

Titel der nordamerikanischen Originalausgabe:
Just Like Heaven

erschienen bei: Avon Books, New York

Konzeption / Reihengestaltung: fredebold&partner GmbH, Köln
Umschlaggestaltung: pecher und soiron, Köln
Redaktion: Bettina Lahrs
Titelabbildung: Harlequin Enterprises S.A., Schweiz
Autorenfoto: © Rex Rysted / Seattlephoto.com
Satz: GGP Media GmbH, Pößneck
Druck und Bindearbeiten: CPI – Ebner & Spiegel, Ulm
Printed in Germany
Dieses Buch wurde auf FSC®-zertifiziertem Papier gedruckt.
ISBN 978-3-95649-088-0

www.mira-taschenbuch.de

PROLOG

Marcus Holroyd war ein einsames Kind.

Als er vier Jahre alt war, starb seine Mutter, was sich jedoch erstaunlicherweise kaum auf sein Leben auswirkte. Die Countess of Chatteris sorgte für ihren Sohn genau so, wie *ihre* Mutter sich um ihre Kinder gekümmert hatte – aus der Ferne. Dabei war sie nicht leichtfertig: Sie gab sich vielmehr größte Mühe, für den kleinen Erben ihres Gatten die beste Kinderfrau aufzutreiben, die es gab. Miss Pimm war jenseits der Fünfzig und hatte bereits die Erben zweier Herzöge und eines Viscounts versorgt. Lady Chatteris hatte ihr Baby in Pimms Arme gelegt, die Kinderfrau noch rasch daran erinnert, dass der Earl keine Erdbeeren vertrug, das Baby also wohl auch nicht, und sich dann erleichtert in die Vergnügungen der Londoner Saison gestürzt.

Marcus hatte seine Mutter bis zu ihrem Tod genau sieben Mal zu Gesicht bekommen.

Lord Chatteris konnte dem Landleben mehr abgewinnen als seine Frau und war daher öfter in Fensmore anzutreffen, einem weitläufigen Tudorbau im nördlichen Cambridgeshire, der den Holroyds seit Generationen als Familiensitz diente. Er kümmerte sich um seinen Sohn, wie sein eigener Vater sich um ihn gekümmert hatte. Das hieß, er sorgte dafür, dass Marcus mit drei Jahren aufs Pferd gesetzt wurde. Ansonsten sah er keinen Anlass, sich weiter mit dem Kind abzugeben, ehe es alt genug für ein halbwegs vernünftiges Gespräch war.

Der Earl wollte nicht wieder heiraten. Als man ihm nahelegte, einen zweiten Sohn zu zeugen, der seinen Erben notfalls ersetzen könne, nahm er Marcus gründlich in Augenschein und sah einen recht intelligenten, erfreulich sportlichen und hinreichend gut aussehenden Knaben. Vor allem aber war er kerngesund. Da mit dem vorzeitigen Ableben seines Nachkommen also nicht zu rechnen war, sah der Earl keinen Grund, noch einmal auf

Brautschau zu gehen oder, schlimmer noch, sich erneut mit einer Ehefrau zu arrangieren. Stattdessen beschloss er, in seinen einzigen Sohn zu investieren.

Marcus hatte die besten Hauslehrer. Seine Ausbildung war in jeder erdenklichen Hinsicht die eines Gentlemans. Er konnte die regionale Flora und Fauna benennen. Er ritt, als wäre er im Sattel auf die Welt gekommen, und wenn er mit seinen Fecht- und Schießkünsten auch keinen Preis gewinnen würde, so war er doch besser als die meisten. Er konnte multiplizieren und Zahlenkolonnen addieren, ohne dabei einen Tropfen Tinte zu verschwenden. Als er zwölf Jahre alt war, konnte er Latein und Griechisch lesen.

Ungefähr zu dieser Zeit befand sein Vater, der Sohn sei nun zu einer vernünftigen Unterhaltung fähig – und damit reif für den nächsten Schritt seiner Ausbildung.

Marcus sollte Fensmore verlassen und nach Eton gehen. Alle männlichen Holroyds hatten dort das Internat besucht. Für den Knaben war dies die günstigste und glücklichste Wendung, die sein junges Leben nehmen konnte. Denn was Marcus Holroyd, Erbe des Earl of Chatteris, nicht besaß, das waren Freunde.

Er hatte tatsächlich keinen einzigen Freund.

Im Norden von Cambridgeshire wohnten keine gesellschaftlich passenden Knaben, mit denen er hätte spielen können. Die nächsten Nachbarn von Adel waren die Crowlands, und die hatten nur Mädchen. Die nächstbeste Familie entstammte dem niederen Landadel, was in dieser Lage noch akzeptabel gewesen wäre, doch die Söhne waren alle im falschen Alter. Bauernkinder kamen als Gefährten für seinen Sohn nicht infrage, und so heuerte Lord Chatteris einfach noch mehr Hauslehrer an. Ein Knabe, der viel zu tun hatte, kam gar nicht erst dazu, sich einsam zu fühlen. Abgesehen davon konnte *sein* Sohn ja wohl kaum Interesse daran haben, mit den wilden Bäckergören über die Felder zu toben.

Hätte der Earl Marcus gefragt, hätte er möglicherweise eine andere Antwort erhalten. Doch er sah seinen Sohn nur einmal am Tag vor der Abendmahlzeit für ungefähr zehn Minuten. Anschließend ging Marcus hinauf in den Kindertrakt, der Earl begab sich in den eleganten Speisesaal, und damit hatte es sich.

Im Nachhinein betrachtet war es ein Wunder, dass Marcus in Eton nicht kreuzunglücklich wurde. Schließlich hatte er keine Ahnung, wie er sich seinen Altersgenossen gegenüber verhalten sollte. Während sich die anderen Knaben am ersten Schultag wie ein Haufen Wilder gebärdeten (wie der Kammerdiener seines Vaters, der ihn ins Internat brachte, pikiert angemerkt hatte), stand Marcus am Rand, bemühte sich, die anderen nicht zu sehr anzustarren – und so zu tun, als *wollte* er mit abgewandtem Blick am Rand stehen.

Er wusste nicht, wie er sich verhalten sollte. Er wusste nicht, was er sagen sollte.

Daniel Smythe-Smith hatte in dieser Hinsicht keine Probleme.

Daniel Smythe-Smith war nicht nur der Erbe des Earl of Winstead, er hatte auch fünf Geschwister und zweiunddreißig Vettern und Cousinen und war entsprechend geübt im Umgang mit Gleichaltrigen. Sein ungezwungenes Lächeln und fröhliches Selbstvertrauen machten ihn binnen Stunden zum unangefochtenen König unter den jüngsten Schülern in Eton. Und er war tatsächlich der geborene Anführer – so selbstverständlich, wie er Witze machte, konnte er auch Entscheidungen fällen.

Er bekam das Bett direkt neben Marcus zugewiesen.

Sie wurden die besten Freunde, und als Daniel ihn in den ersten Ferien zu sich nach Hause einlud, fuhr Marcus mit ihm mit. Daniels Familie lebte auf Whipple Hill, nicht weit entfernt von Windsor, es war ihm also ein Leichtes, öfter nach Hause zu fahren. Marcus hingegen … Nun, es war nicht so, als hätte er hoch oben in Schottland gewohnt, aber auch bis in den Norden von Cambridgeshire war es mehr als eine Tagesreise. Außerdem war sein Vater für die kleinen Ferien auch nie nach Hause gefahren und sah nun keinen Grund, warum sein Sohn es tun sollte.

Als die nächsten Ferien näher rückten, lud Daniel Marcus erneut ein, und wieder fuhr er mit.

Und das nächste Mal auch.

Und das übernächste Mal auch.

Schließlich verbrachte er mehr Zeit bei den Smythe-Smiths als bei seiner eigenen Familie. Die bestand zwar, musste er der Gerechtigkeit halber einräumen, nur noch aus seinem Vater, aber trotzdem: Selbst wenn Marcus das Ganze auf sämtliche beteiligten Personen umrechnete (was er öfter tat), verbrachte er immer noch mehr Zeit mit jedem einzelnen Smythe-Smith als mit seinem eigenen Vater.

Sogar mit Honoria.

Honoria war Daniels jüngste Schwester. Im Unterschied zu den restlichen Smythe-Smiths hatte sie keine Geschwister in ihrem Alter. Sie war der fünf Jahre jüngere Nachzügler, ein vermutlich freudiger Unfall, mit dem Lady Winstead ihre erstaunlich fruchtbare Laufbahn krönte.

Aber fünf Jahre zur Nächstjüngeren waren ein großer Altersunterschied, vor allem, wenn man selbst erst sechs war, wie Honoria bei Marcus' erstem Besuch. Ihre drei älteren Schwestern waren damals bereits verlobt oder verheiratet, und die elfjährige Charlotte wollte nichts von ihr wissen. Daniel eigentlich auch nicht, doch Honorias Liebe war mit der Entfernung offenbar ins Unermessliche gewachsen: Sobald ihr Bruder nach Hause kam, wich sie ihm nicht mehr von der Seite.

„Schau ihr bloß nicht in die Augen", sagte Daniel einmal zu Marcus, als sie versuchten, die anhängliche Kleine auf einem Spaziergang zum See abzuschütteln. „Sobald wir sie wahrnehmen, ist alles vorbei."

Entschlossen und mit gesenktem Kopf strebten sie voran. Sie wollten zum Angeln, und als Honoria beim letzten Mal mitgekommen war, hatte sie die Würmer ausgekippt.

„Daniel!“, schrie sie gellend.

„Einfach nicht beachten“, murmelte Daniel.

„Daniel!!!“ Das Schreien schwoll jetzt zu einem ohrenbetäubenden Kreischen an.

Daniel kniff die Augen zusammen. „Schneller. Wenn wir es in den Wald schaffen, können wir sie abhängen.“

„Sie weiß doch, wo der See ist“, gab Marcus zu bedenken.

„Ja, aber …“

„*Daniel!!!!!!!*“

„… aber sie weiß, dass Mutter ihr den Kopf abreißt, wenn sie allein in den Wald geht. Nicht einmal Honoria ist so dumm, Mutters Zorn derart herauszufordern.“

„Dan…“ Doch sie unterbrach sich. Und wimmerte dann so elend, dass man gar nicht anders konnte, als sich zu ihr umzudrehen: „Marcus?“

Er drehte sich um.

„Neiiiiiiiiiin!“, stöhnte Daniel.

„Marcus!“, rief Honoria beglückt. Sie hüpfte näher und blieb dann vor ihnen stehen. „Wohin wollt ihr?“

„Wir gehen angeln“, knurrte Daniel, „und du kommst nicht mit.“

„Aber ich angle gern.“

„Ich auch. Ohne dich.“

Jämmerlich verzog sie das Gesicht.

„Wein doch nicht“, sagte Marcus rasch.

Daniel ließ sich nicht beeindrucken. „Die tut doch nur so.“

„Ich tue nicht nur so!“

„Wein doch bitte nicht“, bat Marcus noch einmal, denn das schien ihm wirklich das Allerwichtigste.

„Ich weine nicht, wenn ich mit euch angeln gehen darf“, erklärte sie mit den Wimpern klimpernd.

Woher wusste eine Sechsjährige, wie man mit den Wimpern klimperte? Aber vielleicht war es auch nur Zufall, denn im nächsten Augenblick verzog sie wieder das Gesicht und rieb sich die Augen.

„Was ist denn jetzt schon wieder?“, fragte Daniel.

„Ich hab etwas im Auge.“

„Vielleicht eine Fliege“, vermutete Daniel arglistig.

Honoria schrie entsetzt auf.

„Das zu sagen, war vielleicht doch nicht so klug“, merkte Marcus an.

„Holt sie raus! Holt sie raus!“, kreischte Honoria.

„Jetzt beruhig dich mal wieder“, sagte Daniel. „Dir fehlt doch überhaupt nichts.“

Doch sie hörte nicht auf zu kreischen und fuhr sich mit den Händen im Gesicht herum. Schließlich legte Marcus seine Hände sanft auf ihre und hielt ihren Kopf ganz ruhig. „Honoria“, sagte er in bestimmtem Ton. „Honoria!“

Sie blinzelte, keuchte und beruhigte sich schließlich.

„Da ist gar keine Fliege“, sagte er zu ihr.

„Aber …“

„Wahrscheinlich war es eine Wimper.“

Ihre Lippen rundeten sich zu einem kleinen O.

„Kann ich dich jetzt loslassen?“

Sie nickte.

„Und du fängst nicht wieder an zu kreischen?“

Sie schüttelte den Kopf.

Ganz langsam gab Marcus sie frei und trat einen Schritt zurück.

„Kann ich mit euch kommen?“, fragte sie.

„Nein!“, heulte Daniel auf.

Marcus wollte Honoria eigentlich auch nicht dabeihaben. Sie war *sechs*. Und ein Mädchen. „Wir haben alle Hände voll zu tun“, erklärte er, klang dabei aber viel weniger entrüstet als Daniel.

„Bitte!"

Marcus stöhnte. Sie wirkte so verloren, wie sie da mit ihren tränennassen Wangen stand. Ihr hellbraunes Haar, das zu einem Seitenscheitel frisiert war und auf der anderen Seite von einer Spange festgehalten wurde, hing ihr ziemlich kraftlos auf die Schultern herab. Und ihre Augen – beinahe von derselben Farbe wie Daniels, ein ganz ungewöhnliches Lilablau – waren so riesig und so tränenfeucht und …

„Ich habe dir doch gesagt, dass du ihr nicht in die Augen schauen sollst", schimpfte Daniel.

Marcus stöhnte. Er hatte verloren. „Na gut, ausnahmsweise."

„Oh, prima!" Honoria machte einen kleinen Luftsprung, der an ein verschrecktes Kätzchen erinnerte, und schloss Marcus dann spontan, aber zum Glück nur kurz in die Arme. „Oh, danke, Marcus, danke! Du bist der Beste! Der Allerbeste!" Dann warf sie ihrem Bruder aus schmalen Augen einen beängstigend erwachsenen Blick zu. „Im Gegensatz zu dir."

Daniels Miene stand ihrer an Boshaftigkeit nicht nach. „Ich bin *stolz* darauf, der Allerschlimmste zu sein!"

„Mir doch egal!", verkündete sie. Sie nahm Marcus bei der Hand. „Gehen wir?"

Marcus blickte auf ihre Hand in seiner. Es war ein vollkommen fremdes Gefühl, und in seiner Brust regte sich ein merkwürdiges, vage unangenehmes Ziehen, das er mit einiger Verspätung als Panik erkannte. Er konnte sich nicht erinnern, wann ihn das letzte Mal jemand bei der Hand genommen hatte. Seine Kinderfrau vielleicht? Nein, die hatte ihn lieber am Handgelenk gepackt. Auf die Art könne sie ihn besser festhalten, hatte er sie einmal zur Haushälterin sagen hören.

Sein Vater? Seine Mutter, bevor sie gestorben war?

Sein Herz pochte, und er spürte, wie Honorias kleine Hand in seiner allmählich feucht wurde. Anscheinend hatte er zu schwitzen begonnen, vielleicht auch sie, aber eigentlich war er sicher, dass er es war.

Er blickte auf sie herab. Sie strahlte ihn an.

Abrupt ließ er ihre Hand los. „Ähm, wir müssen jetzt los“, sagte er verlegen, „solange es noch hell genug ist.“

Beide Smythe-Smiths warfen ihm einen merkwürdigen Blick zu. „Es ist noch nicht mal Mittag“, meinte Daniel. „Wie lang wolltest du denn angeln gehen?“

„Ich weiß nicht“, erklärte Marcus abwehrend. „Es könnte ja ein bisschen dauern.“

Daniel schüttelte den Kopf. „Vater hat den See gerade erst neu bestückt. Wahrscheinlich würde man schon einen Fisch fangen, wenn man nur einen Stiefel durchs Wasser zieht.“

Honoria keuchte vor Entzücken laut auf.

Sofort drehte Daniel sich zu ihr um. „Komm bloß nicht auf die Idee, das auszuprobieren.“

„Aber …“

„Wenn meine Stiefel irgendwo am Wasser auftauchen, lasse ich dich vierteilen, ehrlich.“

Schmollend schob sie die Lippen vor und murmelte: „Ich hätte ja meine *eigenen* Stiefel genommen.“

Marcus lachte leise auf. Honoria sah zu ihm hoch; ihre Miene verriet, wie sehr sie sich verraten fühlte.

„Dann hätten es aber ganz kleine Fische sein müssen“, sagte er rasch.

Das schien sie nicht zufriedenzustellen.

„Wenn sie so klein sind, kann man sie nicht essen“, sagte er versuchsweise. „Sie bestehen dann nur aus Gräten.“

„Gehen wir“, brummte Daniel. Und so brachen sie auf, marschierten zu dritt durch den Wald, wobei Honoria sich mächtig anstrengen musste, mit ihren kleinen Beinchen Schritt zu halten.

„Eigentlich mag ich Fische gar nicht“, plapperte sie, eifrig bemüht, ein Gespräch in Gang zu halten. „Sie riechen grässlich. Und sie schmecken so fischig …“

Und auf dem Rückweg:

„… ich finde ja immer noch, dass der Rosafarbene groß genug zum Essen gewesen wäre. Wenn man Fisch mag. Ich mag Fisch ja nicht. Aber wenn man Fisch *mag* …

„Erlaub ihr bloß nie wieder mitzukommen“, sagte Daniel zu Marcus.

„… ich ja nicht. Aber Mutter mag Fisch, glaube ich. Und bestimmt hätte sie den *rosa* Fisch ganz besonders gemocht …“

„Mach ich ganz bestimmt nicht“, versprach Marcus. Es kam ihm zwar ziemlich unhöflich vor, ein kleines Mädchen so zu kritisieren, aber Honoria war furchtbar anstrengend.

„… Charlotte würde ihn aber nicht mögen. Charlotte hasst Rosa. Sie will nichts Rosanes tragen. Sie sagt, sie sieht dann ganz ausgemergelt aus. Ich weiß nicht, was ausgemergelt bedeutet, aber es klingt ziemlich unangenehm. Mir gefällt ja Lavendel gut.“

Die beiden Knaben stießen unisono einen tiefen Seufzer aus und wären einfach weitergegangen, wenn ihnen Honoria nicht plötzlich in den Weg gesprungen wäre und breit grinsend erklärt hätte: „Er passt zu meinen Augen.“

„Der Fisch?“, fragte Marcus und schaute auf den Eimer in seiner Hand. Darin schwammen drei ausgewachsene Forellen. Sie hätten noch mehr gehabt, wenn Honoria nicht aus Versehen den Eimer umgeworfen und Marcus’ erste beiden Fänge in den See zurückgekippt hätte.

„Nein. Hast du nicht *zugehört*?“

An diesen Augenblick würde er sich immer erinnern. Es war das erste Mal, dass er mit der wohl ärgerlichsten Eigenheit des weiblichen Geschlechts konfrontiert wurde: eine Frage zu stellen, auf die es nichts als falsche Antworten gab.

„*Lavendel* passt zu meinen Augen“, wiederholte Honoria mit Nachdruck. „Das hat Papa mir gesagt.“

„Dann muss es auch wahr sein“, versicherte Marcus erleichtert. Sie wickelte sich eine Haarsträhne um den Finger, doch die Locke löste sich gleich wieder auf, als sie losließ. „Braun passt zu meinem Haar, aber ich mag Lavendel lieber.“

Marcus setzte den Eimer ab. Er wurde allmählich schwer, und der Henkel schnitt ihm in die Handfläche.

„Oh nein“, sagte Daniel, packte mit der freien Hand Marcus’ Eimer und gab ihn seinem Freund zurück. „Wir gehen nach Hause.“ Erbost funkelte er Honoria an. „Aus dem Weg.“

„Warum bist du zu allen nett, bloß zu mir nicht?“, fragte sie.

„Weil du eine schreckliche Nervensäge bist!“ Jetzt schrie ihr Bruder beinahe.

Er hatte recht, aber Marcus tat die Kleine trotzdem leid. Manchmal. Sie war praktisch ein Einzelkind, und wie sich das anfühlte, wusste er genau. Sie wollte doch nur dazugehören, bei Spielen und Festen und all den anderen Aktivitäten mitmachen, für die ihre Familie sie dauernd für zu jung erklärte.

Honoria nahm den verbalen Schlag hin, ohne mit der Wimper zu zucken. Sie stand ganz still und starrte ihren Bruder böse an. Dann zog sie einmal laut und deutlich die Nase hoch.

Marcus wünschte, sie hätte ein Taschentuch.

„Marcus“, sagte sie und drehte sich zu ihm um, beziehungsweise wandte vor allem ihrem Bruder den Rücken zu. „Möchtest du eine Teegesellschaft mit mir veranstalten?“

Daniel kicherte spöttisch.

„Ich bringe auch meine schönsten Puppen mit“, erklärte sie tiefernst.

Lieber Himmel, alles, bloß das nicht.

„Kuchen gibt es auch“, fügte sie hinzu. Ihr gezierter, formeller Ton jagte ihm eine Heidenangst ein.

Marcus warf Daniel einen panischen Blick zu, doch von seinem Freund kam keine Hilfe.

„Na, wie ist es?“, hakte Honoria nach.

„Nein!“, platzte Marcus heraus.

„Nein?“ Schon wieder richtete sie diesen tränenfeuchten Blick auf ihn.

„Ich kann nicht. Ich habe zu tun.“

„Was denn?“

Marcus räusperte sich. Zweimal. „Dinge."

„Was für Dinge?"

„*Dinge* eben." Gleich darauf fühlte er sich schrecklich: Gar so unerbittlich hatte er nicht klingen wollen. „Daniel und ich haben schon etwas vor."

Sie wirkte tief verletzt. Ihre Unterlippe fing an zu zittern, und diesmal war es nicht gespielt, davon war Marcus überzeugt.

„Tut mir leid", fügte er hinzu, weil er ihr wirklich nicht hatte wehtun wollen. Aber zum Kuckuck, eine *Teegesellschaft*! Es gab auf der ganzen Welt keinen zwölfjährigen Jungen, der auf eine Teegesellschaft gehen wollte.

Mit Puppen.

Marcus schauderte.

Honoria lief vor Zorn puterrot an und wirbelte zu ihrem Bruder herum. „Das hat er nur wegen dir gesagt!"

„Ich habe doch gar nichts gemacht", verteidigte sich Daniel.

„Ich hasse euch!", erklärte sie mit gepresster Stimme. „Ich hasse euch alle beide." Dann schrie sie es noch einmal heraus: „Ich hasse euch! Vor allem dich, Marcus. Ich hasse dich!"

Und dann rannte sie ins Haus, so schnell ihre dünnen Beinchen sie tragen wollten, was nicht sehr schnell war. Marcus und Daniel standen da und sahen ihr schweigend nach.

Als sie beinahe am Haus angekommen war, nickte Daniel und sagte: „Sie hasst dich. Jetzt gehörst du ganz offiziell zu unserer Familie."

Und so war es auch. Von diesem Augenblick an gehörte er dazu.

Bis zum Frühling 1821, als Daniel alles kaputtmachte.

1. KAPITEL

März 1824
Cambridge

Lady Honoria Smythe-Smith war verzweifelt.

Sie sehnte sich nach etwas Sonnenschein, einem Ehemann und – sie betrachtete seufzend ihre kaputten blauen Slipper – nach einem Paar neuer Schuhe.

Sie ließ sich auf die Steinbank vor Mr Hillefords Tabakladen für den geschmacksbewussten Gentleman sinken und drängte sich an die Wand – in dem *verzweifelten* Bemühen (schon wieder dieses schreckliche Wort), sich vor dem Regenguss zu schützen. Es regnete in Strömen. *In Strömen.* Es tröpfelte nicht, es regnete nicht, es schüttete wie aus den sprichwörtlichen Eimern, wenn nicht gar aus Fässern.

Aus großen Fässern.

Und es stank. Bisher hatte Honoria immer gedacht, Zigarrenrauch wäre der übelste Geruch, den sie kannte, aber nun musste sie feststellen, dass Moder noch schlimmer war: An der Außenwand von Mr Hillefords Tabakladen für den geschmacksbewussten Gentleman, dem es egal war, wenn seine Zähne gelb wurden, wucherte etwas verdächtig Schwarzes in die Höhe, das nach Tod und Verderben roch.

Wirklich, könnte sie sich in einer noch schlimmeren Lage befinden?

Vermutlich. Aber es war schlimm genug. Denn sie war (natürlich) völlig allein gewesen, als die ersten Regentropfen unvermutet zum Wolkenbruch angeschwollen waren. Ihre Gefährtinnen kramten derweil selig in Miss Pilasters warmem, gemütlichem Putzladen auf der anderen Straßenseite herum. Dort gab es nicht nur hübsche Bänder und Spitzen zu bewundern, es roch auch sehr viel besser als in (oder vor) Mr Hillefords Geschäftsräumen.

Miss Pilaster verkaufte Parfüm. Miss Pilaster verkaufte getrocknete Rosenblätter und kleine Kerzen, die nach Vanille dufteten.

Mr Hilleford baute Schimmel an.

Honoria seufzte. Ihr Leben war ein Desaster.

Sie hatte nur noch rasch die Auslage eines Buchladens begutachten wollen und ihren Freundinnen versprochen, gleich in Miss Pilasters Laden zu ihnen zu stoßen. Doch dann trödelte sie zu lange herum, und gerade, als sie endlich aufbrechen wollte, hatte der Himmel seine Schleusen geöffnet. Ihr war gar nichts anderes übrig geblieben, als unter der einzigen Markise Zuflucht zu suchen, die auf der Südseite der Cambridge High Street zu finden war.

Betrübt starrte sie in den Regen, der auf die Straßen prasselte. Die Tropfen schlugen mit beträchtlicher Macht auf dem Pflaster auf, spritzen und stieben auf wie winzig kleine Explosionen. Der Himmel verdunkelte sich zusehends, und wenn Honoria sich auch nur ein wenig mit dem englischen Wetter auskannte, dann würde der Wind jeden Augenblick auffrischen – und ihre erbärmliche Zuflucht unter Mr Hillefords Markise völlig nutzlos sein.

Unmutig verzog sie den Mund und spähte zum Himmel empor.

Ihre Füße waren nass.

Ihr war kalt.

Und sie hatte England in ihrem ganzen Leben noch nie verlassen, was bedeutete, dass sie sich mit dem englischen Wetter tatsächlich bestens auskannte und ihr folglich in etwa drei Minuten noch elender und kälter sein würde als jetzt.

Was sie eigentlich gar nicht für möglich gehalten hatte.

„Honoria?"

Sie blinzelte und wandte den Blick vom Himmel zu der Kutsche, die eben vor ihr zum Stehen gekommen war.

„Honoria?"

Diese Stimme kannte sie. „Marcus?“

Ach, du lieber Himmel, *das* hatte ihr zu ihrem Glück gerade noch gefehlt. Marcus Holroyd, der Earl of Chatteris, der frohgemut in seiner plüschigen Kutsche im Trockenen saß. Honoria merkte, dass ihr vor Überraschung immer noch der Mund offenstand, obwohl es doch eigentlich gar nicht erstaunlich war, dass sie Marcus hier traf. Er lebte schließlich in Cambridgeshire, nicht allzu weit von der Stadt entfernt. Außerdem, wenn schon jemand sie entdecken musste, während sie aussah wie eine völlig durchweichte Katze, dann war das natürlich er.

„Lieber Himmel, Honoria“, sagte er und blickte auf seine hochmütige Art auf sie herunter, „dir muss doch eiskalt sein.“

Sie zuckte leicht mit den Schultern. „Es ist ein bisschen frisch.“

„Was machst du hier?“

„Mir die Schuhe ruinieren.“

„Was?“

„Einkaufen“, sagte sie und deutete auf die andere Straßenseite. „Mit ein paar Freundinnen. Und Cousinen.“ Nicht dass ihre Cousinen nicht auch Freundinnen gewesen wären. Aber sie hatte so viele Cousinen, dass sie fast wie eine eigene Kategorie wirkten.

Die Tür wurde noch weiter aufgedrückt. „Steig ein“, sagte er. Nicht: *Würdest du bitte einsteigen?* oder: *Bitte, du musst jetzt erst mal ins Trockene.* Sondern nur: Steig ein.

Eine andere junge Frau hätte vielleicht nur das Haar zurückgeworfen und gesagt: *Von dir lasse ich mich nicht herumkommandieren!* Eine dritte, weniger stolze junge Frau hätte es wenigstens gedacht, selbst wenn sie sich nicht getraut hätte, es zu sagen. Aber Honoria fror, und ihr Wohlergehen war ihr wichtiger als ihr Stolz, und außerdem war das Marcus Holroyd, den sie kannte, seit sie ein kleines Mädchen war.

Seit sie sechs war, um genau zu sein.

Vermutlich war es ihr damals auch zum letzten Mal gelungen, sich ihm vorteilhaft zu präsentieren, dachte sie und verzog peinlich berührt das Gesicht. Mit sieben hatte sie sich bereits zu einer derartigen Plage entwickelt, dass Marcus und ihr Bruder Daniel sie nur noch Moskito nannten. Als sie sich daraufhin geschmeichelt gab und betonte, wie sehr ihr der exotische und gefährliche Klang des Worts gefalle, hatten die beiden Knaben nur gegrinst und sie stattdessen Mücke gerufen.

Und dieser Name war an ihr hängen geblieben.

Er hatte sie zudem auch schon nasser gesehen. Mit acht war sie einmal ins Geäst der alten Eiche auf Whipple Hill geklettert, im festen Glauben, man könne sie dort nicht sehen. Marcus und Daniel, die am Fuß des Baums – unter Ausschluss der Mädchenwelt – ein Fort errichtet hatten, warfen mit kleinen Steinchen nach ihr, bis sie den Halt verlor und herunterfiel.

Es wäre, stellte sie im Nachhinein fest, vermutlich wirklich klüger gewesen, sich nicht ausgerechnet auf dem Ast niederzulassen, der über dem Teich hing.

Marcus hatte sie immerhin aus der Brühe gefischt, was mehr war, als sie von ihrem eigenen Bruder behaupten konnte.

Marcus Holroyd, dachte sie reuig. Seit sie denken konnte, gehörte er zu ihrem Leben. Sie kannte ihn, bevor er Lord Chatteris geworden war und Daniel Lord Winstead. Bevor Charlotte, die Schwester, die ihr im Alter am nächsten stand, geheiratet und ihr Heim verlassen hatte.

Und bevor Daniel sie verlassen hatte.

„*Honoria.*“

Sie sah auf. Marcus’ Stimme klang ungeduldig, doch in seiner Miene zeigte sich auch leise Sorge. „Steig ein“, wiederholte er.

Sie nickte gehorsam, nahm seine große Hand und ließ sich von ihm in die Kutsche helfen. „Marcus“, sagte sie und versuchte, so elegant und anmutig in den Sitz zu sinken, wie sie das in einem vornehmen Salon getan hätte. Die Pfützen, die sich zu ihren Füßen sammelten, strafte sie mit Nichtachtung. „Was für eine reizende Überraschung, dir hier zu begegnen.“

Er starrte sie nur an, und seine dunklen Brauen berührten sich beinahe. Bestimmt suchte er wieder mal nach dem effektivsten Weg, sie auszuschelten.

„Ich bin hier in der Stadt untergekommen, bei den Royles", sagte sie, obwohl er sie noch gar nicht danach gefragt hatte. „Wir sind für fünf Tage hier – Cecily Royle, meine Cousinen Sarah und Iris und ich." Sie wartete einen Augenblick, ob in seinen Augen ein Zeichen des Erkennens aufblitzte, und fragte dann: „Du weißt nicht mehr, wer das ist, nicht wahr?"

„Du hast so viele Cousinen", erklärte er.

„Sarah ist diejenige mit den dicken dunklen Haaren und Augen."

„Dicke Augen?", murmelte er und grinste ein wenig.

„Marcus!"

Er lachte. „Also schön. Dicke Haare. Dunkle Augen."

„Iris hat sehr helle Haut. Und rotblondes Haar", führte sie weiter aus. „Du erinnerst dich immer noch nicht."

„Sie kommt aus dieser Blumenfamilie."

Honoria seufzte leicht gereizt. Es stimmte, dass ihr Onkel William und ihre Tante Maria beschlossen hatten, ihre Töchter Rose, Lavender, Iris und Daisy zu nennen, aber trotzdem …

„Miss Royle kenne ich", sagte Marcus.

„Sie ist ja auch deine Nachbarin. Die musst du schließlich kennen."

Er zuckte nur mit den Schultern.

„Jedenfalls sind wir hier in Cambridge, weil Cecilys Mutter fand, wir könnten alle ein wenig Schliff vertragen."

Sein Mund verzog sich zu einem etwas spöttischen Lächeln. „Schliff?"

Honoria fragte sich in der Tat, warum Mädchen immer „ein wenig Schliff" brauchten, während Knaben einfach auf die Schule gehen durften. „Sie hat zwei Professoren bestochen, damit sie uns bei ihren Vorlesungen zuhören lassen."

„Wirklich?" Er klang neugierig. Und skeptisch.

„Über das Leben und Wirken von Queen Elizabeth", erläuterte Honoria pflichtbewusst. „Und danach irgendetwas Griechisches."

„Du verstehst Griechisch?"

„Keine von uns", räumte sie ein. „Aber der Professor war der einzige andere, der sich bereit erklärt hatte, Frauen zu unterrichten." Sie verdrehte unmutig die Augen. „Er will seine Vorlesung zweimal hintereinander halten. Wir müssen in einem Büro warten, bis die Studenten den Vorlesungssaal verlassen haben, damit sie uns nicht sehen und womöglich den Verstand verlieren."

Marcus nickte nachdenklich. „Für einen Herrn ist es unmöglich, sich im Beisein derart holder Weiblichkeit auf seine Studien zu konzentrieren."

Für einen kurzen Augenblick glaubte Honoria, es sei sein Ernst. Doch nach einem kurzen Seitenblick prustete sie vor Lachen. „Nimm mich nicht auf den Arm", sagte sie und boxte ihn leicht gegen die Schulter. Derartige Vertraulichkeiten wären in London unerhört gewesen, doch hier und mit Marcus …

Schließlich war er fast ihr Bruder.

„Wie geht es deiner Mutter?", erkundigte er sich.

„Gut", erwiderte Honoria, obwohl das eigentlich nicht stimmte. Lady Winstead hatte sich nie recht von dem Skandal erholen können, der Daniel damals zwang, das Land zu verlassen. Sie schwankte in ihrem Verhalten zwischen zwei Extremen: Mal regte sie sich über die geringste Kränkung auf, dann wieder tat sie so, als hätte ihr Sohn nie existiert.

Es war … schwierig.

„Sie hofft, sich nach Bath zurückziehen zu können", fügte Honoria hinzu. „Dort lebt ihre Schwester, und ich könnte mir vorstellen, dass die beiden gut miteinander auskommen. London gefällt ihr eigentlich nicht."

„Deiner Mutter?", fragte Marcus einigermaßen überrascht.

„Nicht so wie früher", erklärte Honoria. „Nicht seit Daniel … Na ja, du weißt schon."

Marcus presste die Lippen zusammen. Er wusste es nur zu gut!

„Sie glaubt, dass die Leute immer noch darüber reden", sagte Honoria.

„Und, tun sie das?"

Hilflos zuckte sie mit den Achseln. „Keine Ahnung. Ich glaube nicht. Mir hat bis jetzt noch niemand die kalte Schulter gezeigt. Außerdem liegt die Sache schon drei Jahre zurück. Sollte man da nicht meinen, dass die Leute inzwischen etwas anderes gefunden haben, über das sie reden können?"

„Ich hätte gedacht, dass die Leute selbst damals, als es passiert ist, über etwas anderes hätten reden können", sagte er düster.

Angesichts seiner finsteren Miene zog Honoria die Brauen hoch. Kein Wunder, dass er so viele Debütantinnen abschreckte. Ihre Freundinnen hatten alle panische Angst vor ihm.

Nun ja, so ganz stimmte das nicht. Sie fürchteten sich nur dann, wenn sie sich in seiner Nähe aufhielten. Die übrige Zeit saßen sie an ihren Schreibpulten und malten seinen Namen, verschnörkelt mit ihrem eigenen, das Ganze verziert mit lächerlichen Herzchen und Engelchen.

Marcus Holroyd war eben eine schrecklich gute Partie.

Nicht etwa, weil er so schön gewesen wäre, denn das war er nicht, jedenfalls nicht im herkömmlichen Sinn. Zwar hatten seine Haare und Augen einen ansprechenden dunklen Ton, doch seine Züge verrieten eine gewisse Härte, fand Honoria. Die Stirn zu schwer, die Brauen zu gerade, und seine Augen lagen ein wenig zu tief in den Höhlen.

Trotzdem hatte er etwas an sich, was Aufmerksamkeit erregte. Er strahlte eine gewisse arrogante Überlegenheit aus, fast schon Missbilligung. Jedenfalls wirkte er so, als würde er keinerlei Unfug dulden.

Vielleicht waren die Mädchen, die meist den lieben langen Tag nichts als Unfug trieben, gerade deshalb so verrückt nach ihm.

Sie tuschelten über ihn, als wäre er irgendein düsterer Romanheld – oder doch zumindest der geheimnisvolle und romantische Schurke, der nur durch die Liebe einer schönen Maid erlöst werden konnte.

Für Honoria hingegen war er einfach nur Marcus. Was allerdings in Wahrheit alles andere als einfach war. Einerseits hasste sie seine herablassende Art. Unter seinen missbilligenden Blicken fühlte sie sich jedes Mal wieder wie damals – wie ein nervtötendes Kind oder eine unbeholfene Heranwachsende.

Doch gleichzeitig empfand sie seine Nähe als ungeheuer wohltuend. In jüngster Zeit kreuzten sich ihre Wege nicht mehr so oft wie früher – mit Daniels Weggang hatte sich alles verändert –, aber wenn sie einen Raum betrat, und er war auch da …

Dann wusste sie es sofort, spürte es einfach.

Merkwürdigerweise gefiel ihr das.

„Fährst du zur Saison nach London?", fragte sie jetzt höflich.

„Nicht die ganze Zeit", erwiderte er mit unergründlicher Miene. „Ich muss mich hier um einiges kümmern."

„Oh, ich verstehe."

„Und du?", fragte er.

Sie blinzelte.

„Fährst du zur Saison nach London?", präzisierte er.

Sie starrte ihn mit offenem Mund an. Das konnte er doch unmöglich ernst meinen, oder? Wohin sollte sie denn sonst gehen, als unverheiratete Frau? Es war ja nicht so, als ob …

„Machst du dich lustig über mich?", erkundigte sie sich misstrauisch.

„Aber nein." Doch er lächelte.

„Das ist nicht komisch", erklärte sie. „Es ist ja nicht so, als könnte ich es mir aussuchen. Ich muss zur Saison nach London. Ich bin verzweifelt auf der Suche nach einer angemessenen Partie."

„Verzweifelt", wiederholte er und schaute sie skeptisch an. Wie so oft.

„In diesem Jahr *muss* ich einfach einen Mann finden." Sie ertappte sich dabei, wie sie den Kopf schüttelte, aber wogegen verwahrte sie sich eigentlich? Ihre Lage war schließlich nicht viel anders als die ihrer Freundinnen. Sie war nicht die einzige junge Dame, die auf Heirat hoffte. Aber sie suchte nicht etwa deshalb einen Mann, weil sie den Ring an ihrem Finger bewundern oder sich im Glanz ihres neuen Status als flotte junge Ehefrau sonnen wollte. Sie wollte endlich einen eigenen Haushalt. Eine eigene Familie – eine große, laute, die nicht immer nur auf Manieren achtete.

Sie hatte die Stille so satt, die seit einiger Zeit in ihrem Zuhause herrschte. Sie konnte es nicht ertragen, dass das Klicken ihrer Absätze auf dem Fußboden so oft das einzige Geräusch war, das sie den ganzen Nachmittag über zu hören bekam.

Sie brauchte einen Ehemann. Es war der einzige Ausweg.

„Ach, nun komm schon, Honoria", sagte Marcus, und sie brauchte sein Gesicht gar nicht zu sehen, um zu wissen, welche Miene er aufgesetzt hatte – herablassend, skeptisch, gewürzt mit einer Prise *ennui*. „So schlimm kann dein Leben doch gar nicht sein."

Sie knirschte unhörbar mit den Zähnen. Diesen Ton konnte sie gar nicht vertragen. „Vergiss, dass ich überhaupt etwas gesagt habe", brummte sie dann, weil es wirklich keinen Sinn hatte, ihm die Situation erklären zu wollen.

Er atmete tief aus und brachte es fertig, sogar das noch herablassend klingen zu lassen. „Hier jedenfalls wirst du kaum einen Mann finden", stellte er dann fest.

Sie presste die Lippen zusammen und bedauerte, überhaupt etwas gesagt zu haben.

„Die Studenten sind zu jung", erklärte er.

„Sie sind genauso alt wie ich", gab sie zurück und ging ihm damit geradewegs in die Falle.

Aber Marcus kostete seinen Sieg nicht aus, er war nicht der hämische Typ. „Deswegen bist du also in Cambridge, nicht wahr? Um die Studenten zu treffen, die noch nicht nach London abgereist sind?"

Den Blick streng geradeaus gerichtet, erwiderte sie: „Ich habe dir doch gesagt, dass wir hier sind, um die Vorlesungen zu hören."

Er nickte. „Auf Griechisch."

„*Marcus.*"

Jetzt grinste er. Nur, dass es eigentlich kein Grinsen war. Marcus war immer so ernst, so steif, dass ein Grinsen von ihm bei anderen höchstens als halbes Lächeln durchgegangen wäre. Honoria fragte sich, wie oft er wohl *lächelte*, ohne dass es jemand bemerkte. Er konnte wirklich froh sein, dass sie ihn so gut kannte. Jeder andere hätte gedacht, er hätte überhaupt keinen Humor.

„Was war das jetzt?"

Sie zuckte zusammen und sah ihn an. „Was war was?"

„Du hast mit den Augen gerollt."

„Wirklich?" Sie hatte tatsächlich keine Ahnung, ob sie es getan hatte oder nicht. Viel wichtiger war aber: Warum beobachtete er sie so intensiv? Du liebe Güte, das war schließlich *Marcus*! Sie sah aus dem Fenster. „Glaubst du, der Regen hat nachgelassen?"

„Nein", erwiderte er, ohne den Kopf auch nur einen Zoll zu drehen. Warum auch? Der Regen trommelte immer noch gnadenlos auf das Kutschendach. Es war eine dumme Frage gewesen, sie hatte damit nur das Thema wechseln wollen.

„Soll ich dich zu den Royles fahren?", fragte er höflich.

„Nein, danke." Honoria reckte den Hals und versuchte, durch die Scheibe, den Regen und das Schaufenster in Miss Pilasters Laden zu blicken. Sie konnte überhaupt nichts erkennen, doch es war ein guter Vorwand, ihn nicht ansehen zu müssen, und so schaute sie weiter eifrig durch das Kutschenfenster. „Ich gehe gleich zu meinen Freundinnen hinüber."

„Hast du Hunger?", erkundigte er sich. „Ich habe vorhin bei Findle's vorbeigeschaut und ein paar Stücke Kuchen gekauft."

Ihre Miene hellte sich auf. „Kuchen?"

Sie seufzte das Wort eher, als dass sie es sagte. Vielleicht stöhnte sie es auch. Aber es war ihr egal. Er wusste, dass sie eine Schwäche für Süßes hatte, er war da nicht anders. Daniel hatte für Nachtisch nie viel übrig gehabt; als sie klein waren, hatten sie und Marcus sich öfters gemeinsam über einen Teller Kuchen und Plätzchen hergemacht.

Daniel fand, sie sähen dabei aus wie ein Haufen Wilder, worüber Marcus laut lachen musste. Honoria hatte nie verstanden, warum.

Er bückte sich und zog etwas aus einer Schachtel, die auf dem Boden stand. „Schwärmst du immer noch für Schokolade?"

„Aber ja." Sie lächelte verschwörerisch und voller Vorfreude.

Er lachte. „Erinnerst du dich noch an diese Torte, die eure Köchin einmal gebacken hat …"

„Die, die der Hund gefressen hat?"

„Ich habe damals beinahe geweint."

Sie verzog das Gesicht. „Ich glaube, ich habe wirklich geweint."

„Ich hatte gerade mal einen Bissen abbekommen."

„Ich gar nichts", sagte sie sehnsüchtig. „Aber sie hat göttlich geduftet."

„Oh ja." Er sah aus, als würde allein die Erinnerung an jene Torte ihn in Entzücken versetzen. „Oh ja, das hat sie."

„Weißt du, ich hatte ja immer den Verdacht, dass Daniel Buttercup ins Haus gelassen hat."

„Das glaube ich allerdings auch", stimmte Marcus zu. „Er hatte diesen sehr schuldigen Blick …"

„Hoffentlich hast du ihn ordentlich verprügelt."

„Grün und blau", versicherte er.

Sie grinste und fragte dann: „Das stimmt nicht, oder?"

Marcus lachte leise in sich hinein. „Nein, es stimmt nicht." Er bot ihr einen kleinen Schokoladenkuchen an, der dunkel und verlockend auf einem Stück sauberen weißen Papier thronte. Er duftete einfach himmlisch. Honoria schnupperte beglückt.

Dann sah sie Marcus an und musste lächeln. Einen Augenblick lang fühlte sie sich wieder wie das unbeschwerte Mädchen, das sie noch vor wenigen Jahren gewesen war, damals, als die Welt vor ihr gelegen hatte wie eine helle, strahlende, verheißungsvoll glitzernde Kugel. Es war ein Gefühl, von dem sie nicht einmal gewusst hatte, dass sie es vermisste – ein Gefühl der Zugehörigkeit, des Vertrautseins. Das Gefühl, mit jemandem zusammen zu sein, der einen durch und durch kannte und trotzdem noch gern mit einem lachte.

Seltsam, dass ausgerechnet Marcus dieses Gefühl in ihr weckte.

Und dann wiederum auch gar nicht seltsam.

Sie nahm den Kuchen und betrachtete ihn unentschlossen.

„Ich habe leider keinerlei Besteck", sagte Marcus entschuldigend.

„Das könnte ein schreckliches Gematsche geben", gab sie zu bedenken und hoffte, dass er verstand, was sie damit eigentlich meinte: *Bitte sag mir, dass es dir nichts ausmacht, wenn ich dir die ganze Kutsche vollkrümele.*

„Ich nehme auch einen", entschied er. „Damit du dich nicht so allein fühlst."

Sie unterdrückte ein Lächeln. „Das ist überaus großmütig von dir."

„Ich bin mir ganz sicher, dass es meine Pflicht als Gentleman ist."

„Kuchen zu essen?"

„Es ist eine meiner angenehmeren Pflichten als Gentleman", räumte er ein.

Honoria kicherte und biss in ihren Kuchen. „Hmmmmm."

„Gut?"

„Himmlisch." Sie nahm noch einen Bissen. „*Überirdisch* himmlisch."

Er grinste und biss in seinen Kuchen, verschlang die Hälfte mit einem Bissen. Unter Honorias überraschtem Blick steckte er sich die zweite Hälfte in den Mund und aß sie auf.

Das Stück war nicht sehr groß gewesen, aber trotzdem. Sie knabberte lieber vorsichtig an ihrem Kuchen, damit er möglichst lange vorhielt.

„Das hast du schon immer gemacht", sagte er.

Sie blickte auf. „Was?"

„Deinen Nachtisch ganz langsam gegessen, nur um uns andere zu quälen."

„Ich will möglichst lange etwas davon haben." Sie warf ihm einen spitzbübischen Blick zu. „Wenn du dich davon quälen lässt, bist du selbst daran schuld."

„Wie herzlos", murmelte er.

„Bei dir immer."

Er lachte noch einmal, und Honoria war wieder einmal erstaunt, wie locker er sein konnte, wenn sie mit ihm allein war. Es war dann beinahe so, als hätte sie ihren alten Marcus wieder, den, der praktisch auf Whipple Hill gelebt hatte. Er gehörte damals wirklich zur Familie – sogar bei ihren schrecklichen weihnachtlichen Krippenspielen machte er mit. Er hatte meist einen Baum gespielt, was sie aus irgendeinem Grund immer sehr lustig fand.

Diesen Marcus hatte sie gemocht. Sie hatte ihn *angebetet*.

Aber vor ein paar Jahren war er verschwunden, hatte dem stillen, strengen Mann Platz gemacht, den der Rest der Welt als Lord Chatteris kannte. Es war wirklich traurig. Für sie, vor allem aber wohl für ihn selbst.

Sie aß ihren Kuchen auf, versuchte dabei, seinen amüsierten Blick zu ignorieren, und nahm sein Taschentuch entgegen, um sich die Krümel von den Händen zu wischen. „Danke", sagte sie und gab es zurück.

Er nickte und fragte: „Wann willst du …"

Ein lautes Klopfen am Fenster unterbrach ihn.

„Verzeihung, Sir", sagte eine Stimme, die ihr nicht ganz unbekannt vorkam, „ist das Lady Honoria?"

„Ja."

Honoria beugte sich vor, linste an Marcus vorbei und sah einen Lakai in vertrauter Livree. „Das ist ja …“ Sie hatte keine Ahnung, wie er hieß, aber er hatte die Mädchen auf ihren Einkaufsbummeln begleitet. „Er gehört zu den Royles.“ Sie warf Marcus ein flüchtiges, verlegenes Lächeln zu und erhob sich dann in gebückter Haltung, um aus der Kutsche klettern zu können. „Ich muss gehen. Meine Freundinnen werden schon auf mich warten.“

„Ich besuche dich morgen.“

„*Was?*“ Sie erstarrte und beugte sich vor wie eine bucklige alte Frau.

Spöttisch hob er eine Augenbraue. „Deine Gastgeberin wird doch bestimmt nichts dagegen haben.“

Mrs Royle sollte etwas dagegen haben, dass ein unverheirateter Earl unter dreißig ihrem Haus einen Besuch abstatten wollte? Honoria würde Mühe haben, sie davon abzuhalten, eine Willkommensparade zu veranstalten.

„Das wäre bestimmt ganz reizend“, brachte sie hervor.

„Gut.“ Er räusperte sich. „Wir haben uns viel zu lang nicht mehr gesehen.“

Überrascht sah sie ihn an. Sie konnte sich nicht vorstellen, dass er auch nur einen Gedanken an sie verschwendete, wenn sie nicht gerade beide zur Saison in London waren.

„Ich bin froh, dass es dir gut geht“, sagte er abrupt.

Honoria hatte keine Ahnung, warum diese Bemerkung sie so beunruhigte, aber sie beunruhigte sie.

Sie beunruhigte sie sogar sehr.

Marcus sah zu, wie der Lakai der Royles Honoria zu dem Laden auf der anderen Straßenseite geleitete. Sobald er sich überzeugt hatte, dass sie sicher angekommen war, klopfte er dreimal an die Trennwand, um dem Kutscher zu signalisieren, dass er weiterzufahren wünschte.

Es hatte ihn überrascht, sie hier in Cambridge zu sehen. Es stimmte schon, normalerweise verfolgte er nicht so genau, was

Honoria tat, doch er hätte schon angenommen, dass er davon erfuhr, wenn sie sich in der Nähe seines Zuhauses aufhielt.

Er sollte wohl doch anfangen, für die Londoner Saison zu planen. Er hatte nicht gelogen, als er ihr sagte, er habe zu tun. auch wenn es vermutlich ehrlicher gewesen wäre, zuzugeben, dass er sich einfach lieber auf dem Lande aufhielt. Seine Anwesenheit in Cambridgeshire war nicht unverzichtbar, doch vieles wurde leichter dadurch.

Ganz zu schweigen davon, dass er die Saison hasste. Doch wenn Honoria so wild entschlossen war, sich einen Ehemann zu suchen, würde er nach London reisen müssen, um aufzupassen, dass sie keinen verhängnisvollen Fehler beging.

Schließlich hatte er es geschworen.

Daniel Smythe-Smith war sein bester Freund gewesen. Nein, sein einziger Freund, sein einzig *wahrer* Freund.

Tausend Bekannte und ein echter Freund.

So war sein Leben.

Doch Daniel war weg, irgendwo in Italien, wenn der letzte Brief noch aktuell war. Und so schnell würde er auch nicht zurückkommen, nicht solange der Marquess of Ramsgate noch am Leben war und nach Rache dürstete.

Was für ein verdammtes Fiasko das Ganze gewesen war! Marcus hatte Daniel davor gewarnt, mit Hugh Prentice Karten zu spielen. Aber nein, Daniel hatte nur gelacht; er wollte unbedingt sein Glück versuchen. Prentice gewann immer. Immer. Er war brillant, das wusste jeder. Egal ob es sich um Mathematik, Physik oder Geschichte handelte – am Schluss war stets er es, der die Professoren in Cambridge belehrte. Hugh Prentice schummelte nicht beim Spielen, er gewann immer, weil er einfach ein unglaublich gutes Gedächtnis hatte und einen scharfen, analytischen Geist, der die Welt in Mustern und Gleichungen sah.

Das zumindest hatte er Marcus erzählt, als sie zusammen in Eton gewesen waren. Wenn er ehrlich war, verstand Marcus immer noch nicht so ganz, wovon er damals gesprochen hatte.

Und er war immerhin in Mathematik der zweitbeste Schüler gewesen. Aber mit Hugh konnte sich keiner messen.

Niemand, der auch nur halbwegs bei Verstand war, spielte mit Hugh Prentice Karten, aber Daniel war an diesem Abend nicht bei Verstand gewesen, nicht einmal halbwegs, sondern ein bisschen betrunken und ziemlich überdreht, weil er gerade mit irgendeinem Mädchen im Bett gewesen war. Und so setzte er sich zu Hugh und spielte mit ihm.

Und gewann.

Selbst Marcus hatte es nicht fassen können.

Nicht, dass er geglaubt hätte, dass Daniel schummelte. Niemand glaubte das. Er war allseits beliebt. Jeder vertraute ihm. Andererseits hatte niemand je gegen Hugh Prentice gewonnen.

Hugh hatte getrunken. Daniel hatte ebenfalls getrunken. Sie hatten alle getrunken, und als Hugh den Tisch umwarf und Daniel des Betrugs bezichtigte, war in dem Raum plötzlich die Hölle los.

Bis heute war Marcus sich nicht ganz sicher, was damals alles gesagt wurde, aber binnen Minuten stand fest: Daniel Smythe-Smith würde Hugh Prentice im Morgengrauen gegenübertreten. Mit Pistolen.

Blieb nur zu hoffen, dass die beiden bis dahin wieder nüchtern genug wären, um ihre eigene Dummheit zu erkennen.

Hugh hatte als Erster geschossen und Daniel in die linke Schulter getroffen. Und während alle noch verstört nach Luft schnappten – ehrenhaft wäre es gewesen, in die Luft zu schießen –, hob Daniel den rechten Arm und schoss.

Und – verdammt, Daniel war noch nie besonders zielsicher gewesen – er hatte Hugh in den Oberschenkel getroffen. Die Wunde hatte dermaßen geblutet, dass Marcus noch heute beim bloßen Gedanken daran schlecht wurde. Sogar der anwesende Arzt hatte entsetzt aufgeschrien. Die Kugel musste eine Arterie getroffen haben, nichts anderes hätte eine derartige Blutung verursachen können. Drei Tage lang sorgte man sich vor allem darum, ob Hugh durchkommen würde; niemand dachte groß an das Bein und den zerschmetterten Oberschenkelknochen.

Hugh überlebte, doch er konnte nicht mehr richtig laufen, zumindest nicht ohne Stock. Und sein Vater – der überaus mächtige und überaus zornige Marquess of Ramsgate – schwor, dass er Daniel zur Rechenschaft ziehen würde.

Daher Daniels Flucht nach Italien.

Daher Daniels atemlose Versprich-es-mir-jetzt-weil-das-Schiff-jederzeit-auslaufen-kann-Bitte: „*Pass auf Honoria auf, ja? Sieh zu, dass sie keinen Dummkopf heiratet.*“

Natürlich hatte Marcus es versprochen. Was hätte er sonst tun sollen? Aber er hatte Honoria nie von diesem Versprechen erzählt. Lieber Himmel, das wäre eine Katastrophe gewesen. Es war schon schwer genug, ohne ihr Wissen mit ihr Schritt zu halten. Wenn sie auch noch gewusst hätte, dass er, Marcus, *in loco parentis* handelte, beziehungsweise anstelle ihres Bruders und Familienoberhaupts, wäre sie außer sich vor Zorn gewesen. Und wenn er eins nicht gebrauchen konnte, dann eine Honoria, die seine fürsorglichen Pläne durchkreuzte.

Was sie tun würde, wenn sie davon erfuhr. Dessen war er sich sicher.

Dabei war sie nicht etwa stur aus Prinzip. Normalerweise war sie sogar vollkommen vernünftig. Aber selbst die vernünftigsten Frauen nahmen Anstoß, wenn sie das Gefühl hatten, man wolle sie herumkommandieren.

Und so beobachtete er sie aus der Ferne und vergraulte in aller Stille ein oder zwei Verehrer.

Oder drei.

Vielleicht auch vier.

Er hatte es Daniel versprochen.

Und Marcus Holroyd brach nie ein Versprechen.

2. KAPITEL

Wann will er kommen?"

„Weiß ich nicht", erwiderte Honoria zum ungefähr siebten Mal. Sie lächelte die anderen jungen Damen im grüngrauen Salon der Royles höflich an. Marcus' Auftauchen am Tag davor war bereits ausgiebig diskutiert, analysiert und – von Lady Sarah Pleinsworth, Honorias Cousine und eine ihrer besten Freundinnen – sogar in Verse gegossen worden.

„Er kam im Regen", deklamierte Sarah. „Es war ein Segen."

Beinahe hätte Honoria sich an ihrem Tee verschluckt.

„Auf schlammigen Wegen …"

Cecily Royle blinzelte spöttisch über den Rand ihrer Teetasse hinweg. „Hast du mal in Erwägung gezogen, auf die Reime zu verzichten?"

„Unsere Heldin, ganz verlegen …"

„Ich war nicht verlegen, mir war *kalt*", warf Honoria ein.

Iris Smythe-Smith, eine weitere Cousine, zeigte ihre typische kühle Miene und verkündete spitz: „*Ich* bin verlegen. Diese Dichterei hält man ja im Kopf nicht aus."

Honoria warf ihr einen Blick zu, der deutlich besagte: *Sei höflich.* Iris zuckte nur mit den Schultern.

„Und unsere Jungfer auf Abwegen …"

„Das stimmt nicht!", protestierte Honoria.

„Über Genie lässt sich nicht streiten", säuselte Iris zuckersüß.

„Versuchte die Hand auf ihr Herz zu legen …"

„Mit diesem Gedicht geht es rapide bergab", urteilte Honoria.

„Mir fängt es gerade an zu gefallen", behauptete Cecily.

„Und dann die Krümel von den Polstern zu fegen …"

Honoria schnaubte indigniert. „Jetzt hör aber auf!"

„Ich finde, sie macht das ganz großartig", widersprach Iris, „wenn man sich vor Augen hält, wie beschwerlich diese Reimerei ist." Sie sah zu Sarah hinüber, die plötzlich verstummt war. Auch Iris, Honoria und Cecily schauten die verhinderte Dichterin gespannt an.

Sarah hatte zwar den Mund geöffnet und die Hand in großer Geste ausgestreckt, doch anscheinend waren ihr gerade die Worte ausgegangen.

„Pflegen?“, schlug Cecily vor. „Degen?“

„Abregen?“, sagte Iris.

„Eher aufregen“, warf Honoria gereizt in die Runde. „Wenn ich noch viel länger hier mit euch eingesperrt bin, dann regt mich das furchtbar auf.“

Sarah lachte und ließ sich auf das Sofa fallen. „Der Earl of Chatteris“, sagte sie seufzend und blickte Honoria vorwurfsvoll an. „Ich werde dir nie verzeihen, dass du uns letztes Jahr nicht miteinander bekannt gemacht hast.“

„Ich habe ihn dir doch vorgestellt!“

„Na, dann hättest du es eben noch mal tun müssen“, beschwerte sich Sarah. „Damit es haften bleibt. Ich glaube nicht, dass er die ganze Saison mehr als zwei Worte mit mir gewechselt hat.“

„Mit mir hat er auch kaum mehr geredet“, erwiderte Honoria.

Sarah neigte den Kopf zur Seite und hob die Brauen, als wollte sie sagen: *Ach, wirklich?*

„Er ist nicht sehr gesellig“, führte Honoria aus.

„Ich finde, er sieht sehr gut aus“, schwärmte Cecily.

„Ehrlich?“, fragte Sarah. „Ich finde ihn ziemlich düster.“

„Düster *sieht* gut aus“, behauptete Cecily.

Iris verdrehte entnervt die Augen. „Ich bin wohl in einen schlechten Roman geraten!“

„Du hast meine Frage nicht beantwortet, Honoria“, quengelte Sarah. „Wann will er kommen?“

„Ich weiß es nicht“, erwiderte Honoria zum bestimmt achten Mal. „Er hat nicht gesagt, wann.“

„Wie unhöflich“, beschied Cecily und nahm sich einen Keks.

Honoria zuckte mit den Schultern. „So ist er eben."

„Das finde ich ja so interessant", murmelte die Tochter ihrer Gastgeberin, „dass du weißt, wie er eben ist."

„Die beiden kennen einander doch schon seit Jahrzehnten", erklärte Sarah. „Seit Jahrhunderten!"

„*Sarah* …" Honoria liebte ihre Cousine heiß und innig, wirklich. Meistens jedenfalls.

Sarah lächelte durchtrieben, und ihre dunklen Augen blitzten verschmitzt. „Er hat sie immer Mücke genannt."

„Sarah!" Honoria funkelte sie wütend an. Auf keinen Fall sollte sich herumsprechen, dass ein Earl sie einmal mit einem Insekt verglichen hatte. „Das ist ewig her", erklärte sie mit aller Würde, die ihr zur Verfügung stand. „Ich war sieben."

„Wie alt war er?", fragte Iris.

Honoria dachte einen Augenblick nach. „Dreizehn wahrscheinlich."

Cecily winkte ab. „Na, das erklärt doch alles. Jungen sind nun mal Bestien."

Honoria nickte höflich. Ihre Freundin hatte sieben jüngere Brüder. Sie sollte es wissen.

„Trotzdem", fuhr Cecily dramatisch fort, „was für ein Zufall, dass er dir gestern einfach so auf der Straße begegnet ist."

„Eine Fügung", stimmte Sarah zu.

„Fast als wäre er dir gefolgt", ergänzte Cecily und beugte sich mit weit aufgerissenen Augen vor.

Honoria war nicht beeistert. „Also, das wird mir jetzt zu albern."

„Ach nein", stimmte Cecily zu, nun wieder ganz energisch und geschäftsmäßig. „So etwas würde er nie tun. Ich habe nur gesagt, dass es so *gewirkt* hat, als hätte er es getan."

„Er wohnt in der Nähe", erklärte Honoria und wedelte unbestimmt mit der Hand. Sie hatte überhaupt keinen Orientierungssinn und hätte nicht einmal dann sagen können, wo Norden war, wenn es um ihr Leben gegangen wäre. Außerdem wusste sie überhaupt nicht, in welche Richtung man Cambridge verlassen musstc, um nach Fensmore zu gelangen.

„Sein Land grenzt an unseres", sagte Cecily.

„Wirklich?" Das kam von Sarah. Sehr interessiert.

„Vielleicht sollte ich lieber sagen, es umgibt uns", präzisierte Cecily mit einem leisen Lachen. „Der Mann besitzt den halben Norden von Cambridgeshire. Ich glaube, sein Land grenzt im Norden, Süden und Westen an Bricstan."

„Und im Osten?", erkundigte sich Iris. Zu Honoria gewandt, fügte sie hinzu: „Diese Frage drängt sich ja nun geradezu auf."

Cecily blinzelte und überlegte. „Wahrscheinlich würdest du auch dort auf sein Land stoßen. Man kommt auf einem kleinen Streifen im Südosten heraus. Aber dann landet man am Pfarrhaus, warum sollte man sich also die Mühe machen."

„Ist es weit?", fragte Sarah.

„Nach Bricstan?"

„Nein", erwiderte Sarah ziemlich ungeduldig. „Nach Fensmore."

„Oh. Nein, eigentlich nicht. Zu uns sind es zwanzig Meilen, zu ihm ist es dann nur noch ein Stückchen weiter." Cecily hielt kurz inne. „Und vielleicht hat er auch ein Haus in Cambridge. Da bin ich mir nicht sicher."

Die Royles waren in East Anglia verwurzelt; Cecilys Eltern besaßen ein Haus in Cambridge und den erwähnten Landsitz, Bricstan. Für Aufenthalte in London wurde dort ein Haus gemietet.

„Wir sollten hinfahren", sagte Sarah plötzlich. „Dieses Wochenende."

„Hinfahren?" Iris klang verblüfft. „Wohin denn?"

„Aufs Land?", fragte Cecily.

„Ja", sagte Sarah, und ihre Stimme wurde vor Aufregung noch lauter. „Nach Bricstan. Unser Aufenthalt hier würde sich dadurch nur um ein paar Tage verlängern, unsere Familien werden also kaum etwas dagegen haben.“ Sie drehte sich ein wenig und sprach nun Cecily direkt an. „Deine Mutter könnte eine kleine Wochenendgesellschaft veranstalten. Wir würden ein paar Studenten einladen, die sind bestimmt dankbar, wenn sie dem Universitätsleben ein Weilchen entkommen können.“

„Ich habe gehört, dass das Essen dort sehr schlecht sein soll“, gab Iris zu bedenken.

„Eine interessante Idee“, murmelte Cecily nachdenklich.

„Eine *fantastische* Idee“, bekräftigte Sarah. „Frag deine Mutter. Und zwar jetzt gleich, bevor Lord Chatteris kommt.“

Honoria schnappte entsetzt nach Luft. „Du hast doch nicht etwa vor, *ihn* einzuladen?“ Marcus wiederzusehen war wunderbar gewesen, aber sie hatte nicht die geringste Absicht, eine ganze Wochenendgesellschaft mit ihm zu verbringen. Wenn er dabei war, konnte sie jede Hoffnung begraben, die Aufmerksamkeit eines jungen Gentlemans zu erregen. Marcus zog nämlich immer eine finstere Miene, wenn er ihr Verhalten missbilligte. Und diese finstere Miene vertrieb dann jedes menschliche Wesen in ihrem Umkreis.

Dass er ihr Verhalten vielleicht gar nicht missbilligen würde, kam Honoria nicht in den Sinn.

„Natürlich laden wir ihn nicht ein“, erwiderte Sarah ungeduldig. „Warum sollte er dort übernachten wollen, er hat doch sein eigenes Bett ganz in der Nähe! Aber er würde uns sicher gern besuchen, oder? Vielleicht zum Dinner oder zur Jagd.“

Wenn Marcus stundenlang mit dieser schnatternden Schar eingesperrt wäre, dachte Honoria bei sich, dann würde er wohl eher anfangen, auf die jungen Damen zu schießen.

„Das ist doch eine perfekte Lösung“, beharrte Sarah. „Die jüngeren Herren werden unsere Einladung viel eher annehmen, wenn sie wissen, dass Lord Chatteris auch kommt. Sie werden einen guten Eindruck machen wollen. Er hat viel Einfluss.“

„Ich dachte, du wolltest ihn nicht einladen“, sagte Honoria.

„Will ich auch nicht. Ich meine …“ Sarah deutete auf Cecily, die schließlich die Tochter des Hauses war. „Wir laden ihn nicht ausdrücklich ein. Aber wir könnten durchsickern lassen, dass er uns wohl besuchen wird.“

„Das freut ihn sicher ganz besonders“, merkte Honoria trocken an. Nicht dass ihr irgendwer zugehört hätte.

„Wen sollen wir einladen?“, fragte Sarah aufgeregt. „Es sollten vier Gentlemen sein.“

„Wenn Lord Chatteris dann dazukommt, geht die Gästezahl aber nicht auf“, gab Cecily zu bedenken.

„Umso besser für uns“, erwiderte Sarah entschieden. „Wir können doch nicht nur drei Herren einladen – wenn er dann nicht kommt, haben wir eine überzählige Dame.“

Honoria seufzte. Ihre Cousine war der Inbegriff von Hartnäckigkeit. Wenn Sarah sich einmal etwas in den Kopf gesetzt hatte, brauchte man gar nicht erst zu versuchen, sie davon abzubringen.

„Ich rede besser gleich mit meiner Mutter“, sagte Cecily und erhob sich. „Wir werden uns sofort an die Arbeit machen müssen.“ Mit wehenden rosa Röcken rauschte sie aus dem Zimmer.

Honoria sah hoffnungsvoll zu Iris hinüber. Die erkannte doch sicher, wie verrückt das ganze Vorhaben war. Doch Iris zuckte nur mit den Schultern und meinte: „Eigentlich finde ich die Idee auch ziemlich gut.“

„Aber deswegen sind wir doch extra nach Cambridge gekommen“, erinnerte Sarah sie. „Um Gentlemen kennenzulernen.“

Das stimmte. Mrs Royle behauptete zwar immer, es gehe darum, sie mit Kultur und Bildung in Berührung zu bringen, doch die Mädchen kannten die Wahrheit: Sie waren hergekommen, um potenzielle Heiratskandidaten aufzutun. Denn viele junge Herren weilten zu Beginn der Saison noch in Oxford oder Cambridge statt in London, wo sie nach Ansicht Mrs Royles eigentlich hätten sein sollen, um junge Damen zu umwerben. Mrs Royle hatte für den nächsten Abend ein Dinner geplant, doch eine Hausgesellschaft außerhalb war sicher noch effektiver.

Es war schließlich immer von Vorteil, junge Herren in eine Situation zu bringen, aus der sie sich so schnell nicht befreien konnten.

Honoria würde wohl ihrer Mutter schreiben und sie davon in Kenntnis setzen müssen, dass sie ein paar Tage länger in Cambridge bleiben würde. Sie hatte kein gutes Gefühl dabei, Marcus als Köder zu benutzen, um andere Gentlemen anzulocken, aber sie wusste auch, dass sie es sich nicht leisten konnte, eine solche Gelegenheit auszuschlagen. Die Studenten waren zwar noch sehr jung – fast im selben Alter wie die vier Freundinnen –, aber das störte Honoria nicht. Selbst wenn keiner von ihnen schon zur Ehe bereit war, hatten manche doch bestimmt ältere Brüder. Oder Vettern. Oder Freunde.

Sie seufzte. Das klang alles so berechnend, und das gefiel ihr gar nicht, aber was hätte sie machen sollen?

„Gregory Bridgerton", rief Sarah, die schon bei der Einladungsliste war. Ihre Augen leuchteten triumphierend. „Er wäre genau der Richtige. Hervorragende Verbindungen. Eine seiner Schwestern hat einen Duke geheiratet, die andere einen Earl. Und er ist bereits in seinem letzten Jahr, vielleicht will er also bald heiraten."

Honoria sah auf. Sie war Mr Bridgerton einige Male begegnet, meist dann, wenn seine Mutter ihn zu einer der berüchtigten musikalischen Soirees der Smythe-Smiths mitgeschleppt hatte.

Schon beim Gedanken daran fühlte sie sich peinlich berührt. Die alljährliche musikalische Darbietung der Familie war kein guter Anlass, einen Gentleman kennenzulernen, es sei denn, er war taub. Man war sich nicht ganz einig darüber, wer die Tradition ins Leben gerufen hatte, aber so viel stand fest: Im Jahr 1807 hatten sich erstmals vier Smythe-Smith-Cousinen auf die Bühne gestellt und ein völlig unschuldiges Musikstück gemetzelt. Warum sie (oder eher ihre Mütter) es für eine gute Idee gehalten hatten, das Massaker im folgenden Jahr zu wiederholen, würde Honoria wohl nie erfahren, aber sie wiederholten es, und auch im nächsten Jahr und im Jahr darauf.

Seither war es ungeschriebenes Gesetz, dass jede Smythe-Smith-Tochter ein Instrument erlernte, zu gegebener Zeit dem Quartett beitrat – und so lange darin blieb, bis sie einen Ehemann gefunden hatte. Ein ziemlich überzeugendes Argument für eine frühe Heirat, fand Honoria.

Das Merkwürdigste war jedoch, dass die meisten Mädchen nicht zu bemerken schienen, wie abgrundtief schlecht sie waren. Ihre Cousine Viola war sechs Jahre lang dabei und sprach immer noch voll Sehnsucht von ihrer Zeit als Mitglied des kleinen Orchesters. Vor einem halben Jahr erst hatte sie geheiratet, und Honoria wäre nicht erstaunt gewesen, wenn sie den Bräutigam am Altar stehen gelassen hätte, nur um ihren Platz als erste Violine zu behalten.

Es war nicht zu fassen.

Honoria und Sarah hingegen hatte man im letzten Jahr geradezu zwingen müssen, ihre Plätze einzunehmen, Honoria an der Violine, Sarah am Pianoforte. Die arme Sarah litt bis heute unter den Folgen dieses schrecklichen Erlebnisses. Sie war nämlich tatsächlich ein bisschen musikalisch und hatte ihren Part akkurat gespielt. Das zumindest hatte man Honoria berichtet; es war schier unmöglich, beim Lärm der Violinen etwas zu hören. Oder bei dem lauten Räuspern im Publikum.

Sarah hatte geschworen, dass sie nie wieder mit ihren talentlosen Cousinen musizieren würde. Honoria hatte nur mit den Schultern gezuckt; ihr machte der Auftritt nicht ganz so viel aus. Außerdem konnte sie ja ohnehin nichts daran ändern. Es war eine Familientradition, und für Honoria gab es nichts Wichtigeres als die Familie.

Für ihre Suche nach einem Ehemann bedeutete das jedoch, dass sie jemanden finden musste, der komplett unmusikalisch war. Oder einen ausgeprägten Sinn für Humor hatte.

Gregory Bridgerton schien da ein hervorragender Kandidat zu sein. Honoria hatte zwar keine Ahnung, wie musikalisch er war, aber als er ihr vor zwei Tagen in der Stadt über den Weg gelaufen war, hatte er sie mit seinem fröhlichen Lächeln tief beeindruckt.

Sie mochte ihn. Er war freundlich und offen, und etwas an ihm erinnerte sie an ihre eigene Familie, so, wie sie früher gewesen war: laut, lärmend, lachend.

Vermutlich kam das daher, dass er ebenfalls aus einer großen Familie stammte – er war der Zweitjüngste von acht Geschwistern. Honoria war die Jüngste von sechs, sie hatten also bestimmt eine Menge gemeinsam.

Gregory Bridgerton. Hmmm. Sie wusste nicht, warum sie nicht schon früher an ihn gedacht hatte.

Honoria Bridgerton.

Winifred Bridgerton. (Sie hatte sich schon immer eine Tochter namens Winifred gewünscht, es schien daher angebracht, auch diese Namenskombination vorher zu prüfen.)

Mr Gregory und Lady Honoria …

„Honoria? Honoria?“

Sie blinzelte. Sarah starrte sie verärgert an. „Gregory Bridgerton?“, sagte sie. „Was hältst du von ihm?“

„Ähm, ich glaube, er wäre eine recht gute Wahl“, erwiderte Honoria so harmlos, wie sie konnte.

„Wer noch?“, fragte Sarah und erhob sich. „Vielleicht sollte ich eine Liste machen.“

„Wegen vier Namen?“ Honoria konnte sich die Frage nicht verkneifen.

„Du bist ja wirklich wild entschlossen“, murmelte Iris.

„Das muss ich doch“, rief Sarah mit blitzenden Augen.

„Glaubst du wirklich, dass du innerhalb der nächsten zwei Wochen einen Mann finden und auch noch heiraten kannst?“, fragte Honoria.

„Keine Ahnung, wovon du sprichst“, gab Sarah knapp zurück.

Honoria sah zur offenen Tür, um sicherzugehen, dass niemand in der Nähe war. „Im Moment sind wir nur zu dritt, Sarah, du brauchst also gar nicht so zu tun, als ob du dich nicht vor der musikalischen Soiree drücken willst."

„Muss man da eigentlich auftreten, wenn man verlobt ist?", fragte Iris.

„Ja", sagte Honoria.

„Nein", sagte Sarah gleichzeitig.

„Oh doch", widersprach Honoria.

Iris seufzte.

„Du hast nun wirklich keinen Grund, dich zu beschweren", zischte Sarah und sah sie aus schmalen Augen an. „Du hast letztes Jahr nicht spielen müssen."

„Wofür ich auch ewig dankbar bin", seufzte Iris. Dieses Jahr allerdings sollte sie das Quartett auf dem Cello unterstützen.

Sarah warf Honoria einen herausfordernden Blick zu. „Du suchst doch genauso dringend wie ich nach einem Ehemann."

„Aber nicht innerhalb der nächsten zwei Wochen. Und nicht nur, damit ich nicht bei der Soiree auftreten muss."

„Ich sage ja auch gar nicht, dass ich irgendjemand Schreckliches heiraten würde", beteuerte Sarah. „Aber wenn Lord Chatteris sich zufällig unsterblich in mich verlieben würde …"

„Vergiss es", erklärte Honoria kurz angebunden. Als ihr klar wurde, wie unfreundlich das klang, fügte sie sanfter hinzu: „Er wird sich überhaupt nie verlieben. Glaub mir."

„Die Liebe geht verschlungene Pfade", erwiderte Sarah hoffnungsvoll.

„Selbst wenn Marcus sich in dich verlieben sollte, was nicht passieren wird – mit dir hat das aber nichts zu tun, er ist einfach nicht der Typ, der sich Hals über Kopf verliebt …" Honoria hielt inne und versuchte sich vergeblich zu erinnern, wie sie ihren umständlichen Satz begonnen hatte. Offenbar hatte sie den Faden verloren.

Sarah verschränkte die Arme. „Wolltest du irgendetwas Konkretes sagen, außer Beleidigungen, meine ich?“

Honoria rollte mit den Augen. „Nur dass Marcus, wenn er sich denn tatsächlich verlieben sollte, es nicht plötzlich aus heiterem Himmel täte, sondern auf ganz normale Weise.“

„Ist Liebe denn je ganz normal?“, gab Iris zu bedenken.

Die Frage war philosophisch genug, um erst mal alle zum Schweigen zu bringen. Aber nur für einen Augenblick.

„Er würde niemals überstürzt heiraten“, fuhr Honoria fort. „Er hasst es, im Mittelpunkt zu stehen. Er hasst es“, wiederholte sie, denn das konnte gar nicht oft genug gesagt werden. „Marcus rettet dich auf keinen Fall vor der musikalischen Soiree, das kannst du dir aus dem Kopf schlagen.“

Sarah seufzte und ließ die Schultern hängen. „Vielleicht dann doch eher Gregory Bridgerton“, sagte sie niedergeschlagen. „Auf mich wirkt er jedenfalls ziemlich romantisch.“

„So romantisch, dass er mit dir durchbrennen würde?“, fragte Iris.

„Hier brennt niemand durch!“, rief Honoria aus. „Und ihr werdet beide auf der musikalischen Soiree nächsten Monat spielen.“

Sarah und Iris starrten sie mit identischer Miene an – zwei Teile Überraschung, ein Teil Empörung. Mit einer gehörigen Dosis Grauen.

„Wir alle werden dort spielen“, murmelte Honoria. „Es ist unsere Pflicht.“

„Es ist unsere Pflicht“, sagte Sarah gedehnt, „scheußliche Musik zu spielen?“

Honoria starrte sie ungerührt an. „Ja.“

Iris fing an zu lachen.

„Das ist nicht komisch“, sagte Sarah.

Iris wischte sich die Augen. „Doch.“

„Wenn *du* erst einmal spielen musst“, warnte Sarah sie, „findest du es nicht mehr komisch.“

„Deswegen lache ich ja jetzt", rechtfertigte sich Iris.

„Ich finde immer noch, dass wir die Wochenendgesellschaft veranstalten sollten."

„Ich auch", bekräftigte Honoria.

Sarahs misstrauischer Blick sprach Bände.

„Ich finde eben nur die Vorstellung unrealistisch, man könne dadurch dem Auftritt bei der musikalischen Soiree entkommen."

Eher albern als unrealistisch, aber *das* sagte Honoria lieber nicht.

Sarah setzte sich an den Schreibtisch und nahm die Feder zur Hand. „Dann sind wir uns bei Mr Bridgerton also einig?"

Honoria sah zu Iris. Beide nickten.

„Wer noch?", wollte Sarah wissen.

„Meinst du nicht, dass wir auf Cecily warten sollten?", fragte Iris.

Sarah ignorierte sie. „Neville Berbrooke. Er und Mr Bridgerton sind verwandt."

„Wirklich?", fragte Honoria. Sie wusste eine Menge über die Bridgertons – wie alle –, aber dass eine von ihnen einen Berbrooke geheiratet hätte, war ihr neu.

„Die Schwester einer Schwägerin von Mr Bridgerton ist mit Mr Berbrookes Bruder verheiratet."

Eine Bemerkung wie diese schrie zwar förmlich nach einem sarkastischen Kommentar, doch Honoria, völlig verblüfft über die Geschwindigkeit, mit der Sarah die komplizierten Verwandtschaftsverhältnisse heruntergeleiert hatte, blinzelte nur benommen.

Iris war weniger beeindruckt. „Und dadurch sind sie was … flüchtige Bekannte?"

„Entfernte Verwandte", sagte Sarah und warf Iris einen gereizten Blick zu. „Schwippschwager."

„Um drei Ecken?", murmelte Iris.

Sarah sah zu Honoria. „Bring sie zum Schweigen."

Honoria brach in Gelächter aus, und auch Iris musste lachen. Schließlich konnte selbst Sarah sich nicht mehr beherrschen.

Honoria stand auf und schloss sie impulsiv in die Arme. „Alles wird gut, du wirst schon sehen."

Sarah lächelte verlegen. Sie wollte etwas sagen, doch in diesem Augenblick kam Cecily ins Zimmer zurück, ihre Mutter im Schlepptau, und verkündete: „Sie findet die Idee großartig!"

„Oh ja", bestätigte Mrs Royle. Sie ging zum Schreibtisch und ließ sich auf dem Stuhl nieder, von dem Sarah eilig aufgesprungen war.

Honoria beobachtete sie interessiert. Mrs Royle war eine so *mittlere* Frau – mittelgroß, mittlere Figur, mittelbraunes Haar und mittelbraune Augen. Sogar ihr Kleid war in einem mittleren Lilaton gehalten, mit einem mittelbreiten Volant am Saum.

Ihre Miene war im Augenblick jedoch alles andere als mittel. Sie sah aus, als sei sie bereit, eine ganze Armee in die Schlacht zu führen, und es war offensichtlich, dass sie keine Gefangenen machen würde.

„Eine brillante Idee", bekräftigte sie noch einmal und blickte stirnrunzelnd über den Schreibtisch. „Ich weiß nicht, warum ich nicht selbst darauf gekommen bin. Natürlich müssen wir uns jetzt beeilen. Wir schicken noch heute Nachmittag jemanden nach London, um Ihren Eltern mitzuteilen, dass Sie ein wenig später zurückkommen." Sie wandte sich an Honoria. „Cecily sagt, Sie können Lord Chatteris dazu bringen, uns einen Besuch abzustatten?"

„Nein", erwiderte Honoria erschrocken. „Ich kann es natürlich versuchen, aber ..."

„Probieren Sie es", verlangte Mrs Royle energisch. „Das ist jetzt Ihre Aufgabe, wir anderen planen die Gesellschaft. Wann kommt er eigentlich?"

„Ich habe keine Ahnung", erwiderte Honoria zum etwa – ach, zum Kuckuck, es spielte doch gar keine Rolle, wie oft sie diese Frage heute schon beantwortet hatte. „Er hat es nicht gesagt."

„Glauben Sie, er hat es vergessen?"

„Das sähe ihm gar nicht ähnlich", beteuerte Honoria.

„Nein, wohl nicht", murmelte Mrs Royle. „Trotzdem, man kann sich nie darauf verlassen, dass ein Mann mit den Details der Liebeswerbung ebenso vertraut ist wie eine Frau."

Der Schrecken, der in Honorias Brust gesickert war, explodierte zu einer ausgewachsenen Panik. Lieber Himmel, wenn Mrs Royle vorhaben sollte, sie mit *Marcus* zusammenzubringen …

„Er macht mir nicht den Hof", erklärte sie rasch.

Mrs Royle warf ihr einen berechnenden Blick zu.

„Wirklich nicht!"

Mrs Royle drehte sich fragend zu Sarah um, die sich sofort in ihrem Sessel aufrichtete.

„Ziemlich unwahrscheinlich", sagte sie, da Mrs Royle ganz offensichtlich erwartete, dass sie sich dazu äußerte. „Die beiden sind eher wie Bruder und Schwester."

„Das stimmt", bestätigte Honoria. „Er und mein Bruder waren eng befreundet."

Im Raum wurde es still, als sie Daniel erwähnte. Honoria war sich nicht sicher, ob es aus Respekt geschah, aus Verlegenheit oder aus Bedauern darüber, dass ein so begehrter Junggeselle für die aktuelle Debütantinnenschar einfach verloren war.

„Nun, dann geben Sie einfach Ihr Bestes", beschied Mrs Royle sie. „Mehr können wir nicht verlangen."

„Oh!", kreischte Cecily und trat vom Fenster zurück. „Ich glaube, er ist da!"

Sarah sprang auf und begann hektisch ihre völlig unzerknitterten Röcke glatt zu streichen. „Sicher?"

„Oh ja." Cecily seufzte praktisch vor Entzücken. „Ach, was für eine herrliche Kutsche er fährt!"

Alle erhoben sich erwartungsvoll. Es schien Honoria, als hielte Mrs Royle sogar den Atem an.

„Da werden wir schön dumm dastehen", flüsterte Iris ihr ins Ohr, „wenn er es gar nicht ist."

Honoria verbiss sich ein Lachen und stieß ihre Cousine mit dem Fuß an.

Iris grinste nur.

Im Raum war es jetzt so still, dass man deutlich hören konnte, wie es klopfte, und auch das leise Knarren, als der Butler die Haustür öffnete.

„Stell dich gerade hin“, zischte Mrs Royle Cecily zu. Und dann, als fiele ihr das eben noch rechtzeitig ein: „Die anderen auch.“

Doch als der Butler in der Tür erschien, war er allein. „Lord Chatteris lässt sich entschuldigen“, verkündete er.

Alle sanken in sich zusammen. Sogar Mrs Royle. Es war, als wäre jede mit einer Nadel angestochen worden und ließe nun die aufgestaute Luft ab.

„Er hat einen Brief abgeben lassen“, fuhr der Butler fort.

Mrs Royle streckte die Hand aus, doch der Butler sagte: „Er ist an Lady Honoria adressiert.“

Honoria richtete sich auf. Ihr war bewusst, dass alle Augen auf sie gerichtet waren, und sie gab sich Mühe, sich ihre Erleichterung nicht anmerken zu lassen. „Ähm, danke“, sagte sie und nahm den Brief entgegen.

„Was schreibt er denn?“, erkundigte sich Sarah, noch bevor Honoria Zeit gehabt hatte, das Siegel zu brechen.

„Einen Moment“, murmelte sie und trat ans Fenster, um Marcus’ Brief – drei kurze Sätze – in Ruhe zu lesen. „Nichts weiter“, erklärte sie dann. „Ihm ist etwas dazwischengekommen, deshalb kann er uns heute Nachmittag leider nicht besuchen.“

„Mehr schreibt er nicht?“, wollte Mrs Royle wissen.

„Lange Erklärungen liegen ihm nicht besonders“, entgegnete Honoria.

„Mächtige Männer haben es nicht nötig, ihre Handlungsweise zu erklären“, befand Cecily.

Alle brauchten ein paar Sekunden, um diese theatralische Bemerkung zu verdauen. „Er wünscht uns alles Gute“, sagte Honoria dann betont munter.

„Aber nicht so viel Gutes, als dass er uns mit seiner Anwesenheit beehrt hätte“, murmelte Mrs Royle.

Die Frage, was nun mit der Hausgesellschaft geschehen sollte, hing unüberhörbar in der Luft. Die jungen Damen beäugten einander. Wer würde sich einen Ruck geben und sie stellen? Schließlich richteten sich alle Blicke auf Cecily. Sie musste es tun. Bei jeder anderen wäre es zu vorlaut gewesen.

„Was machen wir nun mit der Gesellschaft in Bricstan?“, fragte Cecily. Doch ihre Mutter hing ihren eigenen Gedanken nach, mit schmalen Augen und zusammengepressten Lippen. Cecily räusperte sich und sagte lauter: „Mutter?“

„Ich halte es immer noch für eine gute Idee“, erklärte Mrs Royle plötzlich. Ihre Stimme war so laut und entschlossen, dass Honoria den Widerhall der Silben in den Ohren zu spüren glaubte.

„Dann wollen wir die Studenten immer noch einladen?“, fragte Cecily.

„Ich hatte an Gregory Bridgerton gedacht“, merkte Sarah hilfreich an, „und an Neville Berbrooke.“

„Gute Wahl“, sagte Mrs Royle und marschierte wieder zum Schreibtisch. „Sie stammen beide aus einer guten Familie.“ Sie zog mehrere Blätter cremeweißen Papiers hervor und zählte sie ab. „Ich will die Einladungen jetzt gleich schreiben“, sagte sie und wandte sich an Honoria. „Außer einer.“

„Wie bitte?“, fragte Honoria, obwohl sie genau wusste, was Mrs Royle meinte. Sie wollte es nur nicht akzeptieren.

„Lord Chatteris laden Sie ein. Genau wie wir geplant haben. Nicht für das ganze Wochenende, nur für einen Nachmittag. Samstag oder Sonntag, was ihm lieber ist.“

„Bist du sicher, dass die Einladung nicht besser von dir käme?“, fragte Cecily ihre Mutter.

„Nein, es ist besser, wenn sie von Lady Honoria kommt“, erklärte Mrs Royle. „Es wird ihm schwerer fallen, sie einer so engen Freundin der Familie auszuschlagen.“ Sie hielt Honoria das eine

Blatt Papier so hartnäckig entgegen, dass sie es einfach entgegennehmen musste. „Natürlich sind wir gute Nachbarn", fügte Mrs Royle hinzu. „Glauben Sie nicht, dass wir das nicht wären."

„Natürlich", murmelte Honoria. Es gab nichts, was sie sonst hätte sagen können. Es gab auch nichts, was sie noch dagegen unternehmen könnte, dachte sie mit betrübtem Blick auf das Blatt Papier in ihrer Hand. Doch dann wendete sich ihr Glück. Mrs Royle setzte sich an den Schreibtisch, was bedeutete, dass Honoria auf ihr Zimmer gehen musste, um die Einladung zu schreiben.

Was wiederum bedeutete, dass niemand außer Honoria – und natürlich Marcus – wissen würde, was in dem Brief stand. Sie schrieb Folgendes:

Lieber Marcus –
Mrs Royle hat mich gebeten, Dich dieses Wochenende nach Bricstan einzuladen. Sie plant eine kleine Hausgesellschaft mit mir und den drei Damen, die ich erwähnt habe, dazu vier junge Herren von der Universität. Ich bitte Dich, nimm die Einladung bloß nicht an. Du würdest Dich todelend fühlen, und dann würde ich mich wegen Deines Elends selbst ganz elend fühlen.
Liebe Grüße von Deiner
Honoria

Ein anderer Gentleman hätte eine solche Einladung vielleicht als Herausforderung gesehen und sofort zugesagt. Marcus nicht, dessen war Honoria sich sicher. Er mochte herablassend sein und übertrieben kritisch, aber niemand konnte ihm nachsagen, er sei boshaft. Und er würde auch nicht riskieren, sich selbst elend zu fühlen, nur damit ihr ebenfalls elend war.

Hin und wieder konnte er zwar eine schreckliche Plage sein, aber im Grunde seines Herzens war Marcus doch ein guter Mensch. Und so vernünftig. Er musste einfach wissen, dass

Mrs Royles Gesellschaft zu genau der Art von Veranstaltung gehörte, die er nicht ausstehen konnte. Sie wunderte sich ohnehin schon länger, warum er immer wieder zur Saison nach London fuhr, wo er sich dort doch so offensichtlich zu Tode langweilte.

Honoria versiegelte den Brief, trug ihn nach unten und übergab ihn einem Lakaien, damit er ihn zu Marcus brachte. Die Antwort, die einige Stunden später eintraf, war an Mrs Royle adressiert.

„Was schreibt er denn?“, erkundigte sich Cecily atemlos und lief zu ihrer Mutter, als diese sich anschickte, den Brief zu öffnen. Iris kam auch näher und versuchte, Cecily über die Schulter zu spähen.

Honoria hielt sich zurück und wartete ab. Sie wusste ja, was darin stehen würde.

Mrs Royle erbrach das Siegel, faltete den Brief auseinander und überflog das Geschriebene. „Er lässt sich entschuldigen“, sagte sie ausdruckslos.

Cecily und Sarah heulten auf vor Enttäuschung. Honoria spürte Mrs Royles Blick und hoffte, dass ihr der schockierte Blick überzeugend geraten war. „Ich habe ihn gefragt. Derartige Veranstaltungen sind einfach nicht sein Fall, glaube ich. Er ist nicht sehr gesellig.“

„Das kann man wohl sagen“, knurrte Mrs Royle ungnädig. „Ich kann mich nicht erinnern, ihn letzte Saison auf mehr als drei Bällen tanzen gesehen zu haben. Und das, wo so viele junge Damen keinen Partner hatten. Direkt rüde war das.“

„Dabei kann er sehr gut tanzen“, sagte Cecily.

Alle Blicke richteten sich auf sie.

„Es stimmt“, beharrte sie, etwas überrascht, dass sie mit ihrer Bemerkung so viel Aufmerksamkeit erregt hatte. „Er hat auf dem Ball der Mottrams mit mir getanzt.“ Sie zögerte kurz und fügte dann erklärend hinzu: „Aus Höflichkeit. Wir sind schließlich Nachbarn.“

Honoria nickte. Marcus tanzte gut. Auf jeden Fall besser als sie. Sie hatte einfach kein Gefühl für Rhythmus. Immer wieder hatte Sarah versucht, ihr den Unterschied zwischen Drei- und Vierviertaltakt zu erklären, aber das war vergebliche Liebesmüh.

„Wir werden einfach abwarten“, verkündete Mrs Royle und legte die Hand aufs Herz. „Zwei der anderen Gentlemen haben die Einladung bereits angenommen, und von den anderen beiden hören wir bestimmt morgen früh.“

Doch als Honoria sich später verabschiedete, um in ihr Zimmer zu gehen, nahm ihre Gastgeberin sie beiseite und fragte leise: „Glauben Sie, es besteht irgendeine Hoffnung, dass Lord Chatteris es sich noch anders überlegt?“

Honoria schluckte unbehaglich. „Ich fürchte nein, Madam.“

Mrs Royle schüttelte den Kopf und schnalzte bedauernd mit der Zunge. „Wie schade. Wenn er gekommen wäre, wäre das für mich wirklich ein Triumph gewesen. Nun ja, gute Nacht, meine Liebe. Träumen Sie schön.“

Zwanzig Meilen entfernt saß Marcus in seinem Arbeitszimmer und ließ sich Honorias Nachricht bei einem Becher heißem Apfelwein noch einmal durch den Kopf gehen. Beim ersten Lesen hatte er laut aufgelacht, was wohl auch in ihrer Absicht gelegen haben dürfte. Vielleicht war es nicht der Hauptzweck der Botschaft – der bestand vermutlich darin, ihn von Mrs Royles Gesellschaft fernzuhalten –, aber sie hatte sicher gewusst, wie sehr ihre Worte ihn amüsieren würden.

Lächelnd las er den Brief noch einmal. Nur Honoria brachte es fertig, ihn in ein und demselben Schreiben ein- und wieder auszuladen.

Sie wiederzusehen war schön gewesen. Ihr letztes richtiges Treffen lag schon eine Ewigkeit zurück. Die vielen Male, die sie einander in London über den Weg gelaufen waren, zählten nicht. Jedenfalls nicht im Vergleich zu den sorglosen Zeiten, die er mit ihr und ihrer Familie auf Whipple Hall verbracht hatte. In London war er nie entspannt. Entweder, er versuchte, all den ehrgeizigen Müttern auszuweichen, die sich in den Kopf gesetzt hatten, dass ihre Tochter die nächste Lady Chatteris werden musste. Oder er versuchte, Honoria im Auge zu behalten. Oder beides.

Ein Wunder, dass bislang noch keiner auf die Idee gekommen war, er könnte selbst an ihr interessiert sein. Er hatte wahrhaftig genug Zeit damit zugebracht, sich in aller Diskretion in ihre Angelegenheiten zu mischen. Vier Gentlemen hatte er im letzten Jahr verjagt – zwei Glücksritter, einen Mann von grausamem Wesen und einen alternden aufgeblasenen Esel. Dem hätte Honoria gewiss auch von allein einen Korb gegeben, da war er ziemlich sicher. Aber der mit dem brutalen Charakter verbarg seine wahre Natur sehr geschickt, und die beiden Glücksritter galten als äußerst charmant.

Na ja, das war wohl eine Voraussetzung für diese Laufbahn.

Vermutlich interessierte Honoria sich nun für einen der Herren, die zu Mrs Royles Gesellschaft geladen waren, und wollte ihn nicht dabeihaben, weil sie befürchtete, er könnte die Sache ruinieren. Er hatte auch tatsächlich keine große Lust hinzugehen, in diesem Punkt stimmten sie also schon mal überein.

Aber er musste unbedingt herausfinden, wen sie ins Visier genommen hatte. Falls er den Gentleman nicht kannte, würde er Erkundigungen einziehen müssen. An die Gästeliste zu kommen, dürfte nicht weiter schwer sein; seine Dienstboten wussten immer, wo dergleichen aufzutreiben war.

Bei schönem Wetter würde er am Wochenende vielleicht ausreiten. Oder spazieren gehen. Im Wald gab es einen Pfad, der im Zickzack über die Grenze zwischen Fensmore und Bricstan verlief. Er konnte sich nicht entsinnen, wann er zum letzten Mal dort entlanggegangen war. Eigentlich unverantwortlich. Ein Landbesitzer sollte seinen Besitz wie seine Westentasche kennen.

Dann also ein Spaziergang. Und wenn er zufällig auf Honoria und ihre Freunde stieß, würde er gerade lang genug mit ihnen plaudern, um die nötigen Informationen einzuholen. Auf diese Weise kam er um die Gesellschaft herum und konnte trotzdem in Erfahrung bringen, bei wem sie es versuchen wollte.

Besser ging es doch gar nicht! Marcus trank seinen Apfelwein aus und lächelte.

3. KAPITEL

Am Sonntagnachmittag war Honoria endgültig überzeugt, dass sie die richtige Wahl getroffen hatte. Gregory Bridgerton wäre der ideale Gatte! Bereits vor ein paar Tagen, als er beim Dinner im Stadthaus der Royles neben ihr saß, hatte sie ihn unglaublich charmant gefunden, und dieser Eindruck hatte sich im Laufe des Wochenendes nur noch verfestigt.

Er wiederum wirkte zwar keineswegs, als habe er sich unsterblich in sie verliebt, aber er schien ihr auch keine andere vorzuziehen. Er war freundlich, höflich, und sein Sinn für Humor kam ihrem eigenen gleich.

Wenn sie sich anstrengte, dessen war Honoria sich sicher, hatte sie eine gute Chance, George Bridgertons Interesse zu wecken. Er war ein jüngerer – nein, sogar der jüngste Sohn, was bedeutete, dass junge Damen, die auf einen Titel aus waren, ihn nicht weiter beachten würden. Und er brauchte vermutlich Geld. Seine Familie war zwar recht wohlhabend und würde ihn wahrscheinlich mit einem gewissen Einkommen versorgen, aber jüngere Söhne waren meist dennoch auf eine Mitgift angewiesen.

Die konnte Honoria ihm bieten. Zwar nicht in schwindelerregender Höhe, aber doch recht ordentlich, wie Daniel ihr noch eröffnet hatte, bevor er das Land verließ. Sie würde nicht mit leeren Händen in die Ehe gehen.

Nun brauchte sie Mr Bridgerton nur noch davon zu überzeugen, dass sie wie füreinander geschaffen waren. Und sie wusste auch schon, wie sie das anstellen würde.

Die Idee war ihr morgens in der Kirche gekommen. (Die Damen gingen zum Gottesdienst, den Herren gelang es meist irgendwie, sich darum zu drücken.) Ihr Plan war nicht sonderlich kompliziert; sie brauchte dazu nur einen sonnigen Tag, etwas Orientierungssinn und eine Schaufel.

Der erste Punkt war schnell abgehakt: Die Sonne strahlte bereits vor dem Kirchgang vom Himmel und machte auch danach keine Anstalten, das zu ändern.

Der zweite Punkt würde schwieriger werden. Aber sie hatten am Tag davor einen Spaziergang durch den Wald gemacht, und Honoria war sich ziemlich sicher, dass sie den Weg wiederfinden würde. Auch wenn sie nicht imstande war, Norden und Süden auseinanderzuhalten, konnte sie doch wohl einem wohlgepflegten Pfad folgen.

Was die Schaufel anging, so würde sie sich darüber später Gedanken machen müssen.

Als die Damen nach dem Gottesdienst nach Bricstan zurückkehrten, erfuhren sie, dass die Gentlemen auf die Jagd gegangen waren und erst spät zum Lunch zurückkommen würden. „Sie werden sehr hungrig sein", verkündete Mrs Royle. „Wir müssen unsere Vorbereitungen darauf abstimmen."

Honoria war anscheinend die Einzige, die nicht erkannte, dass Mrs Royle damit ihrem Wunsch nach Unterstützung Ausdruck verlieh. Cecily und Sarah eilten umgehend nach oben, um ihre Nachmittagskleider auszuwählen, und Iris stieß irgendeinen Unsinn über Magendrücken hervor und flüchtete ebenfalls. Honoria saß in der Falle und wurde sofort in Mrs Royles Zweipersonen-Lunchkomitee berufen.

„Ursprünglich hatte ich geplant, Fleischpasteten servieren zu lassen. Die sind für draußen so praktisch, aber jetzt glaube ich, dass wir mehr Fleisch brauchen. Glauben Sie, dass den Herren kaltes Roastbeef schmeckt?"

„Natürlich", erwiderte Honoria und folgte ihrer Gastgeberin zur Küche. Kaltes Roastbeef schmeckte doch allen.

„Mit Senf?"

Honoria öffnete den Mund, um etwas zu erwidern, doch Mrs Royle schien nicht mit einer Antwort zu rechnen, da sie einfach weitersprach: „Wir servieren drei Sorten. Und Kompott."

Honoria wartete einen Augenblick, und als deutlich wurde, dass Mrs Royle diesmal auf Antwort wartete, sagte sie: „Das klingt wunderbar."

Es war nicht das leuchtendste Beispiel ihrer Konversationskunst, doch bei dem Thema brachte sie nichts Besseres zustande.

„Oh!" Mrs Royle blieb stehen und drehte sich so abrupt um, dass Honoria beinahe in sie hineingelaufen wäre. „Ich habe vergessen, Cecily etwas zu sagen."

„Was denn?", fragte Honoria, doch Mrs Royle war schon ein Stück weit den Flur hinuntergeeilt und rief eine Dienstbotin herbei. Als sie zurückkehrte, erklärte sie: „Sie soll heute Nachmittag Blau tragen. Ich habe gehört, dass das die Lieblingsfarbe von zweien unserer Gäste ist."

Woher sie das wusste, war Honoria ein Rätsel.

„Und es betont ihre Augen", fügte Mrs Royle hinzu.

„Cecily hat wunderschöne Augen", stimmte Honoria zu.

Mrs Royle sah sie merkwürdig an und meinte dann: „Sie sollten vielleicht auch öfter mal Blau tragen, dann wirken Ihre Augen nicht so ungewöhnlich."

„Mir gefallen meine Augen", beteuerte Honoria lächelnd.

Mrs Royle presste skeptisch die Lippen zusammen. „Die Farbe ist sehr selten."

„Sie liegt in der Familie. Mein Bruder hat dieselbe Augenfarbe."

„Ach ja, Ihr Bruder." Mrs Royle seufzte. „So schade um ihn."

Honoria nickte. Vor drei Jahren hätte sie sich über die Bemerkung geärgert, doch inzwischen war sie nicht mehr so ungestüm und sah die Sache pragmatischer. Außerdem stimmte es ja. Es war wirklich schade um ihn. „Wir hoffen, dass er irgendwann zurückkommen kann."

Mrs Royle schnaubte. „Nicht bevor Ramsgate tot ist. Ich kenne ihn schon von klein auf, und er ist störrisch wie ein Esel."

Honoria blinzelte. Derart direkte Aussagen war sie von Cecilys Mutter nicht gewohnt.

„Nun", sagte Mrs Royle seufzend, „ich kann es leider nicht ändern. Also, zum Nachtisch bereitet die Köchin Vanillecreme mit Erdbeeren und Makronen zu."

„Das ist eine wunderbare Idee!" Honoria hatte inzwischen begriffen, dass ihre Aufgabe darin bestand, Mrs Royle so oft wie möglich zuzustimmen.

„Vielleicht sollte sie auch noch Kekse backen", meinte Mrs Royle stirnrunzelnd. „Ihre Kekse sind ziemlich gut, und die Gentlemen werden großen Hunger haben. Die Jagd ist anstrengend."

Honoria fand zwar, dass die Jagd für die Vögel weitaus anstrengender war als für die Menschen, aber das behielt sie wohl besser für sich. Eine Bemerkung konnte sie sich jedoch nicht verkneifen. „Ist es nicht interessant, dass die Herren lieber auf die Jagd als in die Kirche gegangen sind?"

„Es steht mir nicht zu, jungen Gentlemen vorzuschreiben, wie sie ihr Leben zu führen haben", erwiderte Mrs Royle spröde. „Es sei denn, sie wären meine Söhne, dann müssten sie immer das tun, was ich sage."

Honoria, die in dieser Bemerkung keinerlei Ironie entdecken konnte, nickte einfach nur. Sie hatte so das Gefühl, dass auch Cecilys zukünftiger Ehemann zur Gruppe der Herren gehören würde, die immer tun mussten, was Mrs Royle sagte.

Hoffentlich wusste der arme Mann – wer immer es auch sein mochte –, worauf er sich einließ. Daniel hatte ihr einmal anvertraut, dass der beste Rat, den er je zum Thema Heiraten erhalten hatte, von Lady Danbury gekommen war (natürlich ungefragt), einer Angst einflößenden alten Dame, die ihre Ratschläge freigebig an alle verteilte, die bereit waren, ihr zuzuhören.

Und auch an ziemlich viele, die nicht dazu bereit waren.

Laut Lady Danbury sollte ein Mann sich im Klaren darüber sein, dass er nicht nur seine Braut heiratete, sondern immer auch seine Schwiegermutter.

Nun ja, vielleicht nicht in jeder Hinsicht, hatte Daniel hinzugefügt und verschmitzt gelacht. Honoria hatte ihn nur verständnislos angesehen, was ihren Bruder nur noch mehr erheiterte.

Manchmal war er wirklich ein Schuft. Trotzdem vermisste sie ihn.

Aber eigentlich war Mrs Royle gar nicht so schlimm, nur eben wild entschlossen, und aus eigener Erfahrung wusste Honoria, dass wild entschlossene Mütter ziemlich furchterregend sein konnten. Ihre Schwestern erzählten immer noch von dem Ehrgeiz, den ihre Mama an den Tag gelegt hatte, als es darum ging, passende Gatten für die Töchter zu finden. Margaret, Henrietta, Lydia und Charlotte Smythe-Smith wurden immer zum rechten Zeitpunkt am rechten Ort gesichtet, und sie alle hatten sich gut verheiratet. Nicht brillant, aber gut. Und sie hatten dafür höchstens zwei Saisons gebraucht.

Honoria hingegen blickte nun schon ihrer dritten Saison entgegen, und die Versuche ihrer Mutter, sie vorteilhaft unter die Haube zu bringen, konnten bestenfalls halbherzig genannt werden. Es war nicht so, als wollte sie nicht, dass ihre Jüngste heiratete, sie konnte sich nur nicht dazu durchringen, die Angelegenheit mit großem Interesse zu verfolgen.

Seit Daniel das Land verlassen hatte, brachte ihre Mutter für nichts mehr großes Interesse auf.

Wenn also Mrs Royle davon schwatzte, extra Nachtisch zubereiten zu lassen und ihre Tochter zwang, sich umzuziehen, weil sie vage Gerüchte über die Lieblingsfarbe der anwesenden Herren gehört hatte, dann tat sie das aus Liebe, und das konnte Honoria ihr wahrhaftig nicht zum Vorwurf machen.

„Das ist nett von Ihnen, dass Sie mir bei den Vorbereitungen helfen“, lobte Mrs Royle. „Die Arbeit fällt einem viel leichter, wenn ein zweites Paar Hände mit anpackt, hat meine Mutter immer gesagt.“

Honoria fand zwar, dass sie eher ein zweites Paar Ohren bereitstellte, bedankte sich aber dennoch höflich und folgte der

Dame des Hauses in den Garten, wo das Picknick stattfinden sollte.

„Ich hatte den Eindruck, dass Mr Bridgerton meine Cecily recht interessiert angesehen hat", sagte Mrs Royle und trat in die nun doch nicht mehr ganz so strahlende Sonne. „Finden Sie nicht auch?"

„Ist mir nicht aufgefallen", entgegnete Honoria. Es war ihr tatsächlich nicht aufgefallen, aber, verflixt, wenn es nun doch stimmte?

„Oh ja", bekräftigte Mrs Royle entschieden, „beim Essen gestern Abend. Er hat ganz breit gelächelt."

Honoria räusperte sich. „Er lächelt doch ziemlich oft."

„Ja, aber er hat *anders* gelächelt."

„Vermutlich." Honoria blinzelte zum Himmel empor. Oben ballten sich die Wolken. Allerdings sah es nicht nach Regen aus.

„Ja, ich weiß", sagte Mrs Royle, die ihrem Blick gefolgt war. „Es ist nicht mehr so sonnig wie heute Vormittag. Ich hoffe, das Wetter hält noch bis zum Picknick."

Und noch mindestens zwei Stunden danach, hoffte Honoria. Sie hatte einen Plan. Für den sie – sie sah sich suchend um, schließlich war das hier ein Garten – dringend eine Schaufel benötigte.

„Es wäre eine richtige Tragödie, wenn wir das Picknick nach innen verlegen müssten", fuhr Mrs Royle fort. „Schon weil man es in dem Fall kaum noch Picknick nennen könnte."

Honoria nickte abwesend, den Blick immer noch prüfend gen Himmel gerichtet. Eine Wolke kam ihr etwas grauer vor als die anderen, aber segelte sie auf sie zu oder von ihnen weg?

„Nun, ich kann wohl nichts anderes tun als abwarten", erklärte Mrs Royle. „Und ein echter Schaden entsteht ja nicht. Ein Gentleman kann sich drinnen genauso verlieben wie draußen, und wenn Mr Bridgerton tatsächlich ein Auge auf meine Cecily geworfen hat, wird sie ihn wenigstens am Pianoforte beeindrucken können."

„Sarah spielt auch sehr gut“, merkte Honoria an.

Mrs Royle blieb tatsächlich stehen und drehte sich um. „Wirklich?“

Honoria war nicht überrascht, dass sie so überrascht klang. Immerhin war sie letztes Jahr auf der musikalischen Soiree gewesen.

„Wahrscheinlich werden wir ohnehin nicht reingehen“, fuhr Mrs Royle fort, ehe Honoria antworten konnte. „Der Himmel sieht gar nicht so bedrohlich aus. Hmmm. Ich muss gestehen, dass ich zwar die Hoffnung hege, Mr Bridgerton könnte sich für Cecily interessieren – oh, ob das Dienstmädchen ihr wohl das mit dem blauen Kleid noch rechtzeitig ausgerichtet hat, wenn sie sich umziehen muss, wird sie sich ärgern –, aber natürlich wäre Lord Chatteris noch aufregender.“

Honoria zuckte erschrocken zusammen. „Aber der kommt doch gar nicht.“

„Nein, das nicht, aber er ist schließlich unser Nachbar. Und wie Cecily neulich sagte, bedeutet das, dass er in London mit ihr tanzen wird – man muss alle Chancen nutzen, die sich bieten.“

„Ja, natürlich, aber ...“

„Er zeigt sich sonst nicht vielen jungen Damen geneigt“, sagte Mrs Royle stolz. „Ihnen, nehme ich an, aufgrund Ihrer früheren Verbindung, und vielleicht ein, zwei anderen. Das macht es ihr umso leichter, seine Aufmerksamkeit zu erregen. Außerdem grenzt unser Land direkt an seines. Bestimmt will er es haben.“

Honoria räusperte sich. Sie hatte keine Ahnung, was sie darauf erwidern sollte.

„Nicht dass wir ihm alles geben würden“, betonte Mrs Royle. „Der Besitz ist zwar erbrechtlich nicht gebunden, aber ich könnte Georgie nie so ins Unrecht setzen.“

„Georgie?“

„Mein ältester Sohn.“ Sie sah Honoria prüfend an und wedelte dann wegwerfend mit der Hand. „Nein, Sie sind zu alt für ihn. Schade.“

Honoria entschied, dass es darauf keine passende Antwort gab.

„Einen Teil könnten wir aber Cecilys Mitgift zuschlagen. Das wäre mir eine Countess in der Familie schon wert."

„Ich bin mir gar nicht so sicher, ob Lord Chatteris auf der Suche nach einer Frau ist", meinte Honoria zögernd.

„Unsinn. Alle unverheirateten Männer sehen sich nach einer Frau um. Sie wissen es nur oft noch nicht."

Honoria rang sich ein Lächeln ab. „Ich werde es mir merken."

Mrs Royle warf Honoria einen forschenden Blick zu. „Das sollten Sie", sagte sie schließlich, nachdem sie offenbar zu dem Schluss gekommen war, dass Honoria sich nicht über sie lustig machte. „Ah, was halten Sie von diesen Blumenarrangements? Sind nicht vielleicht zu viele Krokusse verarbeitet?"

„Ich finde sie wunderschön." Die Lilafarbenen gefielen ihr besonders. „Außerdem ist es ja noch früh im Jahr. Zurzeit gibt es eben fast nur Krokusse."

Mrs Royle seufzte tief. „Ja, schon. Aber ich finde sie doch recht gewöhnlich."

Mit einem verträumten Lächeln strich Honoria über die Blütenblätter. Krokusse hatten etwas an sich, was sie mit Zufriedenheit erfüllte. „Ich betrachte sie lieber als ländlich."

Mrs Royle ließ sich das durch den Kopf gehen, befand anscheinend, dass keine Entgegnung nötig war, und wandte sich zum Gehen. „Ich glaube, ich weise die Köchin jetzt doch an, die Kekse zu backen."

„Ist es Ihnen recht, wenn ich hierbleibe?", fragte Honoria rasch. „Ich arrangiere so gerne Blumen."

Mrs Royle schaute vielsagend erst auf die kunstvoll arrangierten Blumen und dann auf Honoria.

„Ich will sie doch nur ein wenig aufschütteln."

Mrs Royle zuckte mit den Achseln. „Wenn Sie möchten. Vergessen Sie nicht, sich umzuziehen, ehe die Gentlemen zurückkehren. Aber bitte nichts Blaues. Ich möchte, dass Cecily hervorsticht."

„Ich habe, glaube ich, gar nichts Blaues eingepackt“, erklärte Honoria diplomatisch. Sie wartete ab, bis ihre Gastgeberin im Haus verschwunden war. Leider machten sich immer noch diverse Dienstmädchen an Gabeln, Löffeln und dergleichen zu schaffen. Honoria zupfte an den Blumen herum und sah sich im Garten um. Da blitzte doch etwas silbern neben dem Rosenbusch! Mit einem Seitenblick vergewisserte sie sich, dass die Dienstmädchen beschäftigt waren, und ging über den Rasen, um sich die Sache näher anzusehen.

Es handelte sich tatsächlich um einen kleinen Spaten, den die Gärtner dort offenbar vergessen hatten. „Danke“, murmelte sie in sich hinein. Auch wenn es keine richtige große Schaufel war, würde sie damit wohl zurechtkommen. Zumal sie sich noch nicht recht schlüssig geworden war, wie man die Worte „große Schaufel“ und „unauffällig“ in einem Satz unterbringen konnte.

Selbst der schlanke Spaten war noch ein Problem, denn keines ihrer Kleider hatte Taschen, erst recht keine, in denen sich ein Werkzeug verbergen ließe, das halb so lang war wie ihr Unterarm. Schließlich hatte sie den Spaten irgendwo versteckt, um ihn später am Nachmittag in einem geeigneten Augenblick zu holen.

Und nachdem sie nun endgültig davon überzeugt war, dass Mr Bridgerton der richtige Kandidat war, beschloss sie, genau das tun.

4. KAPITEL

Was *trieb* sie da nur?

Marcus hatte sich ursprünglich gar nicht verstecken wollen, doch als er bei seinem Spaziergang unvermittelt auf eine im Boden grabende Honoria stieß, konnte er es sich nicht verkneifen. Er musste einfach einen Schritt zurücktreten und beobachten, wie sich die Situation entwickelte.

Sie war mit einem recht kleinen Spaten zugange, und auch das Loch, das sie grub, schien recht winzig, denn nach kaum einer Minute stand sie schon wieder auf, prüfte ihr Werk erst mit einem Blick, dann mit dem Fuß, und dann – Marcus duckte sich rasch hinter einen Baum – sah sie sich um, bis sie einen Haufen vertrockneter Blätter entdeckt hatte, unter denen sie ihren Spaten versteckte.

In diesem Moment hätte er sich ihr beinahe gezeigt. Doch dann kehrte sie noch mal zu ihrem Loch zurück, begutachtete es stirnrunzelnd, ging zu dem Blätterhaufen zurück und zog den Spaten hervor.

Dann hockte sie sich wieder hin, um ihr Werk noch ein wenig nachzubessern. Allerdings raubte sie ihm dabei die Sicht, sodass er erst dann erkennen konnte, was sie gebaut hatte, als sie zurück zu ihrem Blätterhaufen ging, um das Werkzeug erneut zu verstecken: Das Loch war jetzt von einem Wall aus loser Erde umgeben.

Honoria hatte ein Maulwurfsloch gegraben, samt Hügel.

Ob ihr wohl klar war, dass solche Maulwurfshügel in der Natur niemals isoliert auftauchten? Wenn einer da war, war normalerweise der nächste nicht weit. Aber vielleicht spielte das für ihr Vorhaben keine Rolle. Sie hatte das Loch so oft mit dem Fuß getestet, dass Marcus annahm, dass sie einen Fall vortäuschen wollte. Oder jemand anderen zu Fall bringen. Wie auch immer, angesichts eines verstauchten Knöchels würde man wohl kaum nach weiteren Maulwurfshügeln fahnden.

Er sah ihr noch eine Weile zu. Eigentlich hätte es ihn ja langweilen müssen, eine Dame dabei zu beobachten, wie sie in ein eigenhändig gegrabenes Loch starrte, doch er fand es unerwartet unterhaltsam. Wahrscheinlich, weil Honoria sich solche Mühe gab, ihre eigene Langeweile zu vertreiben. Zuerst schien sie etwas zu rezitieren, von dem sie allerdings, ihrer gekrausten Nase nach zu urteilen, das Ende nicht mehr wusste. Dann tanzte sie einen kleinen Jig. Danach drehte sie sich mit einem unsichtbaren Partner im Walzertakt, und zwar erstaunlich anmutig. Ohne Musik bewegte sie sich wesentlich besser als mit.

In ihrem hellgrünen Kleid wirkte sie fast wie ein Waldgeist. Er sah sie förmlich vor sich, wie sie in einem Blätterkleid zwischen den Bäumen herumhüpfte.

Honoria war immer ein Mädchen vom Land gewesen. Damals auf Whipple Hill tobte sie begeistert draußen herum, erklomm Bäume und kollerte die Hügel hinunter. Meist versuchte sie, sich ihm und Daniel anzuschließen, aber selbst wenn die beiden Freunde sie nicht mitnahmen, fand sie Mittel und Wege, sich zu amüsieren, fast immer an der frischen Luft. An einem Nachmittag war sie fünfzig Mal ums Haus spaziert, nur um zu sehen, ob das möglich war.

Es war ein großes Haus. Am nächsten Tag hatte sie schlimmen Muskelkater gehabt. Selbst Daniel hatte ihr abgenommen, dass sie tatsächlich Schmerzen litt.

Marcus dachte an Fensmore, seinen eigenen Landsitz. Er war riesig groß. Niemand, der nur halbwegs bei Vernunft war, würde ihn auch nur zehn Mal an einem Tag umrunden, geschweige denn fünfzig Mal. Er grübelte einen Augenblick – hatte Honoria ihn je dort besucht? Aber wann hätte sie das tun sollen? Bestimmt nicht, als sie beide noch Kinder waren. Sein Vater war nie für seine Gastfreundschaft berühmt gewesen, und außerdem hätte Marcus ohnehin keinen Kameraden in das stille Mausoleum seiner Jugend einladen wollen.

Nach ungefähr zehn Minuten schien sich Honoria doch zu langweilen. Und damit wurde es auch für Marcus langweilig, denn nun kauerte sie nur an einem Baum, hatte die Ellbogen auf die Knie und das Kinn in die Hand gestützt.

Doch dann hörte er jemanden kommen. Sie hörte es auch, sprang auf, rannte zu ihrem Loch und steckte den Fuß hinein. Dann ließ sie sich unbeholfen auf dem Boden nieder, wo sie eine so anmutige Pose einnahm, wie es nur möglich war, wenn man mit einem Fuß in einem Maulwurfshügel steckte.

Sie wartete einen Augenblick, offenbar in Alarmbereitschaft, bis derjenige, der da durch den Wald streifte – wer immer es auch sein mochte –, näher gekommen war, und stieß dann einen ziemlich glaubhaften Schrei aus.

Bei all den weihnachtlichen Krippenspielen hatte sie offenbar eine Menge gelernt. Hätte er nicht gerade mit eigenen Augen beobachtet, wie sie ihren Unfall inszeniert hatte, dann wäre er jetzt überzeugt, dass sie sich wirklich verletzt hatte.

Gespannt wartete er darauf, wer sich nun zeigen würde.

Und wartete.

Und wartete.

Sie wartete auch, aber wohl zu lange, sodass auch ihr zweiter „Schmerzensschrei" ungehört verhallte. Niemand kam, um sie zu retten.

Sie stieß einen letzten Schrei aus, der allerdings einiges an Herzblut vermissen ließ. „Zum Kuckuck!", stieß sie hervor und riss ihren Fuß aus dem Loch.

Marcus begann zu lachen.

Sie schnappte entsetzt nach Luft. „Wer ist da?"

Verdammt, sie hätte das nicht hören sollen. Er kam hinter dem Baum hervor, schließlich wollte er ihr keine Angst machen.

„Marcus?"

Grüßend hob er die Hand. Er hätte etwas gesagt, doch sie lag immer noch auf dem Boden, und ihr Schuh war voll Erde. Und ihr Gesicht … Oh, etwas so Komisches hatte er noch nie gesehen. Sie war empört und gedemütigt und schien sich zwischen den beiden Gefühlen nicht recht entscheiden zu können.

„Hör auf zu lachen!“

„Tut mir leid“, entschuldigte er sich gänzlich unzerknirscht.

Sie verzog das Gesicht zu einem urkomisch finsteren Ausdruck. „Was machst du hier?“

„Ich wohne hier.“ Er trat näher und bot ihr die Hand – wie es sich für einen Gentleman schickte.

Ihre Augen wurden jetzt gefährlich schmal. Offenbar glaubte sie ihm kein Wort.

„Nun, ich wohne ganz in der Nähe“, verbesserte er sich. „Der Pfad verläuft im Zickzack über der Grenze.“

Endlich ergriff sie seine Hand und ließ sich von ihm aufhelfen. Dann versuchte sie, den Schmutz von den Röcken zu klopfen, doch der Boden war feucht gewesen, und so blieben die Krumen an dem Stoff hängen. Honoria schimpfte leise vor sich hin und gab schließlich auf. „Wie lange bist du schon hier?“

Er grinste. „Länger, als du dir wünschen würdest.“

Sie stöhnte peinlich berührt auf: „Du würdest das nicht zufällig für dich behalten?“

„Ich verrate kein Wort“, versprach er. „Wen genau wolltest du denn auf dich aufmerksam machen?“

Sie schnaubte abfällig. „Also bitte. Du bist der Letzte, dem ich das erzählen würde.“

Er hob eine Braue. „Wirklich der Letzte?“

Sie warf ihm einen ungeduldigen Blick zu.

„Du würdest es also eher dem König erzählen, dem Premier …“

„Hör auf“, schalt sie – unterdrückte aber dabei ein Lächeln. „Stört es dich, wenn ich mich wieder hinsetze?“

„Nicht im Geringsten.“

„Mein Kleid ist ja schon schmutzig.“ Sie suchte sich einen Platz am Fuß des Baumes. „Noch ein paar Minuten auf dem Boden können da nichts mehr weiter anrichten.“ Sie setzte sich und hob vielsagend die Augenbrauen. „Jetzt ist übrigens der Moment gekommen, wo du mir sagen solltest, dass ich frisch wie ein Gänseblümchen aussehe."

„Kommt auf das Gänseblümchen an, finde ich."

Der ungläubige Blick, den sie ihm daraufhin zuwarf, war ihm so vertraut, dass es beinahe komisch war. Wie viele Jahre verdrehte sie nun schon die Augen über seine Bemerkungen? Vierzehn? Fünfzehn? Bisher war ihm das noch gar nicht bewusst geworden, aber sie war gewiss die einzige Frau in seinem Bekanntenkreis, die sich ihm gegenüber völlig freimütig äußerte und auch mal einen gesunden Sarkasmus an den Tag legte.

Deswegen fuhr er so ungern zur Saison nach London: Die Frauen dort zierten und spreizten sich und sagten immer nur das, was er ihrer Meinung nach hören wollte.

Und die Männer ebenfalls.

Die Ironie an der Sache war, dass die Leute dabei fast immer falschlagen. Er hatte nie Interesse an Speichelleckern gehabt. Er hasste es, wenn man wie gebannt an seinen Lippen hing. Er wollte nicht, dass man seine ganz und gar durchschnittliche Weste wegen ihrer bemerkenswerten Passform und ihres Schnitts bewunderte.

Nach Daniels Abreise gab es niemanden mehr, der ihn wirklich kannte. Er hatte keine lebenden Verwandten, es sei denn, man ging auf der Suche nach irgendeinem gemeinsamen Ahnen vier Generationen zurück. Er war das Einzelkind eines Einzelkindes. Die Holroyds waren nicht gerade bekannt für ihre Fortpflanzungsfreudigkeit.

Er lehnte sich an einen Baum und beobachtete Honoria, die jetzt müde und elend auf dem Boden saß. „Diese Gesellschaft ist nicht ganz so erfolgreich, wie du dir das vorgestellt hast, nicht wahr?"

Fragend sah sie zu ihm auf.

„In deinem Brief hast du sie mir ja in den rosigsten Farben geschildert."

„Na, ich wusste, dass du sie einfach fürchterlich finden würdest."

„Vielleicht hätte ich mich ja amüsiert", sagte er, obwohl beide wussten, dass das nicht stimmte.

Das zog ihm einen weiteren ihrer Blicke zu. „Die Gesellschaft hätte aus vier unverheirateten jungen Damen bestanden, vier jungen Herren von der Universität, Mr und Mrs Royle und dir." Und während er das noch verarbeitete, fügte sie hinzu: „Und vielleicht einem Hund."

Er grinste trocken. „Ich mag Hunde."

Honoria lachte leise. Dann nahm sie einen Zweig zur Hand, der neben ihr lag, und begann Kreise in die Erde zu zeichnen. Sie wirkte so verloren, wie sie da saß. Ein paar glatte Strähnen hatten sich aus ihrem Knoten gelöst. Sie sah müde aus. Müde und … noch etwas. Etwas, was ihm gar nicht gefiel.

Sie wirkte niedergeschlagen.

Das war einfach falsch. Honoria Smythe-Smith durfte nicht niedergeschlagen aussehen.

„Honoria", begann er.

Sie sah abrupt auf. „Ich bin einundzwanzig, Marcus."

Er hielt inne, versuchte nachzurechnen. „Das kann doch nicht sein."

Verdrossen presste sie die Lippen zusammen. „Glaub mir, es ist so. Letztes Jahr gab es ein paar Gentlemen, von denen ich dachte, sie würden sich für mich interessieren, aber keiner konnte sich zu einem Heiratsantrag durchringen." Sie zuckte mit den Schultern. „Ich weiß nicht, warum."

Marcus räusperte sich und rückte dann angelegentlich sein Krawattentuch gerade.

„Wahrscheinlich war es ganz gut so", fuhr sie fort. „Ich konnte mich für keinen von ihnen erwärmen. Und einer von ihnen war richtig … also, ich habe einmal gesehen, wie er einen Hund getreten hat." Sie runzelte die Stirn. „Da konnte ich es unmöglich in Betracht ziehen … na, du weißt schon."

Er nickte.

Sie richtete sich auf und lächelte entschlossen. Vielleicht zu entschlossen. „Dieses Jahr will ich es unbedingt besser machen."

„Gewiss doch."

Misstrauisch sah sie ihn an.

„Was habe ich denn gesagt?"

„Nichts. Aber du brauchst nicht so herablassend zu sein."

Wovon zum Teufel redete sie? „War ich doch gar nicht."

„Also bitte, Marcus. Du bist *immer* herablassend."

„Das musst du mir erklären!", verlangte er in scharfem Ton.

Sie blickte ihn an, als könnte sie nicht glauben, dass er es nicht selbst sah. „Ach, du weißt doch, was ich meine."

„Nein, ich weiß *nicht*, was du meinst."

Sie stieß ein verächtliches Schnauben aus und kam auf die Füße. „Du siehst die Leute immer so an." Und dann zog sie ein Gesicht, das er mit Worten nicht zu beschreiben gewusst hätte.

„Wenn ich je *so* dreinschaue", erklärte er trocken, „genau *so*, dann darfst du mich erschießen."

„Da", sagte sie triumphierend. „Genau das meine ich."

Er begann sich zu fragen, ob sie dieselbe Sprache sprachen. „Was?"

„*Das!* Was du eben gesagt hast."

Er verschränkte die Arme. Das schien ihm die einzig passende Reaktion. Wenn sie nicht einmal in ganzen Sätzen reden konnte, sah er keinen Grund, überhaupt etwas zu sagen.

„Du hast die ganze letzte Saison damit zugebracht, mich finster anzustarren. Immer wenn ich dich getroffen habe, hast du mich missbilligend angeschaut."

„Ich versichere dir, dass das nicht in meiner Absicht gelegen hat." Zumindest nicht *ihr* gegenüber. Er missbilligte die Männer, die sie umwarben, aber niemals Honoria.

Sie verschränkte jetzt ebenfalls die Arme und sah ihn verärgert an. Er hatte den Eindruck, dass sie überlegte, ob sie seine

Bemerkung als Entschuldigung interpretieren sollte. Obwohl sie gar keine gewesen war.

„Kann ich dir irgendwie helfen?", fragte er, sorgsam auf seine Worte – und seinen Tonfall – bedacht.

„Nein", erwiderte sie lakonisch. Und dann: „Danke."

Er seufzte müde und dachte, es sei wohl an der Zeit, die Taktik zu ändern. „Honoria, du hast keinen Vater mehr, dein Bruder hält sich – unseres Wissens – irgendwo in Italien auf, und deine Mutter möchte sich nach Bath zurückziehen."

„Worauf willst du hinaus?", stieß sie wütend hervor.

„Du bist allein auf der Welt", erwiderte er beinahe ebenso bissig. Er konnte sich nicht entsinnen, wann ihm gegenüber das letzte Mal ein solcher Ton angeschlagen worden war. „Oder so gut wie."

„Ich habe Schwestern", protestierte sie.

„Hat eine von ihnen angeboten, dich aufzunehmen?"

„Natürlich nicht. Sie wissen, dass ich bei Mutter lebe."

„Die sich nach Bath zurückziehen will", erinnerte er sie.

„Ich bin nicht allein", beteuerte sie mit leidenschaftlicher und, zu seinem Entsetzen, tränenerstickter Stimme. Doch falls sie tatsächlich kurz davor war, in Tränen auszubrechen, wusste sie das geschickt zu unterdrücken. Als sie weitersprach, klang sie nur noch zornig und entrüstet. „Ich habe haufenweise Cousinen. Haufenweise. Und vier Schwestern, die mich sofort bei sich aufnehmen würden, wenn sie es für nötig hielten."

„Honoria …"

„Und ich habe einen Bruder, selbst wenn wir nicht wissen, wo er sich gerade aufhält. „Ich brauche …" Sie unterbrach sich und blinzelte, als hätten sie die Worte überrascht, die sich auf ihre Zunge drängten.

Doch sie sprach sie trotzdem aus. „Ich brauche dich nicht."

Darauf trat eine schreckliche Stille ein. Marcus dachte nicht an all die Mahlzeiten, die er mit ihrer Familie eingenommen hatte. Oder die Krippenspiele, in denen er immer einen Baum gespielt hatte. Sie waren grässlich gewesen, ohne Ausnahme, aber er hatte jeden blättrigen Augenblick geliebt. Die Hauptrollen hatten ihn nie gereizt – er war erleichtert, dass er nie etwas zu sagen brauchte –, aber er hatte furchtbar gern mitgemacht. Er war so gern dort gewesen. Bei ihnen. Der Familie.

Aber daran dachte er jetzt nicht. Er war sich jedenfalls ziemlich sicher, dass er nicht an all das dachte, als er das Mädchen anstarrte, das ihm eben gesagt hatte, sie brauche ihn nicht.

Und vielleicht brauchte sie ihn auch nicht.

Vielleicht war sie kein Mädchen mehr.

Verdammt.

Er stieß den Atem aus und sagte sich, dass es keine Rolle spielte, was sie von ihm hielt. Daniel hatte ihn gebeten, auf sie aufzupassen, und genau das wollte er tun.

„Du brauchst …" Er seufzte und überlegte sich, wie er es formulieren könnte, ohne sie noch mehr zu erzürnen. Schließlich musste er sich eingestehen, dass das wohl nicht möglich war, und so sprach er es einfach aus. „Du brauchst Hilfe."

Sie wich ein Stück zurück. „Dienst du dich etwa als mein Vormund an?"

„Nein", entgegnete er heftig. „Nein, glaub mir, das ist das Letzte, was ich wollte."

Sie verschränkte die Arme. „Weil ich so eine Plage bin."

„Nein." Lieber Himmel, wie hatte diese Unterhaltung so rasch entgleiten können? „Ich versuche lediglich, dir zu helfen."

„Ich brauche keinen zweiten Bruder", erwiderte sie scharf.

„Das will ich ja auch gar nicht *sein*", sagte er ebenso aufgebracht. Und dann sah er sie noch einmal an, sah sie auf andere Weise an als je zuvor. Vielleicht waren es ihre Augen oder ihr zornesroter Teint. Oder die Art, wie sie atmete. Oder ihre gerundete Wange. Oder der kleine Fleck, wo ihr …

„Du hast Erde auf der Wange", sagte er und reichte ihr sein Taschentuch. Das stimmte zwar nicht, aber er wollte das Thema wechseln.

Dringend.

Sie tupfte sich das Gesicht mit dem Taschentuch ab, besah sich dann das noch immer schneeweiße Tuch, runzelte die Stirn und tupfte noch einmal.

„Jetzt ist es weg."

Sie gab ihm das Taschentuch zurück, blieb einfach stocksteif stehen und betrachtete ihn mit mürrischem Blick. Sie sah wieder aus wie zwölf, beziehungsweise ihre Miene war die einer Zwölfjährigen, was ihm jetzt gerade recht kam.

„Honoria", sagte er vorsichtig, „als Daniels Freund …"

„Nicht." Mehr sagte sie nicht. Nur das.

Er atmete tief durch und nutzte die Zeit, um sich seine Worte zurechtzulegen. „Warum fällt es dir so schwer, Hilfe anzunehmen?"

„Tust du es denn?", konterte sie.

Er starrte sie an.

„Nimmst du gern Hilfe von anderen an?"

„Kommt darauf an, wer sie mir anbietet."

„Ich." Sie verschränkte einmal mehr die Arme und wirkte recht zufrieden mit ihrer Antwort, obwohl er sich wirklich nicht vorstellen konnte, warum. „Stell es dir nur mal vor. Stell dir mal vor, die Situation wäre anders herum."

„Mal angenommen, es ging um etwas, worin du Erfahrung hättest, dann, ja, dann würde ich mir gern von dir helfen lassen." Nun verschränkte auch er die Arme, ebenfalls ziemlich befriedigt. Es war ein wunderbarer Satz, beruhigend und nett und vollkommen nichtssagend.

Er wartete darauf, dass sie etwas sagte, doch nach einigen Augenblicken schüttelte sie nur kurz den Kopf und sagte: „Ich muss zurück."

„Wird man dich denn vermissen?"

„Man hätte mich längst vermissen sollen", brummte sie.

„Der verstauchte Knöchel", murmelte er und nickte mitfühlend.

Darauf reagierte sie mit einem finsteren Blick und stapfte davon. In die falsche Richtung.

„Honoria!“

Sie wandte sich um.

Er gab sich größte Mühe, nicht zu lächeln, als er in die richtige Richtung wies. „Da geht es nach Bricstan.“

Sie biss die Zähne zusammen, sagte aber nur: „Danke“, und drehte sich um. Etwas zu schnell, sodass sie ins Stolpern kam. Sie schrie auf, während sie versuchte, das Gleichgewicht wiederzuerlangen, und Marcus reagierte, wie jeder Gentleman instinktiv reagiert hätte. Er eilte zu ihr, um sie zu stützen.

Nur dass er dabei in das verdammte Maulwurfsloch trat.

Der nächste Aufschrei kam von ihm, in Form eines Fluchs, wie er danach beschämt feststellte. Er geriet ins Taumeln, und dann fielen sie beide hin und landeten mit einem dumpfen Schlag auf dem Boden, Honoria auf dem Rücken, Marcus auf ihr.

Sofort stemmte er sich auf die Ellbogen, um sie nicht zu erdrücken, und blickte auf sie hinab. Er sagte sich, dass er das nur tat, um sich zu vergewissern, dass mit ihr alles in Ordnung war. Er wollte sie fragen, sobald er wieder Luft bekam. Doch als er sie ansah, rang sie selbst gerade nach Atem. Sie hatte die Lippen geöffnet, ihr Blick war benommen, und so tat er, was jeder Mann in dieser Lage getan hätte: Er senkte den Kopf, um sie zu küssen.

5. KAPITEL

Im einen Moment stand Honoria aufrecht da – also gut, sie hatte nicht ganz und gar aufrecht dagestanden. Sie hatte Marcus so schnell entkommen wollen, dass sie sich zu schnell umgedreht hatte, auf der feuchten Erde ausgerutscht war und das Gleichgewicht verloren hatte.

Aber sie hatte fast aufrecht dagestanden und hätte im nächsten Augenblick auch *ganz* aufrecht dagestanden, wenn Marcus sich nicht (im wahrsten Sinne des Wortes) auf sie gestürzt hätte.

Das wäre schon beunruhigend genug gewesen, doch dann war seine Schulter auch noch direkt gegen ihre Mitte geknallt. Die Luft war ihr aus den Lungen gewichen, und dann waren sie beide zu Boden gegangen, wobei Marcus auf sie draufgefallen war.

Das war wohl der Augenblick, in dem Honoria aufgehört hatte zu denken.

So nahe hatte sie noch keinen Mann gespürt – lieber Himmel, wann hätte sie Gelegenheit dazu haben sollen? Hin und wieder hatte sie zu eng Walzer getanzt, aber das war nicht vergleichbar. Sein Gewicht, seine Wärme. Es fühlte sich merkwürdig primitiv an, und noch merkwürdiger war, dass es beinahe angenehm war.

Sie öffnete die Lippen, um etwas zu sagen, doch während sie so dalag und zu ihm aufsah, fand sie keine geeigneten Worte. Er wirkte auf einmal so anders. Sie kannte diesen Mann, fast solange sie denken konnte – wie konnte es angehen, dass ihr nie die Form seiner Lippen aufgefallen war? Oder seine Augen. Dass sie braun waren, hatte sie gewusst, aber nicht, dass sie so warm leuchteten, mit bernsteinfarbenen Flecken am Rand der Iris. Und selbst jetzt schien sich ihre Farbe zu verändern, als er näher kam …

Näher?

Du lieber Himmel. Wollte er sie *küssen*? Marcus?

Sie rang nach Atem. Und öffnete die Lippen. Und irgendetwas in ihr spannte sich vor Erwartung an, und alles, was sie denken konnte, war …

Nichts. Zumindest war das alles, was sie denken sollte, denn Marcus hatte offenbar absolut nicht die Absicht, sie zu küssen. Er stieß eine Reihe von Flüchen aus, wie sie sie seit Daniels Abreise nicht mehr gehört hatte, sprang hastig auf, trat einen Schritt zurück, und dann …

„Verdammt noch mal!“

Etwas wirbelte durch die Luft, ein dumpfer Schlag war zu hören und dann ein Stöhnen, gefolgt von einer weiteren Reihe von Flüchen, die Honoria klugerweise überhörte. Erschrocken stemmte sie sich auf die Ellbogen. Marcus lag auf dem Boden, und diesmal hatte er sich, seiner Miene nach zu urteilen, wirklich verletzt.

„Alles in Ordnung mit dir?“, fragte sie panisch, obwohl sie deutlich erkennen konnte, dass dem nicht so war.

„Es war das Loch“, stieß er hervor, die Zähne vor Schmerz zusammengebissen. Und als bedürfte dies weiterer Erläuterung, fügte er hinzu: „Schon wieder.“

„Es tut mir leid“, sagte sie schnell und rappelte sich auf die Füße. Und weil die Lage ganz offensichtlich eine etwas gehaltvollere Entschuldigung erforderlich machte, wiederholte sie es noch einmal. „Es tut mir sehr, sehr leid.“

Er antwortete nicht.

„Du musst doch wissen, dass es nicht in meiner Absicht gelegen hat …“ Sie beendete den Satz nicht. Sinnloses Geschwätz würde ihr auch nicht weiterhelfen; sie hatte sogar den Eindruck, als wollte er ihre Stimme momentan überhaupt nicht hören.

Sie schluckte nervös und tat zaghaft einen Schritt in seine Richtung. Er lag immer noch am Boden, nicht ganz auf dem Rücken und nicht ganz auf der Seite. An seinen Stiefeln und seiner Hose klebte Erde. Und an seinem Gehrock.

Honoria verzog das Gesicht. Das würde ihm nicht gefallen. Marcus war zwar nie allzu penibel gewesen, aber es war ein sehr schöner Gehrock.

„Marcus“, sagte sie vorsichtig.

Er sah sich finster um. Der Blick war nicht direkt auf sie gerichtet, aber er bestärkte sie doch darin, die Blätter in seinem Haar jetzt lieber nicht zu erwähnen.

Er rollte sich etwas herum, bis er ganz auf dem Rücken lag, und schloss die Augen.

Sie öffnete die Lippen, hätte beinahe etwas gesagt, doch dann wartete sie doch lieber ab. Er holte tief Luft, einmal, zweimal und ein drittes Mal, und als er die Augen öffnete, hatte sich seine Miene verändert. Er wirkte jetzt ruhiger.

Gott sei Dank.

Honoria beugte sich ein wenig vor. Sie hielt es zwar immer noch für angebracht, sich vorzusehen, wagte aber doch die Frage: „Kann ich dir helfen?"

„Gleich", knurrte er. Er richtete sich auf, bis er beinahe aufrecht saß, umfasste seinen Unterschenkel und hob das verletzte Bein aus dem Loch.

Das, wie Honoria sah, sehr viel größer geworden war, seit er zweimal hineingeraten war.

Sie sah zu, wie er seinen Knöchel vorsichtig drehte. Er bewegte den Fuß auf und ab und von links nach rechts. Letzteres schien ihm die größten Schmerzen zu machen.

„Glaubst du, dass er gebrochen ist?", fragte sie.

„Nein."

„Verstaucht?"

Er brummte bejahend.

„Meinst du …"

Er durchbohrte sie mit einem derart wilden Blick, dass sie sofort den Mund schloss. Doch nachdem sie ein paar Augenblicke mit angesehen hatte, wie er sich quälte, konnte sie nicht länger an sich halten. „Marcus?"

Er hatte ihr das Gesicht nicht zugewandt, als sie seinen Namen aussprach, und er drehte sich auch nicht zu ihr um. Doch er hörte auf, sich zu bewegen.

„Meinst du nicht, dass du den Stiefel ausziehen solltest?"

Er schwieg.

„Falls dein Knöchel geschwollen ist."

„Ich *weiß* …" Er hielt inne, atmete tief durch, fuhr dann beherrschter fort: „Ich weiß, warum ich es tun sollte. Ich habe nur nachgedacht."

Sie nickte, obwohl er ihr immer noch den Rücken zukehrte. „Natürlich. Sag mir einfach, ähm …"

Wieder hielt er in seinen Bewegungen inne.

Darauf trat sie hastig einen Schritt zurück.

Er streckte die Hand aus und berührte den Stiefel über dem verletzten Knöchel, vermutlich um die Schwellung zu prüfen. Honoria lief um ihn herum, um sein Gesicht zu sehen. Sie versuchte, das Ausmaß seiner Schmerzen an seiner Miene abzulesen, doch das war schwierig. Sein mühsam unterdrückter Zorn überdeckte alle anderen Regungen.

In der Hinsicht waren Männer wirklich albern. Sie wusste, dass sie schuld war an seiner Verletzung, und sie verstand auch, dass er ein wenig zornig auf sie war, aber es war doch offensichtlich, dass er ihre Hilfe brauchte. Er sah nicht so aus, als käme er von selbst wieder auf die Beine, geschweige denn zurück nach Fensmore. Wenn er vernünftig nachdächte, wäre ihm das alles bewusst, und er ließe sich von ihr helfen. Aber nein, er musste herumtoben wie ein verwundeter Tiger, als bekäme er dadurch das Gefühl, die Lage im Griff zu haben.

„Ähm …" Sie räusperte sich. „Nur damit ich weiß, dass ich das Richtige mache … Kann ich dir irgendwie helfen, oder wäre es das Beste, wenn ich mucksmäuschenstill bin?"

Darauf trat eine quälend lange Pause ein, und dann sagte er: „Hilfst du mir bitte, den Stiefel auszuziehen?"

„Natürlich!" Sie eilte herüber. „Hier, lass mich, ähm …" Als kleines Mädchen hatte sie ihrem Vater geholfen, sich seiner Stiefel zu entledigen, doch seither niemandem mehr, und gewiss keinem Mann, der eben noch auf ihr gelegen hatte.

Ihr Gesicht begann zu brennen. Wo um alles in der Welt war dieser Gedanke hergekommen? Es war ein *Unfall* gewesen. Und es war Marcus. Daran musste sie denken. Marcus. Es war nur Marcus.

Sie setzte sich ihm gegenüber, ans andere Ende seines ausgestreckten Beins, und packte den Stiefel mit der einen Hand am Schaft, mit der anderen an der Sohle. „Bist du bereit?"

Er nickte grimmig.

Sie begann am Stiefel zu ziehen, doch Marcus schrie vor Schmerzen so laut auf, dass sie seinen Fuß sofort fallen ließ.

„Alles in Ordnung?" Beinahe hätte sie ihre eigene Stimme nicht wiedererkannt, so entsetzt hatte sie geklungen.

„Versuch es noch einmal", sagte er barsch.

„Bist du sicher? Weil ..."

„Tu es einfach", stieß er hervor.

„Na schön." Noch einmal nahm sie seinen Fuß, biss die Zähne zusammen und zog. Fest. Diesmal schrie Marcus nicht auf, doch er stieß ein schreckliches Geräusch aus, wie ein sterbendes Tier. Als Honoria es nicht mehr ertragen konnte, hörte sie auf. „Ich glaube, so klappt das nicht." Sie sah ihn an. „Und damit meine ich, dass ich den Stiefel *nie* von dir herunter bekomme."

„Versuch es noch einmal", sagte er. „Die Stiefel sind immer schwer auszuziehen."

„*So* schwer?", fragte sie ungläubig. Und da behaupteten die Leute immer, Damenkleidung sei unpraktisch.

„*Honoria.*"

„Schon gut." Sie versuchte es noch einmal mit demselben Ergebnis. „Tut mir leid, aber ich glaube, du musste das aufschneiden, wenn du heimkommst."

Er verzog gequält das Gesicht.

„Es ist doch nur ein Stiefel", murmelte sie mitfühlend.

„Das ist es doch gar nicht", fuhr er sie an. „Es tut einfach höllisch weh."

„Oh." Sie räusperte sich. „Tut mir leid."

Er atmete lang und zittrig aus. „Du wirst mir aufhelfen müssen."

Sie nickte und stand auf. „Hier, gib mir deine Hand." Sie nahm seine Hand und versuchte ihn hochzuziehen, doch er kam nicht auf die Beine. Nach einem Augenblick ließ er sie los.

Honoria sah auf ihre Hand. Die wirkte plötzlich so leer. Und kalt.

„Du wirst mich unter den Achseln fassen müssen", sagte er.

Vor ein paar Minuten hätte sie das vielleicht noch schockiert, doch nach ihren Versuchen, ihm den Stiefel auszuziehen, konnte sie darin nun nichts Ungehöriges mehr sehen.

Sie nickte noch einmal, bückte sich und schlang die Arme um ihn. „So, jetzt geht es los", sagte sie und versuchte ihn, stöhnend vor Anstrengung, auf die Füße zu bringen. Es fühlte sich merkwürdig an, ihn so zu halten, und es machte sie schrecklich verlegen. Außerdem entbehrte das Ganze nicht einer gewissen Ironie: Wenn er nicht zuvor in das Maulwurfsloch geraten und auf sie gefallen wäre, dann wäre sie ihm in diesem Moment körperlich so nah wie nie zuvor.

Wenn er nicht so hastig von ihr aufgesprungen und ein *zweites* Mal im Loch hängen geblieben wäre, wären sie allerdings gar nicht erst in diese Lage geraten.

Nach einigem Manövrieren und einem nun eher halbherzigen Fluch von Marcus bekamen sie ihn endlich auf die Beine. Honoria trat etwas zurück, legte aber seine Hand auf ihre Schulter, damit er sich abstützen konnte. „Kannst du dein Bein belasten?"

„Ich weiß nicht", sagte er und probierte es. Er machte einen Schritt und verzog dabei vor Schmerzen das Gesicht.

„Marcus?", fragte sie zögernd.

„Es geht schon."

Sie fand, dass er einfach schrecklich aussah. „Bist du sicher?", fragte sie. „ich finde wirklich …"

„Es geht scho… Aua!" Er stolperte und krallte sich Halt suchend in ihre Schulter.

Geduldig wartete Honoria, bis er sich wieder gefangen hatte, und reichte ihm zum Aufstützen auch noch die andere Hand. Er nahm sie mit festem Griff, und wieder fiel ihr auf, was für eine schöne Hand es war, groß und warm. Und auch sicher, obwohl sie sich darunter selbst nicht viel vorstellen konnte.

„Ich brauche vielleicht doch Hilfe", räumte er widerstrebend ein.

„Natürlich. Ich will nur eben ... ah ..." Sie trat auf ihn zu und schnell wieder ein Stückchen zurück.

„Stell dich neben mich. Ich muss mich auf dich stützen."

Sie nickte und ließ zu, dass er ihr den Arm um die Schultern legte. Er fühlte sich schwer an. Und angenehm. „So ist es gut", sagte sie und schlang den Arm um seine Taille. „Also, wo liegt Fensmore?"

Er nickte. „Dort."

Sie drehte sich mit ihm um, bis sie in die richtige Richtung blickten. „Eigentlich hätte ich wohl besser fragen sollen, wie *weit* es nach Fensmore ist."

„Drei Meilen."

„*Drei Mei...* " Sie hielt inne und senkte ihre Stimme auf eine normalere Lautstärke. „Entschuldige, sagtest du drei Meilen?"

„Ungefähr."

War er übergeschnappt? „Marcus, ich kann dich unmöglich drei Meilen lang stützen. Wir gehen besser zu den Royles."

„Oh nein", erklärte er ernst. „In diesem Zustand lasse ich mich dort nicht sehen."

Insgeheim stimmte Honoria ihm zu. Ein verletzter, unverheirateter Earl, der völlig von ihrer Gnade abhing? Mrs Royle würde es als Geschenk des Himmels betrachten. Ehe er es sich versehen würde, läge er in einem Krankenzimmer. Mit Cecily Royle als Krankenschwester.

„Bestimmt brauchst du mich nicht den ganzen Weg zu stützen. Es wird sicher besser, wenn ich den Fuß ein Weilchen belastet habe."

Sie sah ihn an. „Das klingt nicht sehr plausibel."

„Hilf mir einfach nach Hause, ja?" Er klang erschöpft. Vielleicht auch entnervt. Wahrscheinlich beides.

„Ich will es versuchen", versprach sie, aber nur, weil sie wusste, dass es nicht klappen würde. Spätestens nach fünf Minuten würde er sich geschlagen geben.

Sie humpelten ein paar Meter, und dann sagte Marcus: „Ein Maulwurfsloch wäre viel kleiner gewesen."

„Ich weiß. Aber es musste so groß sein, dass mein Fuß hineinpasst."

Er ging noch einen Schritt und hüpfte den nächsten dann halb. „Was hast du dir denn davon versprochen?"

Sie seufzte ergeben. Über ihre Verlegenheit war sie inzwischen hinaus. Es hatte einfach keinen Sinn mehr, so zu tun, als wäre ihr auch nur ein Gran Stolz geblieben. „Ich weiß nicht", sagte sie müde. „Ich dachte wohl, mein Märchenprinz käme herbeigeritten, um mich zu retten. Würde mir vielleicht auf genau dieselbe Art helfen, wie ich jetzt dir helfe."

Er warf ihr einen Seitenblick zu. „Und dieser Märchenprinz heißt …"

Sie sah ihn an, als wäre er übergeschnappt. Er glaubte doch wohl nicht, dass sie ihm einen Namen nennen würde.

„Honoria …", drängte er.

„Das geht dich nichts an."

Darüber musste er tatsächlich lachen. „Was glaubst du wohl, was ich mit der Information anfangen will?"

„Ich möchte bloß nicht …"

„Du hast mich zum Krüppel gemacht, Honoria."

Es war ein Schlag unter die Gürtellinie – und er erfüllte seinen Zweck.

„Na schön." Sie gab auf. „Wenn du es unbedingt wissen willst, es ist Gregory Bridgerton."

Marcus blieb stehen und sah sie verblüfft an. „Greg…"

„Der Jüngste", unterbrach sie. „Der jüngste Sohn, meine ich. Der Unverheiratete."

„Ich weiß, wer er ist."

„Na also. Was gibt es an ihm auszusetzen?" Sie legte den Kopf schief und sah ihn abwartend an.

Er dachte einen Augenblick nach. „Nichts."

„Du … Moment mal." Sie blinzelte. „Nichts?"

Er schüttelte den Kopf und verlagerte dann ein wenig sein Gewicht; der gesunde Fuß schlief ihm allmählich ein. „Mir fällt zumindest spontan nichts ein." Es stimmte. Sie konnte eine sehr viel schlechtere Wahl treffen als Gregory Bridgerton.

„Wirklich?", fragte sie misstrauisch. „Du hast keine Einwände gegen Gregory Bridgerton?"

Marcus tat, als dächte er noch einmal darüber nach. Offenbar hatte sie ihm irgendeine Rolle zugedacht, vermutlich die des Schurken. Oder alternativ die des mürrischen alten Mannes. „Er ist wohl ein bisschen zu jung", sagte er. Er deutete auf einen umgestürzten Baum in der Nähe. „Hilf mir da rüber, ja? Ich muss mich hinsetzen."

Gemeinsam humpelten sie zu dem langen, dicken Baumstamm. Vorsichtig nahm Honoria seinen Arm von ihrer Schulter und ließ Marcus langsam niedersinken. „So jung nun auch wieder nicht", sagte sie.

Marcus blickte auf seinen Fuß. In dem Stiefel sah er ganz normal aus, und doch fühlte er sich an, als hätte ihn jemand in eiserne Bande geschlagen. Und das Ding danach in den Stiefel gestopft. „Er geht noch zur Universität."

„Er ist älter als ich."

Er sah zu ihr hoch. „Hat er in letzter Zeit irgendwelche Hunde getreten?"

„Nicht dass ich wüsste."

„Na, dann." Er machte eine untypisch ausladende Bewegung mit der freien Hand. „Du hast meinen Segen."

Sie kniff kritisch die Augen zusammen. „Wozu brauche ich deinen Segen?"

Lieber Himmel, sie war wirklich schwierig. „Du brauchst ihn nicht. Aber wäre es denn so schlimm, ihn trotzdem zu bekommen?"

„Nein", sagte sie langsam, „aber …"

Er wartete ab. Und fragte schließlich: „Aber was?"

„Ich weiß nicht." Sie betonte jedes einzelne Wort und ließ ihn dabei nicht aus den Augen.

Er unterdrückte ein Lachen. „Warum misstraust du meinen Motiven so sehr?"

„Ach, ich weiß nicht", wiederholte sie in sarkastischem Ton. „Vielleicht weil du die ganze letzte Saison damit zugebracht hast, mich finster anzustarren."

„Stimmt doch gar nicht."

Sie schnaubte. „Oh doch."

„Ich mag den einen oder anderen deiner Verehrer finster angestarrt haben" – verdammt, das hatte er nicht sagen wollen –, „aber doch nicht dich."

„Dann hast du mir also tatsächlich nachspioniert", erklärte sie triumphierend.

„Natürlich nicht", log er. „Aber du warst einfach nicht zu übersehen."

Sie schnappte nach Luft. „Was willst du mir damit sagen?"

Verdammt, nun war er dran. „Gar nichts. Du warst in London. Ich war in London." Als sie darauf nicht reagierte, fügte er hinzu: „Ich habe auch die anderen Damen gesehen." Und dann rutschte ihm heraus: „Du bist einfach nur die Einzige, an die ich mich erinnere." Verdammt, das war nun das Schlimmste, was er sagen konnte.

Sie erstarrte und musterte ihn mit ihrem eindringlichen, eulenhaften Blick. Er hasste es, wenn sie das tat. Es bedeutete, dass sie zu heftig nachdachte oder zu viel sah, und er fühlte sich entblößt. Selbst als Kind hatte sie tiefer in ihn hineinblicken können als der Rest der Familie. Eigentlich hatte es nicht zu ihr gepasst; meistens war sie die muntere, fröhliche Honoria, aber wenn sie ihn auf diese Art ansah, mit ihren erstaunlichen lavendelblauen Augen, dann begriff er, was ihre Familie niemals bemerkt hatte: dass sie die Menschen verstand.

Sie verstand ihn.

Er schüttelte den Kopf, versuchte die Erinnerungen zu vertreiben. Er wollte nicht über ihre Familie nachdenken, darüber, wie es sich angefühlt hatte, mit ihnen am Tisch zu sitzen, Teil ihrer Welt zu sein. Und er wollte auch nicht über Honoria nachdenken. Er wollte ihr nicht ins Gesicht blicken und feststellen, dass ihre Augen genau dieselbe Farbe hatten wie die Traubenhyazinthen, die gerade überall aus der Erde sprossen. Sie kamen jedes Jahr um diese Zeit, und er dachte jedes Mal – nur einen Moment, dann schob er den Gedanken beiseite –, dass es *ihre* Blumen waren. Nicht wenn sie in voller Blüte standen, dann waren sie zu dunkel. Honorias Augen erinnerten an die frischen Blätter, die sich noch nicht tiefblau gefärbt hatten.

Die Brust wurde ihm eng. Nein, er wollte wirklich nicht darüber nachdenken, dass er die genaue Stelle am Blütenblatt einer Blume ausmachen konnte, die zu ihren Augen passte.

Wenn sie doch nur eine Bemerkung machen würde, aber natürlich tat sie das nicht. Nicht jetzt, wo er ihr Geplapper endlich einmal willkommen geheißen hätte.

Doch schließlich sagte sie leise: „Ich könnte dich ihnen vorstellen."

„Was?" Er hatte keine Ahnung, wovon sie sprach.

„Ich könnte dich einigen jungen Damen vorstellen. Denjenigen, an die du dich, wie du sagst, nicht erinnerst."

Ach, um Himmels willen, dachte sie etwa, dass *dort* das Problem lag? Er war jeder Dame in London vorgestellt worden, er *kannte* nur keine von ihnen.

„Ich würde das sehr gern machen", sagte sie freundlich.

Freundlich? Oder mitleidig?

„Unnötig", gab er barsch zurück.

„Nein, natürlich wurdest du ihnen vorgestellt ..."

„Ich will nicht …“

„Du findest uns albern …“

„Sie reden über Nichtigkeiten …“

„Sogar ich würde mich langweilen …“

„Die Wahrheit ist“, verkündete er, um dieses Gespräch endlich abzuschließen, „ich hasse London.“

Seine Stimme war viel lauter, als er beabsichtigt hatte, und er kam sich wie ein Narr vor. Ein Narr, der vermutlich auch noch sein zweitbestes Paar Stiefel ruinieren musste. „So geht das nicht“, sagte er.

Sie wirkte verunsichert.

„Auf die Art schaffen wir es nie nach Fensmore.“ Er sah, dass sie mit sich rang, um ein „Hab ich es dir doch gesagt!“ zu unterdrücken, und entschied, ihnen beiden dieses unwürdige Schauspiel zu ersparen, indem er sagte: „Du musst zurück nach Bricstan. Es liegt näher, und du kennst den Weg.“ Dann fiel ihm ein, wen er vor sich hatte. „Du kennst den Weg doch, oder?“

Man musste ihr zugutehalten, dass sie nicht beleidigt war. „Ich muss nur auf dem Weg bleiben, bis ich zu dem kleinen Teich gelange. Dann geht es den Hügel hinauf, und dann bin ich auch schon fast da.“

Er nickte. „Du musst mich holen lassen. Aber nicht von jemandem aus Bricstan. Schicke nach Fensmore. Lass Jimmy rufen.“

„Jimmy?“

„Mein Stallmeister. Sag ihm, dass ich auf dem Pfad nach Bricstan bin, etwa drei Meilen von zu Hause entfernt. Er wird wissen, was zu tun ist.“

„Kommst du denn zurecht so allein?“

„Solange es nicht regnet“, scherzte er. Sie sahen zum Himmel empor. Über ihnen dräute eine dicke, graue Wolkenschicht. „Verdammt“, sagte er.

„Ich beeile mich“, versprach sie.

„Lieber nicht.“ Am Ende trat sie in ein echtes Maulwurfsloch, und was wäre dann? „Dass du auch noch stolperst und hinfällst, können wir nicht gebrauchen.“

Sie wandte sich zum Gehen und drehte sich dann noch einmal um. „Du lässt es mich wissen, wenn du gut nach Hause gekommen bist?“

„Natürlich.“ Er konnte sich nicht erinnern, wann er zum letzten Mal jemandem eine Nachricht über sein Wohlergehen geschickt hatte. Der Gedanke war verwirrend. Aber nett fühlte es sich auch an.

Er sah ihr nach, horchte, bis ihre Schritte verklungen waren. Wie lang es wohl dauern würde, bis Hilfe eintraf? Sie musste zurück nach Bricstan, das in gut einer Meile Entfernung lag – sofern sie sich nicht verlief. Dann musste sie einen Brief schreiben und jemanden damit nach Fensmore losschicken. Dann musste Jimmy zwei Pferde satteln und sich auf den Weg durch den Wald machen, auf einem Pfad, der sich viel besser zum Spazierengehen eignete.

Eine Stunde? Nein, eineinhalb. Wahrscheinlich noch länger.

Er ließ sich zu Boden gleiten, sodass er sich an den Baumstamm lehnen konnte. Himmel, war er müde. Sein Knöchel tat zu weh, als dass er hätte schlafen können, aber er machte die Augen trotzdem zu.

In diesem Moment spürte er den ersten Regentropfen.

6. KAPITEL

Als Honoria auf Bricstan eintraf, war sie bis auf die Knochen durchnässt. Der Regen hatte kaum fünf Minuten, nachdem sie Marcus am umgestürzten Baum zurückgelassen hatte, begonnen. Zuerst war er nur leicht gewesen – hie und da ein paar dicke Tropfen. Ärgerlich, aber nicht schlimm.

Doch als sie am Ende des Wegs angekommen war, schüttete es wie aus Kübeln. Sie war über den Rasen geeilt, so schnell sie konnte, aber nach ein paar Sekunden war sie trotzdem völlig durchnässt.

An Marcus, der noch mindestens eine Stunde im Wald festsaß, mochte sie gar nicht denken. Sie versuchte sich daran zu erinnern, wie die Stelle aussah, an der sie ihn zurückgelassen hatte. Boten ihm die Bäume dort Schutz vor dem Regen? Es war immer noch Frühling, die Blätter bildeten noch kein dichtes Dach.

Zuerst versuchte sie Bricstan durch eine Seitentür zu betreten, doch die war verschlossen, und so musste sie das Gebäude umrunden, um zum Vordereingang zu gelangen. Die Tür ging auf, bevor sie anklopfen konnte, und sie stürzte nach drinnen.

„Honoria!", rief Sarah aus und lief auf sie zu, um sie zu stützen. „Ich habe dich durch das Fenster gesehen. Wo warst du nur? Ich habe mir solche Sorgen gemacht. Wir wollten gerade einen Suchtrupp losschicken. Du hast gesagt, du wolltest Blumen pflücken, aber dann bist du nicht mehr wiedergekommen."

Honoria versuchte Sarah zu unterbrechen, doch ihr Atem reichte nur für ein schwaches: „Stopp!" Sie sah nach unten; zu ihren Füßen hatten sich Pfützen gebildet. Ein Rinnsal hatte sich aus dem Kreis gelöst und lief langsam auf die Wand zu.

„Wir müssen dich trockenlegen", sagte Sarah. Sie ergriff Honorias Hände. „Du bist ja eiskalt."

„Sarah, hör auf." Honoria entzog sich Sarahs Griff und packte ihre Cousine an der Schulter. „Bitte. Ich brauche Papier. Ich muss einen Brief schreiben."

Sarah sah sie an, als wäre sie übergeschnappt.

„*Sofort.* Ich muss …"

„Lady Honoria!" Mrs Royle kam in die Eingangshalle geeilt. „Wir haben uns alle solche Sorgen gemacht! Wo um alles in der Welt haben Sie denn gesteckt?"

„Ich habe mich nur nach Blumen umgesehen", log Honoria, „aber, bitte, ich muss jetzt einen Brief schreiben."

Mrs Royle legte die Hand an ihre Stirn. „Sie fühlen sich nicht fiebrig an."

„Sie zittert", sagte Sarah. Sie sah Mrs Royle an. „Wahrscheinlich hat sie sich verlaufen. Sie ist da ganz schrecklich."

„Ja, ja", erklärte Honoria, bereit, jeder Beleidigung zuzustimmen, solange sie nur das Ende der Unterhaltung beschleunigte. „Bitte, hör mir nur einen Augenblick zu. Ich muss mich beeilen. Lord Chatteris sitzt im Wald fest, und ich habe ihm versprochen …"

„Was?", kreischte Mrs Royle. „Was reden Sie denn da?"

Honoria erzählte die Geschichte, die sie sich auf dem Heimweg zurechtgelegt hatte. Demnach hatte sie sich von der Gruppe entfernt und sich dann verlaufen. Sie traf auf Lord Chatteris, der im Wald spazieren gegangen war. Er hatte ihr erklärt, dass der Weg zwischen den beiden Besitzungen hin und her mäanderte. Dann hatte er sich den Knöchel verstaucht.

Größtenteils stimmte die Geschichte ja.

„Wir holen ihn her", sagte Mrs Royle. „Ich schicke gleich jemanden los."

„Nein", widersprach Honoria, immer noch ein wenig außer Atem. „Er möchte nach Hause. Er hat mich gebeten, seinen Stallmeister zu benachrichtigen. Er hat mir genau aufgetragen, was ich schreiben soll."

„Nein“, hielt Mrs Royle entschieden dagegen. „Ich finde, er sollte hierher kommen.“

„Mrs Royle, bitte. Je länger wir hier argumentieren, desto länger muss er draußen im Regen sitzen.“

Mrs Royle befand sich offenbar in einem inneren Konflikt, doch schließlich nickte sie und sagte: „Kommen Sie mit.“ Sie führte Honoria zu einem Schreibtisch, der in einer Nische in der Eingangshalle stand. Sie nahm Papier, Federhalter und Tinte heraus und trat dann beiseite, damit Honoria sich setzen konnte. Doch Honorias Finger waren ganz taub; sie konnte den Federhalter kaum umfassen. Und aus ihrem Haar würde es über das ganze Briefpapier tropfen.

Sarah kam näher. „Möchtest du, dass ich das für dich übernehme?“

Honoria nickte dankbar und sagte Sarah genau, was sie schreiben sollte, während sie gleichzeitig versuchte, Mrs Royle zu ignorieren, die hinter ihr lauerte und sie immer wieder mit Kommentaren unterbrach, die sie für hilfreich erachtete.

Sarah beendete den Brief, unterschrieb in Honorias Namen und gab die Nachricht auf Honorias Nicken hin Mrs Royle.

„Bitte schicken Sie ihn mit Ihrem schnellsten Reiter los“, bat Honoria.

Mrs Royle nahm den Brief und eilte davon. Sarah erhob sich sofort und nahm ihre Cousine bei der Hand. „Du musst dich aufwärmen“, sagte sie in einem Ton, der keinen Widerspruch duldete. „Du kommst jetzt sofort mit mir mit. Ich habe bereits angeordnet, dass Wasser für ein Bad aufgeheizt wird.“

Honoria nickte. Sie hatte getan, was getan werden musste. Nun konnte sie sich endlich fallen lassen.

Hell und klar dämmerte der nächste Morgen herauf, ganz so, als wollte er sie verhöhnen. Honoria hatte zwölf Stunden durchgeschlafen, eingemummelt unter ihrer dicken Bettdecke, mit einem heißen Ziegelstein an den Füßen. Irgendwann hatte Sarah sich ins Zimmer geschlichen, um ihr zu sagen, dass sie Nachricht aus Fensmore bekommen hatten: Marcus war gut zu Hause angekommen und lag nun vermutlich ebenfalls mit einem heißen Ziegelstein an den Füßen im Bett.

Doch als Honoria sich anzog, war sie immer noch besorgt. Sie war völlig durchgefroren gewesen, als sie auf Bricstan angekommen war, und er war dem kalten Regen viel länger ausgesetzt gewesen als sie. Windig war es auch gewesen; beim Baden hatte sie durch das Fenster das Rauschen und Knarren der Bäume gehört. Marcus hatte sich bestimmt erkältet. Und was, wenn sein Knöchel nun nicht nur verstaucht, sondern gebrochen war? Hatten sie schon nach einem Wundarzt geschickt, um den Bruch einzurichten? Hatten sie gewusst, dass man das tun musste?

Und wer waren „sie" überhaupt? Soweit sie wusste, hatte Marcus keine Familie. Wer würde sich um ihn kümmern, wenn er krank wurde? Wohnte noch jemand auf Fensmore außer den Dienstboten?

Sie würde nachsehen müssen, wie es ihm ging. Sonst hätte sie nicht mehr in den Spiegel sehen können.

Die anderen Gäste beim Frühstück waren überrascht, als sie sie sahen. Die Herren waren bereits alle nach Cambridge zurückgekehrt, aber die jungen Damen saßen am Tisch und aßen Eier im Glas und Toast.

„Honoria!", rief Sarah aus. „Was hast du außerhalb deines Bettes zu suchen?"

„Mir geht es bestens", versicherte Honoria ihr. „Ich habe nicht einmal einen Schnupfen."

„Ihre Finger waren gestern Abend eiskalt", sagte Sarah zu Cecily und Iris. „Sie konnte nicht mal den Federhalter greifen."

„Nichts, was ein heißes Bad und ein paar Stunden Schlaf nicht hätten kurieren können", beteuerte Honoria. „Ich will heute Morgen nach Fensmore fahren. Es war meine Schuld, dass Lord Chatteris sich den Knöchel verstaucht hat, und ich fühle mich verpflichtet, nach ihm zu schauen."

„Wie kann das denn deine Schuld gewesen sein?", fragte Iris.

Honoria hätte sich beinahe auf die Lippe gebissen. Sie hatte vergessen, dass dies zu den Dingen gehörte, die sie in ihrer Geschichte ausgelassen hatte. „Ach, es war weiter nichts", improvisierte sie. „Ich bin über eine Wurzel gestolpert, er wollte mich stützen. Dabei ist er wohl in ein Maulwurfsloch getreten."

„Ich hasse Maulwürfe", erklärte Iris.

„Ach, ich finde sie ziemlich süß", warf Cecily ein.

„Ich muss deine Mutter suchen gehen", sagte Honoria. „Ich brauche eine Kutsche. Vielleicht könnte ich auch hinreiten. Jetzt regnet es ja nicht mehr."

„Erst einmal solltest du frühstücken", mahnte Sarah.

„Sie lässt dich da auf keinen Fall allein hinfahren", sagte Cecily. „Fensmore ist ein Junggesellenhaushalt."

„Er wird kaum allein da wohnen", wandte Iris ein. „Bestimmt hat er jede Menge Dienstboten."

„Mindestens hundert, würde ich meinen", sagte Cecily. „Kennst du das Haus? Es ist riesig. Aber das spielt keine Rolle." Sie wandte sich wieder an Honoria. „Er lebt trotzdem allein. Es gibt dort niemanden, der als Anstandsdame fungieren könnte."

„Ich nehme jemanden mit", sagte Honoria ungeduldig. „Mir ist das wirklich gleichgültig. Ich will jetzt einfach los."

„Wohin wollen Sie jemanden mitnehmen?", erkundigte sich Mrs Royle, die soeben das Frühstückszimmer betrat.

Honoria trug der Dame des Hauses ihre Bitte vor, und Mrs Royle stimmte sofort zu. „Aber selbstverständlich müssen wir nachsehen, wie es dem Earl geht. Es nicht zu tun, wäre ja geradezu unchristlich!"

Honoria blinzelte. Sie hatte nicht erwartet, dass es so einfach werden würde.

„Ich komme mit", erklärte Mrs Royle.

Eine Teetasse klirrte auf die Untertasse. Als Honoria über den Tisch blickte, sah sie, dass Cecily angespannt lächelte, die Finger praktisch um die Teetasse gekrallt.

„Mutter“, sagte sie, „wenn du gehst, sollte ich vermutlich mitkommen.“

Mrs Royle überlegte kurz, doch bevor sie etwas sagen konnte, verkündete Sarah: „Wenn Cecily geht, sollte ich wohl auch mitfahren.“

„Warum?“, fragte Cecily.

„Ich bin mir hingegen ziemlich sicher“, bemerkte Iris trocken, „dass ich unter keinen Umständen hinfahren sollte.“

„Mir ist wirklich egal, wer mich begleitet“, sagte Honoria und versuchte dabei nicht ganz so schnippisch zu klingen, wie sie sich fühlte. „Ich möchte einfach nur so schnell wie möglich aufbrechen.“

„Cecily wird Sie begleiten“, entschied Mrs Royle. „Ich bleibe hier bei Iris und Sarah.“

Sarah war sichtlich verärgert, erhob aber keine Einwände. Cecily sprang bereitwillig auf; sie strahlte über das ganze Gesicht.

„Cecily, geh nach oben und lass dir von Peggy das Haar frisieren“, ordnete Mrs Royle an. „Wir können nicht …“

„Bitte“, unterbrach Honoria. „Ich möchte wirklich lieber sofort aufbrechen.“

Mrs Royle schien hin- und hergerissen. Doch nicht einmal sie brachte es fertig zu behaupten, die Frisur ihrer Tochter sei wichtiger als das Wohlergehen des Earl of Chatteris. „Also schön“, sagte sie energisch. „Ab mit euch beiden. Aber ich möchte eines klarstellen: Wenn er wirklich schwer krank ist, müsst ihr darauf bestehen, ihn zur Genesung hierher zu bringen.“

Honoria war sich ziemlich sicher, dass das nicht geschehen würde, doch sie sagte nichts. Sie ging zur Eingangstür, dicht gefolgt von Cecily und ihrer Mutter.

„Und lasst ihn wissen, dass wir erst in einigen Wochen nach Cambridge zurückkehren wollen“, fuhr Mrs Royle fort.

„Wollen wir das?“, fragte Cecily.

„Aber ja. Und da du keinerlei Verpflichtungen hast, kannst du jeden Tag hinüberfahren und die Krankenpflege beaufsichtigen." Mrs Royle hielt inne. „Ähm, falls Lord Chatteris das möchte."

„Natürlich, Mutter", sagte Cecily, doch sie wirkte verlegen.

„Und richtet ihm schöne Grüße von mir aus", fuhr Mrs Royle fort.

Honoria lief die Eingangstreppe hinunter, um unten darauf zu warten, dass die Kutsche vorfuhr.

„Und sagt ihm, dass Mr Royle und ich für seine rasche Genesung beten."

„Vielleicht ist er ja gar nicht krank, Mutter", sagte Cecily.

Mrs Royle warf ihr einen finsteren Blick zu. „Aber wenn doch ..."

„Dann richte ich deine guten Wünsche aus."

„Die Kutsche ist da", rief Honoria, die es gar nicht erwarten konnte, dem Geschwätz zu entkommen.

„Denkt daran!", rief Mrs Royle noch, während Honoria und Cecily sich vom Lakaien in die Kutsche helfen ließen. „Wenn er krank ist, bringt ihn ..."

Doch da war die Kutsche schon unterwegs.

Marcus lag noch im Bett, als sein Butler leise hereinkam und ihm mitteilte, dass Lady Honoria Smythe-Smith und Miss Royle gekommen waren und im gelben Salon auf ihn warteten.

„Soll ich den Damen sagen, dass Sie nicht in der Lage sind, Besuch zu empfangen?", erkundigte sich der Butler.

Einen Augenblick war Marcus versucht, Ja zu sagen. Er fühlte sich schrecklich und war sicher, dass er noch schlimmer aussah. Als Jimmy ihn am Vorabend endlich gefunden hatte, hatte er vor Kälte mit den Zähnen geklappert – ein Wunder, dass er sie sich nicht selbst ausgeschlagen hatte. Zu Hause angekommen, mussten sie ihm den Stiefel aufschneiden. Was an sich schon schlimm genug war – er hatte die Stiefel immer gemocht –, aber zu allem Überfluss war sein Kammerdiener dabei auch noch ein bisschen heftiger als nötig zu Werke gegangen, und nun hatte Marcus eine vier Zoll lange Schnittwunde am linken Bein.

Aber im umgekehrten Fall hätte er ebenfalls darauf bestanden, sich mit eigenen Augen von Honorias Wohlergehen zu überzeugen, und so musste er ihr wohl dasselbe zugestehen. Was ihre Begleiterin anging – Miss Royle, hatte sein Butler wohl gesagt –, so konnte er nur hoffen, dass sie kein sehr empfindsames Frauenzimmer war.

Beim letzten Blick in den Spiegel hatte er nämlich feststellen müssen, dass er ziemlich grün um die Nase wirkte.

Mit der Hilfe seines Kammerdieners – sowohl beim Anziehen als auch beim Treppensteigen – fand er sich dann aber doch halbwegs präsentabel im Salon ein, wo er die beiden Damen begrüßte.

„Lieber Himmel, Marcus", sagte Honoria, „du siehst aus wie der Tod."

Anscheinend war er bezüglich seiner Erscheinung doch zu optimistisch gewesen. „Ich finde es auch reizend, dich zu sehen, Honoria." Er deutete auf ein Sofa. „Stört es dich, wenn ich mich setze?"

„Nein, bitte, nur zu. Deine Augen sind ja ganz eingesunken." Als sie sah, wie er sich um den Tisch herumquälte, verzog sie das Gesicht. „Soll ich dir helfen?"

„Nein, nein, es geht schon." Er hüpfte zweimal, um den Rand der Polster zu erreichen, und ließ sich dann praktisch rückwärts auf das Sofa fallen. Würde hatte in einem Krankenzimmer offenbar nichts verloren.

„Miss Royle", sagte er nun und nickte der anderen Dame zu. Er war sich sicher, dass er ihr im Lauf der Jahre schon ein-, zweimal begegnet war.

„Lord Chatteris", erwiderte sie höflich. „Meine Eltern lassen schön grüßen und wünschen Ihnen gute Besserung."

„Danke", sagte er und nickte ihr schwach zu. Auf einmal verspürte er eine überwältigende Müdigkeit. Der Weg in den

Salon war wohl doch schwerer gewesen, als er gedacht hatte. Die letzte Nacht war auch nicht gerade erholsam gewesen. Sobald sein Kopf das Kissen berührt hatte, hatte er angefangen zu husten und seither auch nicht mehr aufgehört.

„Entschuldigung", sagte er zu den beiden Damen, polsterte das Tischchen vor sich mit einem Kissen und legte das Bein darauf. „Man hat mir gesagt, ich solle den Fuß hoch lagern."

Honoria gab jeden Versuch einer kultivierten Konversation auf. „Marcus, du gehörst ins Bett."

„Da war ich auch", erklärte er trocken, „bis man mir gemeldet hat, dass ich Besuch habe."

Das trug ihm einen so vorwurfsvollen Blick ein, dass er an Miss Pimm denken musste, seine Amme von vor vielen, vielen Jahren. „Du hättest deinem Butler sagen sollen, dass du niemanden empfängst", meinte sie.

„Wirklich?", murmelte er. „Bestimmt hättest du das ganz zahm geschluckt und dich beruhigt auf den Heimweg gemacht." Er sah die andere junge Dame an und legte den Kopf schief. „Was glauben Sie, Miss Royle? Wäre Lady Honoria kommentarlos gegangen?"

„Nein, Mylord", sagte Miss Royle mit belustigt zuckenden Lippen. „Sie war äußerst entschlossen, Sie persönlich zu sehen."

„Cecily!", rief Honoria entrüstet aus. Marcus beschloss, sie zu ignorieren.

„Tatsächlich, Miss Royle?", fragte er und drehte sich noch ein Stückchen weiter zu ihr. „Da wird einem doch richtig warm ums Herz."

„Marcus", sagte Honoria, „hör sofort damit auf."

„Sie ist ein hartnäckiges kleines Ding", sagte er.

„Marcus Holroyd", erklärte Honoria streng, „wenn du jetzt nicht sofort aufhörst, dich über mich lustig zu machen, werde ich Mrs Royle sagen, dass du zur Rekonvaleszenz tatsächlich gern nach Bricstan übersiedeln würdest."

Marcus erstarrte und versuchte sich das Lachen zu verkneifen. Er sah zu Miss Royle, die sich ebenfalls bemühte, ernst zu bleiben. Beide verloren die Schlacht.

„Mrs Royle ist sehr begierig darauf, ihre pflegerischen Fähigkeiten unter Beweis zu stellen“, fügte Honoria mit einem boshaften Lächeln hinzu.

„Du hast gewonnen, Honoria“, sagte Marcus und lehnte sich in die Sofakissen zurück. Doch sein Gelächter wich einem heftigen Hustenanfall, und es dauerte geraume Zeit, bis er sich beruhigt hatte.

„Wie lang musstest du gestern Abend im Regen warten?“, wollte Honoria wissen. Sie stand auf und berührte seine Stirn. Miss Royle nahm diese intime Geste mit großen Augen zur Kenntnis.

„Habe ich Fieber?“, murmelte er.

„Ich glaube nicht.“ Doch sie runzelte dabei die Stirn. „Ein bisschen Temperatur vielleicht schon. Ich hole dir wohl besser eine Decke.“

Marcus wollte schon abwinken, erkannte dann aber, dass er doch recht gern eine hätte. Er war ihr für den Vorschlag sogar merkwürdig dankbar. Also nickte er.

„Ich kümmere mich drum“, sagte Miss Royle und sprang auf. „Ich habe in der Halle ein Dienstmädchen gesehen.“

Sobald sie draußen war, setzte Honoria sich wieder und sah ihn besorgt an. „Es tut mir so leid“, sagte sie. „Ich fühle mich ganz schrecklich wegen dem, was dir passiert ist.“

Er wischte ihre Entschuldigung beiseite. „Das wird schon wieder.“

„Du hast mir noch nicht erzählt, wie lang du im Regen warten musstest“, erinnerte sie ihn.

„Eine Stunde?“, riet er. „Wahrscheinlich zwei.“

Sie seufzte tief auf. „Es tut mir so leid.“

Er grinste schief. „Das hast du bereits gesagt.“

„Na, es *stimmt* ja auch.“

Er versuchte sie anzulächeln, weil dieses Gespräch nun wirklich zu albern war, wurde aber von einem neuen Hustenanfall geschüttelt.

Besorgt runzelte sie die Stirn. „Vielleicht solltest du ja *doch* lieber nach Bricstan mitkommen."

Er konnte noch nichts sagen und durchbohrte sie stattdessen mit seinen Blicken.

„Wenn du hier ganz allein bleibst, mache ich mir Sorgen."

„Honoria", stieß er mühsam hervor und hustete noch zweimal, ehe er fortfuhr: „Du fährst bald nach London zurück. Mrs Royle ist gewiss eine ganz reizende Nachbarin, aber ich werde wirklich sehr viel lieber hier bei mir zu Hause gesund."

„Ja", erwiderte Honoria und schüttelte den Kopf, „ganz zu schweigen davon, dass sie dich vermutlich mit Cecily verheiratet haben wird, ehe der Monat um ist."

„Höre ich da meinen Namen?", erkundigte sich Cecily munter, als sie mit einer dunkelblauen Decke ins Zimmer zurückkehrte.

Marcus wurde von einem weiteren Hustenanfall überwältigt, der diesmal aber wohl eher vorgetäuscht war.

„Hier", sagte Cecily. Sie kam näher, schien dann aber nicht zu wissen, was sie mit der Decke anfangen sollte. „Vielleicht solltest du das übernehmen."

Honoria griff sich die Decke, faltete sie auseinander und ging zum Sofa. „Hier hast du die Decke", sagte sie leise und breitete sie über ihn. Mit sanftem Lächeln steckte sie die Ecken fest. „Ist das zu fest?"

Er schüttelte den Kopf. So umsorgt zu werden fühlte sich seltsam an.

Als sie fertig war, richtete sie sich auf, atmete tief durch und verkündete, dass er nun einen Tee gebrauchen könne.

„Oh ja", stimmte Miss Royle hinzu. „Das wäre genau das Richtige."

Diesmal versuchte Marcus nicht einmal, sich dagegen zu wehren. Er war sich zwar sicher, dass er ganz erbärmlich aussah, in die Decke gewickelt, den Fuß auf dem Tischchen, und er wollte auch nicht daran denken, was sie von seiner Husterei halten mochten, aber es war tatsächlich tröstlich, so verhätschelt zu werden. Und wenn Honoria darauf bestand, dass er Tee brauchte, würde er ihr gern den Gefallen tun, ihn zu trinken.

Er sagte ihr, wo der Klingelzug war, sie läutete nach dem Tee und setzte sich dann wieder ihm gegenüber hin.

„War ein Wundarzt da, um sich deinen Knöchel anzusehen?", fragte sie.

„Nicht nötig. Er ist ja nicht gebrochen."

„Bist du dir da sicher? Bei so etwas sollte man lieber kein Risiko eingehen."

„Ich bin mir sicher."

„Mir wäre wohler, wenn …"

„Honoria, sei still. Er ist nicht gebrochen."

„Und dein Stiefel?"

„Sein Stiefel?", fragte Miss Royle verwirrt.

„Der ist wohl wirklich hinüber", bekannte er.

„Ach je", sagte Honoria. „Ich dachte mir schon, dass man ihn hat aufschneiden müssen."

„Man musste den Stiefel aufschneiden?", wiederholte Miss Royle. „Aber das ist ja *schrecklich*."

„Der Knöchel war furchtbar geschwollen", informierte Honoria sie. „Anders wäre es nicht gegangen."

„Aber gleich den *Stiefel* aufschneiden!", beharrte Cecily.

„Es waren nicht meine Lieblingsstiefel", beteuerte Marcus, um die arme Miss Royle zu beruhigen. Sie sah drein, als wäre einem Hündchen der Kopf abgerissen worden.

„Ich frage mich, ob man sich einen einzelnen Stiefel anfertigen lassen kann", überlegte Honoria. „Passend zu dem anderen. Dann wäre nicht alles verloren."

„Oh nein, das geht nicht", befand Miss Royle, anscheinend eine Expertin auf diesem Gebiet. „Das Leder würde nie genau dazu passen."

Die Ankunft von Mrs Wetherby, der altgedienten Haushälterin von Fensmore, ersparte Marcus eine langwierige Diskussion über Fußbekleidung. „Ich hatte schon angefangen, den Tee zuzubereiten, noch ehe Sie ihn bestellt haben", sagte sie und kam mit einem Tablett hereingewuselt.

Marcus war nicht überrascht. Das war mal wieder typisch für Mrs Wetherby. Er stellte sie den jungen Damen vor, und als sie Honoria begrüßte, leuchteten ihre Augen auf.

„Oh, Sie müssen Master Daniels Schwester sein!", rief sie aus und stellte das Teetablett ab.

„Stimmt", erwiderte Honoria und lächelte sie strahlend an. „Kennen Sie ihn denn?"

„Oh ja. Er war ein paarmal hier zu Besuch, meist, wenn der letzte Earl auf Reisen war. Und natürlich war er ein-, zweimal da, seit Master Marcus der Earl geworden ist."

Marcus spürte, wie er errötete. Aber er würde sie niemals korrigieren. Mrs Wetherby durfte gern weiterhin die kindliche Anrede Master verwenden. Sie war wie eine Mutter zu ihm gewesen, als er ein einsamer Knabe war; oft war von ihr das einzige warme Lächeln, das einzige ermutigende Wort von ganz Fensmore gekommen.

„Ich freue mich sehr, Sie kennenzulernen", fuhr sie jetzt fort. „Ich habe so viel von Ihnen gehört."

Honoria blinzelte überrascht. „Wirklich?"

Marcus blinzelte ebenfalls überrascht. Er konnte sich nicht entsinnen, Honoria irgendwem gegenüber erwähnt zu haben, schon gar nicht gegenüber der Haushälterin.

„Oh ja", bekräftigte Mrs Wetherby. „Das war, als die beiden noch klein waren, natürlich. Ich muss zugeben, in meiner Vorstellung sind Sie noch ein kleines Mädchen, aber Sie sind jetzt wohl erwachsen, nicht wahr?"

Honoria lächelte und nickte.

„Also, wie trinken Sie Ihren Tee?“, fragte die Haushälterin und gab, nachdem sie die entsprechende Auskunft erhalten hatte, Milch in alle drei Tassen.

„Master Daniel habe ich schon furchtbar lange nicht mehr gesehen“, plauderte sie weiter und hob die Kanne, um den Tee einzugießen. „Er ist ein rechter Frechdachs, aber ich mag ihn sehr gern. Geht es ihm gut?“

Darauf trat eine verlegene Pause ein, und Honoria sah Marcus Hilfe suchend an. Der räusperte sich und sagte rasch: „Ich habe es Ihnen wohl nicht erzählt, Mrs Wetherby. Lord Winstead hat vor einigen Jahren das Land verlassen.“ Den Rest der Geschichte würde er ihr später erzählen, aber sicher nicht im Beisein von Honoria und ihrer Freundin.

Die Haushälterin interpretierte die sparsame Antwort ganz richtig als Hinweis, das Thema nicht weiter zu verfolgen. Sie räusperte sich ein paarmal und reichte dann Honoria die erste Tasse. „Und hier für Sie“, murmelte sie und reichte die zweite Miss Royle.

Die beiden bedankten sich, und nun erhielt auch Marcus seine Tasse. Doch dann wandte Mrs Wetherby sich an Honoria. „Sie achten darauf, dass er alles austrinkt, ja?“

Honoria grinste. „Versprochen.“

Mrs Wetherby beugte sich zu ihr herunter und flüsterte laut: „Gentlemen geben keine guten Patienten ab.“

„Das habe ich gehört“, bemerkte Marcus.

Seine Haushälterin warf ihm einen listigen Blick zu. „Das sollten Sie auch.“ Und damit knickste sie und ging aus dem Zimmer.

Der restliche Nachmittag verlief ohne Zwischenfälle. Sie tranken ihren Tee (Marcus zwei Tassen, Honoria bestand darauf), aßen die Kekse und plauderten über diverse Nichtigkeiten, bis Marcus wieder anfing zu husten, diesmal so lange, dass Honoria ihn energisch ins Bett zurückschickte.

„Wir müssen jetzt ohnehin langsam aufbrechen", sagte sie und stand auf. „Mrs Royle erwartet uns bestimmt schon ganz sehnsüchtig."

Marcus nickte und dankte ihnen lächelnd, als sie darauf beharrten, dass er ihretwegen nicht aufstehen möge. Er fühlte sich wirklich schrecklich; er befürchtete sogar, dass er seinen Stolz hinunterschlucken und sich auf sein Zimmer tragen lassen müsste.

Aber natürlich erst, nachdem die beiden Damen gegangen waren.

Er unterdrückte ein Stöhnen. Er hasste es, krank zu sein.

Sobald sie in der Kutsche saßen, erlaubte Honoria sich, ihre Nerven zu entspannen. Marcus sah zwar krank aus, aber nicht so schlimm, als dass ihn eine Woche Ruhe und Hühnerbrühe nicht kurieren würden. Der friedliche Moment wurde jedoch abrupt zerstört, als Cecily verkündete: „Einen Monat."

Honoria blickte auf. „Wie bitte?"

„Das ist meine Voraussage." Cecily reckte den Zeigefinger in die Höhe, ließ ihn erst ein wenig kreisen und stellte ihn dann kerzengerade auf. „Ich gebe Lord Chatteris einen Monat, bis er den Heiratsantrag macht."

„Wem denn?", fragte Honoria und versuchte ihr Entsetzen zu verbergen. Marcus hatte keine besondere Vorliebe für Cecily an den Tag gelegt, und außerdem sah es ihr überhaupt nicht ähnlich, so großspurig zu sein.

„Dir, du Gänschen."

Honoria hätte sich beinahe an ihrer eigenen Zunge verschluckt. „Oh", sagte sie heftig. „*Oh.* Oh. Oh. Oh, nein."

Cecily grinste nur.

„Nein, nein." Wenn Honoria schon mal vor Schreck einsilbig wurde, dann tat sie das auf sehr wortreiche Art. „Nein", sagte sie noch einmal. „Oh nein."

„Ich würde mich sogar zu einer Wette hinreißen lassen",

fuhr Cecily spitzbübisch fort. „Bis zum Ende der Saison bist du verheiratet."

„Das möchte ich doch hoffen", erklärte Honoria, die endlich wieder über ihren Wortschatz verfügen konnte, „aber nicht mit Lord Chatteris."

„Ach, auf einmal heißt er Lord Chatteris, was? Du glaubst doch nicht etwa, es sei mir nicht aufgefallen, dass du ihn die ganze Zeit mit Vornamen angeredet hast."

„Wir kennen uns eben von klein auf", protestierte Honoria. „Als ich ihn zum ersten Mal gesehen habe, war ich sechs."

„Das kann schon sein, aber ihr beide habt … Oh, wie soll ich es sagen?" Cecily spitzte die Lippen und sah zum Kutschendach empor. „Ihr habt euch benommen, als wärt ihr längst verheiratet."

„Sei doch nicht albern."

„Ich sage nichts als die Wahrheit", erklärte ihre Freundin und wirkte sehr zufrieden mit sich. Sie lachte. „Warte nur, bis ich es den anderen erzähle."

Honoria hätte sich beinahe auf sie gestürzt. „Wag es ja nicht!"

„Dafür, dass es nicht stimmt, regst du dich aber ziemlich auf."

„Bitte, Cecily, ich versichere dir, dass zwischen Lord Chatteris und mir nichts ist, und ich garantiere dir, dass wir niemals heiraten werden. Derartige Gerüchte zu verbreiten bewirkt gar nichts, außer mir das Leben zur Hölle zu machen."

Cecily legte den Kopf schief. „Zwischen euch ist gar nichts?"

„Jetzt drehst du mir aber das Wort im Mund um, Cecily. Natürlich mag ich ihn. Er war immer wie ein Bruder für mich."

„Also schön. Ich sage nichts."

„Dan…"

„Bis ihr verlobt seid. Und dann schreie ich es jedem ins Gesicht, der es hören will: Ich habe es vorausgesehen!"

Honoria würdigte diese Bemerkung nicht einmal einer Antwort. Es würde keine Verlobung geben, folglich würde auch nichts geschrien werden. Was ihr erst später aufging, war, dass sie zum ersten Mal gesagt hatte, dass Marcus für sie wie ein Bruder *gewesen* sei.

Vergangenheitsform.

Aber wenn er nicht länger ihr Bruder war, was war er dann?

7. KAPITEL

Am nächsten Tag kehrte Honoria nach London zurück. Die Saison würde zwar erst in einem Monat beginnen, aber es galt, jede Menge Vorbereitungen zu treffen. Laut ihrer Cousine Marigold, die kürzlich geheiratet hatte und gleich an Honorias erstem Nachmittag in London vorbeikam, war Rosa im Moment der letzte Schrei, wobei man bei der Putzmacherin aber unbedingt darauf achten müsse, es primel-, mohn- oder rubinfarben zu nennen. Außerdem brauchte man dringend eine ganze Sammlung Armbänder. Ohne käme man gar nicht zurecht, versicherte Marigold.

Honoria beschloss, später in der Woche bei der Putzmacherin vorbeizuschauen. Aber bevor sie mehr tun konnte, als sich ihre Lieblingsschattierung Rosa auszusuchen (der Einfachheit halber nahm sie gleich Primel), erreichte sie ein Brief aus Fensmore.

Honoria nahm an, dass er von Marcus kam, und öffnete ihn begierig und auch ein wenig überrascht darüber, dass er sich die Zeit genommen hatte, ihr zu schreiben. Aber als sie das Blatt Papier entfaltete, war die Handschrift viel zu feminin, um von seiner Hand gekommen zu sein.

Besorgt runzelte sie die Stirn und setzte sich, um den Brief zu lesen.

Sehr geehrte Lady Honoria,
bitte verzeihen Sie, dass ich Ihnen einfach schreibe, aber ich weiß nicht, an wen ich mich sonst wenden sollte. Lord Chatteris geht es gar nicht gut. Seit drei Tagen fiebert er, und letzte Nacht war er bewusstlos. Der Arzt kommt jeden Nachmittag vorbei, doch er weiß keinen anderen Rat, als dass ich abwarten und beobachten solle.
Wie Sie ja wissen, besitzt der Earl keinerlei Familie. Aber ich habe das Gefühl, dass ich irgendwen verständigen muss, und er hat immer so lobend von Ihrer Familie gesprochen.

Hochachtungsvoll
Mrs Wetherby
Haushälterin des Earl of Chatteris

„Oh nein“, murmelte Honoria und starrte auf den Brief, bis sie anfing zu schielen. Wie konnte das sein? Als sie Fensmore verlassen hatte, hatte Marcus zwar einen schrecklichen Husten gehabt, aber kein Anzeichen von Fieber gezeigt. Nichts hatte darauf hingedeutet, dass sich sein Zustand so verschlimmern würde.

Und was bezweckte Mrs Wetherby mit ihrem Brief? Wollte sie sie lediglich über Marcus' Zustand informieren, oder bat sie sie indirekt, nach Fensmore zu kommen? Und falls es Letzteres war, hieß das, dass Marcus' Zustand kritisch war?

„Mutter!“, rief Honoria. Sie erhob sich, ohne nachzudenken, und lief durch das Haus. Das Herz schlug ihr bis zum Hals, und sie beschleunigte ihre Schritte. Ihre Stimme wurde lauter. „Mutter!“

„Honoria?“ Lady Winstead erschien oben an der Treppe und fächelte sich mit ihrem Lieblingsfächer aus chinesischer Seide Luft zu. „Was ist denn nur los? Gab es Probleme bei der Putzmacherin? Ich dachte, du wolltest mit Marigold dorthin gehen.“

„Nein, nein, das ist es nicht“, erwiderte Honoria und eilte die Treppe hinauf. „Es ist Marcus.“

„Marcus Holroyd?“

„Ja. Ich habe einen Brief von seiner Haushälterin bekommen.“

„Von seiner Haushälterin? Warum sollte die …“

„Ich bin ihm in Cambridge begegnet, erinnerst du dich? Ich habe dir davon erzählt …“

„Oh, ja, ja.“ Ihre Mutter lächelte. „Was für ein schöner Zufall, dass du ihm einfach so über den Weg gelaufen bist. Mrs Royle hat mir davon geschrieben. Ich glaube, sie hofft, dass er ein *tendre* für ihre Tochter entwickelt.“

„Mutter, hier, bitte lies das.“ Honoria hielt ihr den Brief von Mrs Wetherby entgegen. „Er ist sehr krank.“

Lady Winstead überflog die Nachricht und verzog besorgt das Gesicht. „Ach je. Das sind wirklich schlechte Nachrichten.“

Honoria fasste ihre Mutter am Arm, um ihr den Ernst der Lage zu vermitteln. „Wir müssen nach Fensmore aufbrechen. Sofort.“

Lady Winstead sah überrascht auf. „Wir?“

„Er hat doch sonst niemanden.“

„Also, das kann ja wohl nicht stimmen.“

„Doch“, beharrte Honoria. „Weißt du nicht mehr, wie oft er zu uns gekommen ist, wenn er und Daniel in Eton waren? Das war, weil er sonst nirgends hinkonnte. Ich glaube nicht, dass er und sein Vater gut miteinander ausgekommen sind.“

„Ich weiß nicht, es wirkt so aufdringlich.“ Ihre Mutter runzelte die Stirn. „Wir gehören doch nicht zur Familie.“

„Er *hat* keine Familie!“

Lady Winstead biss sich auf die Unterlippe. „Er war so ein netter Junge, aber ich halte es einfach nicht für …“

Honoria stemmte die Hände in die Hüften. „Wenn du nicht mitkommst, fahre ich allein.“

„Honoria!“ Lady Winstead wich schockiert zurück, und zum ersten Mal blitzte in ihren farblosen Augen Emotion auf. „Das kommt überhaupt nicht infrage! Dein Ruf wäre ruiniert.“

„Er *stirbt* vielleicht.“

„So ernst ist es bestimmt nicht.“

Honoria krallte die Hände ineinander. Sie hatten zu zittern begonnen, und ihre Finger waren schrecklich kalt. „Ich glaube kaum, dass mir die Haushälterin geschrieben hätte, wenn die Lage nicht ernst wäre.“

„Schon gut“, sagte Lady Winstead und seufzte leise. „Wir brechen morgen auf.“

Honoria schüttelte den Kopf. „Heute.“

„Heute? Honoria, eine solche Reise erfordert Planung. Ich kann unmöglich …"

„Heute, Mutter. Wir haben keine Zeit zu verlieren." Honoria lief die Treppe hinunter und rief über die Schulter zurück: „Ich sorge dafür, dass die Kutsche bereit gemacht wird. In einer Stunde fahren wir los!"

Lady Winstead, die anscheinend etwas von dem Feuer wiedergefunden hatte, das sie besessen hatte, ehe ihr Sohn das Land verlassen musste, übertraf die in sie gesetzten Erwartungen. Schon eine Dreiviertelstunde später stand sie mit ihrer Zofe und den gepackten Taschen im Salon und wartete auf Honoria.

Fünf Minuten später waren sie unterwegs.

Die Reise ins nördliche Cambridgeshire war an einem (langen) Tag zu erledigen, und so war es fast Mitternacht, als die Kutsche der Winsteads vor Fensmore zum Stehen kam. Lady Winstead war nördlich von Saffron Walden eingeschlafen, doch Honoria war hellwach. Von dem Augenblick an, da sie in die lange Auffahrt zum Landsitz einbogen, hatte sich ihre Haltung verspannt, und sie konnte es gerade noch vermeiden, sich am Türgriff festzuklammern. Als die Kutsche endlich hielt, hatte sie sofort den Schlag geöffnet, war herausgesprungen und die Treppe hinaufgerannt.

Im Haus war alles still, und Honoria verbrachte die nächsten fünf Minuten damit, den Klopfer gegen die Tür zu donnern, bis sie endlich durch ein Fenster Kerzenschein sah und Schritte hörte, die sich eilends näherten.

Der Butler – Honoria konnte sich nicht an seinen Namen erinnern – öffnete die Tür, aber bevor er noch ein Wort sagen konnte, erklärte sie: „Mrs Wetherby hat mir vom Zustand des Earls geschrieben. Ich muss ihn sofort sehen."

Der Butler trat einen Schritt zurück; seine Haltung war ebenso stolz und aristokratisch wie die seines Dienstherrn. „Ich fürchte, das wird nicht gehen."

Honoria musste sich am Türrahmen festhalten. „Wie meinen Sie das?“, flüsterte sie. In der kurzen Zeit seit Mrs Wetherbys Brief konnte er dem Fieber doch unmöglich erlegen sein!

„Der Earl schläft“, erklärte der Butler gereizt. „Um diese Zeit werde ich ihn nicht aufwecken.“

Erleichterung durchströmte Honoria. „Oh, danke!“, sagte sie mit Inbrunst und ergriff seine Hand. „Aber jetzt muss ich ihn bitte sehen. Ich verspreche Ihnen, dass ich ihn nicht stören werde.“

Der Butler wirkte leicht schockiert, seine Hand in der ihren wiederzufinden. „Ich kann nicht erlauben, dass Sie ihn um diese Zeit sehen. Darf ich Sie daran erinnern, dass Sie es nicht einmal für nötig befunden haben, mir Ihren Namen zu nennen?“

Honoria blinzelte. Herrschte auf Fensmore denn ein solches Kommen und Gehen, dass er sich nicht erinnern konnte, wer vor einer Woche zu Besuch gewesen war? Dann erkannte sie, dass er in die Dunkelheit blinzelte. Lieber Himmel, vermutlich konnte er sie gar nicht richtig sehen. „Bitte verzeihen Sie“, sagte sie so besänftigend, wie sie konnte. „Ich bin Lady Honoria Smythe-Smith, und meine Mutter, die Countess of Winstead, wartet mit ihrer Zofe in der Kutsche. Vielleicht könnte ihr jemand helfen?“

Das runzlige Gesicht des Butlers zeigte nun einen überwältigend anderen Ausdruck. „Lady Honoria!“, rief er aus. „Entschuldigen Sie bitte. Ich habe Sie in der Dunkelheit nicht erkannt. Bitte, so kommen Sie doch herein.“

Er nahm sie am Arm und führte sie nach drinnen. Honoria ließ sich mitziehen, verlangsamte ihren Schritt nur kurz, um sich zur Kutsche umzudrehen. „Meine Mutter ...“

„Ich schicke sofort einen Lakaien hinaus, damit er sich ihrer annimmt“, versprach der Butler. „Aber wir müssen Ihnen sofort ein Zimmer zuweisen. Wir haben keines vorbereitet, wir hätten jedoch mehrere, die wir im Handumdrehen für Sie richten könnten.“ Er blieb in einer Tür stehen, beugte sich vor und zog mehrmals an einem Klingelzug. „Die Zimmermädchen kommen gleich und kümmern sich darum."

„Bitte wecken Sie sie nicht meinetwegen", bat Honoria, obwohl es dazu vermutlich schon zu spät war, so eifrig, wie er die Klingel betätigte. „Könnte ich mit Mrs Wetherby reden? Ich lasse sie nicht gern wecken, aber es ist wirklich äußerst wichtig."

„Natürlich, natürlich", versicherte der Butler ihr, während er sie immer tiefer ins Haus führte.

„Und meine Mutter …", sagte Honoria mit einem nervösen Blick zurück. Nach ihrem anfänglichem Protest war Lady Winstead den ganzen Tag äußerst geduldig gewesen. Honoria wollte wirklich nicht, dass sie in der Kutsche übernachtete. Der Kutscher und die Stallburschen würden sie natürlich nie sich selbst überlassen, und natürlich saß die Zofe bei ihr im Wagen, ebenfalls fest schlafend, aber trotzdem, es schien nicht richtig.

„Ich nehme sie in Empfang, sobald ich Sie zu Mrs Wetherby gebracht habe."

„Danke, ähm …" Es stimmte sie verlegen, dass sie seinen Namen nicht kannte.

„Springpeace, Mylady." Er umfasste ihre Hand und drückte sie. Seine Hände waren rheumatisch und zittrig, doch sein Griff war fest und dankbar. Er sah auf, sein Blick begegnete dem ihren. „Dürfte ich mir die Bemerkung erlauben, Mylady, dass ich sehr froh bin über Ihre Anwesenheit."

Zehn Minuten später stand Honoria mit Mrs Wetherby vor Marcus' Tür. „Ich weiß nicht, ob es dem Earl recht wäre, wenn Sie ihn in diesem Zustand sehen", sagte die Haushälterin, „aber nachdem sie die weite Strecke auf sich genommen haben …"

„Ich werde ihn nicht stören", beteuerte Honoria. „Ich will mich nur davon überzeugen, dass es ihm gut geht."

Mrs Wetherby schluckte und warf ihr einen freimütigen Blick zu. „Es geht ihm nicht gut, Mylady. Sie sollten sich darauf gefasst machen."

„Ich … ich habe nicht ‚gut' gemeint", sagte Honoria zögernd. „Ich habe nur gemeint, ach, ich weiß nicht, was ich gemeint habe, nur dass …"

Sanft legte ihr die Haushälterin die Hand auf den Arm. „Ich verstehe schon. Es geht ihm ein bisschen besser als gestern, als ich Ihnen schrieb."

Honoria nickte, doch die Bewegung fühlte sich angespannt und verlegen an. Die Haushälterin wollte ihr wohl zu verstehen geben, dass Marcus nicht mehr an der Schwelle des Todes stand, aber das beruhigte sie nicht, denn es bedeutete, dass er an der Schwelle des Todes gestanden *hatte*. Und wenn dem so war, gab es keinen Grund, warum er nicht wieder dorthin zurückkehren sollte.

Mrs Wetherby legte den Finger auf die Lippen, um Honoria zu bedeuten, still zu sein, während sie den Raum betraten. Langsam drehte sie den Türknauf, und die Tür schwang lautlos auf.

„Er schläft", flüsterte Mrs Wetherby.

Honoria nickte und trat blinzelnd in das dunkle Zimmer. Drinnen war es sehr warm, und die Luft war dick und drückend. „Ist ihm nicht zu heiß?", wisperte sie der Haushälterin zu. Sie konnte in dem stickigen Raum kaum atmen, und Marcus schien unter einem Berg an Decken und Federbetten begraben zu sein.

„Der Arzt hat angeordnet, es so zu machen", erwiderte Mrs Wetherby. „Wir sollen um jeden Preis vermeiden, dass er sich verkühlt."

Honoria zerrte am Kragen ihres Tageskleids und wünschte sich, sie könnte ihn irgendwie lockern. Lieber Himmel, wenn ihr schon unbehaglich war, musste Marcus wahre Qualen leiden. Sie konnte sich nicht vorstellen, dass es gesund war, in der Hitze so dick eingepackt zu sein.

Aber auch wenn ihm zu heiß war, so schlief er wenigstens. Sein Atem klang normal, zumindest nach Honorias Begriffen. Sie hatte keine Ahnung, worauf man an einem Krankenlager achten musste, vermutlich auf alles, was aus dem Rahmen fiel.

Sie kam ein bisschen näher und beugte sich über ihn. Er sah furchtbar verschwitzt aus. Sie konnte nur eine Seite seines Gesichts sehen, aber seine Haut glänzte unnatürlich, und in der Luft lag der abgestandene Geruch menschlicher Transpiration.

„Ich glaube wirklich, dass er nicht unter so vielen Decken liegen sollte", flüsterte Honoria.

Mrs Wetherby zuckte hilflos mit den Schultern. „Der Arzt hat es ausdrücklich angeordnet."

Honoria trat noch einen Schritt näher, bis ihre Beine das Bett berührten. „Es sieht nicht sehr gemütlich aus."

„Ich weiß", stimmte Mrs Wetherby zu.

Vorsichtig streckte Honoria die Hand aus, um zu sehen, ob sie die Decken ein wenig zurückziehen konnte, selbst wenn es nur ein, zwei Zoll waren. Sie bekam die Ecke des zuoberst liegenden Federbetts zu fassen und ruckte ganz vorsichtig daran, und dann …

„Aaaaaa!"

Kreischend sprang Honoria zurück und packte Mrs Wetherby am Arm. Marcus war praktisch in die Höhe gefahren und saß nun da und schaute sich wild im Zimmer um.

Offenbar hatte er nichts an. Zumindest nicht von der Taille aufwärts, so weit sie sehen konnte.

„Schon gut, schon gut", sagte sie, doch ihrer Stimme mangelte es an Uberzeugung. Sie fand es nicht gut, und sie wusste nicht, wie sie es anstellen sollte, so zu klingen, als wäre sie doch dieser Meinung.

Er atmete schwer, und er war furchtbar aufgeregt, doch sein Blick schien sich nicht auf sie konzentrieren zu können. Sie hätte nicht einmal sagen können, ob er wusste, dass sie da war. Er hatte den Kopf in den Nacken geworfen, als suchte er etwas, und dann begann er ihn wie wild zu schütteln. „Nein", sagte er, allerdings nicht nachdrücklich. Er klang nicht zornig, nur verstört. „Nein."

„Er ist nicht wach", murmelte Mrs Wetherby.

Honoria nickte langsam, und auf einmal erkannte sie das ganze Ausmaß ihrer selbst gestellten Aufgabe. Sie hatte keine Ahnung von Krankheiten, und noch weniger wusste sie, wie man jemanden pflegte, der an einem Fieber litt.

War sie überhaupt deshalb gekommen? Um ihn zu pflegen? Nach der Lektüre von Mrs Wetherbys Brief war sie vor Sorge dermaßen außer sich gewesen, dass sie nur ein Bedürfnis hatte: sofort nach ihm zu sehen. Darüber hinaus hatte sie sich keine Gedanken gemacht.

Was für ein Dummkopf sie doch gewesen war! Was hatte sie denn gedacht, was sie tun würde, nachdem sie ihn einmal gesehen hatte? Aus dem Zimmer gehen und heimfahren?

Sie würde ihn pflegen müssen. Jetzt, wo sie einmal da war, war alles andere undenkbar. Doch die Aussicht ängstigte sie. Was, wenn sie etwas verkehrt machte? Was, wenn es ihm durch ihr Verschulden schlechter ging?

Aber was sollte sie sonst machen? Er brauchte sie. Marcus hatte niemanden, und zu ihrem Erstaunen – und ihrer Beschämung – erkannte Honoria das erst jetzt.

„Ich will ein bisschen bei ihm wachen", sagte sie zu Mrs Wetherby.

„Oh nein, Miss, das können Sie doch nicht. Das wäre nicht …"

„Jemand sollte bei ihm sein", entgegnete Honoria fest. „Er sollte nicht allein sein." Sie nahm die Haushälterin am Arm und führte sie an die andere Seite des Zimmers. So nahe bei Marcus war es unmöglich, ein Gespräch zu führen. Er hatte sich wieder hingelegt, doch er warf sich so heftig im Bett herum, dass Honoria jedes Mal erschrak, wenn sie ihn ansah.

„Ich bleibe hier", sagte Mrs Wetherby. Doch sie klang nicht so, als würde sie das wirklich wollen.

„Ich könnte mir denken, dass Sie schon viele Stunden an seinem Bett gewacht haben", sagte Honoria. „Nun übernehme ich das für ein Weilchen. Sie müssen sich ausruhen."

Mrs Wetherby nickte dankbar. Sie ging zur Tür und drehte sich dort noch einmal um. „Niemand wird etwas dazu sagen, dass Sie in seinem Zimmer sind. Ich verspreche Ihnen, auf Fensmore wird keine Menschenseele etwas dazu sagen."

Honoria schenkte ihr ein Lächeln, von dem sie hoffte, dass es beruhigend war. „Meine Mutter ist auch hier. Vielleicht nicht hier im Zimmer, aber auf Fensmore. Das sollte reichen, um dem Klatsch zu begegnen."

Mrs Wetherby nickte und verließ das Zimmer. Honoria lauschte ihren Schritten, bis Stille eintrat.

„Oh Marcus", sagte sie leise und kehrte zum Bett zurück. „Was ist nur mit dir passiert?" Sie streckte die Hand aus, um ihn zu berühren, überlegte es sich aber noch einmal anders. Es würde sich nicht schicken, und außerdem wollte sie ihn nicht noch mehr stören, als sie es schon getan hatte.

Er warf einen Arm über die Decken und rollte sich herum, bis er einen Platz auf der Seite gefunden hatte. Sein bloßer Arm lag immer noch draußen. Ihr war gar nicht klar gewesen, dass er so muskulös war. Natürlich hatte sie gewusst, dass er stark war, das war schließlich offensichtlich. Er war ... Sie dachte einen Augenblick nach. Eigentlich war es gar nicht offensichtlich. Sie konnte sich nicht erinnern, wann sie ihn das letzte Mal dabei beobachtet hatte, wie er etwas hob. Aber er wirkte stark. Er hatte diese Ausstrahlung. Fähig, verlässlich. Das hatten nicht alle Männer. Im Gegenteil, die meisten hatten es nicht, zumindest die meisten aus Honorias Bekanntenkreis.

Trotzdem, ihr war nicht klar gewesen, dass die Muskeln an einem Männerarm so deutlich hervortreten konnten.

Interessant.

Sie beugte sich ein Stück weiter vor, legte den Kopf schief und bewegte dann die Kerze ein Stück nach vorn. Wie hieß doch gleich der Muskel an der Schulter? Seiner sah wirklich schön aus.

Sie rief sich zur Ordnung, entsetzt über die ungebührliche Richtung, die ihre Gedanken eingeschlagen hatten, und trat einen Schritt zurück. Sie war schließlich nicht hier, um dem armen Mann schöne Augen zu machen, sie war hier, um ihn zu pflegen. Und außerdem, wenn sie schon jemandem schöne Augen machte, dann doch bestimmt nicht Marcus Holroyd.

Ein paar Schritte entfernt stand ein Sessel, und sie zog ihn so nahe ans Bett, dass sie aufspringen und sofort bei Marcus sein konnte, aber nicht so nah, dass er sie treffen konnte, wenn er wieder um sich schlug.

Er wirkte dünner. Sie war sich nicht sicher, wie sie das unter all den Decken und Laken erkennen konnte, aber er hatte Gewicht verloren. Sein Gesicht war eingefallen, und selbst im schwachen Licht ihrer Kerze konnte sie erkennen, dass er ungewohnte Schatten unter den Augen hatte.

Eine Weile saß sie ganz still da und kam sich ziemlich albern vor. Sie hatte das Gefühl, als sollte sie irgendetwas *tun*. Ihn zu beobachten war wohl irgendetwas, aber es fühlte sich nach nicht viel an, vor allem, da sie sich dabei so bemühte, gewisse Körperteile von ihm *nicht* anzusehen. Anscheinend hatte er sich beruhigt; hin und wieder bewegte er sich zwar rastlos, doch die meiste Zeit schlief er.

Aber, Himmel, wie heiß ihr war! Honoria trug immer noch ihr Tageskleid, ein hübsches Gewand, das hinten geknöpft wurde. Es gehörte zu jenen albernen Kleidungsstücken, die eine Frau unmöglich allein an- oder ausziehen konnte.

Sie lächelte. So ähnlich wie Marcus' Stiefel. Es war nett zu wissen, dass Männer unpraktischer Mode ebenso sinnlos ergeben sein konnten wie Frauen.

Trotzdem, das Kleid war für ein Krankenzimmer absolut nicht geeignet. Es gelang ihr, die ersten Knöpfe oben zu öffnen, und dann rang sie erst einmal erleichtert nach Luft.

„Das kann doch nicht gesund sein", sagte sie laut, hielt den Kragen ein Stück weit von ihrem feuchten Hals weg und versuchte sich damit Luft zuzufächeln.

Sie blickte zu Marcus hinüber. Ihre Stimme schien ihn nicht weiter gestört zu haben.

Sie kickte sich die Schuhe von den Füßen, und weil ihr Ruf ohnehin schon ruiniert wäre, sollte jemand sie in diesem halb bekleideten Zustand entdecken, bückte sie sich auch noch und streifte sich die Strümpfe ab.

„Äh." Bestürzt blickte sie an ihren Beinen hinunter. Ihre Strümpfe waren fast durchweicht.

Mit resigniertem Seufzen breitete sie sie über eine Sessellehne, überlegte es sich dann aber anders. Besser, sie stellte sie nicht so zur Schau. Und so knüllte sie sie zusammen und steckte sie in ihre Schuhe. Und während sie schon einmal stand, hob sie die Röcke und wedelte sich Luft zu, um ihre Beine abzukühlen.

Das war unerträglich. Ihr war egal, was der Arzt gesagt hatte. Sie konnte einfach nicht glauben, dass das gesund war. Sie ging zum Bett und sah noch einmal auf den Patienten herab, wobei sie für den Fall, dass er wieder um sich schlug, sichere Distanz wahrte.

Zaghaft und ganz vorsichtig streckte sie die Hand aus. Sie berührte ihn nicht, kam ihm nur ganz nahe. Die Luft an seiner Schulter war mindestens zehn Grad wärmer als die Luft im restlichen Zimmer.

Sie sah sich nach etwas um, womit sie ihm Luft hätte zufächeln können. Verflixt, sie hätte einen der chinesischen Seidenfächer ihrer Mutter mitgehen lassen sollen. Mama fächelte sich in letzter Zeit *immer* Luft zu. Ohne mindestens drei Fächer im Gepäck ging sie nirgends hin. Was ziemlich klug war, da sie dazu tendierte, sie überall liegen zu lassen.

Honoria fand nichts, was sich zum Fächeln geeignet hätte, und so neigte sie sich vor und pustete Marcus sanft an. Er regte sich nicht, was sie als gutes Zeichen betrachtete. Von ihrem Erfolg ermutigt (falls es tatsächlich einer war, eigentlich hatte sie keine Ahnung), versuchte sie es noch einmal, diesmal etwas energischer. Diesmal schauderte er ein wenig.

Sie runzelte die Stirn, unsicher, ob das nun ein gutes oder ein schlechtes Zeichen war. Wenn er so verschwitzt war, wie er aussah, riskierte sie, dass er sich verkühlte, wovor der Arzt ja gewarnt hatte.

Sie setzte sich, stand wieder auf, setzte sich, klopfte sich nervös auf den Oberschenkel. Es wurde so schlimm, dass sie die Hand mit der anderen festhalten musste, um damit aufzuhören.

Das war ja albern. Sie sprang auf und trat wieder ans Bett. Er bewegte sich wieder, warf sich unter den Decken herum, allerdings nicht so heftig, dass er sie abgeworfen hätte.

Sie sollte ihn anfassen. Das sollte sie wirklich. Es war der einzige Weg, um festzustellen, wie heiß er wirklich war. Was sie mit dieser Information dann anfangen würde, wusste sie noch nicht, aber das spielte keine Rolle. Wenn sie ihn pflegen sollte – was ja anscheinend so war –, musste sie seinen Zustand genau beobachten.

Sie streckte die Hand aus und berührte ihn sachte an der Schulter. Er fühlte sich nicht ganz so heiß an, wie sie erwartet hatte, aber das konnte auch daran liegen, dass ihr selbst furchtbar warm war. Er schwitzte jedoch, und aus der Nähe konnte sie nun sehen, dass auch seine Laken durchnässt waren.

Sollte sie versuchen, sie zu entfernen? Er hatte ja noch all die anderen Decken. Sie zog am Laken, hielt dabei die Decken mit der anderen Hand fest, damit sie nicht herabfielen. Doch sie hatte kein Glück: Sämtliche Decken rutschten auf sie zu und gaben den Blick frei auf ein langes, leicht angewinkeltes Bein.

Auch dort war er recht muskulös.

Nein, nein, nein, nein, nein, nein, nein. Sie sah Marcus nicht an. Sie sah ihn nicht an. Nicht ihn. Bestimmt nicht ihn. Und außerdem musste sie die Decke zurückschieben, ehe er herumrollte und sich ganz zeigte. Sie wusste ja nicht einmal, ob er unten etwas anhatte. Die Arme waren nackt, die Beine waren nackt, also lag es doch nahe …

Sie blickte auf seine Mitte, sie konnte nicht anders. Er war dort natürlich noch zugedeckt, aber wenn sie zufällig gegen das Bett stieß …

Sie packte die Decken und zerrte daran, um ihn wieder ganz zuzudecken. Die Laken würde jemand anders wechseln müssen. Lieber Himmel, war ihr heiß! Wie hatte es nur im Zimmer noch wärmer werden können? Vielleicht konnte sie einen Augenblick hinausgehen. Oder das Fenster einen Spaltbreit öffnen und sich davorstellen.

Sie wedelte sich mit der Hand Luft zu. Sie sollte sich einfach wieder setzen. Der Sessel war bequem, sie könnte die Hände in den Schoß legen und dort bis zum Morgen sitzen. Sie würde noch einen letzten Blick auf ihn werfen, nur um sich zu vergewissern, dass mit ihm alles in Ordnung war.

Sie nahm die Kerze und hielt sie über sein Gesicht.

Seine Augen waren offen.

Vorsichtig trat sie einen Schritt zurück. Er hatte die Augen schon öfter geöffnet. Das bedeutete nicht, dass er wirklich wach war.

„Honoria? Was machst du hier?“

Das allerdings schon.

8. KAPITEL

Marcus fühlte sich sterbenselend. Höllisch elend. Nein, er fühlte sich, als wäre er in der Hölle gewesen. Und zurückgekommen. Und vielleicht noch mal hingegangen, weil es ihm dort beim ersten Mal nicht heiß genug gewesen war.

Er hatte keine Ahnung, wie lange er schon krank war. Einen Tag? Zwei? Das Fieber hatte am Dienstag eingesetzt … oder? Ja, am Dienstag, obwohl das eigentlich keine Rolle spielte, da er keine Ahnung hatte, welcher Tag heute war.

Oder welche Nacht. Vielleicht war jetzt Nacht. Es schien dunkel zu sein, und – verdammt, war ihm heiß. Wirklich, es war schwer, in dieser Hitze an irgendetwas anderes zu denken.

Vielleicht war er in der Hölle gewesen und hatte sie komplett mitgebracht. Vielleicht war er auch immer noch in der Hölle, allerdings gäbe es dort dann wirklich bequeme Betten.

Was allem zu widersprechen schien, was er in der Kirche gelernt hatte.

Er gähnte, reckte den Hals nach links und rechts, ehe er den Kopf wieder auf der Kissenmitte platzierte. Er kannte sein Kissen. Es war weich, mit Gänsedaunen gefüllt und besaß genau die richtige Dicke. Er lag in seinem eigenen Bett, in seinem eigenen Zimmer. Und es war Nacht. Es war dunkel. Das konnte er erkennen, auch wenn er nicht genügend Energie aufbrachte, um die Lider zu heben.

Er hörte Mrs Wetherby im Raum herumräumen. Vermutlich hatte sie die ganze Zeit an seinem Bett gesessen, als er krank war. Das überraschte ihn nicht, aber er war ihr dennoch sehr dankbar für diese Fürsorge. Ganz zu Anfang seiner Krankheit hatte sie ihm Bouillon gebracht, und er erinnerte sich vage an ein Gespräch mit einem Arzt. Die wenigen Male, die er aus seinem Fieberwahn aufgewacht war, hatte sie an seinem Bett gewacht.

Sie fasste ihn an die Schulter, und ihre Berührung war leicht und weich. Es reichte allerdings nicht aus, um ihn aus seiner Benommenheit zu wecken. Er konnte sich nicht bewegen. Er war so müde. Er konnte sich nicht erinnern, wann er je so müde gewesen wäre. Ihm tat alles weh, vor allem sein Bein. Am liebsten hätte er jetzt weitergeschlafen, doch es war so heiß. Warum war es im Zimmer so heiß?

Als hätte sie seinen Gedanken gelauscht, zog Mrs Wetherby an seinen Decken, worauf Marcus selig zur Seite rollte und sein gesundes Bein unter den Decken hervorstreckte. Luft! Lieber Himmel, fühlte sich das gut an. Vielleicht konnte er die Decken ganz abwerfen. Ob sie wohl sehr entsetzt wäre, wenn er fast ganz bloß daläge? Vermutlich, aber es war ja im Namen der Gesundheit …

Doch dann begann sie die Decken auf ihn zurückzuschieben, worauf er beinahe geweint hätte. Er kratzte seine letzten Reserven an Energie zusammen, schlug die Augen auf und …

Es war gar nicht Mrs Wetherby.

„Honoria?“, krächzte er. „Was machst du hier?“

Sie sprang förmlich zurück und stieß einen merkwürdig zwitschernden Laut aus, der ihn in den Ohren schmerzte. Er schloss die Augen wieder. Auch wenn ihre Anwesenheit sehr merkwürdig war, besaß er jetzt nicht die Energie, mit ihr zu reden.

„Marcus?“, sagte sie mit seltsam dringlicher Stimme. „Kannst du etwas sagen? Bist du wach?“

Er nickte kaum merklich.

„Marcus?“ Sie war näher gekommen, er spürte ihren Atem an seinem Hals. Es war schrecklich. Zu heiß und zu nah.

„Warum bist du hier?“, fragte er noch einmal. Die Worte liefen ihm wie heißer Sirup über die Zunge. „Ich dachte, du wärst in …“ Ja, wo hätte sie sein wollen? In London, dachte er. Oder nicht?

„Oh, dem Himmel sei Dank.“ Sie legte ihm die Hand auf die Stirn. Sie fühlte sich heiß an, aber im Augenblick fühlte sich alles heiß an.

„Hon… Hon…“ Er brachte ihren Namen nicht heraus. Er versuchte es, er bewegte die Lippen, atmete ein paarmal durch. Aber es war alles zu anstrengend, und außerdem schien sie nicht bereit, seine Frage zu beantworten. Was machte sie hier?

„Du warst sehr krank“, sagte sie.

Er nickte. Vielleicht. Er dachte zumindest, dass er genickt hatte.

„Mrs Wetherby hat mir nach London geschrieben.“

Ah, so war das also gewesen. Trotzdem ziemlich seltsam.

Sie ergriff seine Hand, tätschelte sie nervös und irgendwie flatterig. „Ich bin gekommen, so schnell ich konnte. Meine Mutter ist auch da.“

Lady Winstead? Er versuchte zu lächeln. Er mochte Lady Winstead.

„Ich glaube, du hast immer noch Fieber“, erklärte Honoria. Sie klang unsicher. „Deine Stirn ist ziemlich warm. Allerdings muss ich auch sagen, dass es hier im Zimmer brütend heiß ist. Ich kann nicht sagen, ob die Hitze von dir kommt oder einfach nur aus der Luft.“

„Bitte“, stöhnte er und streckte den Arm aus, um schwach gegen den ihren zu schlagen. Er öffnete die Augen, blinzelte im Dämmerlicht. „Das Fenster.“

Sie schüttelte den Kopf. „Tut mir leid. Ich würde es gern tun, aber ich darf nicht. Mrs Wetherby hat gesagt, der Arzt hätte gesagt …“

„*Bitte.*“ Er flehte sie an – zum Teufel, er klang, als könnte er jeden Augenblick in Tränen ausbrechen. Aber es war ihm egal. Er wollte einfach nur, dass sie das verflixte Fenster aufmachte.

„Marcus, ich kann nicht …“ Doch sie wirkte hin- und hergerissen.

„Ich bekomme keine Luft“, murmelte er. Und war ehrlich überzeugt, dass er nicht übertrieb.

„Na gut“, sagte sie und lief geschäftig zum Fenster. „Aber verrate es niemandem.“

„Versprochen", murmelte er. Er brachte nicht die Energie auf, den Kopf zu drehen und zuzusehen, aber in der stickigen Stille der Nacht hörte er jede ihrer Bewegungen.

„Mrs Wetherby hat ganz energisch darauf bestanden", sagte sie und zog die Vorhänge zurück. „Im Zimmer sollte es so heiß bleiben."

Marcus knurrte und versuchte die Hand zu heben, um verächtlich abzuwinken.

„Ich kenne mich mit Krankenpflege überhaupt nicht aus …", ah, hier hörte man, wie das Fenster aufgeschoben wurde, „… aber ich kann mir nicht vorstellen, dass es gesund sein soll, in einer solchen Hitze zu braten, wenn man Fieber hat."

Marcus spürte den ersten kühlen Hauch auf der Haut und hätte vor Glück beinahe geweint.

„Ich habe noch nie Fieber gehabt", sagte Honoria und kehrte an seine Seite zurück. „Zumindest kann ich mich nicht daran erinnern. Ist das nicht seltsam?"

Er hörte das Lächeln in ihrer Stimme. Er wusste sogar genau, welches Lächeln es war – eine Spur Verlegenheit, eine Prise Erstaunen. So lächelte sie oft. Und dabei hob sie den rechten Mundwinkel jedes Mal ein winziges Stückchen höher als den linken.

Und jetzt konnte er dieses Lächeln hören. Es war wunderbar. Und merkwürdig. Wie seltsam, dass er sie so gut kannte. Natürlich kannte er kaum jemanden so gut wie sie. Aber das war nicht dasselbe wie jemanden lächeln hören zu können.

Oder doch?

Sie zog den Sessel näher ans Bett und setzte sich. „Mir ist das nie aufgefallen, ehe ich hierher kam, um mich um dich zu kümmern. Dass ich nie Fieber hatte, meine ich …"

Sie war seinetwegen hier? Er wusste nicht, warum er das so bemerkenswert fand. Schließlich gab es auf Fensmore niemanden sonst, für den sie die Reise hätte unternehmen sollen, und sie stand hier, in seinem Krankenzimmer, aber irgendwie kam es ihm dennoch … Nun ja, nicht merkwürdig. Auch nicht überraschend. Nur …

Unerwartet.

Er versuchte seinem müden Hirn auf die Sprünge zu helfen. Konnte etwas nicht überraschend *und* unerwartet sein? Denn genau das war es. Er hätte nie erwartet, dass Honoria alles stehen und liegen lassen und nach Fensmore eilen würde, um sich um ihn zu kümmern. Doch jetzt, wo sie hier war, überraschte es ihn überhaupt nicht.

Es fühlte sich fast normal an.

„Danke, dass du das Fenster geöffnet hast", sagte er leise.

„Gern geschehen." Sie versuchte zu lächeln, konnte ihre Sorge aber nicht verhehlen. „Es hat wohl nicht viel gebraucht, mich dazu zu überreden. Ich glaube nicht, dass mir je in meinem Leben schon so heiß war."

„Mir auch nicht", versuchte er zu scherzen.

Sie lächelte noch einmal, und diesmal war es echt. „Ach, Marcus", sagte sie und strich ihm das Haar aus der Stirn. Sie schüttelte den Kopf, doch sie sah nicht so aus, als wüsste sie, warum. Auch ihr hing das Haar ins Gesicht, schnittlauchgerade wie immer. Sie versuchte es wegzublasen, doch es fiel gleich darauf wieder zurück. Schließlich schob sie es sich mit den Fingern hinter die Ohren.

Doch es fiel ihr prompt wieder ins Gesicht.

„Du siehst müde aus", sagte er mit heiserer Stimme.

„Sagt der Mann, der die Augen nicht offen halten kann."

„Touché", erwiderte er, und es gelang ihm, die Bemerkung mit einer kleinen Bewegung des Zeigefingers zu unterstreichen.

Sie schwieg einen Moment und fuhr dann auf. „Möchtest du etwas trinken?"

Er nickte.

„Tut mir leid. Das hätte ich dich gleich fragen sollen, als du aufgewacht bist. Du hast bestimmt schrecklichen Durst."

„Nur ein bisschen“, schwindelte er.

„Mrs Wetherby hat einen Krug Wasser dagelassen“, sagte sie und griff nach etwas auf dem Tisch hinter ihr. „Es ist zwar nicht kalt, aber bestimmt trotzdem erfrischend.“

Er nickte noch einmal. Bis auf kochendes Wasser wäre alles erfrischend gewesen.

Sie wollte ihm ein Glas reichen, erkannte dann aber, dass er es in seiner momentanen Lage nicht würde gebrauchen können. „Hier, ich helfe dir auf“, sagte sie und stellte das Glas wieder auf den Tisch. Sie umfasste ihn und hievte ihn mehr mit Entschlossenheit als Kraft hoch, bis er im Bett saß. „Na also“, sagte sie und klang dabei genauso effizient wie eine Gouvernante. „Jetzt stecken wir noch, ähm, die Decke fest, und dann geben wir dir das Wasser.“

Er blinzelte ein paarmal, und das so langsam, dass er sich nie ganz sicher war, ob er beim nächsten Mal die Augen aufbekommen würde. Er trug kein Hemd. Komisch, dass ihm das jetzt erst auffiel. Noch komischer war, dass er für ihr mädchenhaftes Zartgefühl einfach kein Interesse aufbringen konnte.

Vielleicht errötete sie. Er konnte es nicht sagen, es war zu dunkel dazu. Aber es spielte keine Rolle. Das hier war Honoria. Sie war ein guter Kerl. Ein vernünftiger Kerl. Der Anblick seiner bloßen Brust würde sie nicht auf immer verstören.

Er nahm einen Schluck Wasser, dann noch einen, bemerkte dabei kaum, wie es ihm über das Kinn lief. Lieber Gott, es fühlte sich so gut an in seinem Mund. Seine Zunge war so dick und trocken gewesen.

Honoria murmelte etwas in sich hinein und wischte ihm dann das Wasser mit der Hand ab. „Tut mir leid“, sagte sie. „Ich habe kein Taschentuch.“

Er nickte langsam. Die Berührung ihrer Finger an seiner Wange fühlte sich irgendwie vertraut an. „Du warst vorhin auch schon da“, sagte er.

Fragend sah sie ihn an.

„Du hast mich berührt. An der Schulter."

Um ihre Lippen spielte ein leises Lächeln. „Das war gerade eben."

„Wirklich?" Er ließ sich das durch den Kopf gehen. „Oh."

„Ich bin schon seit einigen Stunden hier", sagte sie.

Er hob das Kinn. „Danke." War das seine Stimme? Verdammt, er klang schwach.

„Ich kann dir gar nicht sagen, wie erleichtert ich bin, dich hier im Bett sitzen zu sehen. Ich meine, du schaust immer noch schrecklich aus, aber schon viel besser als zuvor. Du redest. Und das, was du sagst, klingt vernünftig." Sie rang die Hände in einer nervösen, vielleicht sogar etwas panischen Geste. „Was mehr ist, als ich im Augenblick von mir behaupten kann."

„Sei nicht albern."

Sie schüttelte den Kopf und wandte den Blick ab. Aber er sah, wie sie sich rasch mit der Hand über die Augen wischte.

Er hatte sie zum Weinen gebracht. Sein Kopf neigte sich etwas zur Seite. Allein der Gedanke erschöpfte ihn. Es war herzzerreißend. Er hätte Honoria nie zum Weinen bringen wollen.

Sie … sie sollte doch nicht … Er schluckte. Er wollte nicht, dass sie weinte. Er war so müde. Er hatte nicht das Gefühl, als wüsste er sonderlich viel, aber das wusste er.

„Du hast mir Angst gemacht", sagte sie. „Das hättest du bestimmt nie für möglich gehalten." Sie klang, als versuchte sie, mit ihm zu scherzen, aber er erkannte, dass sie nur so tat. Er wusste die Mühe jedoch zu schätzen.

„Wo ist Mrs Wetherby?", fragte er.

„Ich habe sie zu Bett geschickt. Sie war völlig erschöpft."

„Gut."

„Sie hat sich wirklich rührend um dich gekümmert."

Er nickte noch einmal, eine winzige Bewegung, von der er hoffte, das sie sie sehen konnte. Die Haushälterin hatte ihn schon einmal gesund gepflegt; elf war er damals gewesen.

Sein Vater hatte das Zimmer kein einziges Mal betreten, doch Mrs Wetherby war ihm nicht von der Seite gewichen. Er hätte Honoria gern davon erzählt, oder vielleicht auch davon, wie sein Vater kurz vor Weihnachten abgereist war und sie daraufhin das Haus so üppig mit Stechpalmen und Kiefernzweigen geschmückt hatte, dass es dort noch wochenlang wie im Wald roch. Es war das schönste Weihnachten gewesen, das er je erlebt hatte, bis zu dem Jahr, als er bei den Smythe-Smiths eingeladen gewesen war.

Das war das allerschönste Weihnachtsfest gewesen. Es würde immer das allerschönste bleiben.

„Möchtest du noch etwas Wasser?", fragte Honoria.

Er war noch durstig, wusste aber nicht, ob er genügend Energie hatte, es richtig hinunterzuschlucken.

„Ich helfe dir", sagte sie und setzte das Glas an seine Lippen.

Er nahm einen kleinen Schluck und stieß dann einen leisen Seufzer aus. „Mein Bein tut weh", sagte er.

„Vermutlich ist der Knöchel noch verstaucht", sagte sie und nickte.

Er gähnte. „Brennt bisschen. Schürhaken."

Ihre Augen weiteten sich. Er konnte es ihr nicht verdenken, schließlich verstand er selbst nicht, was er da redete.

Besorgt beugte sie sich vor und legte ihm noch einmal die Hand auf die Stirn. „Du fühlst dich wieder ziemlich warm an."

Er versuchte zu lächeln. Zumindest auf einer Gesichtshälfte schien ihm das gelungen zu sein. „Das tue ich doch schon die ganze Zeit."

„Schon richtig", erklärte sie. „Aber jetzt fühlst du dich noch wärmer an."

„Es kommt und geht."

„Das Fieber?"

Er nickte.

Sie presste die Lippen zusammen; sie sah älter aus, als er sie je gesehen hatte. Nicht alt, alt konnte sie gar nicht aussehen. Aber sie wirkte besorgt. Ihr Haar sah aus wie immer, zu einem lockeren Knoten aufgesteckt. Und sie bewegte sich wie immer, mit dem munteren, fröhlichen Gang, der so typisch für sie war.

Aber ihre Augen wirkten anders. Irgendwie waren sie dunkler und ließen ihr Gesicht dadurch sorgenvoll wirken. Das gefiel ihm gar nicht.

„Kann ich noch etwas Wasser bekommen?", fragte er. Er konnte sich nicht entsinnen, je so durstig gewesen zu sein.

„Natürlich", sagte sie rasch und goss noch etwas Wasser aus dem Krug in das Glas.

Er schluckte es hinunter, wiederum zu schnell, aber diesmal wischte er sich das Wasser selbst mit dem Handrücken ab. „Es wird wohl noch steigen", warnte er sie.

„Das Fieber." Diesmal war es keine Frage.

Er nickte. „Du solltest das wissen."

„Ich verstehe das nicht", sagte sie und nahm ihm das Glas aus der zitternden Hand. „Als ich dich das letzte Mal gesehen habe, warst du doch noch völlig gesund."

Er versuchte eine Braue zu heben, war sich aber nicht sicher, ob es ihm gelang.

„Ach, na schön", verbesserte sie sich. „Nicht völlig gesund, aber doch auf dem Weg der Besserung."

„Da war dieser Husten", erinnerte er sie.

„Ich weiß. Aber ich glaube einfach nicht …" Sie schnaubte verächtlich und schüttelte den Kopf. „Was rede ich denn da? Ich habe von Krankheiten keine Ahnung. Ich weiß nicht einmal, wie ich auf die Idee gekommen bin, ich könnte mich um dich kümmern. Eigentlich habe ich überhaupt nicht nachgedacht."

Er wusste zwar nicht, wovon sie redete, aber aus irgendeinem unerfindlichen Grund machte sie ihn glücklich.

Sie setzte sich in den Sessel am Bett. „Ich bin einfach gekommen. Ich habe Mrs Wetherbys Brief bekommen, und ich habe nicht einmal darüber nachgedacht, dass ich dir ja gar nicht helfen kann. Ich bin einfach gekommen."

„Du hilfst mir ja", flüsterte er. Und so war es auch.

Er fühlte sich schon besser.

9. KAPITEL

Als Honoria am nächsten Morgen erwachte, tat ihr alles weh. Ihr Nacken war steif, der Rücken schmerzte, und ihr linker Fuß war eingeschlafen. Und ihr war heiß, und sie war verschwitzt, wodurch sie sich nicht nur unbehaglich fühlte, sondern auch bemerkenswert unattraktiv. Und vermutlich duftete sie auch noch. Und mit duften meinte sie …

Ach, verflixt, sie wusste, was sie meinte, genau wie jeder andere, der auf fünf Fuß an sie herantrat.

Nachdem Marcus eingedöst war, hatte sie das Fenster geschlossen. Es hatte sie zwar beinahe umgebracht, und es ging gegen jede Vernunft. Doch sie besaß nicht genug Selbstvertrauen, den Anordnungen des Arztes zuwiderzuhandeln und das Fenster offen zu lassen.

Sie schüttelte den Fuß aus, verzog das Gesicht, als tausend Nadelstiche sie zu quälen begannen. Zum Kuckuck, sie hasste es, wenn ihr der Fuß einschlief. Sie bückte sich, um ihn zu massieren, doch führte das nur dazu, dass ihr gesamter Unterschenkel anfing, wie verrückt zu brennen.

Gähnend und stöhnend erhob sie sich und versuchte, das ominöse Knacken ihrer Gelenke zu überhören. Es gab Gründe, warum Menschen nicht in Sesseln schliefen, entschied sie. Wenn sie nächste Nacht immer noch hier war, würde sie sich auf den Boden legen.

Halb ging sie, halb humpelte sie zum Fenster, um die Vorhänge aufzuziehen und wenigstens ein wenig Sonne hereinzulassen. Marcus schlief, sie wollte daher nicht zu viel Licht im Zimmer haben, aber sie hatte das recht dringende Bedürfnis, ihn zu *sehen*. Seine Gesichtsfarbe, die Ringe unter seinen Augen. Sie war sich zwar nicht sicher, wie ihr das weiterhelfen würde, aber sie war sich ja überhaupt keiner Sache mehr sicher, seit sie dieses Krankenzimmer betreten hatte.

Außerdem brauchte sie einen Grund, um von dem verdammten Sessel aufzustehen.

Sie zog den Vorhang auf der einen Seite auf und blinzelte in das hereinflutende Morgenlicht. Es konnte nicht lang nach der Dämmerung sein; am Himmel hingen immer noch rosa- und pfirsichfarbene Schleier, und der Morgennebel stand noch weich auf dem Rasen.

Wunderschön sah es draußen aus, so sanft und frisch, und Honoria öffnete das Fenster noch einmal einen Spaltbreit, um die kühle, feuchte Luft einzuatmen.

Aber sie hatte eine Aufgabe zu erledigen. Und so trat sie zurück ins Zimmer. Sie wollte Marcus die Hand auf die Stirn legen, um zu prüfen, ob das Fieber wiedergekehrt war. Doch bevor sie die paar Schritte gegangen war, drehte er sich im Schlaf um und …

Lieber Himmel, war sein Gesicht letzte Nacht auch schon so rot gewesen?

Sie eilte an seine Seite, stolperte beinahe über ihren immer noch etwas gefühllosen Fuß. Er sah schrecklich aus – rot und aufgedunsen, und als sie ihn anfasste, fühlte sich seine Haut trocken und pergamenten an.

Und heiß. Erschreckend heiß.

Honoria lief zum Wasserkrug. Da sie weder Handtücher noch Taschentücher entdecken konnte, tauchte sie einfach die Hände hinein und legte sie auf seine Wangen, um ihn etwas abzukühlen. Doch bald wurde ihr klar, dass das keine Lösung war, und so begann sie, in einer Kommode zu wühlen, bis sie etwas gefunden hatte, was sie für Taschentücher hielt. Erst als sie den Stoff ausschüttelte, um ihn im Krug einzutauchen, stellte sie fest, dass sie etwas ganz anderes erwischt hatte.

Ach du lieber Himmel. Sie war dabei, ihm seine Unaussprechlichen aufs Gesicht zu legen.

Sie merkte, wie sie rot wurde, während sie das Kleidungsstück auswrang, und eilte zurück an seine Seite. Mit einer gemurmelten Entschuldigung – nicht dass er wach genug gewesen wäre, sie zu verstehen oder zu begreifen, wie anstößig das, was sie da vorhatte, war – drückte sie den nassen Stoff auf seine Stirn.

Sofort begann er sich herumzuwerfen, stieß seltsame, beunruhigende Laute aus – Ächzen, wirres Gemurmel, Sätze ohne Anfang und Ende. Sie hörte „Aufhören“ und „Nein“, aber sie glaubte auch, „Ermöglichen“, „Seeteufel“ und „Fußbrücke“ herausgehört zu haben.

Auf jeden Fall hörte sie, wie er „Daniel“ sagte.

Sie blinzelte die Tränen zurück und kehrte ihm kurz den Rücken zu, um den Wasserkrug zu holen. Als sie zurückkam, hatte er sich die kühlende Kompresse von der Stirn gewischt, und als sie versuchte, sie wieder aufzulegen, schob er sie weg.

„Marcus“, sagte sie streng, obwohl sie wusste, dass er sie nicht hören könnte, „du musst dir von mir helfen lassen.“

Doch er wehrte sie ab, schlug wild um sich, bis sie fast auf ihm saß, um ihn ruhig zu halten. „Hör auf“, fuhr sie ihn an, als er sie abzuwerfen versuchte. „Du wirst nicht gewinnen. Und damit meine ich …“, mit dem Unterarm drückte sie eine seiner Schultern nieder, „… wenn ich gewinne, gewinnst du auch.“

Plötzlich schoss er nach oben, und ihre Köpfe stießen zusammen. Honoria stieß einen Schmerzenslaut aus, ließ ihn aber nicht los. „Oh nein, vergiss es“, knurrte sie. „Und *damit* meine ich …“, sie schob ihr Gesicht ganz nahe an seines heran, „… dass du nicht sterben wirst.“

Sie setzte ihr ganzes Gewicht ein, um ihn unten zu halten, und versuchte mit einer Hand, den Stoff erneut einzutauchen. „Morgen, wenn du gesehen hast, was ich dir auf das Gesicht gelegt habe, wirst du mich hassen“, sagte sie und klatschte ihm den Stoff erneut auf die Stirn. Eigentlich hatte sie nicht so grob sein wollen, aber er machte es ihr unmöglich, sich von ihrer sanften Seite zu zeigen.

„Beruhige dich“, sagte sie langsam und legte die Kompresse auf seinen Nacken. „Glaub mir, wenn du dich beruhigt hast, wird es dir viel besser gehen." Sie tauchte den Stoff noch einmal ein. „Was gar nichts im Vergleich dazu sein wird, wie viel besser es *mir* dann gehen wird."

Das nächste Mal gelang es ihr, ihm das nasse Tuch auf die Brust zu legen; den Schock angesichts seines nackten Oberkörpers hatte sie längst hinter sich gelassen. Ihm schien die Behandlung nicht zu gefallen, denn er wehrte sie ab, so heftig, dass sie mit einem Plumpsen auf dem Teppich landete.

„Oh nein, kommt ja nicht infrage", murmelte sie in sich hinein, bereit, ihn mit aller Kraft zu bekämpfen. Doch bevor sie ums Bett zum Wasserkrug laufen konnte, streckte er ein Bein unter den Decken hervor und erwischte sie am Bauch.

Sie stolperte, warf die Arme hoch, um das Gleichgewicht zu wahren und nicht noch einmal hinzufallen. Instinktiv packte sie das erstbeste Objekt, das ihre Hand berührte. Sein Bein.

Marcus schrie auf.

Honorias Herz begann wie wild zu hämmern, und sie ließ sofort los. Ohne Halt ging sie zu Boden und landete unsanft auf ihrem rechten Ellbogen.

„Aua!", schrie sie, während der Schmerz sie bis in die Fingerspitzen durchzuckte. Aber irgendwie rappelte sie sich wieder auf, den Ellbogen an die Seite gepresst. Dieser Schrei, den Marcus von sich gegeben hatte …

Hatte beinahe unmenschlich geklungen.

Er wimmerte noch, als sie ans Bett trat, und er atmete heftig – kurze, flache Atemzüge, mit denen man für gewöhnlich Schmerzen abwehrte.

„Was ist passiert?", wisperte Honoria. Das war nicht das Fieber. Das war etwas weitaus Schlimmeres.

Sein Bein. Sie hatte sein Bein gepackt.

In diesem Moment bemerkte sie, dass ihre Hand klebrig war.

Den Ellbogen immer noch fest umfasst, drehte sie die freie Hand um, bis ihre Handfläche nach oben zeigte.

Blut.

„Oh Gott."

Mit flauem Gefühl im Magen trat sie auf ihn zu. Sie wollte ihn nicht erschrecken; er hatte sie schon zweimal niedergeschlagen. Aber das Blut ... ihr Blut war es nicht.

Er hatte das Bein unter die Decke zurückgezogen. Vorsichtig lüpfte sie die Decke und schob sie zurück, bis sie das Bein bis zum Knie freigelegt hatte.

„Oh Gott."

Eine lange, entzündete Schnittwunde zog sich über seinen Unterschenkel. Ein wenig Blut quoll heraus und irgendeine andere Substanz, über die sie lieber nicht nachdenken wollte. Das Bein war furchtbar geschwollen und verfärbt und glänzte ganz schrecklich. Es sah furchtbar aus, wie etwas Verfaulendes, und Honoria fragte sich voll Entsetzen, ob *er* am Verfaulen war.

Sie ließ die Decke fallen und zuckte zurück, konnte kaum den Inhalt ihres Magens bei sich behalten.

„Oh Gott", sagte sie noch einmal, unfähig, etwas anderes zu sagen, kaum fähig, etwas anderes zu *denken*. Daher also rührte sein Fieber. Es hatte nichts zu tun mit der Erkältung und dem Husten.

In ihrem Kopf drehte sich alles. Er hatte eine entzündete Wunde. Vermutlich war es passiert, als sie ihm den Stiefel aufgeschnitten hatten. Aber er hatte nicht gesagt, dass er dabei verletzt worden war. Warum hatte er es nicht erwähnt? Er hätte es irgendjemandem erzählen müssen. Er hätte es *ihr* sagen sollen.

Es klopfte leise an die Tür, und dann streckte Mrs Wetherby den Kopf herein. „Ist alles in Ordnung? Ich habe lautes Scheppern gehört."

„Nein", erwiderte Honoria mit schriller, panikerfüllter Stimme. Sie versuchte, ihre Angst unter Kontrolle zu bringen. Jetzt war Vernunft gefragt. So war sie niemandem eine Hilfe. „Sein Bein. Wussten Sie, was mit seinem Bein ist?"

„Was meinen Sie?", fragte Mrs Wetherby und trat rasch an ihre Seite.

„Sein Bein ist furchtbar entzündet. Ich bin mir sicher, dass das Fieber darauf zurückzuführen ist."

„Der Arzt sagte, es wäre der Husten. Er – oh!" Mrs Wetherby zuckte zurück, als Honoria die Decke hob und ihr Marcus' Bein zeigte. „Ach, du lieber Himmel!" Sie trat einen Schritt zurück und legte die Hand auf den Mund. Sie sah aus, als könnte sie sich jeden Augenblick übergeben. „Ich hatte keine Ahnung. Das wusste keiner von uns. Wie können wir das nur nicht gesehen haben?"

Honoria fragte sich dasselbe, aber jetzt war nicht der richtige Zeitpunkt für Schuldzuweisungen. Um Marcus zu helfen, mussten jetzt alle zusammenarbeiten, statt sich darüber zu streiten, wer schuld war. „Wir müssen den Arzt rufen", sagte sie zu Mrs Wetherby. „Die Wunde muss gesäubert werden."

Die Haushälterin nickte. „Ich schicke sofort jemanden los."

„Wie lange wird es wohl dauern, bis der Arzt eintrifft?"

„Das hängt davon ab, ob er gerade einen Hausbesuch macht. Wenn er daheim ist, ist der Lakai in etwa zwei Stunden mit ihm zurück."

„Zwei Stunden!" Honoria biss sich auf die Lippe. Sie hatte so etwas noch nie gesehen, aber davon gehört. Entzündungen wie diese konnten schnell tödlich sein. „Wir können keine zwei Stunden warten. Das Bein muss sofort verarztet werden."

Mrs Wetherby sah sie verängstigt an. „Wissen Sie, wie man eine Wunde säubert?"

„Natürlich nicht. Sie?"

„So eine nicht", erwiderte Mrs Wetherby und warf einen mulmigen Blick auf Marcus' Bein.

„Nun, wie würden Sie eine kleinere versorgen?", erkundigte sich Honoria. „Eine kleinere Wunde, meine ich."

Mrs Wetherby rang die Hände und sah panisch zwischen Honoria und Marcus hin und her. „Ich weiß nicht", stotterte sie. „Ich würde eine Kompresse machen, denke ich. Um das Gift hinauszuziehen."

„Das Gift?", wiederholte Honoria. Lieber Himmel, das klang ja mittelalterlich. „Rufen Sie den Arzt", sagte sie und versuchte dabei, selbstsicherer zu klingen, als sie sich fühlte. „Und kommen Sie danach gleich zurück. Mit heißem Wasser. Und Handtüchern. Und was Ihnen sonst noch einfällt."

„Soll ich Ihre Mutter holen?"

„Meine Mutter?" Honoria starrte sie an. Nicht dass ihre Mutter im Krankenzimmer fehl am Platz gewesen wäre, aber warum fiel Mrs Wetherby das ausgerechnet jetzt ein? „Ich weiß nicht. Machen Sie das, was Sie für richtig halten. Aber beeilen Sie sich."

Mrs Wetherby nickte und lief aus dem Zimmer.

Honoria sah wieder zu Marcus. Sein Bein lag immer noch frei, die entzündete Wunde starrte sie an wie eine zornige Fratze. „Oh, Marcus", flüsterte sie. „Wie hat das nur passieren können?" Sie nahm seine Hand, und diesmal entzog er sich ihr nicht. Er schien sich ein wenig beruhigt zu haben, sein Atem ging gleichmäßiger als noch vor ein paar Minuten und war es möglich, dass seine Haut nicht mehr ganz so rot war?

Oder wartete sie so verzweifelt auf irgendein Anzeichen der Besserung, dass sie Dinge sah, die gar nicht da waren?

„Vielleicht", sagte sie laut, „aber ich akzeptiere jedes Hoffnungszeichen." Sie zwang sich, sich das Bein ein bisschen näher anzusehen. Ihr Magen begehrte auf, doch sie unterdrückte den Ekel. Sie musste anfangen, die Wunde zu säubern. Weiß der Himmel, wie lange es dauern würde, bis der Arzt kam, und auch wenn eine Kompresse besser mit heißem Wasser gemacht wurde, sah sie doch keinen Grund, nicht mit dem anzufangen, was ihr zur Verfügung stand.

Marcus hatte den nassen Stoff, mit dem sie ihn hatte kühlen wollen, quer durchs Zimmer geschleudert, daher ging sie zur Kommode und holte sich ein weiteres Paar Unaussprechliche. Sie versuchte dabei, sich ganz darauf zu konzentrieren, dass sie aus recht weichem Baumwollstoff gearbeitet waren.

Sie drehte sie zu einer zylinderförmigen Wurst zusammen und tauchte ein Ende ins Wasser. „Es tut mir so leid, Marcus", flüsterte sie und drückte den nassen Stoff ganz vorsichtig gegen die Wunde.

Er regte sich nicht.

Sie stieß den Atem aus, den sie angehalten hatte, und sah auf den Stoff. Er war stellenweise rot von dem Blut und gelb von dem Eiter, der aus der Wunde lief.

Mit wachsendem Zutrauen suchte sie eine saubere Stoffstelle und presste ihn wieder auf die Wunde, diesmal mit etwas mehr Druck als zuvor. Es schien ihm nichts weiter auszumachen, und so wiederholte sie die Prozedur immer wieder, bis das Tuch keine sauberen Stellen mehr aufwies.

Besorgt blickte sie zur Tür. Wo blieb Mrs Wetherby? Honoria machte Fortschritte, doch sie war sicher, dass heißes Wasser noch besser wäre. Sie hatte jedoch nicht vor, jetzt aufzuhören, nicht solange Marcus verhältnismäßig ruhig war.

Sie ging zur Kommode und holte ein weiteres Paar Unaussprechliche heraus. „Ich weiß nicht, was du anziehen sollst, wenn ich mit dir fertig bin", bemerkte sie, die Hände in die Hüften gestemmt.

„Ab ins Wasser", machte sie sich selbst Mut und tauchte den Stoff ein. „Und dann wieder auf die Wunde." Diesmal drückte sie fester. Man musste auf Schnitte und Kratzer pressen, um die Blutung zu stillen, das wusste sie. Zwar blutete er nicht direkt, aber etwas Druck konnte ihm gewiss nicht schaden.

„Und damit meine ich, auf lange Sicht schaden", erklärte sie Marcus, der zum Glück immer noch bewusstlos war. „Jetzt wird es dir bestimmt wehtun."

Sie tauchte den Stoff noch einmal ein, suchte sich ein sauberes Stück und machte sich dann an den Abschnitt der Wunde, den sie bisher gemieden hatte, am oberen Ende. Er sah hässlicher aus als der Rest – viel gelber und geschwollener.

Sie tupfte die Stelle behutsam ab, und als ihr Patient nichts weiter tat, als ein wenig im Schlaf zu murmeln, presste sie ein bisschen fester. „Immer langsam“, flüsterte sie, zwang sich, tief zu atmen. „Stück für Stück.“

Sie konnte es schaffen. Sie konnte ihm helfen. Nein, sie konnte ihn in Ordnung bringen. Irgendwie hatte sie den Eindruck, als wäre alles in ihrem Leben auf diesen Augenblick zugelaufen. „Deswegen habe ich letztes Jahr nicht geheiratet“, sagte sie zu ihm. „Sonst könnte ich jetzt nicht hier sein und mich um dich kümmern.“ Darüber dachte sie einen Augenblick nach. „Natürlich könnte man einwenden, dass du ohne mich gar nicht erst in diese Situation geraten wärst. Aber darüber wollen wir jetzt nicht weiter nachdenken.“

Sie machte weiter, reinigte die Wunde sorgfältig, hielt dann inne, um den Hals zu dehnen. Sie blickte auf das Stück Stoff in ihren Händen. Zwar sah es immer noch ekelhaft aus, aber es machte ihr nichts mehr aus.

„Na, siehst du“, sagte sie zu ihm. „Das heißt doch sicher, dass ich besser darin werde.“

Sie war ehrlich davon überzeugt, dass sie Fortschritte machte. Sie bemühte sich, praktisch und nüchtern an die Sache heranzugehen, doch plötzlich, wie aus heiterem Himmel, direkt, nachdem sie so munter erklärt hatte, sie werde besser „darin“, entrang sich ihrer Kehle ein tiefer, erstickter Laut. Halb war es ein Schluchzen, halb ein entsetzliches Keuchen, und sie fühlte sich vollkommen davon überrumpelt.

Marcus konnte *sterben*. Die Erkenntnis überwältigte sie mit all ihrer erdrückenden Gewissheit. Er konnte sterben, und dann wäre sie ganz und gar allein. Dabei hatten sie einander in den letzten Jahren kaum gesehen, mit Ausnahme der letzten Wochen natürlich.

Aber sie hatte doch immer gewusst, dass er da war. Das war ein gutes Gefühl. Die Welt war einfach ein besserer Ort, mit ihm.

Und nun starb er vielleicht. Ohne ihn wäre sie verloren. Wieso war ihr das bisher nicht bewusst gewesen?

„Honoria!“

Honoria drehte sich um. Ihre Mutter kam ins Zimmer gestürmt.

„Ich bin so schnell gekommen, wie ich konnte“, sagte Lady Winstead. Dann sah sie Marcus’ Bein. „Oh Gott.“

Honoria spürte, wie ein weiterer dieser keuchenden, schluchzenden Laute in ihr aufstieg. Irgendwie lag es am Anblick ihrer Mutter, daran, wie ihre Mutter Marcus ansah. Es war wie damals, als sie mit zwölf vom Pferd gefallen war. Sie hatte gedacht, mit ihr sei alles in Ordnung, sie war den ganzen Weg nach Hause gelaufen, zerschunden und zerkratzt, mit blutigem Gesicht.

Und dann hatte sie ihre Mutter gesehen, und die Miene ihrer Mutter, und angefangen zu heulen.

Hier war es wieder genau dasselbe. Sie hätte am liebsten geheult. Lieber Gott, sie wollte jetzt nichts anderes tun, als sich abzuwenden und zu weinen und zu weinen.

Aber das konnte sie nicht. Marcus brauchte sie. Sie musste jetzt ruhig bleiben. Und kompetent. „Mrs Wetherby kümmert sich um heißes Wasser“, erklärte sie. „Sie müsste jeden Moment zurückkommen.“

„Gut. Davon brauchen wir jede Menge. Und Brandy. Und ein Messer.“

Honoria sah ihre Mutter überrascht an. Sie klang, als wüsste sie, wovon sie sprach. Ihre *Mutter*.

„Der Arzt wird ihm das Bein abnehmen wollen“, sagte Lady Winstead grimmig.

„*Was?*“ Honoria hatte das nicht einmal in Betracht gezogen.

„Und vielleicht läge er damit auch richtig.“

Honorias Herz setzte aus. Bis ihre Mutter sagte: „Aber jetzt noch nicht.“

Schockiert starrte Honoria ihre Mutter an. Sie konnte sich nicht entsinnen, wann sie das letzte Mal eine solche Entschiedenheit an den Tag gelegt hatte. Als Daniel gegangen war, hatte er ein Stück ihrer Seele mit sich genommen. Lady Winstead war seither vollkommen verloren gewesen, konnte sich für nichts und niemanden einsetzen, nicht einmal für ihre Tochter. Es war beinahe, als könnte sie sich nicht dazu durchringen, Entscheidungen zu treffen, denn das hätte bedeutet, dass sie das Leben akzeptierte so, wie es war, nachdem ihr geliebter Sohn England verlassen hatte, möglicherweise für immer.

Aber vielleicht hatte sie nur etwas gebraucht, was sie wachrüttelte. Einen kritischen Moment.

Vielleicht brauchte sie es, gebraucht zu werden.

„Aus dem Weg“, sagte Lady Winstead und krempelte die Ärmel auf.

Honoria trat zur Seite und versuchte, den winzigen Funken Eifersucht zu ignorieren, der sich in ihr regte. Hatte *sie* ihre Mutter denn nicht auch gebraucht?

„Honoria?“

Sie sah ihre Mutter an, die sie mit erwartungsvoller Miene betrachtete. „Tut mir leid“, murmelte Honoria und hielt ihrer Mutter das Stück Stoff entgegen. „Willst du das hier?“

„Ein sauberes Stück, bitte.“

„Natürlich.“ Eilig machte sich Honoria daran, den Wunsch ihrer Mutter zu erfüllen und Marcus’ Vorrat an Unterwäsche weiter zu dezimieren.

Ihre Mutter nahm das Stück Stoff entgegen und sah es dann verwirrt an. „Was ist …“

„Das war alles, was ich finden konnte“, rechtfertigte sich Honoria. „Und ich dachte, die Zeit drängt.“

„Allerdings“, bestätigte ihre Mutter. Sie sah auf und begegnete Honorias Blick mit offenem Ernst. „Ich habe so etwas schon einmal gesehen.“ Ihr zittriger Atem war das einzige Anzeichen von Nervosität. „Bei deinem Vater. An seiner Schulter. Das war noch vor deiner Geburt.“

„Was ist passiert?“

Ihre Mutter sah noch einmal auf Marcus’ Bein und kniff die Augen zusammen. „Schau mal, ob du mehr Licht darauf richten kannst.“ Und während Honoria zum Fenster ging, um die

Vorhänge ganz aufzuziehen, sprach sie weiter: „Ich weiß nicht einmal, wie er sich die Schnittwunde zugezogen hat. Nur dass sie sich dann schrecklich entzündet hat.“ Ganz leise fügte sie hinzu: „Fast so schlimm wie die hier.“

„Aber er hat sich davon erholt“, sagte Honoria und kehrte an die Seite ihrer Mutter zurück. Von dieser Geschichte kannte sie das Ende. Bis zu seinem Todestag hatte ihr Vater zwei vollkommen gesunde Arme besessen.

Ihre Mutter nickte. „Wir hatten großes Glück. Der erste Arzt wollte amputieren. Und ich …“ Ihre Stimme brach, und es dauerte einen Augenblick, ehe sie fortfuhr: „Ich hätte es zugelassen. Ich hatte solche Angst um deinen Vater.“ Mit dem sauberen Stück Stoff tupfte sie Marcus' Bein ab und sagte dann sehr leise: „Ich hätte alles getan, was man mir sagte.“

„Warum haben sie ihm den Arm dann nicht abgenommen?“, fragte Honoria ruhig.

Ihre Mutter atmete heftig aus, so, als wollte sie eine böse Erinnerung loswerden. „Dein Vater hat nach einem zweiten Arzt verlangt. Er sagte mir, wenn der zweite mit dem ersten übereinstimmte, würde er tun, was man ihm sagte. Aber auf das Wort eines einzelnen Mannes hin würde er sich den Arm nicht abnehmen lassen.“

„Der zweite sagte, es sei nicht nötig?“

Ihre Mutter lachte grimmig. „Nein, er sagte, dass man ihn ziemlich sicher abnehmen müsste. Aber er sagte deinem Vater, zuerst könnte man noch einmal versuchen, die Wunde zu säubern. *Richtig* zu säubern.“

„Das habe ich getan“, sagte Honoria eilig. „Ich glaube, etwas von der Entzündung konnte ich herausholen.“

„Dann ist der Anfang ja schon einmal gemacht“, sagte ihre Mutter. „Aber …“ Sie schluckte.

„Aber was?“

Ihre Mutter konzentrierte sich ganz auf Marcus' Wunde, drückte behutsam mit dem Tuch darauf, während sie sie untersuchte. Sie sah Honoria nicht an, als sie erklärte: „Der Arzt sagte, wenn dein Vater nicht schreit, säuberten wir nicht gründlich genug."

„Weißt du noch, was er gemacht hat?", flüsterte Honoria.

Lady Winstead nickte. „Alles", sagte sie.

Honoria wartete ab. Ihr schwante Schlimmes.

Ihre Mutter sah endlich auf. „Wir müssen ihn am Bett festbinden."

10. KAPITEL

Es dauerte keine zehn Minuten, bis Marcus' Schlafzimmer in einen behelfsmäßigen Operationssaal verwandelt war. Mrs Wetherby kam mit dem heißen Wasser und einem Vorrat sauberer Tücher. Zwei Lakaien wurden angewiesen, Marcus am Bett festzubinden, was sie taten, trotz des Entsetzens, das sich in ihrer Miene abzeichnete.

Ihre Mutter bat um eine Schere. Die kleinste, schärfste, die ihnen zur Verfügung stand. „Ich muss das tote Gewebe wegschneiden", sagte sie. In ihren Mundwinkeln bildeten sich winzige Falten der Entschlossenheit. „Ich habe zugesehen, wie es der Arzt bei deinem Vater gemacht hat."

„Hast du selbst es auch getan?", fragte Honoria.

Ihre Mutter sah ihr direkt in die Augen und wandte sich dann ab. „Nein."

„Oh." Honoria schluckte. Eine andere Antwort fiel ihr dazu nicht ein.

„Es ist nicht schwer, solange man seine Nerven unter Kontrolle behält", sagte ihre Mutter. „So genau braucht man dabei nicht zu arbeiten."

Mit offenem Mund sah Honoria zu Marcus, dann zu ihrer Mutter. „Nicht so genau? Was soll das heißen? Es geht um sein Bein!"

„Das ist mir durchaus bewusst", erwiderte ihre Mutter. „Aber ich verspreche dir, es wird ihm nicht schaden, wenn ich zu viel wegschneide."

„Nicht *schaden* …"

„Nun ja, wehtun wird es ihm natürlich schon." Bedauernd sah Lady Winstead auf Marcus hinunter. „Deswegen mussten wir ihn ja festbinden. Aber es wird keinen dauerhaften Schaden anrichten. Es ist besser, zu viel wegzuschneiden als zu wenig. Es ist absolut unabdingbar, dass wir den gesamten Entzündungsherd herausschneiden."

Honoria nickte. Es klang logisch. Es war ekelhaft, aber es klang logisch.

„Ich fange jetzt an", erklärte ihre Mutter. „Ich kann auch ohne Schere schon eine ganze Menge tun."

„Natürlich." Honoria sah zu, wie Lady Winstead sich an Marcus' Seite setzte und ein Tuch ins dampfende Wasser tauchte. „Kann ich dir irgendwie helfen?", fragte Honoria, die sich am Fußende des Bettes etwas fehl am Platz fühlte.

„Setz dich auf die andere Seite", antwortete ihre Mutter. „Ans Kopfende. Rede mit ihm. Vielleicht findet er darin Trost."

Honoria war sich nicht so sicher, dass sie Marcus überhaupt mit irgendetwas trösten könnte, aber sie wusste, dass *sie* Trost darin finden würde. Alles wäre besser, als wie ein Dummkopf herumzustehen und gar nichts zu tun.

„Hallo, Marcus", sagte sie und zog einen Sessel ans Bett.

Sie erwartete keine Antwort, und es kam auch keine.

„Du bist ziemlich krank, weißt du", fuhr sie fort und versuchte dabei, ihre Stimme munter und fröhlich klingen zu lassen, auch wenn die Worte eine ganz andere Botschaft übermittelten. „Aber wie sich herausstellt, ist meine Mutter tatsächlich Expertin auf diesem Gebiet. Ist das nicht erstaunlich?" Stolz blickte sie zu ihrer Mutter hinüber. „Ich muss zugeben, ich hatte keine Ahnung, dass sie sich mit solchen Dingen auskennt." Sie beugte sich vor und murmelte ihm ins Ohr: „Eigentlich hatte ich gedacht, sie gehört zu den Leuten, die beim Anblick von Blut in Ohnmacht fallen."

„Das habe ich gehört", sagte ihre Mutter.

Honoria lächelte ihr entschuldigend zu. „Tut mir leid. Aber ..."

„Kein Grund, dich zu entschuldigen." Ihre Mutter sah sie mit ironischem Lächeln an, ehe sie mit ihrer Aufgabe fortfuhr. Als sie dann noch etwas sagte, blickte sie nicht mehr auf. „Ich war nicht immer ...

Eine kurze Pause trat ein, lang genug, damit Honoria erkennen konnte, dass ihre Mutter nicht recht wusste, was sie sagen sollte.

„So energisch, wie du es vielleicht von mir gebraucht hättest“, schloss Lady Winstead schließlich.

Honoria saß ganz still da und ließ die Worte ihrer Mutter auf sich wirken. Es war eine Entschuldigung, genau so, als hätte ihre Mutter explizit gesagt: *Es tut mir leid.*

Aber es war auch eine Bitte. Ihre Mutter wollte nicht weiter darüber sprechen. Es war ihr schon schwer genug gefallen, das zu sagen, was sie gesagt hatte. Und so nahm Honoria die Entschuldigung auf genau die Art entgegen, die sich ihre Mutter erhofft hatte. Sie wandte sich wieder an Marcus und sagte: „Jedenfalls glaube ich nicht, dass schon mal irgendwer auf die Idee gekommen ist, sich dein Bein anzusehen. Es lag an deinem Husten, weißt du. Der Arzt dachte, das sei der Grund für das Fieber.“

Marcus stieß einen leisen Schmerzenslaut aus. Honoria sah rasch zu ihrer Mutter, die sich nun mit einer Schere zu schaffen machte, die Mrs Wetherby ihr gebracht hatte. Sie hatte sie ganz geöffnet und ein Ende wie ein Skalpell auf Marcus' Bein angesetzt. Mit einer einzigen flüssigen Bewegung machte sie dann einen langen Schnitt, direkt an der Mitte der Wunde.

„Er hat nicht einmal gezuckt“, sagte Honoria erstaunt.

Lady Winstead sah nicht auf. „Das ist nicht das, was wehtut.“

„Oh“, sagte Honoria und wandte sich wieder an Marcus. „Na also, so schlimm war das ja nicht.“

Er schrie.

Honoria sah gerade noch, wie ihre Mutter dem Lakaien eine Flasche Brandy zurückgab.

„Also, das war jetzt schon schlimm“, räumte sie ein. „Aber die gute Nachricht ist, dass es wohl kaum noch schlimmer wird.“

Er schrie noch einmal.

Honoria schluckte. Ihre Mutter hatte die Schere neu angesetzt und schnitt nun tatsächlich das Gewebe zurück.

„Also schön“, sagte sie und tätschelte ihm die Schulter. „Besser wird es wohl auch nicht. Um ehrlich zu sein, ich habe keine

Ahnung. Aber ich bleibe die ganze Zeit an deiner Seite, versprochen."

„Das ist schlimmer, als ich dachte", sagte ihre Mutter hauptsächlich zu sich selbst.

„Kannst du es richten?", fragte Honoria.

„Ich weiß nicht. Ich kann es versuchen. Es ist nur …" Lady Winstead hielt inne, atmete durch gespitzte Lippen aus. „Könnte mir jemand die Stirn abwischen?"

Honoria begann aufzustehen, doch Mrs Wetherby kam ihr zuvor und wischte Lady Winstead mit einem kühlen Tuch das Gesicht ab.

„Es ist so heiß hier drin", bemerkte Lady Winstead.

„Man hat uns gesagt, wir sollen die Fenster geschlossen halten", erklärte Mrs Wetherby. „Der Arzt hat darauf bestanden."

„Derselbe Arzt, dem die Wunde an seinem Bein entgangen ist?", fragte Lady Winstead scharf.

Die Haushälterin antwortete nicht, trat aber ans Fenster und öffnete es ein Stück.

Honoria betrachtete ihre Mutter aufmerksam. Sie erkannte sie kaum wieder in dieser konzentrierten, entschlossenen Frau. „Danke, Mama", flüsterte sie.

Ihre Mutter sah auf. „Ich werde diesen Jungen hier nicht sterben lassen."

Er war zwar kein Junge mehr, doch Honoria fand es nicht weiter erstaunlich, dass ihre Mutter ihn immer noch als solchen betrachtete.

Lady Winstead kehrte an ihr Werk zurück und sagte sehr leise: „Das bin ich Daniel schuldig."

Honoria erstarrte. Dies war das erste Mal, dass ihre Mutter den Namen ihres Sohnes aussprach, seit er in Schimpf und Schande das Land verlassen hatte. „Daniel?", wiederholte sie behutsam.

Lady Winstead blickte nicht auf. „Einen Sohn habe ich bereits verloren", war alles, was sie sagte.

Honoria sah erst ihre Mutter erschrocken an, dann schaute sie auf Marcus und dann wieder zu ihrer Mutter. Ihr war nicht klar gewesen, dass Marcus für ihre Mutter wie ein Sohn war. Und sie fragte sich, ob Marcus es wusste, denn …

Sie sah ihn wieder an und schluckte an ihren Tränen. Er hatte sich sein ganzes Leben lang nach einer Familie gesehnt. War ihm überhaupt bewusst, dass er bei ihnen eine gefunden hatte?

„Brauchst du eine Pause?“, erkundigte sich ihre Mutter.

„Nein.“ Honoria schüttelte den Kopf, obwohl ihre Mutter sie gar nicht ansah. „Nein, ich bin schon in Ordnung.“ Sie nahm sich einen Augenblick Zeit, um sich zu sammeln, beugte sich dann über Marcus und flüsterte ihm ins Ohr: „Hast du das gehört? Mama ist wild entschlossen. Enttäusche sie also nicht.“ Sie streichelte ihm über das Haar, strich ihm eine dicke, dunkle Locke aus der Stirn. „Oder mich.“

„Aaaargh!“

Honoria zuckte zurück. Hin und wieder tat ihre Mutter etwas, was ihm noch größere Qualen verursachte, und dann bäumte er sich mit dem ganzen Körper gegen die Stoffstreifen, mit denen sie ihn am Bett festgebunden hatten. Es war ein schrecklicher Anblick, aber noch schlimmer war, wie es sich anfühlte. So, als durchzuckte sein Schmerz auch sie.

Nur dass sie dabei keinen Schmerz empfand, sondern Übelkeit. Ihr war sterbenselend. Denn es war alles ihre Schuld. Es war ihre Schuld, dass er in dieses dämliche falsche Maulwurfsloch getreten war, ihre Schuld, dass er sich den Knöchel verstaucht hatte. Es war ihre Schuld, dass man ihm den Stiefel hatte aufschneiden müssen, und ihre Schuld, dass er deswegen so krank war.

Und wenn er starb, wäre das auch ihre Schuld.

Wieder versuchte sie, den Kloß, der sich in ihrer Kehle bildete, hinunterzuschlucken, beugte sich noch weiter vor und sagte: „Es tut mir so leid. Ich kann dir gar nicht sagen, wie leid mir das alles tut.“

Marcus wurde ganz still, und einen atemlosen Augenblick dachte Honoria, er hätte sie gehört. Doch dann erkannte sie, dass es nur daran lag, dass ihre Mutter eine Pause eingelegt hatte. Ihre Mutter hatte die Worte gehört, nicht Marcus. Aber wenn sie Neugier empfand, so zeigte sie es nicht. Sie fragte nicht nach, was Honorias Entschuldigung zu bedeuten hatte, sie nickte nur ein wenig und machte sich wieder an die Arbeit.

„Ich finde, wenn es dir wieder besser geht, solltest du nach London kommen", fuhr Honoria fort, nun wieder in betont munterem Ton. „Wenn schon sonst nichts, so brauchst du doch zumindest ein neues Paar Stiefel. Vielleicht welche, die etwas lockerer sitzen. Ich weiß, das ist zurzeit nicht *en vogue*, aber vielleicht könntest du ja eine neue Mode starten."

Er zuckte zusammen.

„Wir könnten auch einfach auf dem Land bleiben. Die Saison ausfallen lassen. Ich weiß, ich habe dir erzählt, dass ich dieses Jahr unbedingt heiraten will, aber …" Sie warf ihrer Mutter einen verstohlenen Blick zu, rückte noch ein Stück näher und wisperte: „Meine Mutter wirkt auf einmal ganz anders. Ich glaube, ich kann es noch ein Jahr mit ihr aushalten. Und zweiundzwanzig ist noch nicht so alt zum Heiraten."

„Du bist einundzwanzig", stellte ihre Mutter fest und sah auf.

Honoria erstarrte. „Wie viel hast du gehört von dem, was ich gesagt habe?"

„Nur den letzten Satz."

Honoria hatte keine Ahnung, ob ihre Mutter die Wahrheit sagte. Aber sie schienen eine stillschweigende Übereinkunft getroffen zu haben, keine Fragen zu stellen, und so erwiderte Honoria: „Ich habe gemeint, dass es mir nichts ausmacht, wenn ich erst nächstes Jahr heirate, und dann bin ich zweiundzwanzig."

„Das bedeutet ein weiteres Jahr im Familienquartett", sagte ihre Mutter und lächelte. Nicht boshaft, sondern vollkommen aufrichtig und ermutigend.

Honoria fragte sich nicht zum ersten Mal, ob ihre Mutter nicht vielleicht ein wenig taub war.

„Deine Cousinen freuen sich bestimmt, wenn du noch ein Jahr länger mitspielst“, fuhr Lady Winstead fort. „Wenn du aufhörst, nimmt Harriet deinen Platz ein, und sie ist wirklich noch ein bisschen jung. Ich glaube, sie ist noch nicht einmal sechzehn.“

„Das wird sie erst im September“, bestätigte Honoria. Ihre Cousine Harriet – Sarahs jüngere Schwester – war möglicherweise das musikalisch unbegabteste Mitglied der Smythe-Smiths. Und das hieß wirklich eine ganze Menge.

„Ich glaube, sie muss noch ein bisschen üben.“ Lady Winstead verzog das Gesicht. „Das arme Mädchen. Irgendwie bekommt sie den Bogen einfach nicht raus. Es muss schwierig sein für sie, bei einer so musikalischen Familie.“

Honoria versuchte, sie nicht anzustarren. „Nun ja“, sagte sie, vielleicht eine Spur verzweifelt, „ich glaube, sie spielt lieber Theater.“

„Kaum zu glauben, dass es zwischen dir und Harriet niemanden gibt, der Geige spielt.“ Lady Winstead runzelte die Stirn und setzte ihr Werk fort.

„Nur Daisy“, erwiderte Honoria. Das war eine weitere Cousine, aus einem anderen Zweig der Familie, Iris’ jüngere Schwester. „Aber die wurde schon rekrutiert, jetzt, wo Viola geheiratet hat.“

„Rekrutiert?“, wiederholte ihre Mutter. „Das klingt ja, als wäre es eine unangenehme Pflicht.“

Honoria schwieg einen Moment, versuchte, nicht mit offenem Mund dazusitzen. Ihr war zum Lachen zumute. Oder vielleicht auch zum Weinen. „Natürlich nicht“, rang sie sich schließlich ab. „Ich liebe unser Quartett.“

Das entsprach sogar durchaus der Wahrheit. Sie probte gern mit ihren Cousinen, selbst wenn sie sich vorher Watte in die Ohren stopfen musste. Schrecklich waren nur die Auftritte.

Oder, wie Sarah es gern ausdrückte, grauenvoll.

Grässlich.

Apokalyptisch.

(Sarah hatte schon immer einen Hang zur Übertreibung gehabt.)

Aber aus irgendeinem Grund nahm Honoria die Peinlichkeit nie persönlich und war daher in der Lage, die ganze Zeit zu lächeln. Und wenn sie den Bogen an ihr Instrument legte, tat sie es voll Enthusiasmus. Schließlich sah ihre ganze Familie zu, und es bedeutete ihnen so viel.

„Also, jedenfalls“, sagte sie, in der Absicht, das Gespräch auf das vorherige Thema zurückzubringen, das allerdings so „vorherig“ war, dass sie sich nur mühsam daran erinnerte, „habe ich eigentlich nicht die Absicht, die Saison auszulassen. Ich habe nur geredet. Konversation gemacht.“ Sie schluckte. „Dahergeredet eigentlich.“

„Es ist besser, einen guten Mann zu suchen, als sich Hals über Kopf in die Katastrophe zu stürzen“, sagte ihre Mutter und klang dabei schrecklich weise. „Deine Schwestern haben alle gute Ehemänner gefunden.“

Honoria stimmte zu. Zwar gehörten ihre Schwäger nicht unbedingt zu der Sorte Mann, zu der sie sich hingezogen fühlte. Aber sie alle behandelten ihre Frauen mit Respekt.

„Sie haben auch nicht alle in der ersten Saison geheiratet“, fügte Lady Winstead hinzu, ohne von ihrer Arbeit aufzusehen.

„Stimmt, aber ich glaube, am Ende der zweiten Saison waren sie alle unter der Haube.“

„Wirklich?“ Ihre Mutter sah auf und blinzelte. „Wahrscheinlich hast du recht. Sogar Henrietta …? Ach ja, ich glaube, das stimmt, ganz am Ende.“ Sie wandte sich wieder ihrem Werk zu. „Du findest schon auch noch jemanden, da mache ich mir gar keine Sorgen.“

Honoria stieß ein leises Schnauben aus. „Wie schön, dass *du* dir keine machst.“

„Ich weiß nicht recht, was letztes Jahr passiert ist. Ich dachte wirklich, dass Travers dir einen Antrag machen würde. Oder wenn nicht er, dann Lord Fotheringham."

Honoria schüttelte den Kopf. „Ich habe keine Ahnung. Ich hatte eigentlich auch damit gerechnet. Lord Bailey hat sich sogar ganz besonders interessiert gezeigt. Aber plötzlich … nichts mehr. Es war, als hätten sie über Nacht das Interesse verloren." Sie zuckte mit den Schultern und blickte auf Marcus hinab. „Vielleicht ist es am besten so. Was meinst du, Marcus? Du konntest sie nicht besonders gut leiden, glaube ich." Sie seufzte. „Nicht dass das irgendetwas zu besagen hätte, aber ich lege schon auch Wert auf deine Meinung." Sie stieß ein leises Lachen aus. „Ist es zu fassen, was ich da gerade gesagt habe?"

Er drehte den Kopf.

„Marcus?" War er wach? Aufmerksam blickte sie auf ihn herunter, suchte sein Gesicht ab auf ein Anzeichen von … irgendetwas.

„Was ist denn?", fragte ihre Mutter.

„Ich bin mir nicht sicher. Er hat den Kopf bewegt. Das hat er vorher natürlich auch schon getan, aber diesmal war es anders, glaube ich." Sie drückte seine Schulter, betete, dass er die Berührung durch den Fiebernebel spüren konnte. „Marcus? Kannst du mich hören?"

Seine Lippen, die ganz trocken und rissig waren, bewegten sich ein wenig. „Hon… Hon…"

Oh, Gott sei Dank!

„Sag nichts", sagte sie. „Es ist in Ordnung."

„Tut weh", keuchte er. „Höllisch."

„Ich weiß. Ich weiß. Es tut mir so leid."

„Ist er bei Bewusstsein?", fragte ihre Mutter.

„Kaum." Honoria streckte den Arm aus und ergriff Marcus' Hand. Sie verschränkte ihre Finger mit den seinen und hielt ihn fest. „Du hast eine schreckliche Wunde am Bein. Wir versuchen sie zu säubern. Das tut weh. Ziemlich schlimm, fürchte ich, aber es muss sein."

Er nickte schwach.

Honoria sah zu Mrs Wetherby. „Haben wir etwas Laudanum? Vielleicht sollten wir ihm etwas geben, solange er in der Lage ist, es zu schlucken."

„Ich glaube ja", erwiderte die Haushälterin. Sie hatte nicht aufgehört, die Hände zu ringen, seit sie das Zimmer mit dem heißen Wasser und den Handtüchern betreten hatte, und wirkte nun erleichtert, dass sie etwas tun konnte. „Ich kann gleich mal nachsehen gehen. Es gibt nur einen Ort, wo es sein könnte."

„Gute Idee", sagte Lady Winstead. Dann erhob sie sich und trat ans Kopfende des Bettes. „Können Sie mich hören, Marcus?"

Sein Kinn bewegte sich. Nicht viel, nur ein bisschen.

„Sie sind sehr krank", sagte sie.

Das entlockte ihm tatsächlich ein Lächeln.

„Ja, ja", sagte Lady Winstead und erwiderte das Lächeln, „das liegt auf der Hand, ich weiß. Aber Sie werden wieder ganz gesund, das verspreche ich Ihnen. Es tut anfangs nur ein bisschen weh."

„Ein bisschen?"

Honoria spürte ein zittriges Lächeln auf den Lippen. Sie konnte nicht fassen, dass er in einem solchen Moment noch scherzen konnte. Sie war so stolz auf ihn. „Wir kriegen dich da durch, Marcus", sagte sie. Bevor sie noch wusste, was sie vorhatte, beugte sie sich über ihn und küsste ihn auf die Stirn.

Noch einmal drehte er den Kopf zu ihr herum; er hatte die Augen inzwischen fast ganz geöffnet. Sein Atem ging schwer, und seine Stirn war immer noch furchtbar heiß. Doch als sie ihm in die Augen sah, sah sie ihn, durch das Fieber hindurch, durch die Schmerzen.

Er war immer noch Marcus, und sie würde nicht zulassen, dass ihm etwas passierte.

Eine halbe Stunde später hatte Marcus die Augen wieder geschlossen. Der Schlaf war ihm durch eine Dosis Laudanum beträchtlich erleichtert worden. Honoria hatte seine Position so verändert, dass sie seine Hand halten konnte, und plauderte in einem fort. Anscheinend spielte es keine Rolle, was sie sagte, aber sie war nicht die Einzige, der auffiel, dass ihn der Klang ihrer Stimme beruhigte.

Zumindest hoffte sie darauf, denn wenn dem nicht so gewesen wäre, wäre sie vollkommen nutzlos gewesen. Und das hätte sie einfach nicht ertragen.

„Ich glaube, wir sind fast fertig“, sagte sie zu ihm. Wachsam schaute sie zu ihrer Mutter, die sich immer noch emsig an dem Bein zu schaffen machte. „Etwas anderes kann ich mir gar nicht vorstellen, es dürfte doch bald nichts mehr zu säubern übrig sein.“

Doch ihre Mutter stieß einen frustrierten Seufzer aus, lehnte sich zurück und wischte sich die Stirn.

„Gibt es ein Problem?“, fragte Honoria.

Ihre Mutter schüttelte den Kopf und machte sich wieder ans Werk, doch nach einem Augenblick hörte sie wieder auf. „Ich sehe nichts.“

„Was? Nein, das ist unmöglich.“ Honoria atmete tief durch und versuchte ruhig zu bleiben. „Geh doch ein Stückchen näher ran mit dem Kopf.“

Lady Winstead schüttelte den Kopf. „Das ist nicht das Problem. Wenn ich lesen will, ist es genau dasselbe. Ich muss das Buch ganz weit weghalten. Ich kann … ich kann einfach nicht …“, sie stieß einen resignierten, ungeduldigen Seufzer aus, „ich kann es einfach nicht richtig sehen. Nicht die Details.“

„Ich mache es“, sagte Honoria. Ihre Stimme klang sehr viel entschlossener, als sie sich fühlte.

Ihre Mutter sah sie an, zeigte aber keinerlei Überraschung. „Es ist nicht leicht.“

„Ich weiß.“

„Vielleicht schreit er."

„Hat er ja schon", erwiderte Honoria. Doch die Kehle war ihr wie zugeschnürt, und das Herz klopfte ihr bis zum Hals.

„Es ist schwerer zu ertragen, wenn man diejenige ist, die die Schere führt", sagte ihre Mutter leise.

Honoria hätte gern etwas Elegantes, Heroisches geäußert, etwa wie viel schwerer es wäre, wenn er stürbe und sie nicht alles unternommen hätte, um ihn zu retten. Aber sie ließ es bleiben. Sie konnte nicht. Sie hatte nicht mehr viele Kraftreserven, und sie wollte ihre Energie nicht auf Worte verschwenden.

„Ich schaffe das schon", sagte sie nur.

Sie sah Marcus an, der immer noch am Bett festgebunden war. Sein Gesicht war inzwischen nicht mehr hochrot, es war im Verlauf der letzten Stunde totenblass geworden. War das ein gutes Zeichen? Sie hatte ihre Mutter gefragt, doch die wusste es auch nicht.

„Ich schaffe das", sagte sie noch einmal, obwohl ihre Mutter ihr bereits die Schere gereicht hatte. Lady Winstead erhob sich von ihrem Stuhl, und Honoria holte tief Luft und setzte sich.

„Eins nach dem anderen", sagte sie sich und studierte die Wunde ganz genau, ehe sie anfing. Ihre Mutter hatte ihr gezeigt, woran sie das Gewebe erkannte, das entfernt werden musste. Alles, was sie nun tun musste, war, einen bestimmten Abschnitt zu betrachten und auszuschneiden. Und wenn sie damit fertig war, sich an den nächsten zu machen.

„Schneide so nah ans gesunde Gewebe heran, wie du kannst", sagte ihre Mutter.

Honoria nickte und führte die Schere weiter nach oben. Mit zusammengebissenen Zähnen machte sie einen Schnitt.

Marcus stöhnte, wachte aber nicht auf.

„Gut gemacht", sagte Lady Winstead leise.

Honoria nickte und blinzelte die Tränen weg. Wieso wurde sie bei einer so kleinen Bemerkung so emotional?

„Ganz unten ist eine Stelle, die ich ausgelassen habe“, sagte ihre Mutter. „Da konnte ich die Ränder nicht so gut sehen.“

„Ich sehe sie“, sagte Honoria grimmig. Sie schnitt etwas abgestorbene Haut zurück, doch die Stelle wirkte immer noch geschwollen. Wie sie es bei ihrer Mutter gesehen hatte, durchstach sie mit der Scherenspitze das Gewebe, worauf der gelbe Eiter abfließen konnte. Marcus stemmte sich gegen die Bande, und sie flüsterte eine Entschuldigung, hörte aber nicht auf. Sie nahm ein Tuch zur Hand und drückte es fest auf die Stelle.

„Wasser, bitte.“

Jemand reichte ihr einen Becher Wasser, und sie goss es über die Wunde, versuchte dabei, nicht auf Marcus' Schmerzenslaute zu achten. Das Wasser war heiß, sehr heiß, doch ihre Mutter schwor, dass sie Honorias Vater vor Jahren dadurch gerettet hatte. Die Hitze zog die Entzündung heraus.

Honoria betete, dass sie recht hatte.

Wieder drückte sie das Tuch auf die Wunde, sog das überschüssige Wasser auf. Marcus gab erneut ein merkwürdiges Geräusch von sich, aber es war nicht ganz so herzzerreißend wie zuvor. Doch dann begann er zu zittern.

„Oh Gott“, schrie sie auf und riss das Tuch weg. „Was habe ich ihm angetan?“

Ihre Mutter betrachtete ihn mit verwirrter Miene. „Es sieht fast so aus, als würde er lachen.“

„Sollten wir ihm noch etwas Laudanum geben?“, fragte Mrs Wetherby.

„Lieber nicht“, meinte Honoria. „Ich habe schon von Leuten gehört, die nicht mehr aufgewacht sind, weil man ihnen zu viel gegeben hatte.“

„Ich glaube wirklich, dass er aussieht, als würde er lachen“, sagte ihre Mutter noch einmal.

„Er lacht nicht“, entgegnete Honoria knapp. Lieber Himmel, worüber sollte er in einer solchen Lage denn lachen? Sie versetzte ihrer Mutter einen leichten Stups, damit sie aus dem Weg ging, und goss noch etwas heißes Wasser über Marcus' Bein. Sie arbeitete, bis sie glaubte, die Wunde nach bestem Vermögen gereinigt zu haben.

„Ich glaube, das war's", sagte Honoria, lehnte sich zurück und atmete tief durch. Sie war völlig verspannt, alle Muskeln waren hart. Sie legte die Schere hin und versuchte die Finger zu strecken, doch sie fühlten sich wie Klauen an.

„Wie wäre es, wenn wir Laudanum direkt auf die Wunde gießen würden?", fragte Mrs Wetherby.

Lady Winstead blinzelte. „Ich habe keine Ahnung."

„Schaden kann es ja wohl nicht, oder?", meinte Honoria. „Wenn man es sogar schlucken kann, dürfte es die Haut doch kaum reizen. Und wenn es hilft, die Schmerzen zu lindern …"

„Ich habe es gleich hier", sagte Mrs Wetherby und hielt die kleine braune Flasche hoch.

Honoria nahm sie entgegen und entkorkte sie. „Mutter?"

„Nur ein bisschen." Lady Winstead sah nicht aus, als wäre sie von ihrer Entscheidung überzeugt.

Honoria spritzte etwas Laudanum auf Marcus' Bein, und sofort heulte er vor Schmerz auf.

„Ach herrje", stöhnte Mrs Wetherby. „Es tut mir so leid. Es war meine Idee."

„Nein, nein", erwiderte Honoria. „Das liegt am Sherry. So wird das eben hergestellt." Sie hatte keine Ahnung, woher sie das wusste, aber sie war sich ziemlich sicher, dass die Flasche mit dem Unheil verkündenden Etikett (GIFT stand darauf in weitaus größeren Lettern geschrieben als LAUDANUM) auch noch Zimt und Safran enthielt. Sie tauchte den Finger hinein und kostete.

„Honoria!", rief ihre Mutter aus.

„Oh Gott, das schmeckt ja grässlich", sagte Honoria und rieb die Zunge am Gaumen, um den Geschmack zu vertreiben, doch vergebens. „Aber Sherry ist auf alle Fälle drin."

„Ich kann nicht glauben, dass du etwas davon eingenommen hast“, sagte Lady Winstead. „Das ist doch gefährlich!“

„Ich war eben neugierig. Er hat eine fürchterliche Grimasse gezogen, als wir es ihm gegeben haben. Und als wir es auf die Wunde gegossen haben, hat das eindeutig wehgetan. Außerdem war es doch nur ein Tropfen.“

Ihre Mutter seufzte bekümmert. „Wenn nur der Arzt endlich käme!“

„Es dauert bestimmt noch ein Weilchen“, erklärte Mrs Wetherby. „Mindestens eine Stunde, würde ich sagen. Und das nur, wenn der Ruf ihn zu Hause erreicht. Wenn er unterwegs ist …“ Ihre Stimme verklang.

Ein paar Augenblicke sagte niemand etwas. Das einzige Geräusch, das zu hören war, war Marcus’ Atem, der merkwürdig flach und schwer klang. Schließlich ertrug Honoria das Schweigen nicht länger und fragte: „Was machen wir jetzt?“ Sie blickte auf Marcus’ Bein hinunter. Es sah offen und entzündet aus und blutete auch noch ein wenig. „Sollen wir es verbinden?“

„Ich glaube nicht“, erwiderte ihre Mutter. „Wenn der Arzt kommt, müssen wir den Verband nur wieder abnehmen.“

„Haben Sie Hunger?“, fragte Mrs Wetherby.

„Nein“, sagte Honoria, doch das stimmte nicht. Sie war regelrecht ausgehungert. Aber sie würde jetzt wohl keinen Bissen hinunterbringen, glaubte sie.

„Lady Winstead?“, fragte Mrs Wetherby ruhig.

„Vielleicht etwas Kleines“, murmelte sie, ohne den besorgten Blick von Marcus zu lösen.

„Wie wäre es mit einem Sandwich?“, schlug Mrs Wetherby vor, „oder, du liebe Güte, mit Frühstück? Sie haben beide noch gar nicht gefrühstückt. Ich könnte die Köchin bitten, Schinken und Eier zu braten.“

„Lassen Sie zubereiten, was am einfachsten ist“, erwiderte Lady Winstead. „Und bitte auch etwas für Honoria.“ Sie sah ihre Tochter an. „Du solltest versuchen, etwas zu essen.“

„Ich weiß. Ich kann nur …“ Sie beendete den Satz nicht. Ihre Mutter wusste bestimmt genau, wie ihr zumute war.

Sanft legte sich eine Hand auf ihre Schulter. „Du solltest dich setzen.“

Honoria setzte sich.

Und wartete.

Es war das Schwerste, was sie je getan hatte.

11. KAPITEL

Laudanum war doch etwas Großartiges.

Normalerweise mied Marcus dieses Mittel ja und neigte sogar dazu, auf jene herabzublicken, die es anwendeten, aber nun fragte er sich, ob er den Leuten vielleicht Abbitte leisten musste. Denn nun war ihm klar, dass er bisher noch nie richtig Schmerzen gelitten hatte. Nicht so wie jetzt.

Es war weniger das Herumgestochere und Geschnippel. Gut, es hatte natürlich wehgetan, aber es war zu ertragen gewesen.

Was ihn wirklich schier umgebracht hatte (zumindest fühlte es sich so an), war der Moment, als Lady Winstead den Brandy zum Einsatz brachte – und immer wieder mindestens eine Gallone davon über die offene, klaffende Wunde schüttete. Es brannte wie Hölle. Noch schlimmer hätte es nicht mal dann schmerzen können, wenn sie das Zeug auch noch angezündet hätte.

Nie wieder würde er Brandy anrühren. Höchstens wirklich erstklassigen. Und selbst dann nur aus Prinzip. Wenn es das wirklich erstklassige Zeug war.

Das getrunken werden musste.

Er kam kurz ins Grübeln. Als ihm der Gedanke mit dem Brandy gekommen war, hatte er ihn vollkommen einleuchtend gefunden. Und jetzt? Doch, doch er leuchtete immer noch ein. Oder nicht?

Wie auch immer, kurz nachdem Lady Winstead ihm den hoffentlich nicht erstklassigen Brandy übers Bein gegossen hatte, flößten sie ihm eine Dosis Laudanum ein, und wirklich, er musste schon sagen – das war großartig gewesen. Sein Bein fühlte sich zwar immer noch an, als würde es langsam am Spieß geröstet, doch nachdem ihm Lady Winsteads „Fürsorge" vorher ohne Betäubung zuteilgeworden war, fand er es nun, unter dem Einfluss des Opiats, geradezu angenehm, wenn man mit einem Messer in ihm herumstocherte.

Beinahe entspannend.

Und außerdem war er gerade unerklärlich glücklich.

Er lächelte zu Honoria hoch, beziehungsweise er lächelte dorthin, wo er sie vermutete; seine Lider waren offenbar mit Steinen beschwert worden.

Eigentlich *glaubte* er wohl nur, dass er lächelte; seine Lippen fühlten sich nämlich auch recht schwer an.

Aber er wollte lächeln. Und er hätte es auch getan, wenn er dazu in der Lage gewesen wäre. Das war doch sicher das Wichtigste.

Das Stochern an seinem Bein hörte einen Augenblick auf, dann fing es wieder an. Dann trat eine wunderbare kleine Pause ein, und dann …

Verdammt, tat das weh.

Aber nicht so weh, dass er hätte schreien müssen. Obwohl er vielleicht gestöhnt hatte. Er war sich nicht sicher. Sie hatten ihm heißes Wasser über das Bein gegossen. Jede Menge. Er fragte sich, ob sie versuchten, sein Bein zu kochen.

Gekochtes Fleisch. Wie furchtbar britisch von ihnen.

Er kicherte. Er war witzig. Wer hätte gedacht, dass er so witzig war?

„Oh Gott“, hörte er Honoria schreien. „Was habe ich ihm angetan?“

Er lachte noch ein bisschen. Weil sie so komisch klang. Fast so, als spräche sie durch ein Nebelhorn. *Ooooorrrrhhhh Ghhhhotthhhhhh.*

Er fragte sich, ob sie es wohl auch hören konnte.

Einen Augenblick … *Honoria* fragte, was sie ihm angetan hatte? Hieß das, dass nun sie die Schere schwang? Er war sich nicht sicher, was er davon halten sollte.

Andererseits … gekochtes Fleisch!

Er lachte noch einmal und beschloss, dass es ihm egal war. Gott, war er witzig. Wie konnte es nur sein, dass ihm noch nie jemand gesagt hatte, wie witzig er war?

„Sollen wir ihm noch etwas Laudanum geben?“, fragte Mrs Wetherby.

Oh ja, bitte.

Aber sie gaben ihm nichts. Stattdessen versuchten sie ihn noch einmal bei lebendigem Leib zu kochen, inklusive Herumgestochere und Gebohre. Doch dann waren sie endlich fertig.

Und begannen wieder von Laudanum zu reden, was er als sehr grausam empfand, da keine ein Glas oder einen Löffel holte, um ihm auch wirklich etwas einzuflößen. Stattdessen gossen sie ihm das Zeug aufs Bein, was …

„Aaargh!“

… anscheinend noch schmerzhafter war als der Brandy.

Aber schließlich schienen die Damen doch der Meinung zu sein, sie hätten ihn genug gefoltert, denn nach einigem Hin und Her banden sie ihn los und rollten ihn zur anderen Seite des Betts, das nicht nass war von all dem heißen Wasser, mit dem sie ihn kochen wollten.

Und dann, nun … Vielleicht schlief er ein Weilchen. Er hoffte jedenfalls, dass er schlief, da er ziemlich sicher war, ein sechs Fuß langes Karnickel durchs Schlafzimmer hüpfen zu sehen, und wenn das kein Traum war, dann hatten sie alle ein Riesenproblem.

Wobei es weniger das Kaninchen war, was so gefährlich schien, als vielmehr die gigantische Karotte, die es wie eine Keule schwang.

Die Karotte hätte ein ganzes Dorf satt machen können.

Er mochte Karotten. Obwohl Orange nie zu seinen Lieblingsfarben gezählt hatte. Zu aufdringlich. Orange schien immer dann aufzutauchen, wenn er es nicht erwartete, und er zog ein Leben ohne Überraschungen vor.

Blau. Das war einmal eine anständige Farbe. Liebreizend und beruhigend. Hellblau. Wie der Himmel. An einem sonnigen Tag.

Oder Honorias Augen. Sie bezeichnete sie als lavendelblau – schon von klein auf –, aber er sah das anders. Für Lavendel leuchteten sie viel zu sehr. Lavendel war eine dumpfe Farbe. Beinahe ebenso grau wie lila. Und viel zu etepetete. Bei Lavendel dachte er an Trauer tragende alte Damen. Mit Turban auf dem Kopf. Er hatte nie verstanden, warum Lavendel nach Schwarz der nächste Schritt im Trauerjahr sein sollte. Wäre Braun nicht angemessener? Etwas Gedeckteres?

Und warum trugen alte Damen eigentlich Turban?

Das war ja überaus interessant. Er konnte sich nicht erinnern, je so angestrengt über Farben nachgedacht zu haben. Vielleicht hätte er doch besser aufpassen sollen, als sein Vater ihn vor so vielen Jahren zum Malunterricht gedrängt hatte. Aber ehrlich, welcher Zehnjährige hatte wohl Lust, sich vier Monate lang mit einer Obstschüssel zu befassen?

Wieder dachte er an Honorias Augen. Sie waren eher blau als lavendelfarben. Obwohl sie diesen Stich ins Lilafarbene hatten, der sie so ungewöhnlich wirken ließ. Es stimmte – niemand hatte Augen wie sie. Selbst Daniels waren ein wenig anders. Dunkler. Nicht viel, aber Marcus konnte sie unterscheiden.

Honoria würde ihm da nicht zustimmen. Als Kind hatte sie oft stundenlang davon geredet, dass sie und Daniel dieselben Augen hatten. Marcus hatte immer angenommen, dass sie nach einer Gemeinsamkeit suchte, nach etwas, was sie und ihren Bruder auf spezielle Weise miteinander verband.

Sie hatte einfach dazugehören wollen. Mehr nicht. Kein Wunder, dass sie jetzt so erpicht darauf war, zu heiraten und ihrem stillen, leeren Zuhause zu entkommen. Sie brauchte Lärm. Und Lachen.

Dabei müsste sie nicht so einsam sein. Sie müsste niemals einsam sein.

War sie überhaupt noch im Zimmer? Es war so still geworden. Er versuchte noch einmal, die Augen zu öffnen. Vergeblich.

Er rollte sich auf die Seite, froh, die verdammten Fesseln los zu sein. Er war schon immer ein Seitenschläfer gewesen.

Jemand berührte ihn an der Schulter und zog dann die Decken hoch. Er versuchte etwas Dankbares zu murmeln und war wohl erfolgreich, denn er hörte Honoria sagen: „Bist du wach?"

Er gab noch einmal dasselbe Geräusch von sich. Anscheinend war es das Einzige, das funktionierte.

„Nun ja, ein bisschen wach vielleicht", sagte sie. „Das ist wohl besser als nichts."

Er gähnte.

„Wir warten immer noch auf den Arzt", fuhr sie fort. „Ich hatte gehofft, dass er längst hier sein würde." Sie schwieg einen Moment und fügte dann munter hinzu: „Dein Bein sieht aus, als hätte es ziemliche Fortschritte gemacht. Das sagt zumindest meine Mutter. Wenn ich ehrlich bin – für meine Begriffe sieht es immer noch schrecklich aus. Aber nicht mehr ganz so schrecklich wie heute Morgen."

Heute Morgen? Hieß das, dass jetzt Nachmittag war? Wenn er nur die Augen aufbekäme!

„Sie ist auf ihr Zimmer gegangen. Meine Mutter, meine ich. Sie hat gesagt, sie müsste sich von der Hitze erholen." Eine weitere Pause, und dann: „Es ist wirklich ziemlich heiß hier drin. Wir haben das Fenster aufgemacht, aber nur ein winziges Stück. Mrs Wetherby hatte Angst, du könntest dich erkälten. Ich weiß, es ist schwer, sich vorzustellen, man könnte sich erkälten, wenn einem so heiß ist, aber sie hat mir versichert, dass es möglich ist.

Ich habe es beim Schlafen gern kalt, aber unter einer warmen Decke", fügte sie hinzu. „Ich glaube allerdings nicht, dass dich das interessiert."

Es interessierte ihn. Nun ja, vielleicht interessierte ihn gar nicht so sehr, *was* sie sagte. Er hörte nur einfach gern den Klang ihrer Stimme.

„Mama ist in letzter Zeit immer so schnell erhitzt", vertraute sie ihm nun an. „Das macht mich ganz verrückt. Erst ist ihr heiß, dann ist ihr kalt, dann ist ihr wieder heiß, einfach so, ohne irgendeinen Grund. Aber offenbar ist ihr öfter warm als kalt.

Falls du ihr also jemals ein Geschenk machen willst, empfehle ich einen Fächer. Den kann sie *immer* gebrauchen."

Sie berührte ihn noch einmal an der Schulter, dann an der Stirn, strich ihm mit leichter Hand das Haar aus dem Gesicht. Es war ein angenehmes Gefühl. Weich, sanft und auf eine ihm sonst völlig ungewohnte Art fürsorglich. Ja, es war so ähnlich wie neulich, als sie zu Besuch bei ihm war und ihn gezwungen hatte, Tee zu trinken.

Er mochte es, wenn man ihn umsorgte. Er seufzte leise. In seinen Ohren klang es glücklich. Hoffentlich war sie auch dieser Meinung.

„Du hast ziemlich lange geschlafen", sagte Honoria. „Aber ich glaube, das Fieber ist gesunken. Es ist noch nicht ganz weg, aber du wirkst recht friedlich. Wusstest du, dass du im Schlaf sprichst?"

Wirklich?

„Wirklich. Vor ein paar Stunden hast du etwas von Seeteufel gesagt, das hätte ich schwören können. Und gerade eben hast du von Zwiebeln geredet."

Von Zwiebeln? Nicht von Karotten?

„Ich würde ja gern wissen, woran du im Traum so denkst. Vielleicht an etwas zu essen? Seeteufel mit Zwiebeln? Ich würde das ja nicht essen wollen, wenn ich krank bin, aber die Geschmäcker sind eben verschieden." Sie strich ihm noch einmal über das Haar, und dann küsste sie ihn – er war freudig überrascht – leicht auf die Wange. „Du bist gar nicht so schrecklich, weißt du", sagte sie lächelnd.

Er konnte das Lächeln nicht sehen, aber er wusste, dass es da war.

„Du tust gern furchtbar distanziert und düster, aber so bist du gar nicht. Obwohl du schon ziemlich oft eine finstere Miene ziehst."

Wirklich? Das wollte er nicht. Zumindest nicht ihr gegenüber.

„Beinahe hättest du mich getäuscht. Ich habe in London wirklich angefangen, dich nicht mehr zu mögen. Aber ich hatte dich einfach vergessen. Wie du warst, meine ich. Wie du vermutlich immer noch bist."

Er hatte keine Ahnung, wovon sie redete.

„Du zeigst den Leuten nur nicht gern, wer du wirklich bist."

Dann schwieg sie wieder, und er meinte zu hören, wie sie im Zimmer herumging, vielleicht einen Stuhl zurechtrückte. Als sie weitersprach, hörte er auch das Lächeln wieder. „Ich glaube, dass du schüchtern bist."

Ja, um Himmels willen, *das* hätte er ihr auch noch sagen können. Er hasste es, mit Leuten zu plaudern, die er nicht kannte. Schon immer.

„Es ist schon merkwürdig, dir so etwas zuzuschreiben", fuhr sie fort. „Ein *Mann* wird nie für schüchtern gehalten."

Warum eigentlich nicht? fragte er sich.

„Du bist groß", merkte sie nachdenklich an, „und athletisch und intelligent und all das, was ein Mann sein sollte."

Es fiel ihm durchaus auf, dass sie ihn nicht attraktiv genannt hatte.

„Ganz zu schweigen von steinreich, ach, und den Titel gibt es ja auch noch. Wenn du die Absicht hättest, dich zu verheiraten, dann hättest du die freie Wahl. Die Damen würden Schlange stehen."

Fand sie ihn etwa hässlich?

Sie tippte ihn auf die Schulter. „Du hast ja keine Vorstellung davon, wie viele Leute gern mit dir tauschen würden!"

Jetzt im Moment wohl eher niemand.

„Aber du bist trotzdem schüchtern", sagte sie beinahe staunend. Er konnte spüren, dass sie näher gekommen war, ihr Atem strich über seine Wange. „Ich glaube, mir gefällt das, dass du schüchtern bist."

Wirklich? Er selbst hatte es immer gehasst. All die Jahre im Internat, in denen er zuschaute, wie Daniel so einfach mit allen reden konnte, ohne je einen Augenblick zu zögern. Marcus hingegen brauchte immer etwas länger, um herauszubekommen, wie er sich am besten in eine Gruppe einfügte. Deswegen verbrachte er so gern Zeit mit den Smythe-Smiths. Deren Zuhause war immer chaotisch und verrückt gewesen; er hatte sich beinahe unbemerkt in ihren ungewöhnlichen Alltag einordnen können und war Teil der Familie geworden.

Es war die einzige Familie, die er je gehabt hatte.

Wieder berührte Honoria sein Gesicht, strich ihm über den Nasenrücken. „Wenn du nicht schüchtern wärst, dann wärst du auch zu vollkommen", erklärte sie. „Wie ein Romanheld. Du liest ja bestimmt keine Romane. Aber ich glaube, für meine Freundinnen bist du so etwas wie eine Figur aus Mrs Gorelys Schauerromanen."

Wusste er doch, dass es einen Grund gab, warum er ihre Freundinnen nicht mochte.

„Ich bin allerdings nie sicher, ob du nun der Held oder der Schurke bist."

Er beschloss, an der Bemerkung nichts Beleidigendes zu finden. Beim Sprechen hatte sie spitzbübisch gelächelt. Das konnte er hören.

„Du musst gesund werden", flüsterte sie jetzt. „Ich wüsste nicht, was ich ohne dich anfangen sollte." Und dann sagte sie, so leise, dass er es kaum hörte: „Ich glaube, du könntest mein Prüfstein sein. Der Mensch, an dem ich mich messe."

Er versuchte die Lippen zu bewegen, versuchte etwas zu sagen, denn so ein Geständnis konnte man nicht unbeantwortet lassen. Doch sein Gesicht fühlte sich immer noch aufgedunsen und unbeweglich an; mehr als ein paar keuchende Laute brachte er nicht hervor.

„Marcus? Möchtest du etwas Wasser?"

Durst hatte er tatsächlich.

„Bist du überhaupt wach?"

Gewissermaßen.

„Hier“, sagte sie, „probier das.“

Er spürte etwas Kaltes an den Lippen. Einen Löffel, mit dem sie ihm lauwarmes Wasser einflößte. Das Schlucken fiel ihm jedoch schwer, und so gab sie ihm nur ein paar Tropfen.

„Ich glaube nicht, dass du wach bist“, sagte sie. Er hörte, wie sie sich wieder in den Sessel setzte. Sie seufzte. Sie klang müde. Das fand er schrecklich.

Doch er war froh, dass sie bei ihm war. Er hatte so das Gefühl, dass sie vielleicht sein Prüfstein sein könnte.

12. KAPITEL

Doktor!“ Honoria sprang hastig auf, als etwa zwanzig Minuten später ein erstaunlich junger Mann den Raum betrat. Sie konnte sich nicht erinnern, je einem Arzt begegnet zu sein, der noch kein graues Haar hatte. „Es ist sein Bein“, sagte sie. „Sie haben das, glaube ich, nicht gesehen, als …“

„Ich habe ihn noch gar nicht gesehen“, unterbrach er sie brüsk. „Das war mein Vater.“

„Oh.“ Honoria trat einen Schritt zurück, als sich der junge Mann über Marcus’ Bein beugte. Lady Winstead, die hinter ihm den Raum betreten hatte, stellte sich zu ihr.

Und nahm dann ihre Hand. Dankbar drückte Honoria die Hand ihrer Mutter, als wäre sie ihre Rettungsleine.

Der junge Mann untersuchte Marcus’ Bein bei Weitem nicht so lange, wie sie es sich gewünscht hatte, beugte sich dann über ihn und legte ihm das Ohr auf die Brust. „Wie viel Laudanum haben Sie ihm gegeben?“

Honoria sah zu ihrer Mutter. Sie war diejenige, die es verabreicht hatte.

„Einen Löffel voll“, sagte Lady Winstead. „Vielleicht auch zwei.“

Der Arzt presste die Lippen aufeinander, richtete sich auf und sah sie an. „Waren es nun einer oder zwei?“

„Schwer zu sagen“, erwiderte Lady Winstead. „Er hat nicht alles hinuntergeschluckt.“

„Ich musste ihm das Gesicht abwischen“, warf Honoria ein.

Der Arzt enthielt sich jeden Kommentars. Stattdessen legte er noch einmal das Ohr an Marcus’ Brust, und seine Lippen bewegten sich, fast als zählte er. Honoria wartete, bis sie es nicht länger aushielt, und sagte: „Doktor, ähm …“

„Winters“, ergänzte ihre Mutter.

„Ja, ähm, Doktor Winters, bitte sagen Sie uns, haben wir ihm zu viel gegeben?“

„Ich glaube nicht", antwortete Dr. Winters, hatte das Ohr aber immer noch an Marcus' Brust. „Das Opium dämpft die Lungenfunktion, deswegen geht der Atem so flach."

Entsetzt schlug Honoria die Hand vor den Mund. Sie hatte nicht einmal bemerkt, dass sein Atem immer noch flach ging. Im Gegenteil, sie hatte gedacht, er klinge besser. Friedlicher.

Der Arzt richtete sich auf und begutachtete Marcus' Bein. „Es ist unerlässlich, dass ich alle sachdienlichen Informationen erhalte", erklärte er barsch. „Ich wäre viel besorgter, wenn ich nicht gewusst hätte, dass er Laudanum bekommen hat."

„Sie sind nicht besorgt?", fragte Honoria ungläubig.

Doktor Winters sah sie scharf an. „Ich habe nicht gesagt, dass ich nicht besorgt bin." Er wandte sich wieder Marcus' Bein zu und untersuchte es aufmerksam. „Nur, dass ich noch besorgter gewesen wäre, wenn ich nicht gewusst hätte, dass man ihm das Mittel verabreicht hat. Wenn sein Atem ohne Laudanum so flach ginge, würde das auf eine schwere Infektion hindeuten."

„Diese hier ist nicht schwer?"

Der Arzt warf ihr einen verärgerten Blick zu. „Behalten Sie Ihre Kommentare freundlicherweise für sich, bis ich mit der Untersuchung fertig bin."

Honoria spürte, wie sich ihr Gesicht vor Zorn verkrampfte, doch sie trat noch einen Schritt zurück. Sie würde höflich zu Doktor Winters sein, und wenn sie an ihrer Wut erstickte – wenn jemand Marcus retten konnte, dann er.

„Erklären Sie mir genau, wie Sie die Wunde gesäubert haben." Der Arzt sah kurz von Marcus' Bein auf. „Und ich möchte außerdem wissen, wie sie ausgesehen hat, bevor Sie damit angefangen haben."

Abwechselnd erzählten Honoria und ihre Mutter, was sie getan hatten. Er schien es zu billigen, oder zumindest missbilligte er es nicht. Als sie fertig waren, wandte er sich wieder Marcus' Bein zu, betrachtete es ein letztes Mal und stieß die Luft aus.

Honoria wartete kurz ab. Der junge Arzt nahm sich offenbar viel Zeit zum Nachdenken. Verdammt, er brauchte ja *ewig* dazu. Schließlich ertrug sie es nicht länger. „Was meinen Sie?“, platzte sie heraus.

Doktor Winters sprach langsam, so, als dächte er laut nach. „Vielleicht kann er das Bein behalten.“

„Vielleicht?“, wiederholte Honoria.

„Für eine endgültige Aussage ist es noch zu früh. Aber wenn er es behalten kann, dann …“, er sah Honoria und ihre Mutter an, „… ist das nur auf Ihre gute Arbeit zurückzuführen.“

Honoria blinzelte überrascht – ein Lob hatte sie nicht erwartet. Dann stellte sie die Frage, vor deren Beantwortung sie die größte Angst hatte: „Wird er es überleben?“

Der Arzt begegnete Honorias Blick mit aufrichtigem Ernst. „Wenn wir das Bein amputieren, sicherlich.“

Honorias Lippen zitterten. „Wie meinen Sie das?“, flüsterte sie. Sie wusste zwar, was er meinte, aber sie wollte, dass er es aussprach.

„Ich bin zuversichtlich, dass er es überleben wird, wenn ich ihm das Bein jetzt abnehme.“ Er sah zu Marcus hinüber, als böte ihm ein weiterer Blick einen letzten wichtigen Hinweis. „Wenn ich ihm das Bein nicht abnehme, ist es gut möglich, dass er sich vollständig erholt. Oder aber, er stirbt. Ich kann nicht vorhersagen, wie sich die Entzündung weiterentwickelt.“

Honoria erstarrte. Nur ihre Augen bewegten sich, von Doktor Winters’ Gesicht zu Marcus’ Bein und zurück. „Woher wissen wir, wann es so weit ist?“, fragte sie ruhig.

Doktor Winters hob fragend die Brauen.

„Woher wissen wir, wann wir diese Entscheidung treffen müssen?“, präzisierte sie mit lauter werdender Stimme.

„Es gibt gewisse Zeichen, nach denen man Ausschau halten kann. Wenn Sie beispielsweise entdecken, dass von der Wunde rote Streifen ausgehen, wissen wir, dass wir amputieren müssen.“

„Und wenn nicht, heißt das, er wird wieder gesund?"

„Nicht unbedingt", räumte der Arzt ein, „aber wenn keine Veränderungen an der Wunde eintreten, werte ich das als gutes Zeichen."

Honoria nickte langsam, versuchte, das alles zu verdauen. „Bleiben Sie hier auf Fensmore?"

„Das geht nicht", erwiderte er und drehte sich um, um seine Tasche zu packen. „Ich muss noch nach einem weiteren Patienten sehen. Heute Abend komme ich noch einmal vorbei. Ich glaube nicht, dass vorher eine Entscheidung fallen muss."

„Sie *glauben* es nicht?", fragte Honoria scharf. „Sie sind sich also nicht sicher?"

Doktor Winters seufzte, und zum ersten Mal, seit er den Raum betreten hatte, wirkte er müde. „In der Medizin gibt es keine absolute Sicherheit, Mylady. Ich wollte, es wäre anders." Er schaute aus dem Fenster, wo das endlose Grün von Fensmores südlicher Rasenpartie zu sehen war. „Vielleicht wird sich das eines Tages ändern. Aber nicht zu unseren Lebzeiten, fürchte ich. Bis auf Weiteres ist mein Beruf gleichermaßen eine Kunst wie eine Wissenschaft."

Das war nicht das, was Honoria hören wollte, doch sie verstand, dass es die Wahrheit war, und dankte ihm mit einem Nicken für seine Auskunft.

Doktor Winters erwiderte die Artigkeit mit einer Verbeugung, gab Honoria und ihrer Mutter noch einige Anweisungen und versprach noch einmal, dass er später am Abend wiederkommen würde. Lady Winstead führte den Arzt hinaus. Honoria blieb bei Marcus, der schrecklich still auf seinem Bett lag.

Ein paar Minuten stand sie regungslos in der Mitte des Zimmers und fühlte sich merkwürdig schwach und verloren. Sie konnte nichts weiter tun. Am Morgen hatte sie genauso viel Angst gehabt, aber zumindest hatte sie sich da auf die Versorgung der Wunde konzentrieren können. Nun blieb ihr nichts anderes übrig als zu warten, ohne Ablenkung, allein mit ihrer Panik.

Was für eine Wahl. Sein Leben oder sein Bein. Und *sie* war möglicherweise diejenige, die diese Wahl zu treffen hatte.

Sie wollte die Verantwortung nicht. Lieber Gott, sie wollte sie nicht.

„Oh, Marcus", seufzte sie und ging zum Sessel am Bett. „Wie ist das nur passiert? *Warum* ist es passiert? Es ist nicht gerecht." Sie setzte sich und beugte sich über die Matratze, verschränkte die Arme und bettete den Kopf in die Ellenbeuge.

Natürlich würde sie sein Bein opfern, um sein Leben zu retten. Marcus würde dasselbe tun, wenn er so weit bei Sinnen wäre, um selbst zu entscheiden. Er war stolz, aber nicht so stolz, dass er lieber tot gewesen wäre, als ein Bein zu verlieren. Das wusste sie. Natürlich hatten sie nie darüber geredet – wer sprach schon über solche Dinge? Niemand saß am Dinnertisch und plauderte darüber, ob man lieber amputieren lassen oder sterben würde.

Aber sie wusste, was er sich wünschen würde. Sie kannte ihn seit fünfzehn Jahren. Sie brauchte ihn nicht zu fragen, wie er sich entscheiden würde.

Zornig würde er aber schon sein. Nicht auf sie. Nicht einmal auf den Arzt. Auf das Leben. Vielleicht auf Gott. Aber er würde durchhalten. Dafür würde sie schon sorgen. Sie würde nicht von seiner Seite weichen, ehe er … Ehe er …

Ach, lieber Gott. Sie konnte es sich nicht einmal vorstellen. Sie atmete tief durch, um sich zu beruhigen. In diesem Moment wäre sie am liebsten nach draußen gerannt, um Doktor Winters anzuflehen, Marcus das Bein sofort abzunehmen. Wenn das sein Überleben sicherstellte, würde sie die verdammte Säge sogar eigenhändig halten. Oder sie wenigstens dem Arzt reichen.

Den Gedanken an eine Welt ohne Marcus konnte sie nicht ertragen. Selbst wenn er nicht Teil ihres Lebens war. Selbst wenn er hier in Cambridgeshire blieb und sie irgendeinen Gentleman in Yorkshire, Wales oder auf den Orkney-Inseln heiratete und ihn nie wiedersah, würde sie doch wissen, dass er am Leben war, dass es ihm gut ging und er vielleicht gerade ausritt, ein Buch las oder am Kamin in einem Sessel saß.

Doch so sehr sie diese Unsicherheit auch hasste, sie durfte jetzt nicht an sich selbst denken. Es galt, die Entscheidung so lang wie möglich hinauszuzögern. Aber wenn sie dabei nun zu lange wartete?

Sie kniff die Augen fest zu, obwohl ihr Kopf schon in ihren Armen vergraben lag. Hinter ihren Lidern brannte es.

„Bitte stirb nicht", wisperte sie. Sie rieb das Gesicht am Unterarm, um die Tränen abzuwischen, und bettete den Kopf dann wieder auf die Ellenbeuge. Vielleicht sollte sie sein Bein anflehen, nicht ihn. Oder vielleicht Gott oder den Teufel oder Zeus oder Thor. Sie würde sogar den Mann anflehen, der die Kühe molk, wenn sie damit nur etwas ausrichten könnte.

„Marcus", sagte sie noch einmal, weil es ihr Trost spendete, seinen Namen auszusprechen. „Marcus."

„Noria."

Sie erstarrte, fuhr hoch. „Marcus?"

Seine Augen blieben geschlossen, aber sie sah, wie sich die Augäpfel unter den Lidern bewegten, und sein Kinn bewegte sich ganz leicht auf und ab.

„Oh, Marcus", schluchzte sie. „Oh, tut mir leid. Ich sollte nicht weinen." Hilflos sah sie sich nach einem Taschentuch um und wischte schließlich ihr tränenüberströmtes Gesicht an seinem Laken ab. „Ich bin so froh, deine Stimme zu hören. Selbst wenn du gar nicht klingst wie du selbst."

„W… w… wa…"

„Möchtest du etwas Wasser?", fragte sie, sein Gestammel korrekt interpretierend.

Wieder bewegte sich sein Kinn.

„Hier, ich helfe dir, dich ein bisschen aufzusetzen. Dann kannst du leichter trinken." Sie packte ihn unter den Armen und schob ihn ein paar Zoll nach oben. Auf dem Nachttischchen stand ein Glas Wasser, in dem immer noch der Löffel vom letzten Versuch stand. „Ich gebe dir nur ein paar Tropfen", sagte sie. „Immer nur ein bisschen. Wenn ich dir zu viel gebe, habe ich Angst, dass du daran erstickst."

Diesmal klappte es jedoch viel besser, und sie konnte ihm fast acht Löffel voll einflößen, ehe er ihr zu verstehen gab, dass er nun genug habe und sich wieder flach ausstrecken wolle.

„Wie geht es dir?", fragte sie und versuchte sein Kissen aufzuschütteln. „Abgesehen davon, dass du dich furchtbar fühlst, meine ich."

Langsam bewegte er den Kopf von einer Seite zur anderen. Es sah aus wie die kranke Interpretation eines Schulterzuckens.

„Natürlich fühlst du dich furchtbar", erklärte sie, „aber gibt es irgendwelche Veränderungen? Fühlst du dich noch furchtbarer? Weniger furchtbar?"

Er reagierte nicht.

„Gleich furchtbar?" Sie lachte. Sie hatte tatsächlich gelacht. Erstaunlich. „Das klingt vielleicht albern."

Er nickte. Es war eine winzige Bewegung, aber größer als alle, die ihm bisher gelungen waren.

„Du hast mich gehört", sagte sie, unfähig, das breite, zittrige Lächeln zu unterdrücken, das sich auf ihrem Gesicht ausbreitete. „Du hast dich zwar über mich lustig gemacht, aber du hast mich gehört."

Er nickte wieder.

„Das ist gut. Nur zu. Aber wenn es dir besser geht, und das wird es irgendwann, darfst du das zwar nicht mehr, also ich meine, dich über mich lustig machen, aber im Moment brauchst du dir keinen Zwang anzutun. Oh!" Sie sprang auf, plötzlich erfüllt von rastloser Energie. „Ich sollte nach deinem Bein sehen. Ich weiß, Doktor Winters ist noch nicht lange fort, aber es kann ja nicht schaden, trotzdem mal nachzusehen."

Die Wunde war immer noch hochrot und entzündet, doch der gelbliche Eiter am Rand war verschwunden. Und, noch wichtiger, sie konnte keinerlei rote Streifen entdecken, die am Bein emporwanderten.

„Unverändert", sagte sie. „Nicht dass ich mit einer Veränderung gerechnet hätte, aber es kann ja nicht schaden … na ja, du weißt schon." Sie lächelte verlegen. „Das habe ich ja bereits gesagt."

Sie schwieg einen Augenblick, war es zufrieden, ihn einfach anzusehen. Seine Augen waren geschlossen, er sah nicht viel anders aus als in dem Moment, als Doktor Winters ihn untersucht hatte, doch Honoria hatte seine Stimme gehört, und sie hatte ihm Wasser gegeben, und das war genug, um ihrem Herzen neue Hoffnung einzuflößen.

„Dein Fieber!", rief sie plötzlich aus. „Das sollte ich überprüfen." Sie fasste ihn an die Stirn. „Du fühlst dich noch genauso an. Was bedeutet, wärmer, als gut ist, aber besser als zuvor. Dir geht es definitiv ein bisschen besser." Sie hielt inne und fragte sich, ob sie sich etwas vormachte. „Kannst du mich noch hören?"

Er bewegte den Kopf.

„Oh, gut, ich weiß, dass ich albern klinge, aber es hat ja keinen Sinn zu reden, wenn niemand es hört."

Seine Lippen bewegten sich. Sie glaubte, dass er vielleicht lächelte. Irgendwo im Inneren lächelte er.

„Ich freue mich, für dich albern klingen zu können", erklärte sie.

Er nickte.

„Wenn ich doch nur wüsste, was du denkst."

Er zuckte kaum merklich mit den Schultern.

„Willst du mir damit vielleicht sagen, dass du kaum etwas denkst?" Sie deutete mit dem Finger auf ihn. „Das glaube ich dir nicht. Dazu kenne ich dich viel zu gut." Sie wartete auf eine weitere Reaktion, so gering sie auch sein mochte. Doch es kam nichts, und so redete sie einfach weiter.

„Wahrscheinlich überlegst du dir gerade, wie du die Getreideernte dieses Jahr maximieren kannst", sagte sie. „Oder vielleicht fragst du dich, ob du die Pacht zu niedrig angesetzt hast.“ Sie dachte kurz nach. „Nein, du fragst dich vermutlich, ob die Pacht zu hoch ist. Ich bin mir ganz sicher, dass du ein weichherziger Grundherr bist. Du würdest nicht wollen, dass irgendwer in finanzielle Schwierigkeiten gerät.“

Er schüttelte den Kopf, gerade so, dass sie erkannte, was er meinte.

„Nein, du willst nicht, dass irgendwer in finanzielle Schwierigkeiten gerät, oder nein, darüber denkst du nicht nach?“

„Dich“, flüsterte er rau.

„Du denkst über mich nach?“, wisperte sie.

„Danke.“ Seine Stimme war leise, kaum noch wahrzunehmen, doch sie hörte ihn. Und es kostete sie jedes Gran Kraft, das sie noch hatte, um nicht schon wieder in Tränen auszubrechen.

„Ich gehe nicht weg“, sagte sie und nahm seine Hand. „Nicht ehe du wieder gesund bist.“

„D…d…“

„Schon gut“, sagte sie. „Du brauchst es nicht noch einmal zu sagen. Du hättest es auch beim ersten Mal nicht sagen müssen.“

Aber sie war froh, dass er es getan hatte. Und sie war sich nicht sicher, was sie mehr berührt hatte – seine beiden Dankesworte oder das schlichte, einfache *„Dich“*.

Er dachte an sie. Während er dort lag, möglicherweise an der Schwelle zum Tod, wahrscheinlicher kurz vor einer Amputation, dachte er an sie.

Zum ersten Mal, seit sie auf Fensmore angekommen war, empfand sie keine Panik mehr.

13. KAPITEL

Als Marcus das nächste Mal aufwachte, spürte er, dass seine Situation sich verändert hatte. Erstens tat sein Bein wieder höllisch weh. Aber irgendwie hatte er das Gefühl, dass das diesmal kein schlechtes Zeichen war. Und zweitens war er hungrig. Er war total ausgehungert, als hätte er tagelang nichts gegessen.

Was vermutlich zutraf. Er hatte keine Ahnung, wie lange er nun schon krank war.

Und drittens konnte er die Augen öffnen. Das war hervorragend. Er wusste nicht, wie spät es war. Es war dunkel, aber es hätte genauso gut vier Uhr morgens wie zehn Uhr abends sein können. Krank zu sein brachte einen verdammt durcheinander.

Er schluckte, um seine trockene Kehle zu befeuchten. Ein wenig Wasser wäre jetzt ganz nett. Er drehte den Kopf zum Nachttisch. Seine Augen hatten sich immer noch nicht an die Dunkelheit gewöhnt, aber er sah, dass jemand im Sessel neben dem Bett eingeschlafen war. Honoria? Vermutlich. Er hatte die vage Vorstellung, dass sie den Raum während der ganzen Tortur nicht verlassen hatte.

Er blinzelte, versuchte sich zu erinnern, wie sie überhaupt nach Fensmore gekommen war. Oh ja, Mrs Wetherby hatte ihr geschrieben. Er hatte keine Ahnung, wie seine Haushälterin darauf verfallen war, aber er würde ihr ewig dankbar sein.

Ohne die Schmerzen, die Honoria und ihre Mutter ihm bereitet hatten, wäre er jetzt wahrscheinlich tot.

Aber das war nicht alles. Zwar war ihm klar, dass er immer wieder das Bewusstsein verloren hatte und deshalb wohl längere Gedächtnislücken behalten würde. Trotzdem hatte er die ganze Zeit gewusst, dass Honoria bei ihm gewesen war, in seinem Zimmer. Sie hatte seine Hand gehalten, sie hatte mit ihm geredet, ihre weiche Stimme hatte seine Seele erreicht, selbst wenn er nicht in der Lage gewesen war, ihr zu antworten.

Und zu wissen, dass sie bei ihm war … hatte alles so viel leichter gemacht. Er war nicht allein gewesen. Zum ersten Mal in seinem Leben war er nicht allein gewesen.

Er stieß ein leises Schnauben aus. Wie dramatisch er doch war. Es war ja nicht so, als trüge er ständig einen unsichtbaren Schild mit sich herum, mit dem er die Leute abwehrte. Er hätte durchaus mehr Leute in seinem Leben haben können. Sogar sehr viele Leute. Er war ein Earl, zum Kuckuck. Wenn er sich ein Haus voller Leute gewünscht hätte, hätte er nur mit den Fingern zu schnippen brauchen.

Aber er hatte sich nie Gesellschaft nur um des eitlen Geschwätzes willen gewünscht. Und bei allem, was ihm im Leben wichtig gewesen war, war er ohnehin allein gewesen.

Genau so wollte er es schließlich haben.

Oder glaubte es zumindest.

Er blinzelte noch ein paarmal, und der Raum nahm Gestalt an. Die Vorhänge waren nicht vorgezogen, und der Mond spendete genug Licht, um die Farbabstufungen gerade so eben erkennen zu lassen. Oder vielleicht sah er es auch nur, weil er wusste, dass seine Wände burgunderrot waren und das riesige Landschaftsgemälde über dem Kamin größtenteils grün. Die Menschen sahen das, was sie zu sehen erwarteten. Das war eine der grundlegenden Binsenweisheiten des Lebens.

Er wandte den Kopf und betrachtete die Gestalt im Sessel. Es war definitiv Honoria, und das nicht nur, weil sie diejenige war, die er dort zu sehen erwartete. Ihre Frisur hatte sich halb gelöst, und das Haar war eindeutig hellbraun, nicht dunkelbraun wie das ihrer Mutter.

Er fragte sich, wie lange sie da wohl schon saß. Bequem hatte sie es sicher nicht.

Aber er sollte sie nicht stören. Bestimmt brauchte sie ihren Schlaf.

Er versuchte sich aufzurichten, war aber zu schwach, um mehr als ein paar Zoll zu schaffen. Immerhin konnte er sie jetzt besser sehen und vielleicht sogar die Hand über sie hinweg ausstrecken, um das Glas Wasser auf dem Tisch zu erreichen.

Oder vielleicht auch nicht. Es gelang ihm, den Arm ein Stück zu heben, doch dann musste er ihn wieder sinken lassen. Verdammt, war er müde. Und durstig. Sein Mund fühlte sich an, als wäre er voll Sägemehl.

Das Glas Wasser war praktisch das Paradies. Ein Paradies außer Reichweite.

Verdammt.

Er seufzte und wünschte sich gleich darauf, er hätte es unterlassen, weil seine Rippen davon wehtaten. Ihm tat der ganze Körper weh. Wie war es möglich, dass einem einfach alles wehtat? Bis auf das Bein, das brannte eher.

Wenigstens schien er kein Fieber mehr zu haben, oder zumindest kein hohes mehr. Es war schwer zu sagen. Jedenfalls fühlte er sich so klar wie schon lang nicht mehr.

Er beobachtete Honoria ein Weilchen. Sie bewegte sich überhaupt nicht im Schlaf. Ihr Kopf war in einem unnatürlichen Winkel zur Seite geneigt. Wenn sie aufwacht, hat sie einen schrecklich steifen Nacken, dachte er besorgt.

Vielleicht sollte er sie wecken. Das wäre nur freundlich.

„Honoria“, krächzte er.

Sie regte sich nicht.

„Honoria.“ Er bemühte sich, lauter zu sprechen, doch es klang genau wie zuvor – rau und heiser, wie ein Insekt, das gegen die Scheibe brummte.

Er versuchte noch einmal, die Hand nach ihr auszustrecken. Sein Arm wog tonnenschwer, aber irgendwie bekam er ihn vom Bett hoch. Er wollte sie nur anstupsen, doch stattdessen landete seine Hand schwer auf ihrem ausgestreckten Bein.

„Aaaah!“ Sie fuhr mit dem Kopf so unvermittelt hoch, dass sie ihn am Bettpfosten anschlug. „Aua“, stöhnte sie und rieb sich die schmerzende Stelle.

„Honoria“, sagte er noch einmal, um ihre Aufmerksamkeit zu erlangen.

Sie murmelte etwas, gähnte herzhaft und fuhr sich mit dem Handrücken über die Wange. Und dann: „Marcus?“

Sie klang verschlafen. Und wunderbar.

„Kann ich bitte etwas Wasser bekommen?“, bat er. Vielleicht hätte er etwas Tiefschürfenderes sagen sollen, schließlich war er praktisch von den Toten zurückgekehrt. Aber er hatte so schrecklichen Durst. Und nach Wasser zu fragen, war für jemanden in seinem Zustand wohl wahrhaftig tiefschürfend genug.

„Natürlich.“ Sie machte sich in der Dunkelheit zu schaffen, bis sie das Glas zu fassen bekam. „Ach, zum Kuckuck“, hörte er sie sagen. „Einen Augenblick.“

Er beobachtete, wie sie aufstand und an einen anderen Tisch ging, um sich einen Krug zu greifen. „Viel ist nicht mehr da“, murmelte sie erschöpft. „Aber es sollte reichen.“ Sie goss etwas ins Glas und nahm den Löffel.

„Ich komme schon zurecht“, sagte er ihr.

Überrascht sah sie ihn an. „Wirklich?“

„Kannst du mir helfen, mich aufzurichten?“

Sie nickte und legte die Arme um ihn, fast wie bei einer Umarmung. „So, da sind wir“, murmelte sie und zog ihn in die Höhe. Sanft landeten ihre Worte in seiner Halsbeuge, fast wie bei einem Kuss. Er seufzte und wurde still, gestattete sich einen Augenblick, die Wärme ihres Atems auf seiner Haut auszukosten.

„Alles in Ordnung?“, fragte sie beunruhigt und zog sich ein Stück zurück.

„Ja, ja, natürlich“, sagte er und schüttelte den Tagtraum ab, so schnell es einem Mann in seinem Zustand möglich war. „Tut mir leid.“

Mit vereinten Kräften brachten sie ihn in eine aufrechte Position, und dann nahm Marcus das Glas und trank ohne Hilfe. Bemerkenswerterweise fühlte sich diese bescheidene Leistung wie ein Triumph an.

„Du siehst so viel besser aus“, sagte Honoria und blinzelte sich den Schlaf aus den Augen. „Ich … ich …“ Sie blinzelte noch einmal, aber diesmal glaubte er eher, dass sie Tränen zurückblinzelte. „Es ist so schön, dich wiederzusehen.“

Er nickte und hielt ihr das Glas hin. „Mehr, bitte.“

„Natürlich.“ Sie goss ihm noch einmal ein. Er trank gierig und atmete erst wieder, als er alles ausgetrunken hatte.

„Danke“, sagte er und reichte ihr das Glas zurück.

Sie nahm es, stellte es ab und setzte sich wieder in den Sessel. „Ich habe mir solche Sorgen um dich gemacht“, sagte sie.

„Was ist passiert?“, wollte er wissen. An manches erinnerte er sich – an ihre Mutter und die Schere, an das Riesenkaninchen. Und sie hatte ihn ihren Prüfstein genannt. Daran würde er sich immer erinnern.

„Der Arzt war zwei Mal da“, erklärte sie. „Doktor Winters. Der jüngere Doktor Winters. Sein Vater … Nun, ich bin mir nicht sicher, was mit seinem Vater passiert ist, aber wenn ich ehrlich bin, ist mir das auch egal. Er hat dein Bein nicht mal untersucht. Er hatte keine Ahnung, dass du eine entzündete Wunde hattest. Wenn er das früher entdeckt hätte … nun ja, vielleicht wäre es dann trotzdem so schlimm geworden.“ Sie presste die Lippen zusammen. „Vielleicht aber auch nicht.“

„Was hat Doktor Winters gesagt?“, erkundigte sich Marcus und erläuterte dann: „der jüngere.“

Sie lächelte. „Er glaubt, dass du dein Bein behalten kannst.“

„Was?“ Verständnislos starrte er sie an.

„Wir haben befürchtet, dass es amputiert werden muss.“

„Oh Gott.“ Er sank in die Kissen nieder. „Oh Gott.“

„Wahrscheinlich war es gut, dass du von dieser Möglichkeit gar nichts wusstest“, sagte sie sanft.

„Oh Gott.“ Ein Leben ohne Bein konnte er sich nicht vorstellen. Vermutlich konnte das niemand, ehe es sein musste.

Sie ergriff seine Hand. „Es wird alles gut.“

„Mein Bein“, wisperte er. Er verspürte den irrationalen Drang, sich aufzusetzen und es anzusehen, nur um sicherzugehen, dass es noch da war. Er zwang sich, ruhig dazuliegen; sie würde ihn vermutlich für komplett verrückt halten, wenn er jetzt darauf bestand, sich sein Bein anzuschauen. Zumindest tat es weh. Es tat sogar sehr weh, und dafür war er dankbar. Schließlich war das ein Beweis dafür, dass es noch da war, wo es hingehörte.

Honoria entzog ihm ihre Hand und unterdrückte ein Gähnen. „Ach, entschuldige“, sagte sie dann. „Ich habe leider nicht allzu viel Schlaf abbekommen.“

Seine Schuld, erkannte er. Ein weiterer Grund, warum er ihr Dankbarkeit schuldete. „Dieser Sessel kann nicht sehr bequem sein“, sagte er. „Nimm doch die andere Seite des Bettes.“

„Oh, das geht nicht.“

„Es kann auch nicht ungehöriger sein als alles andere, was heute passiert ist.“

„Nein“, sagte sie und sah aus, als hätte sie gern gelacht, wenn sie nicht so müde gewesen wäre, „ich meine wirklich, dass es nicht geht. Die Matratze ist immer noch nass von der Prozedur, als wir dein Bein gesäubert haben.“

„Oh.“ Und dann lachte er. Weil es komisch war. Und weil es sich so gut anfühlte, wieder zu lachen.

Sie rutschte ein wenig im Sessel herum, um eine bequemere Position zu finden. „Vielleicht könnte ich mich auf die Decke legen“, schlug sie vor und reckte den Hals, um über ihn hinweg einen Blick auf die leere Bettseite zu werfen.

„Wie du möchtest.“

Sie stieß einen erschöpften Seufzer aus. „Meine Füße werden vielleicht nass. Aber ich glaube, das macht mir nichts aus.“

Einen Augenblick später lag sie auf der Decke im Bett. Er auch, allerdings war über ihn größtenteils eine zweite Decke gebreitet; sein Bein sollte wohl unbedeckt bleiben.

Sie gähnte noch einmal.

„Honoria“, flüsterte er.

„Hmmmm?"
„Danke."
„Mmm-hmm."
Ein Augenblick verstrich, und dann sagte er, weil er es einfach sagen musste: „Ich bin froh, dass du da warst."
„Ich auch", erwiderte sie schläfrig, „ich auch."
Ihr Atem wurde ruhiger, und seiner auch. Und dann schliefen sie ein.

Honoria wachte am nächsten Morgen wunderbar warm und behaglich auf. Die Augen noch fest geschlossen, streckte sie die Zehen, spannte die Füße an und ließ sie erst in die eine, dann in die andere Richtung kreisen. Es war ihr morgendliches Ritual, sich im Bett zu recken und zu strecken. Ihre Hände waren als Nächstes dran. Sie spreizte die Finger und machte Fäuste. Dann der Hals, vor und zurück und im Kreis.

Sie gähnte, streckte die Arme aus und …

Stieß gegen jemanden.

Sie erstarrte. Öffnete die Augen. Und dann fiel ihr alles wieder ein.

Lieber Himmel, sie lag mit Marcus im Bett. *Nein.* So konnte man es nicht ausdrücken. Sie lag in Marcus' Bett.

Aber sie lag nicht mit ihm im Bett.

Ungehörig war es sicher, aber für junge Damen, die sich mit einem Gentleman im Bett wiederfanden, der eindeutig zu krank war, um sie zu kompromittieren, gab es doch bestimmt eine Ausnahmegenehmigung.

Langsam versuchte sie sich wegzubewegen. Kein Grund, ihn aufzuwecken. Er hatte vermutlich keine Ahnung, dass sie hier war. Und mit *hier* meinte sie, direkt neben ihm, Seite an Seite, ihre Füße an seinen. Sie lag nicht mehr ganz am Bettrand, wo sie sich letzte Nacht hingelegt hatte.

Sie beugte die Knie und stellte die Füße auf die Matratze, um sich abstoßen zu können. Erst hob sie die Hüften, schob sie einen Zoll nach rechts. Dann ihre Schultern. Dann wieder die Hüften, und dann die Füße, um aufzuholen. Nun die Schultern, und dann …

Wusch!

Schwer ging Marcus' Arm auf ihrer Mitte nieder.

Honoria erstarrte wieder. Lieber Himmel, was sollte sie jetzt nur tun? Vielleicht würde er sich wieder umdrehen, wenn sie ein wenig abwartete.

Sie wartete. Und wartete. Und dann bewegte er sich.

In ihre Richtung.

Honoria schluckte nervös. Sie hatte keine Ahnung, wie spät es war – kurz nach Tagesanbruch, so viel stand fest, aber abgesehen davon, hatte sie keinen Hinweis auf die Uhrzeit –, und sie wollte wirklich nicht, dass Mrs Wetherby hereinkam und sie mit Marcus im Bett liegen sah. Oder schlimmer noch, ihre Mutter.

Bestimmt würde niemand schlecht von ihr denken, nicht nach allem, was am Tag davor geschehen war. Aber sie war unverheiratet, genau wie er, und es war ein Bett, und sie hatte nur sehr wenig an, und …

Das war's. Sie würde jetzt aufstehen. Wenn er aufwachte, dann wachte er eben auf. Zumindest würde er nicht mit der sprichwörtlichen Pistole im Nacken aufwachen, die ihn zur Heirat zwang.

Sie riss sich los und stieg aus dem Bett, versuchte dabei die liebenswerten schläfrigen Laute zu ignorieren, die er von sich gab, während er sich umdrehte und unter die Decke kuschelte. Sobald ihre Füße fest auf dem Teppich standen, warf sie rasch einen Blick auf sein Bein. Es schien ordentlich zu heilen; jedenfalls war keine Spur von Doktor Winters' ominösen roten Streifen zu sehen.

„Danke", flüsterte sie.

„Bitte", murmelte Marcus.

Honoria kreischte vor Schreck leise auf und sprang ein Stück zurück.

„Tut mir leid", sagte er, doch er lachte.

Das war so ziemlich das herrlichste Geräusch, das Honoria je gehört hatte.

„Ich habe doch nicht dir gedankt", erklärte sie kess.

„Ich weiß." Er lächelte.

Sie versuchte ihre Röcke glatt zu streichen, die schrecklich zerknittert waren. Sie trug immer noch das blaue Kleid, das sie in London angezogen hatte, und das war – ach, du lieber Himmel – vor zwei Tagen gewesen. Sie musste aussehen wie eine Vogelscheuche.

„Wie geht es dir?", fragte sie.

„Viel besser", erwiderte er und setzte sich auf. Sie bemerkte, dass er die Decken mit sich zog. Aus diesem Grund errötete sie auch nur rosig und nicht tiefrot. Es war beinahe komisch. Gestern hatte sie seine nackte Brust bestimmt hundertmal gesehen, hatte an seinem nackten Bein herumgedrückt und herumgestochert und sogar – nicht dass sie ihm das je erzählen würde – einen kurzen Blick auf eine Pobacke erhascht, als er sich herumgeworfen hatte. Aber jetzt, wo sie beide hellwach waren und er nicht länger an der Schwelle des Todes stand, konnte sie ihm nicht einmal in die Augen sehen.

„Hast du noch große Schmerzen?", fragte sie und deutete dabei auf sein Bein, das unter der Decke hervorragte.

„Es ist eher ein dumpfer Druck."

„Das wird eine schreckliche Narbe geben."

Er lächelte ironisch. „Ich werde sie voll Stolz und Verlogenheit tragen."

„Voll Verlogenheit?", wiederholte sie belustigt.

Er legte den Kopf schief und betrachtete die riesige Wunde an seinem Bein. „Ich dachte, ich könnte vielleicht das Gerücht in Umlauf bringen, dass ich mit einem Tiger gekämpft habe."

„Einem Tiger. In Cambridgeshire."

Er zuckte mit den Schultern. „Immer noch wahrscheinlicher als ein Hai."

„Wie wäre es mit einem Wildschwein?"

„Also das finde ich einfach würdelos."

Sie presste die Lippen zusammen, aber ihr entschlüpfte ein leises Glucksen. Auch er lachte, und erst in diesem Augenblick wollte sie es wirklich glauben: Er würde wieder gesund werden. Es war ein Wunder. Ihr fiel kein anderes Wort ein, mit dem sie es hätte beschreiben können. Die Farbe war in sein Gesicht zurückgekehrt, und auch wenn es ein wenig schmal geworden war, so hatte das doch nichts zu besagen neben dem Glanz seiner Augen.

Marcus würde wieder gesund werden.

„Honoria?"

Fragend sah sie auf.

„Du schwankst", sagte er. „Ich würde dir ja helfen, aber ..."

„Mir ist tatsächlich ein wenig schwindelig", sagte sie und ging zu dem Sessel am Bett. „Ich glaube ..."

„Hast du etwas gegessen?"

„Ja", sagte sie. „Nein. Also, ein bisschen. Vermutlich sollte ich noch etwas zu mir nehmen. Ich glaube, ich bin einfach so ... erleichtert." Und dann begann sie zu seinem Entsetzen zu weinen. Es kam ganz plötzlich über sie, wie eine riesige Ozeanwelle. Sie war so angespannt gewesen. Sie hatte sich zusammengerissen, so lange es ging, und nun, da sie wusste, dass er genesen würde, brach sie zusammen.

Sie war wie eine straff gespannte Geigensaite, die zersprang.

„Tut mir leid", sagte sie, während sie zwischen einzelnen Schluchzern nach Luft rang. „Ich weiß nicht ... ich wollte nicht ... ich bin einfach so glücklich ..."

„Schschsch", sagte er leise und nahm ihre Hand. „Es ist in Ordnung. Alles wird gut."

„Ich weiß", schluchzte sie. „Ich weiß. Deswegen weine ich ja."

„Ich weine auch deswegen", sagte er leise.

Sie drehte sich um. Auf seinen Wangen sah sie keine Tränen, doch seine Augen waren nass. Nie hatte sie ihn so viel Gefühl offenbaren sehen, hätte das auch nie für möglich gehalten. Mit zitternder Hand berührte sie ihn an der Wange, dann am Augenwinkel, und zog die Hand zurück, als eine Träne auf ihren Finger tropfte. Und dann tat sie etwas so Unerwartetes, dass es sie beide völlig überrumpelte.

Sie warf die Arme um ihn, barg das Gesicht an seinem Hals und hielt ihn ganz fest. „Ich hatte solche Angst", wisperte sie. „Ich glaube nicht, dass mir überhaupt bewusst war, wie viel Angst ich hatte."

Er legte ebenfalls die Arme um sie, zögernd erst, doch dann, als hätte er nur diese kleine Ermutigung gebraucht, drückte er sie an sich und strich ihr über das Haar.

„Ich habe es nicht gewusst", sagte sie. „Es war mir nicht klar." Aber das waren jetzt nur Worte, und sie wusste selbst nicht, was sie bedeuten sollten. Sie hatte keine Ahnung, wovon sie redete – was es war, das sie nicht gewusst hatte, das ihr nicht klar gewesen war. Sie wollte nur einfach … sie wollte nur einfach …

Sie sah auf. Sie wollte nur einfach sein Gesicht sehen.

„Honoria", flüsterte er und sah sie an, als hätte er sie noch nie gesehen. Seine Augen waren warm, schokoladenbraun und voll Gefühl. In ihren Tiefen loderte etwas, was sie nicht erkannte, und langsam, ganz langsam senkten sich seine Lippen auf ihre.

Marcus hätte nie erklären können, warum er Honoria geküsst hatte. Er *wusste* nicht, warum er es getan hatte. Er hatte sie in den Armen gehalten, als sie weinte, und es war ihm völlig natürlich und unschuldig erschienen. Er hatte nicht vor, die Sache irgendwie weitergedeihen zu lassen.

Doch dann hatte sie ihn angesehen. Ihre Augen – oh, diese erstaunlichen Augen – tränennass schimmernd und ihre Lippen, voll und zitternd. Ihm stockte der Atem. Er hörte auf zu denken. Etwas anderes übernahm die Führung, etwas tief in ihm spürte die Frau in seinen Armen, und dann war er verloren.

Er war verwandelt.

Er musste sie küssen. Er musste es einfach tun. Es war ebenso grundlegend und elementar wie sein Atem, sein Blut, sogar seine Seele.

Und als er es dann tat …

Hörte die Erde auf sich zu drehen.

Hörten die Vögel auf zu singen.

Alles auf der Welt hielt an, es gab nur noch ihn und sie und den federleichten Kuss, der sie verband.

Eine tiefe Leidenschaft regte sich in ihm, eine ungeahnte Sehnsucht. Und er spürte, dass er weiter gegangen wäre, wenn er nicht so geschwächt gewesen wäre, so entkräftet. Wäre er gesund, dann hätte er sie an sich gepresst, hätte ihren Duft, ihren weichen Körper in all seiner Pracht ausgekostet.

Er hätte sie leidenschaftlich geküsst, und dann hätte er sie berührt. Überall.

Er hätte sie angefleht. Er hätte sie angefleht zu bleiben, seine Leidenschaft willkommen zu heißen, hätte sie angefleht, ihn in sich aufzunehmen.

Er begehrte sie. Nichts hätte ihm einen größeren Schrecken einjagen können.

Das hier war *Honoria*. Er hatte geschworen, sie zu beschützen. Und stattdessen …

Er löste seine Lippen von den ihren, konnte sich aber noch nicht von ihr losreißen. Er legte seine Stirn an ihre, genoss eine letzte Berührung und flüsterte: „Verzeih mir."

Da ging sie. Sie konnte das Zimmer gar nicht schnell genug verlassen. Er sah ihr nach, sah, dass ihre Hände zitterten, ihre Lippen bebten.

Er war ein Monster. Sie hatte ihm das Leben gerettet, und er dankte ihr das auf diese Weise?

„Honoria", wisperte er. Er legte die Finger auf die Lippen, als könnte er sie irgendwie dort spüren.

Und er spürte sie. Es war einfach unglaublich.

Er spürte ihren Kuss immer noch, spürte immer noch das Prickeln dieser leichten Berührung.

Sie war immer noch bei ihm.

Und er hatte das merkwürdige Gefühl, dass sie immer bei ihm sein würde.

14. KAPITEL

Zum Glück brauchte Honoria den nächsten Tag nicht damit zu verbringen, sich wegen des flüchtigen Kusses mit Marcus zu grämen.

Stattdessen schlief sie.

Von Marcus' Schlafzimmer zu ihrem war es nicht weit, und so konzentrierte sie sich auf die anstehende Aufgabe – das hieß, einen Fuß vor den anderen zu setzen und sich so lange aufrecht zu halten, bis sie in ihrem Schlafzimmer angekommen war. Und sobald sie dort war, legte sie sich aufs Bett und stand vierundzwanzig Stunden lang nicht mehr auf.

Falls sie dabei träumte, erinnerte sie sich nicht daran.

Als sie schließlich erwachte, war es Morgen, und sie trug immer noch dasselbe Kleid, das sie – wie viele Tage war das jetzt her? – in London angezogen hatte. Ein Bad schien angemessen, frische Kleidung und danach natürlich ein Frühstück, wo sie fröhlich darauf bestand, dass Mrs Wetherby sich zu ihr an den Tisch setzte und über alle möglichen Dinge mit ihr plauderte, die nichts mit Marcus zu tun hatten.

Die Eier waren äußerst interessant, ebenso der Speck, und die Hortensien draußen vor dem Fenster waren absolut faszinierend.

Hortensien. Wer hätte das gedacht?

Alles in allem ging sie nicht nur Marcus aus dem Weg, sondern auch jedem Gedanken an ihn, bis Mrs Wetherby fragte: „Haben Sie heute Morgen schon bei Seiner Lordschaft vorbeigeschaut?"

Honoria hielt inne, das geröstete Brötchen auf halbem Weg zum Mund. „Ähm, noch nicht." Von dem heißen Brötchen tropfte Butter auf ihre Hand. Sie legte es hin und wischte sich die Finger ab.

Und dann sagte Mrs Wetherby: „Bestimmt würde er sich sehr freuen, Sie zu sehen."

Was bedeutete, dass Honoria zu ihm gehen musste. Nach all der Zeit und Mühe, die sie auf ihn verwendet hatte, als er krank darniederlag, hätte es nun sehr merkwürdig ausgesehen, wenn sie abgewinkt und gesagt hätte: „Ach, dem geht es bestimmt gut."

Der Weg vom Frühstückszimmer zu Marcus' Schlafzimmer dauerte ungefähr drei Minuten, was ungefähr drei Minuten länger war, als sie über einen Kuss nachdenken wollte, der etwa drei Sekunden gedauert hatte.

Sie hatte den besten Freund ihres Bruders geküsst. Sie hatte *Marcus* geküsst … der inzwischen wohl auch einer ihrer besten Freunde war.

Und das ließ sie fast genauso sehr stutzen wie der Kuss selbst. Wie war das passiert? Marcus war eigentlich immer Daniels Freund gewesen, nicht ihrer. Oder anders ausgedrückt, in erster Linie Daniels Freund, erst in zweiter Linie ihrer. Was nicht heißen sollte …

Sie hielt inne. Ihr wurde schon ganz schwindelig.

Ach, zum Kuckuck. Er hatte vermutlich keinen Gedanken darauf verschwendet. Vielleicht war er sogar noch ein wenig im Delirium gewesen. Vielleicht erinnerte er sich nicht einmal.

Und konnte man das wirklich einen Kuss nennen? Das Ganze hatte nur ganz, ganz kurz gewährt. Und hatte es nicht etwas zu bedeuten, wenn der Küssende (er) der zu Küssenden (ihr) furchtbar dankbar war, vielleicht sogar das Gefühl hatte, auf ganz elementare Weise tief in ihrer Schuld zu stehen?

Sie hatte ihm schließlich das Leben gerettet. Da war ein Kuss nicht ganz unangebracht.

Außerdem hatte er gesagt: „Verzeih mir." Zählte es noch als Kuss, wenn der Küssende um Verzeihung bat?

Eher nicht, fand Honoria.

Trotzdem wollte sie auf keinen Fall mit ihm darüber reden. Daher beschloss sie, als Mrs Wetherby ihr erzählte, dass er noch geschlafen hatte, als sie vorhin bei ihm hereingeschaut hatte, ihn umgehend aufzusuchen, um ihn noch zu erwischen, bevor er aufwachte.

Man hatte seine Tür einen Spaltbreit offen gelassen, und so legte sie die Hand auf das dunkle Holz und drückte langsam. Es war unwahrscheinlich, dass es in einem Haus, das so wohlgeordnet war wie Fensmore, quietschende Türangeln gab, aber man konnte nicht vorsichtig genug sein. Sobald ihr Kopf durch den Spalt passte, steckte sie ihn ins Zimmer, drehte den Hals, damit sie ihn sah, und …

Und er wandte den Kopf und sah sie an.

„Oh, du bist ja wach!“ Die Worte entwischten ihr wie das Zwitschern eines kleinen, benommenen Vogels.

Verflixt und zugenäht.

Marcus saß im Bett, die Decken sauber um die Taille festgesteckt. Honoria stellte erleichtert fest, dass er endlich ein Nachthemd übergezogen hatte.

Er hielt ein Buch hoch. „Ich versuche gerade, ein wenig zu lesen.“

„Ach, dann will ich dich nicht stören“, sagte sie rasch, obwohl sein Ton eher besagt hatte, er habe zwar versucht zu lesen, fände aber nicht recht ins Buch hinein.

Dann knickste sie.

Sie knickste!

Warum um alles in der Welt hatte sie geknickst? Vor Marcus hatte sie in ihrem ganzen Leben noch keinen Knicks gemacht. Sie hatte ihm zugenickt, vielleicht auch einmal den Kopf geneigt, aber, lieber Himmel, er wäre lachend auf dem Boden gelegen, wenn sie vor ihm geknickst hätte. Vermutlich lachte er sie auch in diesem Moment aus. Aber das würde sie nie erfahren, denn sie lief davon, ehe er noch einen Laut von sich geben konnte.

Als sie ihre Mutter und Mrs Wetherby später am Tag im Salon antraf, konnte sie absolut ehrlich behaupten, dass sie Marcus besucht habe und es ihm anscheinend sehr viel besser gehe.

„Er hat sogar gelesen“, sagte sie in herrlich beiläufigem Ton. „Das muss doch ein gutes Zeichen sein.“

„Was hat er denn gelesen?", erkundigte sich ihre Mutter höflich und streckte die Hand aus, um ihr eine Tasse Tee einzugießen.

„Ähm …" Honoria blinzelte, konnte sich aber nur an den dunkelroten Ledereinband des Buches erinnern. „Habe ich nicht gesehen."

„Wir sollten ihm vielleicht eine Auswahl an Büchern bringen, damit er sich etwas aussuchen kann", meinte Lady Winstead und reichte Honoria ihren Tee. „Vorsicht, heiß", warnte sie. Dann fuhr sie fort: „Es ist so schrecklich langweilig, ans Bett gefesselt zu sein. Ich spreche aus Erfahrung. Ich musste vier Monate liegen, während ich mit dir schwanger war, und bei Charlotte waren es drei."

„Das wusste ich gar nicht."

Lady Winstead winkte ab. „Man konnte nichts dagegen tun. Es war nicht so, als hätte ich es mir aussuchen können. Aber glaub mir, die Bücher waren meine Rettung, sonst hätte ich den Verstand verloren. Man kann entweder lesen oder sticken, und Marcus kann ich mir nicht mit Nadel und Faden vorstellen."

„Nein", stimmte Honoria zu und lächelte über das Bild, das er abgeben würde.

Ihre Mutter nahm noch einen Schluck Tee. „Du solltest dich in der Bibliothek umsehen und schauen, was du für ihn auftreiben kannst. Und er kann meinen Roman haben, wenn wir abreisen." Sie stellte ihre Tasse ab. „Ich habe einen von Sarah Gorely dabei. Ich bin beinahe fertig. Bis jetzt ist er einfach herrlich."

„*Miss Butterworth und der verrückte Baron?*", fragte Honoria zweifelnd. Sie hatte das Buch auch gelesen und sehr amüsant gefunden, aber die Geschichte war fast absurd melodramatisch, und sie konnte sich nicht vorstellen, dass sie Marcus gefallen würde. Wenn Honoria sich richtig erinnerte, hingen die Protagonisten ziemlich oft an Klippen. Oder Bäumen. Oder Fensterbrettern. „Meinst du nicht, dass ihm etwas Ernstes lieber wäre?"

„Er ist bestimmt davon überzeugt, dass ihm etwas Ernstes lieber wäre. Aber dieser Junge ist schon viel zu ernst. Er braucht etwas mehr Leichtsinn im Leben."

„Er ist wohl kaum noch ein Junge."

„Für mich wird er immer ein Junge sein." Lady Winstead wandte sich an Mrs Wetherby, die das Gespräch schweigend verfolgt hatte. „Geht es Ihnen da nicht ähnlich?"

„Ach, natürlich", stimmte Mrs Wetherby zu. „Aber ich kenne ihn ja auch, seit er Windeln getragen hat."

Honoria war sich sicher, dass Marcus dieses Gespräch nicht billigen würde.

„Vielleicht kannst du ihm ein paar Bücher aussuchen, Honoria", sagte ihre Mutter. „Du kennst seinen Geschmack bestimmt besser als ich."

„Da wäre ich mir nicht so sicher", erwiderte Honoria und sah in ihren Tee. Aus irgendeinem Grund störte sie das.

„Wir haben hier auf Fensmore eine sehr gut sortierte Bibliothek", erklärte Mrs Wetherby stolz.

„Dann finde ich garantiert etwas", sagte Honoria und setzte ein strahlendes Lächeln auf.

„Etwas anderes bleibt dir auch gar nicht übrig", bemerkte ihre Mutter, „es sei denn, du willst ihm das Sticken beibringen."

Honoria warf ihr einen panischen Blick zu und sah das amüsierte Funkeln in ihren Augen. „Oh, kannst du dir das vorstellen?", sagte Lady Winstead lachend. „Ich weiß wohl, Männer können hervorragende Schneider sein, aber ich bin mir sicher, dass die in ihren Hinterzimmern Heerscharen von Näherinnen sitzen haben."

„Ihre Finger sind zu groß", stimmte Mrs Wetherby zu. „Sie können die Nadel gar nicht richtig halten."

„Nun, schlimmer als Margaret kann Marcus sich auch nicht anstellen." Lady Winstead wandte sich an Mrs Wetherby und erklärte: „Meine älteste Tochter. Ich habe noch nie jemanden gesehen, der im Umgang mit der Nadel so ungeschickt ist wie sie."

Honoria sah ihre Mutter interessiert an. Sie hatte gar nicht gewusst, dass Margaret im Sticken eine solche Niete war. Aber Margaret war auch siebzehn Jahre älter als sie. Sie hatte geheiratet und den Smythe-Smithschen Haushalt verlassen, ehe Honoria überhaupt alt genug war, um Erinnerungen zu formen.

„Gut, dass sie so viel Talent zum Geigenspielen hatte“, fuhr ihre Mutter fort.

Honoria warf ihr einen scharfen Blick zu. Sie hatte Margaret spielen hören. „Talent“ war nicht das Wort, das sie gewählt hätte, um das Spiel ihrer Schwester zu beschreiben.

„Alle meine Töchter spielen Geige“, sagte Lady Winstead stolz.

„Sie auch, Lady Honoria?“, erkundigte sich Mrs Wetherby.

Honoria nickte. „Ich auch.“

„Ich wünschte, Sie hätten Ihr Instrument mitgebracht. Ich hätte Sie so gern einmal gehört.“

„Ich bin nicht so talentiert wie meine Schwester Margaret“, versetzte Honoria. Was tragischerweise der Wahrheit entsprach.

„Ach, nun sei nicht albern.“ Ihre Mutter tätschelte ihr spielerisch den Arm. „Ich fand dich letztes Jahr einfach großartig. Du müsstest nur etwas mehr üben.“ Sie wandte sich wieder an die Haushälterin. „Unsere Familie veranstaltet jedes Jahr eine musikalische Soiree. Die Eintrittskarten dazu sind sehr begehrt.“

„Was für ein Geschenk, aus einer so musikalischen Familie zu kommen.“

„Oh ja“, brachte Honoria mühsam heraus.

„Ich möchte doch hoffen, dass deine Cousinen während deiner Abwesenheit ordentlich üben“, merkte ihre Mutter mit besorgter Miene an.

„Ich kann mir nicht vorstellen, wie das gehen soll“, wandte Honoria ein. „Wir sind ein Quartett. Man kann eigentlich nicht proben, wenn eine Geige fehlt.“

„Ja, vermutlich hast du recht. Ich meine ja nur, weil Daisy noch so unerfahren ist.“

„Daisy?“, fragte Mrs Wetherby.

„Meine Nichte“, erklärte Lady Winstead. „Sie ist noch sehr jung und …“, sie senkte die Stimme zu einem Flüstern, obwohl Honoria sich wahrhaftig keinen Grund denken konnte, der das erforderlich gemacht hätte, „… nicht sehr begabt.“

„Ach herrje.“ Mrs Wetherby legte bekümmert eine Hand auf ihren Busen. „Was wollen Sie da nur tun? Ihre musikalische Soiree ist ruiniert.“

„Ich bin mir ganz sicher, dass Daisy mit uns anderen mithalten kann“, warf Honoria mit schwachem Lächeln ein. Daisy war zwar *wirklich* schlecht. Trotzdem war kaum vorstellbar, dass das Quartett wegen ihr *noch* schlimmer klang. Und sie brachte immerhin den dringend benötigten Enthusiasmus in die Gruppe ein. Sarah behauptete immer noch, dass sie sich lieber die Zähne ausreißen ließe, als noch einmal mit den anderen aufzutreten.

„War Lord Chatteris je auf einer Ihrer Soireen?“, erkundigte sich Mrs Wetherby.

„Oh, er kommt jedes Jahr“, erwiderte Lady Winstead. „Er sitzt immer in der ersten Reihe.“

Ein wahrer Heiliger, dachte Honoria. Zumindest an einem Abend im Jahr.

„Er liebt Musik so sehr“, schwärmte Mrs Wetherby.

Mehr als ein Heiliger, ein Märtyrer.

„Dieses Jahr wird er wohl verzichten müssen“, bedauerte Lady Winstead. „Vielleicht können wir die Mädchen ja zu einem Sonderkonzert hierher bringen.“

„Nein!“, rief Honoria aus. Die beiden Frauen drehten sich erstaunt zu ihr um. „Ich meine, das würde ihm bestimmt nicht gefallen. Es ist ihm nicht recht, wenn man sich seinetwegen Umstände macht.“ Die Miene ihrer Mutter verriet ihr, dass sie das nicht als stichhaltiges Argument betrachtete, und so fügte sie hinzu: „Und Iris verträgt das Reisen nicht.“

Eine krasse Lüge, aber auf die Schnelle war ihr nichts anderes eingefallen.

„Nun, schon möglich", räumte ihre Mutter ein. „Aber es gibt ja noch nächstes Jahr." Dann fügte sie mit aufblitzender Panik im Blick hinzu: „Obwohl du dann nicht mehr dabei sein wirst, nehme ich an." Da offenkundig war, dass sie das erklären musste, wandte sie sich Mrs Wetherby zu: „Jede Smythe-Smith-Tochter muss das Quartett verlassen, wenn sie heiratet. Das verlangt die Tradition."

„Sind Sie denn verlobt, Lady Honoria?", fragte Mrs Wetherby und runzelte verwirrt die Stirn.

„Nein", erwiderte Honoria, „und ich …"

„Sie will damit sagen", unterbrach ihre Mutter, „dass wir fest damit rechnen, sie bis zum Ende der Saison unter die Haube zu bringen."

Honoria konnte ihre Mutter nur anstarren. Eine derartige Entschlossenheit hatte Lady Winstead während ihrer ersten Saison nicht an den Tag gelegt.

„Hoffentlich sind wir nicht schon zu spät für Madame Brovard", sinnierte sie jetzt.

Madame Brovard? Die exklusivste Putzmacherin Londons? Honoria war wie betäubt. Noch vor ein paar Tagen hatte ihre Mutter sie beschieden, sie solle mit ihrer Cousine Marigold einkaufen gehen und sich „etwas Rosafarbenes besorgen". Und jetzt wollte sie Honoria bei Madame Brovard unterbringen?

„Sie weigert sich, denselben Stoff zweimal zu verwenden, wenn er irgendwie besonders ist", sagte ihre Mutter gerade zu Mrs Wetherby. „Deswegen gilt sie als die Beste in ihrem Fach."

Mrs Wetherby nickte wohlwollend. Sie genoss das Gespräch ganz offensichtlich in vollen Zügen.

„Der Nachteil daran ist, wenn man zu spät in der Saison zu ihr geht …", Lady Winstead hob fatalistisch die Hände, „… sind all die guten Stoffe bereits weg."

Mrs Wetherby war voller Mitgefühl: „Oh, das ist aber schrecklich."

„Ich weiß, ich weiß. Und ich will sichergehen, dass wir für Honoria dieses Jahr die richtigen Farben finden. Um ihre Augen zu betonen, wissen Sie.“

„Sie hat wunderschöne Augen“, stimmte die Haushälterin zu. Sie wandte sich an Honoria. „Wirklich.“

„Ähm, danke“, sagte Honoria automatisch. Es war merkwürdig, ihre Mutter so in Aktion zu sehen. Sie erinnerte sie an … nun ja, an Mrs Royle, wenn sie ehrlich war. Das brachte sie ein bisschen aus der Fassung. „Ich glaube, ich gehe jetzt in die Bibliothek“, verkündete sie. Die beiden älteren Damen waren inzwischen in eine lebhafte Debatte über den Unterschied zwischen Lavendel- und Veilchenblau vertieft.

Honoria konnte nur mit dem Kopf schütteln. Sie brauchte ein Buch. Und vielleicht noch ein Schläfchen. Und ein Stück Kuchen. Nicht unbedingt in dieser Reihenfolge.

Doktor Winters kam am Nachmittag noch einmal vorbei und erklärte, Marcus sei auf dem Weg der Besserung. Das Fieber war vollkommen verschwunden, das Bein heilte vorzüglich, und selbst der verstauchte Knöchel – den sie alle so gut wie vergessen hatten – war nicht länger geschwollen.

Nachdem Marcus nun nicht länger in Lebensgefahr schwebte, verkündete Lady Winstead, dass sie und Honoria ihre Sachen packen und sofort nach London abreisen würden. „Unser Besuch war von vornherein höchst ungebührlich“, sagte sie Marcus unter vier Augen. „Aber ich glaube nicht, dass darüber groß geredet werden wird. Alle wissen schließlich um unsere frühere Verbindung und Ihren schlechten gesundheitlichen Zustand. Aber wir wissen beide, dass sich das ändern wird, wenn wir zu lange verweilen.“

„Natürlich“, murmelte Marcus. Es war wirklich das Beste. Er langweilte sich zwar schrecklich und würde ihre Gesellschaft vermissen, doch die Saison ging bald richtig los. Das hieß, Honoria musste nach London zurückkehren. Sie war die unverheiratete Tochter eines Earls und daher auf der Suche nach einem Ehemann; um diese Jahreszeit konnte sie sich einfach nirgendwo anders aufhalten.

Er würde auch hinfahren müssen, um das Versprechen zu halten, das er Daniel gegeben hatte, und darauf zu achten, dass sie keinen Dummkopf heiratete, aber im Moment war er ans Bett gefesselt, und daran würde sich laut ärztlicher Anordnung in der nächsten Woche nichts ändern. Danach würde er noch ein, zwei Wochen das Haus hüten müssen, bis Doktor Winters sich davon überzeugt hatte, dass die Infektion restlos überstanden war. Lady Winstead hatte ihm das Versprechen abgenommen, sich an die Anweisungen des Arztes zu halten.

„Wir haben Ihnen nicht das Leben gerettet, nur damit Sie es durch Unvernunft verplempern“, sagte sie streng.

Es würde also beinahe einen Monat dauern, ehe er ihnen nach London folgen konnte. Unerklärlicherweise fand er das frustrierend.

„Ist Honoria in der Nähe?“, fragte er Lady Winstead, auch wenn er wusste, dass es sich nicht schickte, wenn man sich bei der Mutter nach einer unverheirateten Tochter erkundigte. Das galt selbst für seine beiden Gäste. Aber er langweilte sich so. Und er vermisste ihre Gesellschaft.

Was keineswegs dasselbe war, wie *sie* zu vermissen.

„Wir haben vorhin Tee getrunken“, sagte Lady Winstead. „Sie hat gesagt, dass sie heute Morgen bei Ihnen vorbeigeschaut hätte. Ich glaube, Sie will Ihnen ein paar Bücher aus Ihrer Bibliothek zusammenstellen. Ich könnte mir vorstellen, dass sie sie Ihnen heute Abend vorbeibringt.“

„Das wäre schön. Ich bin fast fertig mit …“ Er sah zum Nachttisch. Was hatte er eigentlich gelesen? „*Philosophische Untersuchungen über das Wesen der menschlichen Freiheit.*“

Sie hob die Brauen. „Gefällt es Ihnen?“

„Nicht besonders, nein.“

„Dann richte ich Honoria aus, dass sie sich mit den Büchern beeilen soll“, sagte sie mit amüsiertem Lächeln.

„Ich freue mich schon darauf“, erwiderte er. Er begann ebenfalls zu lächeln, fing sich dann aber wieder und zeigte eine ernstere Miene.

„Honoria bestimmt auch“, versetzte Lady Winstead.

Da war Marcus sich keineswegs sicher. Trotzdem, wenn Honoria den Kuss nicht erwähnte, würde er es auch nicht tun. Es war doch nur eine flüchtige Geste gewesen. Nichts anderes wäre überhaupt denkbar. Eine Geste, die man leicht wieder vergaß. Sie würden im Handumdrehen zu ihrer alten Freundschaft zurückfinden.

„Ich glaube, sie ist noch immer ziemlich erschöpft“, fuhr Lady Winstead fort, „obwohl ich mir gar nicht vorstellen kann, warum. Sie hat vierundzwanzig Stunden geschlafen, wussten Sie das?“

Er hatte es nicht gewusst.

„Sie hat Sie erst verlassen, als das Fieber gesunken war. Ich habe ihr angeboten, sie abzulösen, aber davon wollte sie nichts wissen.“

„Ich stehe tief in ihrer Schuld“, sagte Marcus leise. „Und in Ihrer ebenfalls, wie ich gehört habe.“

Einen Augenblick schwieg sie. Aber dann öffnete sie die Lippen, als hätte sie sich entschieden, etwas zu sagen. Marcus wartete ab; er wusste, dass Schweigen oft die beste Ermutigung war. Und tatsächlich, nach einer Weile räusperte sich Lady Winstead und sagte: „Wenn Honoria nicht darauf bestanden hätte, wären wir nicht nach Fensmore gekommen.“

Er wusste nicht recht, was er darauf sagen sollte.

„Ich habe ihr gesagt, dass wir nicht herfahren sollen, das würde sich nicht schicken, schließlich sind wir nicht miteinander verwandt.“

„Ich habe keine Familie“, flüsterte er.

„Ja, das hat Honoria auch gesagt.“

Er verspürte einen merkwürdigen Stich, als er das hörte. Natürlich wusste Honoria, dass er keine Familie hatte, das wusste jeder. Aber es sie sagen zu hören beziehungsweise von jemand anderem zu hören, dass sie es gesagt hatte …

Es tat weh. Ein bisschen. Und er verstand nicht, warum.

Honoria hatte alles durchschaut, hatte hinter sein Alleinsein und in seine Einsamkeit geblickt. Sie hatte es – nein, ihn – auf eine Weise erkannt, wie er nie zuvor erkannt worden war. Nicht einmal von ihm selbst.

Ihm war einfach nicht klar gewesen, *wie* einsam er war, bevor sie wieder in sein Leben hineinstolperte.

„Sie hat darauf bestanden", sagte Lady Winstead noch einmal. Und dann fügte sie hinzu, so leise, dass er sie kaum hörte: „Ich fand, Sie sollten das wissen."

15. KAPITEL

Als Honoria ein paar Stunden später bei ihm vorbeischaute, saß Marcus im Bett und tat nicht einmal so, als läse er *Philosophische Untersuchungen über das Wesen der menschlichen Freiheit*. Sie hatte etwa ein halbes Dutzend Bücher auf den Armen. Begleitet wurde sie von einem Dienstmädchen, das ein Essenstablett trug.

Es überraschte ihn nicht, dass sie abgewartet hatte, bis noch jemand zu ihm ins Zimmer kommen musste.

„Ich bringe dir ein paar Bücher", sagte sie betont forsch. Sie wartete, bis das Dienstmädchen das Tablett auf dem Bett abgestellt hatte, und lud dann den Bücherstapel auf dem Nachttischchen ab. „Mutter hat gesagt, dass du wahrscheinlich Unterhaltung gebrauchen kannst." Sie lächelte zwar, doch ihre Miene war viel zu entschlossen, um echt zu wirken. Sie nickte ihm zu, drehte sich um und schickte sich an, dem Mädchen aus dem Zimmer zu folgen.

„Warte!", rief er. Er konnte sie nicht gehen lassen. Noch nicht.

Sie hielt inne, drehte sich um und sah ihn fragend an.

„Setz dich doch zu mir", bat er und nickte zum Sessel. Als sie zögerte, fügte er hinzu: „Ich hatte seit fast zwei Tagen nur mich selbst als Gesellschaft." Sie wirkte immer noch unsicher, und so lächelte er ironisch und meinte: „Ich finde mich leider ein bisschen langweilig."

„Nur ein bisschen?", erwiderte sie, vermutlich, bevor sie daran dachte, dass sie sich ja eigentlich auf kein Gespräch einlassen wollte.

„Ich bin verzweifelt, Honoria", sagte er.

Sie seufzte, lächelte dabei aber sehnsüchtig und kam zurück ins Zimmer. Die Tür zum Flur ließ sie dabei ein Stück offen; jetzt, wo er nicht mehr an der Schwelle des Todes stand, musste man wieder gewisse Anstandsregeln einhalten. „Ich hasse das Wort", sagte sie.

„Verzweifelt?“, riet er. „Findest du, es wird inflationär verwendet?“

„Nein“, seufzte sie und nahm in dem Sessel an seinem Bett Platz. „Es passt nur allzu oft. Es ist ein schreckliches Gefühl.“

Er nickte, obwohl er in Wahrheit nicht viel davon zu wissen glaubte. Einsamkeit kannte er zur Genüge, Verzweiflung nicht.

Sie saß ruhig neben ihm, die Hände im Schoß gefaltet. Nach längerem Schweigen, das zwar nicht direkt verlegen, aber auch nicht einvernehmlich war, sagte sie unvermittelt: „Die Brühe ist aus Rind.“

Er betrachtete die kleine Suppenterrine aus Porzellan, auf der noch der Deckel lag.

„Die Köchin nannte es *consommé de bœuf.*“ Sie sprach ein wenig schneller als sonst. „Aber es ist schlichte Rinderbrühe. Mrs Wetherby behauptet, dass sie eine unvergleichliche Heilkraft besitzt.“

„Ich glaube, etwas anderes als Brühe gibt es nicht zum Essen.“ Er blickte betrübt auf sein sparsam bestücktes Tablett.

„Trockenen Toast“, sagte Honoria mitfühlend. „Tut mir leid.“

Er ließ den Kopf noch ein wenig tiefer hängen. Was hätte er nicht alles gegeben für ein Stückchen Schokoladenkuchen von Flindle. Oder einen Apfelsahnekuchen. Oder einen Mürbekeks, oder eine Rosinenschnecke oder egal was, Hauptsache, es enthielt jede Menge Zucker.

„Sie riecht recht gut“, befand Honoria. „Die Brühe.“

Sie roch tatsächlich gut, aber nicht so gut wie Schokolade.

Seufzend tauchte er den Löffel ein und pustete, ehe er die Brühe kostete. „Schmeckt gut“, sagte er.

„Wirklich?“ Sie sah ihn zweifelnd an.

Er nickte und aß noch etwas. Beziehungsweise trank. Trank man Suppe, oder aß man sie? Und, viel interessanter, könnte man sie ihm vielleicht mit etwas Käse überbacken? „Was hattet ihr denn zum Abendessen?“, fragte er sie.

Sie schüttelte den Kopf. „Das verrate ich dir lieber nicht.“

Er aß, trank noch einen Löffel Suppe. „Vielleicht hast du recht.“ Doch dann konnte er sich die Frage nicht verkneifen. „Gab es Schinken?“

Sie sagte nichts.

„Also ja“, sagte er anklagend und nahm den letzten Rest seiner Brühe in Augenschein. Er könnte ihn mit dem trockenen Toast auftupfen. Aber es war nicht mehr viel Brühe in der Terrine, und nach zwei Bissen war nur noch trockener Toast da.

Staubtrocken. Wüstenwandertrocken. Er dachte kurz nach. War er nicht vor ein paar Tagen durstig durch die Wüste gewandert? Jedenfalls hatte er sich das vorgestellt. Er biss von dem völlig ungenießbaren Toast ab. Er hatte noch nie im Leben eine Wüste gesehen und würde vermutlich auch nie eine sehen, aber dafür, dass es nur eine Landschaftsform war, bot sie in letzter Zeit jede Menge Vergleiche.

„Was grinst du so?“, fragte Honoria neugierig.

„Ich grinse? Das war ein trauriges, trauriges Lächeln, versichere ich dir.“ Er betrachtete seinen Toast mit Abscheu. „Hattet ihr wirklich Schinken?“ Und dann fragte er, obwohl er wusste, dass er es nicht wissen wollte: „Gab es Nachtisch?“

Ihre schuldbewusste Miene sprach Bände.

„Etwas mit Schokolade?“, flüsterte er.

Sie schüttelte den Kopf.

„Mit Beeren? Mit Va… Oh Gott, gab es etwa Sirupkuchen?“

Niemand backte einen so guten Sirupkuchen wie die Köchin von Fensmore.

„Er war ganz köstlich“, gab sie zu, mit einem jener glücklichen Seufzer, die für die Erinnerung an die besten Süßspeisen reserviert waren. „Dazu gab es Erdbeeren und dicke Sahne.“

„Ist noch etwas übrig?“, fragte er melancholisch.

„Ich glaube schon. Er wurde in einem riesigen … Moment mal.“ Ihre Augen wurden schmal, und sie durchbohrte ihn mit einem misstrauischen Blick. „Du bittest mich doch nicht etwa, ein Stück für dich zu stibitzen, oder?“

„Würdest du das tun?“ Er hoffte, dass seine Miene ebenso erbarmungswürdig war wie sein Ton.

„Nein!“ Aber sie presste die Lippen zusammen, in einem ziemlich offensichtlichen Versuch, nicht zu lachen. „Sirupkuchen ist für Kranke nicht geeignet.“

„Ich wüsste nicht, warum nicht“, erwiderte er. Im Brustton der Überzeugung.

„Weil ein Kranker Brühe essen muss. Und Kalbssülze. Und Lebertran. Das weiß doch jeder.“

Schon beim bloßen Gedanken daran drehte sich ihm der Magen um. „Haben dir diese Köstlichkeiten denn je geholfen?“

„Nein, aber ich glaube, darum geht es nicht.“

„Worum geht es denn sonst?“

Sie öffnete die Lippen, um eine schlagfertige Antwort zu geben, doch dann wurde sie auf einmal ganz still. Ihre Augen rollten nach oben, dann nach links, es sah aus, als suchte sie in ihrem Gehirn nach einer guten Antwort. Schließlich sagte sie sehr bedächtig: „Ich weiß nicht.“

„Dann besorgst du mir ein Stück?“ Er schenkte ihr sein schönstes Lächeln. Sein schönstes *Ich-wäre-beinahe-gestorben-wie-kannst-du-mir-da-etwas-abschlagen*-Lächeln. Zumindest hoffte er, dass es diesen Eindruck vermittelte. In Wahrheit war er im Flirten nicht sehr begabt, es war also gut möglich, dass es eher wie ein *Ich-bin-leicht-geistesgestört-daher-tust-du-am-besten-so-als-stimmtest-du-mir-in-allem-zu*-Lächeln wirkte.

„Hast du irgendeine Vorstellung davon, in welche Schwierigkeiten ich geraten könnte?“, fragte Honoria. Sie beugte sich verstohlen vor, als würde ihnen wirklich jemand nachspionieren.

„Wohl kaum“, erwiderte er. „Das ist schließlich mein Haus.“

„Das spielt keine große Rolle, wenn es gegen den vereinten Zorn von Mrs Wetherby, Doktor Winters und meiner Mutter geht.“

Er zuckte mit den Schultern.

„Marcus ...“

Sie sah ihn an. Er spürte, wie ihr Widerstand erlahmte, und versuchte, besonders erbarmungswürdig auszusehen.

„Ach, na schön.“ Sie stieß ein kurzes Schnauben aus und kapitulierte, allerdings bemerkenswert unwillig. „Muss ich jetzt gleich gehen?“

Fromm faltete er die Hände. „Das würde ich sehr zu schätzen wissen.“

Sie bewegte den Kopf nicht, doch ihr Blick bewegte sich erst in die eine, dann in die andere Richtung. Ihm war nicht ganz klar, ob sie verstohlen wirken wollte. Dann stand sie auf, strich sich über ihren hellgrünen Rock. „Ich komme wieder“, sagte sie.

„Ich kann es kaum erwarten.“

In der Tür wandte sie sich noch einmal um. „Mit Kuchen.“

„Du bist meine Retterin.“

Ihre Augen wurden wieder schmal. „Dafür habe ich bei dir dann aber etwas gut.“

„Du hast bei mir wesentlich mehr gut als Sirupkuchen“, sagte er ganz ernst zu ihr.

Ohne ein weiteres Wort verließ sie den Raum und ließ Marcus mit der leeren Terrine und ein paar trockenen Brotrinden zurück. Und mit den Büchern. Vorsichtig, um nicht das Glas mit lauwarmem Zitronenwasser umzustoßen, das Mrs Wetherby für ihn zubereitet hatte, schob er das Tablett auf die andere Seite des Betts. Dann beugte er sich zum Nachttisch, nahm das erste Buch und sah es sich an. *Pittoreske Beschreibung der erhabenen, schönen, wunderbaren und interessanten Szenerie um Loch Earn.*

Lieber Himmel, das hatte sie in seiner Bibliothek gefunden?

Er sah sich das nächste Buch an. *Miss Butterworth und der verrückte Baron.* Normalerweise würde er so etwas nicht lesen, aber neben *Pittoreske Beschreibung der erhabenen, schönen, etcetera irgendwo in Schottland werde ich dich zu Tode langweilen* klang es direkt spannend.

Er sank in die Kissen, schlug das Buch auf und machte sich an die Lektüre.

„Es war eine dunkle und windige Nacht."
Hatte er das nicht schon mal gehört?
„... Miss Priscilla Butterworth war sich gewiss, dass es jeden Augenblick zu regnen begönne. In Strömen würde er vom Himmel fallen ..."

Als Honoria zurückkehrte, war Miss Butterworth bereits auf einer Türschwelle zurückgelassen worden, hatte eine Seuche überlebt und war von einem Wildschwein gehetzt worden.

Eine leichtfüßige Dame, diese Miss Butterworth.

Eifrig blätterte Marcus zum dritten Kapitel, in dem Miss Butterworth vermutlich über eine Heuschreckenplage stolpern würde. Er war so gebannt von seiner Lektüre, dass er erst aufblickte, als Honoria schwer atmend in der Tür stand, in der Hand ein Geschirrtuch.

„Du hast es nicht bekommen?", fragte er und sah sie über den Rand von *Miss Butterworth* an.

„Natürlich habe ich es bekommen", erwiderte sie verächtlich. Sie legte das Geschirrtuch hin und schlug es auseinander, bis ein etwas bröseliger, aber immer noch erkennbarer Sirupkuchen zum Vorschein kam. „Ich habe einen *ganzen* Kuchen mitgebracht." Marcus gingen die Augen über. Ihn überlief ein Prickeln. Wirklich. Ein Prickeln der Vorfreude. Miss Butterworth und ihre Heuschrecken waren nichts im Vergleich zu Sirupkuchen. „Meine Heldin!"

„Ganz zu schweigen davon, dass ich dir das Leben gerettet habe", scherzte sie.

„Nun ja, das auch", räumte er ein.

„Einer der Lakaien hat mich verfolgt." Sie warf einen Blick über die Schulter zur offenen Tür. „Möglicherweise hat er mich für einen Dieb gehalten, was unglaublich albern wäre – wenn ich Fensmore ausräumen wollte, würde ich wohl kaum mit dem Sirupkuchen anfangen."

„Wirklich nicht?", fragte er mit vollen Backen. „Ich schon."

Sie brach ein Stückchen ab und steckte es sich in den Mund. „Oh, ist der gut", seufzte sie. „Sogar ohne Erdbeeren und Sahne."

„Ich kann mir nichts Köstlicheres vorstellen." Marcus lächelte selig. „Außer vielleicht Schokoladenkuchen."

Sie ließ sich auf der Bettkante nieder und nahm noch ein Stückchen. „Tut mir leid", sagte sie, bevor sie sich darüber hermachte. „Ich wusste nicht, wo die Gabeln sind."

„Ist mir egal", erklärte er wahrheitsgemäß. Er war einfach so verdammt glücklich, endlich wieder etwas Richtiges essen zu können, das nach etwas schmeckte. Und das man wirklich kauen musste. Es war ihm ein Rätsel, warum fade klare Suppen als Allheilmittel bei Fieber galten.

Er hatte plötzlich Lust auf Kartoffel-Fleisch-Auflauf. Nachtisch war wunderbar, aber er brauchte jetzt unbedingt etwas Herzhaftes. Rinderhack. Hauchdünn gehobelte Kartoffelscheiben, braun aus dem Ofen. Er konnte es fast schon schmecken.

Er sah Honoria an. Ob es ihr wohl gelingen würde, einen Fleischauflauf im Geschirrtuch aus der Küche zu schmuggeln?

Sie griff nach einem weiteren Stück Kuchen. „Was liest du da?"

„*Miss Butterworth und der*, ähm ..." Er sah auf das Buch, das umgedreht auf dem Bett lag. „*Und der verrückte Baron.*"

„Wirklich?" Verblüfft sah sie ihn an.

„Ich konnte mich offen gestanden nicht dazu überwinden, die *Reflexionen und Erläuterungen zu einer gottverlassenen Gegend in Schottland* aufzuschlagen."

„Was?"

„Das hier." Er reichte ihr den Wälzer.

Sie musste das Buch ein ganzes Stück von sich weghalten, um den Titel zur Gänze lesen zu können. „Das hört sich doch recht anschaulich an. Ich dachte, es könnte dir gefallen."

Er schnaubte abfällig. „Höchstens, um mir endgültig den Rest zu geben, nachdem das Fieber es ja nicht geschafft hat."

„Ich finde, es klingt ziemlich interessant", beharrte Honoria.

„Dann lies du es", sagte er großmütig. „Ich werde es nicht weiter vermissen."

Verdrossen presste sie die Lippen zusammen. „Hast du dir überhaupt eines von den Büchern angesehen, die ich dir gebracht habe?"

„Ehrlich gesagt, nein." Er hielt *Miss Butterworth* hoch. „Das hier war sehr fesselnd."

„Ich kann mir einfach nicht vorstellen, dass dir das wirklich gefällt."

„Dann hast du es gelesen?"

„Ja, aber ..."

„Hast du es zu Ende gelesen?"

„Ja, aber ..."

„Hat es dir gefallen?"

Darauf schien sie keine Antwort parat zu haben, und er nutzte ihre Abgelenktheit, um das Geschirrtuch zu sich heranzuziehen. Noch ein paar Zoll, und der Sirupkuchen wäre außerhalb ihrer Reichweite.

„Es hat mir schon gefallen", erklärte sie. „Allerdings fand ich es teilweise recht unglaubwürdig."

Er drehte das Buch um und sah hinein. „Wirklich?"

„Du bist noch nicht weit genug gekommen." Honoria zog das Tuch wieder in ihre Richtung. „Ihre Mutter wird von Tauben zu Tode gepickt."

Marcus betrachtete das Buch mit neuem Respekt. „Tatsächlich?"

„Es ist ziemlich makaber."

„Ich kann es gar nicht erwarten."

„Nein, im Ernst", sagte sie, „so etwas kannst du doch unmöglich lesen wollen."

„Warum nicht?"

„Es ist so …“ Sie wedelte mit der Hand durch die Luft, während sie nach einem passenden Wort suchte. „Unseriös.“

„Darf ich denn nichts Unseriöses lesen?“

„Natürlich darfst du das. Ich habe nur Schwierigkeiten, mir vorzustellen, dass du so etwas tatsächlich freiwillig tun würdest.“

„Und warum hast du da Schwierigkeiten?“

Sie hob die Augenbrauen. „Du klingst furchtbar defensiv.“

„Ich bin nur neugierig. Warum sollte ich mir deiner Ansicht nach nicht mal etwas Unseriöses zu lesen suchen?“

„Ich weiß nicht. Du bist eben *du*.“

„Und warum klingt das jetzt wie eine Beleidigung?“ Er wollte es wirklich wissen.

„So ist es nicht gemeint.“ Sie nahm noch ein Stück Sirupkuchen und knabberte daran. Und in diesem Augenblick ereignete sich etwas ganz Merkwürdiges. Sein Blick fiel auf ihren Mund, und er sah, wie ihre Zunge zwischen ihren Lippen hervorschnellte, um einen Krümel abzulecken.

Es war nur eine winzige Bewegung, im Nu vorüber. Doch etwas Elektrisierendes durchzuckte ihn, und er schnappte entsetzt nach Luft, als ihm klar wurde, was es war: Begehren. Heißes, aufwühlendes Begehren.

Er begehrte Honoria.

„Ist alles in Ordnung?“, fragte sie.

Nein. „Ja, ähm, warum?“

„Ich dachte, ich hätte dich vielleicht verletzt“, gab sie zu. „Wenn ja, dann nimm bitte meine Entschuldigung an. Wirklich, ich wollte dich nicht beleidigen. Du bist nett so wie du bist.“

„Nett?“ So ein fades Wort.

„Das ist besser als nicht nett.“

Ein anderer Mann hätte sie an diesem Punkt vielleicht gepackt und ihr gezeigt, wie *„nicht* nett“ er sein konnte, und Marcus war tatsächlich *„nicht* nett“ genug, um sich diese Szene mit allen Details vorzustellen. Aber er litt immer noch an den Nachwirkungen eines beinahe tödlichen Fiebers, außerdem stand die Tür offen und Honorias Mutter war vermutlich ganz in der Nähe. Und so sagte er stattdessen nur: „Was hast du mir denn sonst noch zu lesen mitgebracht?"

Es war ein weitaus sichereres Gesprächsthema, vor allem, nachdem er einen Großteil des Tages damit zugebracht hatte, sich einzureden, es habe *nichts* mit Begehren zu tun gehabt, dass er sie geküsst hatte. Es war ein Ausrutscher gewesen, ein Anfall von geistiger Umnachtung in einer extremen Gefühlslage.

Unglücklicherweise löste sich diese Erklärung gerade in Luft auf. Honoria versuchte nämlich, an die Bücher heranzukommen, ohne aufstehen zu müssen, was bedeutete, dass sie ihr Hinterteil recht nahe an ... nun ja, das seine herangeschoben hatte, oder, wenn man es ganz genau nahm, doch eher an seine Hüfte. Zwar lagen zwischen ihnen ein Laken und eine Decke, ganz zu schweigen von seinem Nachthemd und ihrem Kleid und allem, was sie sonst noch darunter trug, aber, lieber *Gott*, er war sich noch nie der Nähe eines anderen Menschen derart bewusst gewesen.

Und er war sich immer noch nicht sicher, wie das eigentlich passiert war.

„*Ivanhoe*", sagte sie.

Wovon redete sie?

„Marcus? Hörst du mir zu? Ich habe dir *Ivanhoe* gebracht, von Sir Walter Scott. Ach, und sieh dir das an, ist das nicht interessant?"

Er blinzelte, sicher, dass er irgendetwas verpasst hatte. Honoria hatte das Buch aufgeschlagen und blätterte nun in den ersten Seiten herum.

„Sein Name wird gar nicht genannt. Ich kann ihn nirgends entdecken." Sie drehte das Buch um und hielt es hoch. „Da steht nur: ‚Vom Autor von Waverly'. Sieh mal, sogar auf dem Rücken."

Er nickte, da er glaubte, dass dies von ihm erwartet wurde. Gleichzeitig schien er jedoch nicht in der Lage, den Blick von ihren Lippen zu wenden, die rosenknospenartig gespitzt waren, wie immer, wenn sie nachdachte.

„Ich habe *Waverly* nicht gelesen, und du?“ Mit leuchtenden Augen blickte sie auf.

„Ich auch nicht“, sagte er.

„Vielleicht sollte ich mir das mal vornehmen“, murmelte sie. „Meiner Schwester hat es gut gefallen. Aber ich habe dir ja nicht *Waverly* gebracht, sondern *Ivanhoe*. Den ersten Band. Ich fand es nicht sinnvoll, gleich alle drei hochzuschleppen.“

„*Ivanhoe* kenne ich schon“, sagte er.

„Oh. Na, dann legen wir das beiseite.“ Sie betrachtete das nächste Buch.

Und er betrachtete sie.

Ihre Wimpern. Wieso hatte er nie bemerkt, wie lang sie waren? Es war merkwürdig, denn sie war gar nicht der dunkle Typ. Vielleicht waren ihre Wimpern ihm deswegen nicht aufgefallen: Sie waren lang, aber nicht dunkel.

„Marcus? Marcus!“

„Hmmm?“

„Alles in Ordnung mit dir?“ Sie beugte sich vor und betrachtete ihn einigermaßen besorgt. „Du wirkst ein bisschen erhitzt.“

Er räusperte sich. „Vielleicht trinke ich noch ein wenig Zitronenwasser.“ Er nahm einen Schluck und dann noch einen, um sicherzugehen. „Findest du es hier drinnen heiß?“

„Nein.“ Sie runzelte die Stirn. „Finde ich nicht.“

„Bestimmt hat es nichts zu sagen. Ich …“

Sie hatte bereits die Hand auf seiner Stirn. „Du fühlst dich aber nicht warm an.“

„Was hast du sonst noch mitgebracht?“, fragte er rasch und nickte zu den Büchern.

„Oh, ähm, hier …“ Sie nahm das nächste Buch und las den Titel vor: „*Die Geschichte der Kreuzzüge. Rückeroberung des Heiligen Landes.* Oje.“

„Was denn?“

„Ich habe nur den zweiten Band mitgebracht. Da kannst du nicht anfangen. Da entgeht dir die gesamte Belagerung von Jerusalem und alles über die Norweger."

Man könnte wohl sagen, dachte Marcus trocken, dass nichts die Begierde eines Mannes zuverlässiger abkühlt als die Geschichte der Kreuzzüge. Trotzdem …

Er sah sie fragend an. „Norweger?"

„Ein recht unbekannter Kreuzzug gleich am Anfang", sagte sie und winkte ab, womit sie vermutlich ein ganzes Jahrzehnt Geschichte vom Tisch wischte. „Darüber wird kaum gesprochen." Er starrte sie fassungslos an. „Ich interessiere mich eben für die Kreuzzüge", erklärte sie und zuckte mit den Schultern.

„Das ist ja … hervorragend."

„Wie wäre es mit Cavendishs Wolsey-Biografie?", fragte sie und hielt ein weiteres Buch hoch. „Nein? Ich habe hier auch noch eine Geschichte der Amerikanischen Revolution von Mercy Otis Warren."

„Du hältst mich wirklich für langweilig", sagte er zu ihr.

Vorwurfsvoll sah sie ihn an. „Die Kreuzzüge sind *nicht* langweilig."

„Aber da hast du mir nur den zweiten Band gebracht", erinnerte er sie.

„Ich kann gern noch mal losgehen und nach dem ersten Band suchen."

Er entschied, dies als Drohung zu betrachten.

„Schau dir das an." Mit triumphierender Miene hielt sie nun ein schmales Büchlein in die Höhe. „Hier habe ich etwas von Byron. Der ist nun wirklich das Gegenteil von langweilig. Habe ich zumindest gehört. Ich bin ihm nie begegnet." Sie schlug das Buch auf. „Hast du den *Korsar* gelesen?"

„Am Tag seiner Veröffentlichung."

„Oh." Sie runzelte die Stirn. „Hier ist noch eins von Sir Walter Scott. *Peveril vom Gipfel.* Das ist ziemlich lang, da bist du eine Weile beschäftigt."

„Ich glaube, ich bleibe bei *Miss Butterworth.*"

„Wenn du unbedingt willst." Ihr Blick sagte: *Das gefällt dir nie im Leben.* „Es gehört meiner Mutter. Aber sie hat gesagt, du darfst es gern ausleihen."

„Wenn schon sonst nichts, wird es meinen Appetit auf gebratene Täubchen beflügeln."

Sie lachte. „Ich lasse der Köchin gern ausrichten, dass sie dir welche zubereiten soll, wenn wir morgen abgereist sind." Sie sah plötzlich auf. „Du weißt doch, dass wir morgen wieder nach London fahren?"

„Ja, deine Mutter hat es mir erzählt."

„Wir würden nicht abreisen, wenn wir nicht ganz sicher wären, dass du genesen bist", versicherte sie ihm.

„Ich weiß. Du hast in London bestimmt viel zu tun."

Sie verzog das Gesicht. „Proben, um genau zu sein."

„Proben?"

„Für die ..."

Oh nein!

„... musikalische Soiree."

Die Smythe-Smithsche musikalische Soiree. Sie vollendete, was die Kreuzzüge begonnen hatten. Es gab auf Erden keinen Mann, der romantische Gefühle hegen konnte, wenn er sich mit der Androhung einer Smythe-Smithschen musikalischen Soiree konfrontiert sah – oder mit der Erinnerung daran.

„Spielst du immer noch Geige?", erkundigte er sich höflich.

Sie warf ihm einen merkwürdigen Blick zu. „Ich werde seit letztem Jahr wohl kaum mit dem Cello angefangen haben."

„Nein, nein, natürlich nicht." Die Frage war albern gewesen. Aber möglicherweise die einzige höfliche Frage, die ihm zu diesem Themenkreis einfiel. „Ähm, weißt du schon, wann die Soiree dieses Jahr stattfinden soll?"

„Am vierzehnten April. Bis dahin ist es nicht mehr lang hin. Nur noch gut zwei Wochen."

Marcus nahm noch ein Stück Sirupkuchen und kaute, während er überlegte, wie lang er sich wohl noch von seiner Krankheit erholen musste. Drei Wochen schienen ihm genau der richtige Zeitraum zu sein. „Dann werde ich sie wohl leider verpassen", sagte er. „Schade."

„Wirklich?" Sie klang äußerst ungläubig. Er war sich nicht sicher, wie er das zu verstehen hatte.

„Ja, natürlich", sagte er mit leichtem Stammeln. Im Lügen war er nie besonders gut gewesen. „In den letzten Jahren war ich immer da."

„Ich weiß." Sie schüttelte den Kopf. „Das war wirklich äußerst heldenhaft von dir."

Er sah sie an.

Sie sah ihn an.

Er sah sie ein bisschen genauer an. „Wie meinst du das?", fragte er schließlich vorsichtig.

Ihre Wangen liefen entzückend rosig an. „Nun ja", sagte sie und starrte auf eine vollkommen kahle Wand, „mir ist bewusst, dass wir wahrhaftig nicht die … ähm …" Sie räusperte sich. „Wie heißt das Gegenteil von *dissonant*?"

Ungläubig starrte er sie an. „Willst du damit sagen, du weißt … ähm, also, ich meine …"

Sie vollendete seinen Satz: „Dass wir schrecklich sind? Natürlich weiß ich das. Glaubst du, ich bin dumm? Oder taub?"

„Nein", sagte er und zog dabei das Wort in die Länge, um Zeit zum Nachdenken zu gewinnen. Obwohl er nicht recht wusste, was er damit erreichen wollte. „Ich dachte nur …"

Er beließ es dabei.

„Wir sind schrecklich", wiederholte Honoria und zuckte mit den Schultern. „Aber es hat keinen Sinn, deswegen hysterisch zu werden oder zu schmollen. Wir können es nicht ändern."

„Ihr könntet vielleicht üben?", schlug er äußerst behutsam vor.

Er hätte nicht gedacht, dass man gleichzeitig verächtlich und amüsiert sein konnte, doch Honoria schien das gerade gelungen zu sein. „Wenn ich glauben würde, dass wir mit Üben tatsächlich besser werden könnten“, sagte sie, die Lippe verächtlich geschürzt, während ihre Augen gleichzeitig belustigt aufblitzten, „glaub mir, ich wäre die eifrigste Geigenschülerin, die die Welt je gesehen hat.“

„Vielleicht, wenn ...“

„Nein“, sagte sie sehr entschieden. „Wir sind fürchterlich. Und damit basta. Wir sind einfach durch und durch unmusikalisch, von Kopf bis Fuß, vor allem in den Ohren.“

Er konnte nicht fassen, was er da zu hören bekam. Er war bei ungezählten Smythe-Smithschen musikalischen Soireen gewesen – ein Wunder, dass er Musik überhaupt noch zu schätzen wusste. Und als Honoria letztes Jahr ihr Debüt an der Geige gegeben hatte, hatte sie so strahlend gelächelt, dass man nur annehmen konnte, sie gehe vollkommen auf in ihrem Spiel.

„Eigentlich“, fuhr sie fort, „finde ich das Ganze sogar irgendwie liebenswert.“

Marcus war sich nicht sicher, ob sie einen weiteren Menschen finden würde, der ihr in dieser Einschätzung folgen würde, aber er sah keinen Grund, das laut auszusprechen.

„Also lächle ich“, bekräftigte Honoria energisch, „und tue so, als würde ich es genießen. Und irgendwie genieße ich es ja auch. Die Smythe-Smiths veranstalten seit 1807 musikalische Soireen. Inzwischen ist es eine richtige Familientradition.“ Und etwas ruhiger, nachdenklicher fügte sie hinzu: „Ich schätze mich glücklich, Familientraditionen zu haben.“

Marcus dachte an seine eigene Familie oder eher das riesige, gähnende Loch, wo niemals eine Familie gewesen war. „Ja“, sagte er leise, „das stimmt.“

„Zum Beispiel“, erklärte sie, „trage ich aus Tradition Glücksschuhe.“

Er war sich ziemlich sicher, dass er sich verhört hatte.

„Während der musikalischen Soiree“, erklärte Honoria. „Dieser Brauch gehört speziell zu meinem Zweig der Familie. Henrietta und Margaret streiten sich immer noch darum, wer nun damit angefangen hat, aber wir tragen immer rote Schuhe.“

Rote Schuhe. Das vom Gedanken an kreuzfahrende Amateurmusikerinnen völlig ausgelöschte Begehren erwachte prompt zu neuem Leben. Plötzlich fand er nichts auf dieser Welt verführerischer als rote Schuhe. Lieber Himmel.

„Ist mit dir wirklich alles in Ordnung?“, fragte Honoria. „Du wirkst tatsächlich etwas erhitzt.“

„Mir geht es gut“, sagte er heiser.

„Meine Mutter weiß es nicht“, sagte sie.

Was? Wenn er nicht schon zuvor rot angelaufen war – jetzt war er es. „Wie bitte?“

„Das mit den roten Schuhen. Sie hat keine Ahnung, dass wir sie tragen.“

Er räusperte sich. „Gibt es irgendeinen speziellen Grund, warum ihr das geheim haltet?“

Honoria dachte einen Augenblick nach, streckte dann die Hand aus und brach sich noch ein Stück Sirupkuchen ab. „Ich weiß nicht. Ich glaube nicht.“ Sie steckte sich den Kuchen in den Mund, kaute und zuckte mit den Schultern. „Jetzt, wo ich darüber nachdenke, weiß ich nicht einmal, warum es rote Schuhe sein müssen. Genauso gut könnten es auch grüne sein. Oder blaue. Ach nein, blaue nicht. Das wäre kein bisschen ungewöhnlich. Aber grün würde auch funktionieren. Oder rosa.“

Nichts würde so gut funktionieren wie rot. Dessen war Marcus sich sicher.

„Ich denke, sobald ich wieder in London bin, gehen die Proben los“, sagte Honoria.

„Das tut mir leid.“

„Oh nein“, widersprach sie. „Ich *mag* die Proben. Vor allem jetzt, wo all meine Geschwister aus dem Haus sind und mir nichts als tickende Uhren und Mahlzeiten auf Tabletts geblieben sind. Es ist *wunderbar*, die anderen zu treffen und jemanden zum Plaudern zu haben." Mit verlegener Miene sah sie ihn an. „Wir reden fast so viel, wie wir üben."

„Das überrascht mich nicht", murmelte Marcus.

Sie warf ihm einen Blick zu, der besagte, dass ihr diese kleine Spitze nicht entgangen war. Aber sie war nicht beleidigt, und das hatte er auch von vornherein gewusst.

Plötzlich merkte er: Es gefiel ihm, dass er das gewusst hatte. Es war ein wunderbares Gefühl, jemanden so gut zu kennen.

„Also", fuhr sie fort, fest entschlossen, das Thema auszudiskutieren, „Sarah wird dieses Jahr wieder am Klavier sitzen, und sie ist meine beste Freundin. Wir haben immer sehr viel Spaß miteinander. Und Iris kommt neu am Cello hinzu. Sie ist fast genauso alt wie ich, und ich habe mir immer vorgenommen, mehr Zeit mit ihr zu verbringen. Sie war auch bei den Royles, und ich …" Sie hielt inne.

„Was ist denn?", fragte er. Sie wirkte beinahe besorgt.

Honoria blinzelte. „Ich glaube, sie könnte tatsächlich gut sein."

„Am Cello?"

„Ja. Kannst du dir das vorstellen?"

Er beschloss, die Frage als rhetorisch zu betrachten.

„Jedenfalls wird Iris spielen", fuhr sie fort, „genau wie ihre Schwester Daisy, die, wie ich leider sagen muss, einfach furchtbar ist."

„Ähm …" Wie konnte er die Frage höflich formulieren? „Einfach furchtbar im Vergleich zum Rest der Welt oder furchtbar selbst für eine Smythe-Smith?"

Honoria sah aus, als unterdrückte sie ein Lächeln. „Furchtbar selbst für uns."

„Dann ist es wirklich ernst", sagte er mit erstaunlich ausdrucksloser Miene.

„Ich weiß. Ich glaube, die arme Sarah hofft, dass sie im Lauf der nächsten drei Wochen noch vom Blitz getroffen wird. Sie hat sich gerade erst vom letzten Jahr erholt."

„Sie hat wohl nicht gelächelt und gute Miene zum bösen Spiel gemacht?“

„Warst du denn nicht da?“

„Auf Sarah habe ich nicht geachtet.“

Sie öffnete die Lippen, aber nicht vor Überraschung, zumindest anfangs nicht. Ihre Augen leuchteten sogar noch vor Vorfreude auf die wirklich witzige Antwort, die sie auf seine Bemerkung parat hatte. Aber bevor sie das erste Wort davon hervorbringen konnte, schien ihr bewusst zu werden, was er da eigentlich gesagt hatte.

Und erst da wurde ihm selbst klar, was er da eigentlich gesagt hatte.

Langsam legte sie den Kopf schief und sah ihn an, als ob … als ob …

Er wusste es nicht. Er wusste nicht, was es zu bedeuten hatte, aber er hätte schwören können, dass ihre Augen dunkler geworden waren, während sie ihn so ansah. Dunkler, tiefer, und alles, woran er denken konnte, war, dass sie in sein Innerstes blicken konnte, bis in sein Herz.

Bis in seine Seele.

„Ich habe dich angesehen“, sagte er, und seine Stimme war so leise, dass er sie kaum hörte. „Ich habe nur dich angesehen.“

Aber das war, bevor …

Sie legte die Hand auf seine. Klein sah sie aus, zart und rosig

Sie sah einfach vollkommen aus.

„Marcus?“, wisperte sie.

Und da wusste er es endlich. Das war, bevor er sich in sie verliebt hatte.

16. KAPITEL

Es ist erstaunlich, dachte Honoria, aber die Welt hat tatsächlich aufgehört, sich zu drehen.

Da war sie sich ganz sicher. Eine andere Erklärung konnte es nicht geben für diese Aufregung, dieses Schwindelgefühl, diesen ganz und gar unglaublichen Augenblick, jetzt und hier, in seinem Zimmer, mit einem Tablett und einem stibitzten Sirupkuchen und der atemlosen Sehnsucht nach einem einzigen vollkommenen Kuss.

Sie wandte sich um und neigte den Kopf ein wenig zur Seite, ganz so, als könnte sie ihn irgendwie klarer sehen, wenn sie nur den Blickwinkel änderte. Und erstaunlicherweise war es tatsächlich so. Sie bewegte sich, und er erschien plötzlich viel klarer.

Es war, als hätte sie ihn noch nie zuvor richtig gesehen. Sie schaute ihm in die Augen und sah dort mehr als Farben und Formen. Sie sah nicht nur, dass die Iris braun war, die Pupille schwarz. Sie sah *ihn* darin, und sie dachte …

Ich liebe ihn.

Die Worte hallten förmlich in ihrem Kopf wider.

Ich liebe ihn.

Nichts hätte überwältigender sein können und gleichzeitig einfacher und wahrer. Sie hatte das Gefühl, als wäre irgendetwas in ihr jahrelang verschoben gewesen und er hätte es nun mit sechs unschuldigen Worten – *Auf Sarah habe ich nicht geachtet!* – gerade gerückt.

Sie liebte ihn. Sie würde ihn immer lieben. Es war so einleuchtend. Wen könnte sie denn sonst lieben, wenn nicht Marcus Holroyd?

„Ich habe dich angesehen", sagte er, so leise, dass sie gar nicht sicher sein konnte, ob sie es wirklich gehört hatte. „Ich habe nur dich angesehen."

Sie senkte den Blick. Ihre Hand lag auf seiner. Sie konnte sich nicht erinnern, sie dort hingelegt zu haben. „Marcus?", wisperte sie, und sie wusste selbst nicht, warum es wie eine Frage klang. Aber sie hätte beim besten Willen kein weiteres Wort herausgebracht.

„Honoria“, flüsterte er, und dann …

„Mylord! Mylord!“

Honoria zuckte zurück und fiel beinahe aus dem Sessel. Draußen auf dem Flur wurde es unruhig, eilige Schritte näherten sich. Hastig stand sie auf und stellte sich hinter den Sessel.

Einen Augenblick später kamen ihre Mutter und Mrs Wetherby ins Zimmer gestürmt. „Ein Brief ist gekommen“, sagte Lady Winstead atemlos. „Von Daniel.“

Honoria schwankte ein wenig und klammerte sich Halt suchend an die Sessellehne. Von ihrem Bruder hatten sie zum letzten Mal vor einem Jahr gehört. Nun ja, vielleicht hatte er Marcus in der Zwischenzeit geschrieben, aber ihr nicht.

„Was steht drin?“, fragte Lady Winstead, obwohl Marcus immer noch dabei war, das Siegel zu erbrechen.

„Lass ihn doch erst mal aufmachen“, mahnte Honoria. Es lag ihr schon auf der Zunge zu sagen, dass sie alle das Zimmer verlassen sollten, damit er den Brief in Ruhe lesen könne, aber dazu konnte sie sich dann doch nicht durchringen. Daniel war ihr einziger Bruder, und sie vermisste ihn so schrecklich. Während die Monate verstrichen, ohne dass sie von ihm hörte, hatte sie sich immer wieder eingeredet, dass er sie nicht absichtlich vernachlässigte. Bestimmt waren seine Briefe verloren gegangen, der internationale Postdienst war berüchtigt für seine Unzuverlässigkeit.

Aber jetzt im Augenblick war es ihr egal, warum sie so lange nichts von ihm gehört hatte; sie wollte einfach wissen, was in dem Brief an Marcus stand.

Und so standen sie alle da und starrten Marcus mit angehaltenem Atem an. Es war unglaublich unhöflich, aber keiner war bereit, auch nur einen Zollbreit zu weichen.

„Geht es ihm gut?“, wagte sich ihre Mutter schließlich hervor, nachdem Marcus die erste Seite gelesen hatte.

„Ja“, murmelte er und blinzelte, als könnte er nicht glauben, was er da las. „Er kommt tatsächlich nach Hause.“

„Was?“ Lady Winstead erbleichte, und Honoria eilte an ihre Seite, für den Fall, dass sie eine Stütze brauchte.

Marcus räusperte sich. „Er schreibt, er hätte Nachricht von Hugh Prentice bekommen. Ramsgate hat sich endlich bereit erklärt, die Sache zu begraben.“

Angesichts des Ausmaßes der „Sache“ würde man dazu wohl ziemlich viele Schaufeln brauchen, dachte Honoria bei sich. Als sie dem Marquess of Ramsgate zum letzten Mal begegnet war, hatte er bei ihrem Anblick beinahe einen Anfall bekommen. Zugegeben, das lag über ein Jahr zurück, aber trotzdem.

„Könnte das eine List von Lord Hugh sein?“, gab sie zu bedenken. „Um Daniel nach England zurückzulocken?“

„Ich glaube nicht“, sagte Marcus und sah sich das zweite Blatt des Briefs an. „So etwas sähe ihm gar nicht ähnlich.“

„Es sähe ihm nicht ähnlich?“, wiederholte Lady Winstead so fassungslos, dass ihre Stimme ganz hoch klang. „Er hat das Leben meines Sohnes ruiniert.“

„Deswegen war die ganze Angelegenheit ja damals auch so überaus merkwürdig“, murmelte Marcus, den Blick immer noch auf den Brief gerichtet. „Hugh Prentice war immer ein guter Mann, vielleicht ein wenig exzentrisch, aber nicht ehrlos.“

„Schreibt Daniel, wann er zurückkommt?“, wollte Honoria wissen.

Marcus schüttelte den Kopf. „Er hat in Italien noch ein paar Dinge zu erledigen, und dann will er sich auf die Heimreise machen. Ein bestimmtes Datum erwähnt er nicht.“

„Ach, du lieber Himmel!“, sagte Lady Winstead und ließ sich in einen Sessel sinken. „Ich hätte nie gedacht, dass ich das noch erlebe. Ich habe mir nicht einmal gestattet, daran zu denken. Was natürlich dazu geführt hat, dass ich an nichts anderes mehr denken konnte."

Einen Augenblick lang konnte Honoria ihre Mutter nur anstarren. Drei Jahre lang hatte sie Daniels Namen nicht einmal ausgesprochen. Und nun bekannte sie, dass sie ständig an ihn gedacht hatte?

Sie schüttelte den Kopf. Es hatte keinen Sinn, zornig auf Lady Winstead zu sein. Was immer sie in den letzten Jahren getan hatte oder wie immer sie gewesen war, in den letzten paar Tagen hatte sie das alles mehr als wettgemacht. Honoria war sich ganz sicher, dass Marcus ohne ihre Mutter nicht mehr am Leben wäre.

Sie wandte sich wieder den drängenden Fragen der Gegenwart zu. „Wie lange dauert denn die Reise von Italien nach England?"

Marcus sah auf. „Keine Ahnung. Ich weiß nicht mal, in welchem Teil Italiens sich dein Bruder aufhält."

Honoria nickte. Daniel hatte schon immer dazu geneigt, bei seinen Geschichten alle wichtigen Details auszulassen.

„Das ist ja aufregend!", rief Mrs Wetherby. „Ich weiß ja, dass Sie alle ihn schrecklich vermisst haben."

Einen Moment lang herrschte Schweigen. Keiner wusste so recht, wie man einer derart selbstverständlichen Bemerkung zustimmen sollte. Schließlich erklärte Lady Winstead: „Nun, es ist gut, dass wir ohnehin vorhatten, morgen nach London abzureisen. Es wäre mir schrecklich, bei seiner Ankunft nicht zu Hause zu sein." Sie blickte zu Marcus und sagte: „Für heute Abend verabschieden wir uns von Ihnen. Bestimmt wollen Sie ein wenig ruhen. Komm, Honoria. Wir zwei haben viel zu besprechen."

Was Lady Winstead zu besprechen wünschte, war die Feier zur Rückkehr ihres verlorenen Sohnes. Honoria wies zwar vernünftigerweise darauf hin, dass sie, solange sie nicht wussten, wann genau Daniel eintreffen würde, auch nicht viel planen könnten. Ihrer Mutter gelang es jedoch, diese Tatsache eine ganze Weile zu ignorieren; sie wog die Vorzüge großer und kleiner

Veranstaltungen gegeneinander ab, überlegte, ob Lord Ramsgate und Lord Hugh eingeladen werden sollten und ob man sich, wenn sie denn eine Einladung erhielten, auch darauf verlassen könnte, dass sie absagten. Jeder normale Mensch würde das natürlich tun, aber bei Lord Ramsgate konnte man ja nie sicher sein.

„Mutter", versuchte Honoria es noch einmal, „ehe Daniel kommt, können wir nichts unternehmen. Vielleicht will er gar keine Feier."

„Unsinn. Natürlich will er eine. Er ..."

„Er hat das Land in Schimpf und Schande verlassen", unterbrach Honoria. Sie war nicht gern so direkt, aber ihr blieb wohl nichts anderes übrig.

„Ja, aber es war nicht gerecht."

„Es spielt keine Rolle, ob es gerecht war oder nicht. Es ist nun mal geschehen, und vielleicht möchte er ja nicht, dass die Leute daran erinnert werden."

Ihre Mutter wirkte nicht überzeugt, aber sie ließ das Thema fallen, und dann blieb nichts mehr zu tun übrig, als zu Bett zu gehen.

Am nächsten Morgen stand Honoria bei Sonnenaufgang auf. Sie wollten früh aufbrechen; nur so würden sie London erreichen, ohne unterwegs übernachten zu müssen. Nach einem schnellen Frühstück wollte sie Marcus in seinem Zimmer aufsuchen, um sich zu verabschieden.

Und wer weiß, was sonst noch geschehen würde.

Doch als sie dort ankam, war er nicht da. Ein Hausmädchen war damit beschäftigt, das Bett abzuziehen.

„Wissen Sie, wo Lord Chatteris ist?", fragte Honoria und hoffte, dass alles in Ordnung war.

„Er ist nebenan", erwiderte das Mädchen. Dann liefen ihre Wangen rosig an. „Mit seinem Kammerdiener."

Honoria schluckte und wurde selbst ein wenig rot, da ihr durchaus klar war, was das zu bedeuten hatte: Marcus nahm ein

Bad. Das Mädchen verließ mit einem Bündel Wäsche das Zimmer, und Honoria stand einen Augenblick allein im Schlafzimmer und überlegte, was sie jetzt tun solle. Sie würde sich nun wohl schriftlich verabschieden müssen. Auf ihn warten konnte sie nicht, das würde sich noch weniger schicken als all die anderen Unschicklichkeiten, die sie im Lauf der letzten Woche begangen hatten.

Wenn jemand todkrank war, konnte man gewisse Anstandsregeln missachten, aber jetzt hatte Marcus das Bett verlassen und war nicht einmal vollständig angekleidet. Blieb sie unter diesen Umständen in seinem Zimmer, würde das ihren Ruf tatsächlich ruinieren.

Und außerdem wartete ihre Mutter ungeduldig darauf, dass sie abreisten.

Sie sah sich nach Papier und Federhalter um. Am Fenster stand ein kleiner Schreibtisch, und auf dem Nachttisch entdeckte sie …

Daniels Brief.

Er lag da, wo Marcus ihn am Abend hingelegt hatte, zwei etwas zerknitterte Seiten, die mit dieser kleinen, engen Schrift bedeckt waren, um die man sich bemühte, wenn man Porto sparen wollte. Marcus hatte ihr vom Inhalt des Briefes nur verraten, dass Daniel seine Heimkehr plante. Das war natürlich auch das Wichtigste, aber trotzdem verzehrte sie sich nach weiteren Neuigkeiten. Sie hatte schon so lange nichts mehr von ihrem Bruder gehört. Selbst wenn er nur erzählte, was er zum Frühstück gegessen hatte … Es wäre ein Frühstück in Italien und allein deswegen schrecklich exotisch. Was tat er so? Langweilte er sich? Sprach er inzwischen Italienisch?

Sie starrte auf die beiden Seiten. Wäre es denn so schlimm, wenn sie einen kurzen Blick riskieren würde?

Nein. Das durfte sie nicht. Es wäre ein übler Vertrauensbruch, ein Einbruch in Marcus' Privatsphäre. Und in Daniels.

Andererseits – was konnten die beiden zu besprechen haben, was sie nicht auch etwas anginge?

Sie drehte sich um und blickte zu der Tür, die das Hausmädchen erwähnt hatte. Dahinter war noch alles still. Wenn Marcus sein Bad beendet hätte, würde sie ihn doch sicher herumgehen hören. Wieder wanderten ihre Augen zu dem Brief.

Sie konnte sehr schnell lesen.

Am Ende beschloss sie nicht ausdrücklich, Daniels Brief an Marcus zu lesen. Stattdessen erlaubte sie sich einfach nicht, sich dagegen zu entscheiden. Der Unterschied war zugegebenermaßen nicht groß, aber doch bedeutsam genug, um ihren eigenen Moralkodex zu überlisten. Das ermöglichte ihr, etwas zu tun, was sie sehr erbost hätte, wenn es *ihr* Brief gewesen wäre, der da auf dem Nachttisch lag.

Rasch, als könnte Geschwindigkeit das Vergehen geringer machen, riss sie die Seiten an sich. *Lieber Marcus*, und so weiter, und so weiter … Daniel schrieb von seiner Wohnung, beschrieb die Läden in der Nachbarschaft in ausufernden Details, versäumte es aber, den Namen der Stadt zu erwähnen, in der er weilte. Dann widmete er sich dem Essen, das er weitaus delikater fand als das englische. Danach kam ein kurzer Absatz über seine Pläne, nach Hause zu kommen.

Lächelnd wandte Honoria sich dem zweiten Blatt Papier zu. Daniel schrieb genauso, wie er sprach, seine Stimme tönte ihr praktisch aus dem Brief entgegen.

Im nächsten Absatz bat Daniel Marcus, Lady Winstead von seiner bevorstehenden Rückkehr zu unterrichten, was Honoria ein noch breiteres Lächeln entlockte. Nie wäre Daniel auf die Idee gekommen, dass Mutter und Schwester neben Marcus stehen würden, wenn er den Brief bekam.

Ganz am Ende entdeckte Honoria ihren eigenen Namen.

Ich habe nichts von einer Hochzeit Honorias gehört, also nehme ich an, dass sie noch unverheiratet ist. Ich muss Dir noch einmal dafür danken, dass Du Fotheringham letztes Jahr vergrault hast. Er ist ein Schuft, und es ärgert mich, dass er überhaupt den Versuch unternommen hat, ihr den Hof zu machen.

Was war das denn? Honoria blinzelte, als könnte sie das Geschriebene dadurch verändern. Marcus hatte etwas damit zu tun, dass Lord Fotheringham ihr am Ende keinen Heiratsantrag gemacht hatte? Sie war damals zwar schon selbst zu dem Schluss gekommen, dass sie Lord Fotheringham nicht mochte und ihm daher einen Korb geben würde, aber trotzdem …

Travers wäre auch eine schlechte Partie gewesen. Ich hoffe, Du musstest ihn nicht auszahlen, damit er sie in Ruhe lässt, aber falls doch, gebe ich Dir das Geld zurück.

Was? Leute wurden bezahlt, damit sie … was? Ihr nicht den Hof machten? Das ergab doch überhaupt keinen Sinn.

Ich weiß es wirklich zu schätzen, dass Du ein Auge auf sie hast. Das war wirklich viel verlangt, und ich weiß, dass ich Dir keine große Wahl gelassen habe, nachdem ich Dich erst am Abend meiner Abreise darum gebeten habe. Wenn ich zurückkehre, liegt die Verantwortung wieder bei mir und Du kannst London den Rücken kehren. Ich weiß, wie sehr Du es verabscheust.

Und damit beendete Daniel seinen Brief. Mit dem Versprechen, Marcus die entsetzliche Last abzunehmen, die sie anscheinend für ihn war.

Sie legte den Brief sorgfältig zurück, genau so, wie er ausgesehen hatte, als sie ihn in die Hand genommen hatte.

Daniel hatte Marcus gebeten, auf sie aufzupassen? Warum hatte Marcus denn nichts gesagt? Und wie dumm von ihr, dass sie nicht von selbst darauf gekommen war! Es lag doch so nahe. All die Gesellschaften, auf denen sie Marcus finster in ihre Richtung hatte starren sehen – er hatte sie nicht etwa so angesehen, weil er sie oder ihr Benehmen missbilligte; er war einfach schlechter Laune gewesen, weil er in London festsaß, bis sie einen passenden Heiratsantrag erhielt. Kein Wunder, dass er die ganze Zeit so verdrießlich gewirkt hatte.

Und all die Verehrer, die nach einer Weile aus unerfindlichen Gründen das Interesse verloren hatten – er hatte sie *vergrault*! Marcus hatte entschieden, dass sie nicht dem entsprachen, was Daniel sich für sie gewünscht hätte, und so hatte er sie hinter ihrem Rücken einfach vergrault.

Eigentlich hätte sie außer sich vor Zorn sein müssen.

Aber das war sie nicht. Zumindest nicht deswegen.

Alles, woran sie denken konnte, waren seine Worte von gestern Abend: *„Auf Sarah habe ich nicht geachtet."*

Zum Kuckuck! Natürlich hatte er nicht auf Sarah geachtet! Er hatte auf *sie* geachtet, weil er dazu gezwungen gewesen war. Er hatte auf sie geachtet, weil sein bester Freund ihm das Versprechen abgenommen hatte, genau das zu tun.

Er hatte auf sie geachtet, weil sie seine Verpflichtung gewesen war.

Und nun war sie in ihn verliebt.

Sie lachte entsetzt auf. Sie musste raus aus diesem Zimmer. Wenn er sie auch noch dabei erwischte, wie sie seinen Brief las, dann wäre ihre Demütigung vollkommen.

Aber sie konnte nicht einfach so verschwinden, ohne ihm eine Nachricht zu hinterlassen. Das würde nicht zu ihr passen; er würde sofort wissen, dass etwas nicht stimmte.

Und so suchte sie Papier und Feder und schrieb ihm ein ganz gewöhnliches, sehr langweiliges Abschiedsbriefchen.

Und dann ging sie.

17. KAPITEL

Eine Woche später
im frisch gelüfteten Musikzimmer
von Winstead House, London

„Dieses Jahr spielen wir Mozart!“, verkündete Daisy Smythe-Smith. Sie reckte ihre neue Geige so begeistert in die Luft, dass ihr die blonden Löckchen beinahe aus der Frisur sprangen. „Ist die nicht herrlich? Es ist eine Ruggieri. Vater hat sie mir zum sechzehnten Geburtstag gekauft.“

„Es ist ein wunderschönes Instrument“, stimmte Honoria zu. „Aber Mozart hatten wir erst letztes Jahr.“

„Wir spielen doch jedes Jahr Mozart“, beschwerte sich Sarah vom Klavier aus.

„Aber ich habe letztes Jahr nicht mitgemacht.“ Daisy warf Sarah einen verdrossenen Blick zu. „Und das ist erst dein zweites Konzert, du kannst dich also wohl kaum darüber beklagen, was ihr *jedes* Jahr spielt.“

„Ich glaube, bevor die Saison vorüber ist, muss ich dich umbringen“, sagte Sarah in etwa dem Ton, in dem sie auch sagen würde: *Ich glaube, ich nehme lieber eine Limonade statt Tee.*

Daisy streckte ihr die Zunge heraus.

„Iris?“ Honoria sah zu ihrer Cousine am Cello.

Die murmelte nur griesgrämig: „Mir doch egal.“

Honoria seufzte. „Wir können nicht dasselbe spielen wie letztes Jahr.“

„Warum denn nicht?“, begehrte Sarah auf. „Ich kann mir nicht vorstellen, dass irgendwer es in unserer Interpretation wiedererkennt.“

Iris sank in sich zusammen.

„Aber es stand bestimmt im Programmheft“, gab Honoria zu bedenken.

„Glaubst du wirklich, dass irgendwer sich das Programmheft vom letzten Jahr aufhebt?“, fragte Sarah.

„Meine Mutter macht das“, erklärte Daisy.

„Meine auch“, räumte Sarah ein, „aber es ist ja nicht so, als würde sie es hervorholen und mit dem diesjährigen vergleichen.“

„Meine Mutter schon“, widersprach Daisy.

„Lieber Gott“, stöhnte Iris.

„Mr Mozart hat doch mehr als ein Stück geschrieben“, brachte Daisy die Diskussion zurück auf den Punkt. „Wir haben jede Menge Auswahl. Ich finde, wir sollten *Eine kleine Nachtmusik* spielen. Das ist mein absolutes Lieblingsstück. So munter und fröhlich.“

„Ein Klavier ist darin aber nicht vorgesehen“, erinnerte Honoria sie.

„Das macht überhaupt nichts“, versicherte Sarah, die Frau am Klavier.

„Wenn ich mitspielen muss, musst du auch mitspielen“, zischte Iris ihr zu.

Sarah zuckte tatsächlich ein wenig zurück. „Ich hatte keine Ahnung, dass du so giftig aussehen kannst.“

„Das liegt daran, dass sie keine Wimpern hat“, spottete Daisy.

Iris drehte sich vollkommen ruhig zu ihr um: „Ich hasse dich.“

„So etwas Schreckliches sagt man nicht“, mahnte Honoria und sah ihre Cousine streng an. Iris war ein äußerst heller Typ und ihr Haar von jenem Rotblond, das die Wimpern und die Brauen tatsächlich beinahe unsichtbar wirken lässt. Aber sie selbst hatte sie immer unglaublich attraktiv gefunden, von einer fast ätherischen Schönheit.

„Wenn sie keine Wimpern hätte, wäre sie tot“, warf Sarah ein.

Honoria drehte sich zu ihr um. Sie konnte einfach nicht glauben, welche Richtung das Gespräch genommen hatte. Nein, das war nicht ganz richtig. Sie konnte es schon glauben (leider), sie konnte es nur nicht fassen.

„Aber es *stimmt*“, verteidigte Sarah sich. „Oder sie wäre zumindest blind. Die Wimpern halten den Staub aus den Augen.“

„Warum reden wir eigentlich über Wimpern?“, fragte sich Honoria laut.

Daisy antwortete sofort. „Weil Sarah gesagt hat, sie hätte nicht gedacht, dass Iris so giftig aussehen kann, und dann habe ich gesagt ...“

„Ich weiß“, unterbrach Honoria, und als sie sah, dass Daisy mit offenem Mund auf den richtigen Augenblick wartete, ihren Satz zu beenden, sagte sie noch einmal: „Ich *weiß*. Es war eine rhetorische Frage. An mich selbst!“

„Dabei gibt es eine vollkommen stichhaltige Antwort darauf“, erklärte Daisy beleidigt.

Honoria wandte sich Hilfe suchend an Iris. Sie waren beide einundzwanzig, doch Iris nahm dieses Jahr zum ersten Mal am Konzert teil: Ihre Schwester Marigold hatte den Cellopart bis zu ihrer Heirat im letzten Herbst in ehernem Griff gehabt. „Hast du einen Vorschlag?“, fragte Honoria betont fröhlich.

Iris verschränkte die Arme vor der Brust und sackte auf ihrem Platz zusammen, es wirkte fast so, als wollte sie sich selbst so lange zusammenfalten, bis nichts mehr von ihr zu sehen war. „Irgendwas ohne Cello“, murrte sie.

„Wenn ich mitspielen muss, musst du auch mitspielen“, versetzte Sarah und lächelte triumphierend.

Iris sah sie mit dem geballten Zorn der missverstandenen Künstlerin an. „Du verstehst das nicht.“

„Oh doch“, antwortete Sarah mit viel Gefühl. „*Ich* habe letztes Jahr gespielt, wenn du dich erinnerst. Ich hatte also ein ganzes Jahr Zeit, es zu verstehen.“

Daisy wurde ungeduldig. „Warum beklagt ihr euch nur alle. Das ist doch aufregend! Wir dürfen auftreten. Wisst ihr überhaupt, wie lange ich schon auf diesen Tag warte?“

„Ungefähr so lange, wie ich mich davor fürchte“, brummte Iris.

„Wirklich kaum zu glauben, dass ihr beiden Schwestern seid", merkte Sarah an.

„Ich staune auch jeden Tag darüber", erklärte Iris rundweg.

„Es sollte ein Klavierquartett sein", warf Honoria rasch ein, ehe Daisy bemerkte, dass sie eben beleidigt worden war. „Leider gibt es da nicht allzu viel Auswahl."

Niemand äußerte eine Meinung dazu.

Honoria unterdrückte ein Stöhnen. Es war offenkundig, dass sie die Führung übernehmen musste, wenn sie nicht im musikalischen Chaos versinken wollten. Obwohl das Chaos im Vergleich zu dem, was die Smythe-Smiths sonst ablieferten, vielleicht sogar eine Verbesserung wäre.

Traurig, aber wahr.

„Mozarts erstes Klavierquartett oder Mozarts zweites Klavierquartett." Sie hielt zwei Notenblätter hoch. „Hat eine von euch eine Meinung dazu?"

„Das, was wir letztes Jahr nicht gespielt haben", seufzte Sarah. Sie lehnte den Kopf auf das Klavier und ließ ihn dann tatsächlich auf die Tasten sinken.

„He, das klang gut", sagte Daisy überrascht.

„Es klang wie ein Fisch, der sich übergibt", sprach Sarah in das Klavier.

„Was für ein reizendes Bild", kommentierte Honoria.

„Ich glaube nicht, dass Fische sich übergeben", kritisierte Daisy. „Und wenn, dann würden sie wohl nicht so klingen ..."

„Könnten wir nicht die Ersten sein, die meutern?", unterbrach Sarah sie und hob den Kopf. „Könnten wir nicht einfach Nein sagen?"

„Nein!", heulte Daisy auf.

„Nein", fand auch Honoria.

„Ja?", flehte Iris mit schwacher Stimme.

Sarah blickte Honoria fest in die Augen: „Ich kann einfach nicht glauben, dass du das noch einmal auf dich nehmen willst."

„Es ist Tradition."

„Es ist eine ganz elende Tradition, und ich brauche ein halbes Jahr, um mich davon zu erholen."

„Ich werde mich nie davon erholen", prophezeite Iris.

Honoria dachte an Marcus und zwang sich dann, nicht an Marcus zu denken. „Es ist Tradition", wiederholte sie. „Und wir haben Glück, einer Familie anzugehören, die Wert auf Tradition legt."

„Wovon redest du?", fragte Sarah kopfschüttelnd.

„Es gibt Leute, die haben niemanden", erklärte Honoria leidenschaftlich.

Sarah starrte sie noch einen Augenblick an und sagte dann noch einmal: „Tut mir leid, aber wovon redest du?"

Honoria war sich bewusst, dass ihre Stimme vor Erregung anschwoll, konnte aber nichts dagegen tun. „Es macht mir vielleicht keinen Spaß, auf einer musikalischen Soiree aufzutreten, aber ich *liebe* es, mit euch allen zu proben."

Ihre Cousinen starrten sie verblüfft an. Für einen Moment hatte es ihnen tatsächlich die Sprache verschlagen.

„Ist euch denn nicht klar, was für ein Glück wir haben?", fragte Honoria. Und als keine ihr eifrig zustimmte, fügte sie hinzu: „Dass wir einander haben?"

„Könnten wir uns nicht auch bei einem Kartenspiel haben?", schlug Iris vor.

„Wir sind Smythe-Smiths", stieß Honoria hervor, „und wir machen Musik." Und bevor Sarah Einspruch erheben konnte, ergänzte sie rasch: „Du auch, auch wenn du anders heißt. Deine Mutter war eine Smythe-Smith, und das ist es, was zählt."

Sarah seufzte – lange, laut und erschöpft.

„Wir heben jetzt unsere Instrumente und spielen Mozart", verkündete Honoria. „Und wir tun das mit einem Lächeln im Gesicht."

„Ich habe keine Ahnung, wovon ihr alle eigentlich redet", sagte Daisy.

Sarah gab auf. „Ich spiele. Aber ich kann nicht versprechen, dass ich dabei lächele.“ Sie schaute auf ihr Klavier hinunter. „Und ich hebe mein Instrument nicht hoch.“

Iris kicherte. „Ich könnte dir helfen.“

„Es hochzuheben?“

Iris’ Grinsen wurde direkt teuflisch. „Das Fenster ist nicht weit …“

„Ich wusste, dass ich dich liebe“, schwärmte Sarah.

Während die beiden überlegten, wie sie Lady Winsteads nagelneues Pianoforte zerstören könnten, wandte Honoria sich wieder den Noten zu und versuchte zu entscheiden, welches Stück sie nehmen sollten. „Letztes Jahr haben wir das zweite Quartett gespielt“, sagte sie, obwohl nur Daisy ihr zuhörte, „aber ich zögere, diesmal das erste zu nehmen.“

„Warum?“, fragte Daisy.

„Es ist sehr schwierig.“

„Warum denn?“

„Ich weiß nicht“, gab Honoria zu. „Ich habe nur gehört, dass es schwierig sein soll, und das so oft, dass ich lieber vorsichtig wäre.“

„Gibt es ein drittes Quartett?“

„Leider nein.“

„Dann sollten wir es mit dem ersten probieren“, schlug Daisy kühn vor. „Wer wagt, gewinnt.“

„Ja, und ein Weiser kennt seine Beschränkungen.“

„Wer hat das gesagt?“

„Ich“, erwiderte Honoria ungeduldig. Sie hielt die Noten des ersten Quartetts hoch. „Ich glaube nicht, dass wir das einstudieren können, selbst wenn wir dreimal so viel Zeit hätten.“

„Wir brauchen es nicht einzustudieren. Wir haben die Noten doch direkt vor uns.“

Die Sache würde sich offenbar noch weitaus schwieriger gestalten, als Honoria befürchtet hatte.

„Ich finde, wir sollten das erste Quartett spielen“, wiederholte Daisy mit Nachdruck. „Es wäre doch peinlich, dasselbe Stück wie letztes Jahr zu spielen.“

Es würde peinlich werden, egal, für welches Werk sie sich entschieden, aber Honoria hatte nicht den Mut, ihr das ins Gesicht zu sagen.

Andererseits würden sie ja ohnehin jedes Stück bis zur Unkenntlichkeit entstellen. Konnte ein schwieriges Stück, das schlecht gespielt wurde, wirklich so viel schlimmer sein als ein etwas leichteres Stück, das ebenfalls schlecht gespielt wurde?

„Ach, warum nicht“, gab Honoria nach. „Wir nehmen das erste Quartett.“ Das würde Sarah gar nicht passen. Der Klavierpart war besonders schwierig.

Aber schließlich war es ja auch nicht so, als hätte Sarah sich dazu herabgelassen, bei der Entscheidung mitzuwirken.

„Eine gute Wahl“, erklärte Daisy im Brustton der Überzeugung. „Wir spielen das erste Quartett“, rief sie über die Schulter.

Honoria sah zu Sarah und Iris, die das Pianoforte tatsächlich mehrere Fuß durch den Raum geschoben hatten.

„Was macht ihr denn da?“, rief sie alarmiert.

„Ach, keine Sorge“, erwiderte Sarah. „Wir haben nicht *wirklich* vor, es aus dem Fenster zu werfen.“

Iris brach fast auf dem Klavierschemel zusammen; vor Lachen bebte sie am ganzen Körper.

„Das ist nicht komisch“, sagte Honoria, obwohl es komisch war. Eigentlich hätte sie nichts lieber getan, als sich an den Albereien ihrer Cousinen zu beteiligen, aber irgendwer musste die Sache in die Hand nehmen. Und wenn nicht sie es tat, dann würde es Daisy tun.

Lieber Himmel.

„Wir haben Mozarts erstes Klavierquartett ausgewählt“, sagte Daisy noch einmal.

Iris erbleichte, was in ihrem Fall beinahe geisterhaft blass bedeutete. „Du machst Witze.“

„Nein“, zischte Honoria, die allmählich genug hatte. „Wenn es dir so wichtig ist, hättest du dich eben am Gespräch beteiligen müssen.“

„Weißt du denn, wie schwierig das ist?“

„Deswegen wollen wir es ja aufführen!“, verkündete Daisy.

Iris sah ihre Schwester einen Augenblick an und wandte sich dann wieder Honoria zu, die sie offensichtlich für die Vernünftigere hielt. „Wir können das erste Quartett nicht nehmen. Das ist unmöglich. Hast du je eine Aufführung davon gehört?“

„Nur einmal“, gab Honoria zu, „und ich erinnere mich nicht gut daran.“

„Es ist unmöglich! Es ist nicht für Amateure gedacht.“

Honoria war nicht so reinen Herzens, dass sie den Kummer ihrer Cousine nicht doch ein wenig genossen hätte. Iris hatte schließlich den ganzen Nachmittag nichts anderes getan als gejammert.

„Glaub mir“, beteuerte sie jetzt noch einmal, „wenn wir das Stück aufführen, werden wir massakriert.“

„Von wem?“, fragte Daisy.

Iris sah sie nur an, nicht in der Lage, sich artikuliert dazu zu äußern.

„Von der Musik“, warf Sarah ein.

„Ach, du hast also beschlossen, dich auch an unserem Gespräch zu beteiligen?“, bemerkte Honoria spitz.

„Sei nicht so sarkastisch“, versetzte Sarah schnippisch.

„Wo wart ihr beide denn, als ich versucht habe, ein Stück auszuwählen?“

„Sie haben das Pianoforte umhergeschoben.“

„Daisy!“, schrien die anderen drei gequält auf.

„Was habe ich denn gesagt?“, fragte Daisy.

„Versuch doch mal, nicht immer alles so wörtlich zu nehmen“, fuhr Iris ihre kleine Schwester an.

Die verzog beleidigt das Gesicht und begann, in den Noten zu blättern.

Honoria holte tief Luft und stemmte die Hände in die Hüften. „Wir müssen für unseren Auftritt üben, und egal wie sehr ihr beide euch beklagt, wir kommen da nicht raus. Hört endlich auf, mir das Leben schwer zu machen, und tut, was man euch sagt."

Sarah und Iris konnten sie nur anstarren.

„Ähm, bitte", fügte Honoria hinzu.

„Vielleicht wäre jetzt der geeignete Zeitpunkt für eine kleine Pause", schlug Sarah vor.

Honoria stöhnte. „Wir haben doch noch nicht einmal angefangen."

„Ich weiß. Wir brauchen trotzdem eine Pause."

Honoria stand einen Augenblick ganz still, spürte, wie sie in sich zusammensackte. Es war so ermüdend. Und Sarah hatte recht. Sie brauchten eine Pause. Eine Pause vom Nichtstun, aber dennoch eine Pause.

„Außerdem", sagte Sarah und warf ihr einen listigen Blick zu, „ist meine Kehle wie ausgedörrt."

Honoria hob eine Augenbraue. „Deine Quengelei hat dich durstig gemacht?"

„Genau", erwiderte Sarah und grinste. „Hast du etwas Limonade für mich, liebste Cousine?"

„Ich weiß nicht", sagte Honoria seufzend. „Ich könnte mal nachfragen." Etwas Limonade wäre jetzt nett. Und wenn sie ganz ehrlich war, wäre es auch nett, nicht üben zu müssen. Sie stand auf, um zu klingeln, und hatte sich kaum wieder hingesetzt, als Poole, der langjährige Butler von Winstead House, eintrat.

„Das ging ja schnell", bemerkte Sarah.

„Ein Gentleman wünscht Sie zu sehen, Lady Honoria", verkündete Poole.

Marcus?

Honoria klopfte das Herz bis zum Hals, bis ihr klar wurde, dass es unmöglich Marcus sein konnte. Er war immer noch an Fensmore gefesselt. Doktor Winters hatte darauf bestanden.

Honoria nahm die Visitenkarte, die Poole ihr auf dem Tablett präsentierte.

The Earl of Chatteris

Du lieber Himmel, es war tatsächlich Marcus! Was zum Teufel trieb er in London? Honoria vergaß ganz, gedemütigt oder verärgert zu sein oder was auch immer sie empfand (so ganz hatte sie sich da noch nicht entschieden), so zornig machte sie der Gedanke, dass Marcus die Anweisungen des Arztes ignorierte. Wie konnte er es wagen, seine Gesundheit aufs Spiel zu setzen? Sie hatte sich nicht an seinem Krankenbett verausgabt, hatte nicht Hitze, Blut und Delirium getrotzt, nur damit er jetzt in London zusammenbrach, weil er zu dumm war, zu Hause zu bleiben, wo er hingehörte.

„Führen Sie ihn sofort herein", stieß sie hervor. Vermutlich hatte sie ziemlich wütend geklungen, denn alle drei Cousinen blickten sie schockiert an.

„Er sollte das Haus noch nicht verlassen", knurrte Honoria als Erklärung.

„Lord Chatteris", sagte Sarah mit absoluter Gewissheit.

„Bleibt hier", befahl Honoria den anderen. „Ich bin gleich wieder da."

„Müssen wir üben, während du nicht da bist?", erkundigte sich Iris.

Honoria rollte mit den Augen und ließ sich nicht zu einer Antwort herab.

„Seine Lordschaft wartet bereits im Salon", sagte Poole.

Natürlich. Kein Butler würde von einem Earl verlangen, dass er die Visitenkarte aufs Tablett legte und sich dann empfahl.

„Ich komme gleich wieder", versprach Honoria ihren Cousinen.

„Das hast du bereits gesagt."

„Ihr bleibt hier."

„Das hast du auch schon gesagt. Oder etwas Ähnliches."

Honoria bedachte Sarah mit einem letzten aufgebrachten Blick und verließ das Zimmer. Sie hatte ihr nicht viel von ihrem Aufenthalt auf Fensmore erzählt, nur dass Marcus krank geworden war und sie und ihre Mutter ihn bei seiner Genesung unterstützt hatten. Aber Sarah kannte sie besser als jeder andere; sie würde Fragen stellen, vor allem jetzt, da Honoria beim bloßen Anblick von Marcus' Visitenkarte die Fassung verloren hatte.

Sie marschierte durchs Haus, und ihr Zorn wuchs mit jedem Schritt. Was fiel ihm nur ein? Doktor Winters hatte sich ganz klar ausgedrückt. Marcus sollte noch eine Woche lang das Bett hüten und dann eine weitere Woche zu Hause bleiben, vielleicht sogar zwei. Man konnte rechnen, wie man wollte – er hätte auf keinen Fall jetzt in London sein dürfen.

„Was um alles in der Welt hast du …" Sie stürmte in den Salon, hielt aber inne, als sie ihn vor dem Kamin stehen sah, ein Bild der Gesundheit. „Marcus?"

Er lächelte, und ihr schmolz das Herz – dieses elende, verräterische Organ. „Honoria", sagte er. „Wie schön, dich zu sehen."

„Du siehst …" Sie blinzelte, konnte immer noch nicht recht glauben, was sie sah. Er hatte wieder Farbe im Gesicht, seine Augen wirkten nicht mehr eingefallen, und er schien wieder sein normales Gewicht zu haben. „Du siehst gut aus", sagte sie schließlich überrascht.

„Doktor Winters hat mich für reisefähig erklärt. Er meinte, er hätte noch nie erlebt, dass sich jemand so schnell von einem Fieber erholt."

„Das muss wohl am Sirupkuchen gelegen haben."

Sein Blick wurde warm. „Das kann gut sein."

„Was führt dich in die Stadt?", fragte sie. Sie hätte gern hinzugefügt: *Da du doch kürzlich von deiner Verpflichtung entbunden wurdest, darauf zu achten, dass ich keinen Idioten heirate.*

Gut möglich, dass sie vielleicht eine Spur verbittert war.

Aber nicht wütend. Es hatte weder einen Zweck noch gab es einen Grund, zornig auf ihn zu sein. Er hatte schließlich nur das getan, worum Daniel ihn gebeten hatte. Und es war ja nicht so, als hätte er irgendwelche echten Liebesgeschichten hintertrieben. Honoria war in keinen ihrer Verehrer verliebt gewesen, und wenn ihr einer von ihnen die Ehe angetragen hätte, hätte sie ihn vermutlich abgewiesen.

Das Ganze war ihr einfach peinlich. Warum hatte ihr niemand erzählen können, dass Marcus sich in ihre Angelegenheiten gemischt hatte? Sie hätte sich vielleicht aufgeregt – also gut, sie hätte sich bestimmt aufgeregt –, aber nicht sehr. Und wenn sie davon gewusst hätte, dann hätte sie sein Verhalten auf Fensmore nicht falsch interpretiert. Sie hätte nicht geglaubt, dass er sich vielleicht ein klein wenig in sie verliebt haben könnte.

Und sie hätte sich nicht gestattet, sich in ihn zu verlieben.

Sie würde sich aber jetzt auf keinen Fall anmerken lassen, dass irgendetwas nicht in Ordnung war. Offiziell war sie sich seiner Machenschaften nicht bewusst.

Und so setzte sie ihr schönstes Lächeln auf und eine Miene, die brennendes Interesse an allem, was er zu erzählen hatte, signalisieren sollte. Bis er antwortete: „Ich wollte die musikalische Soiree nicht verpassen."

„Oh, jetzt weiß ich aber, dass du schwindelst."

„Nein, wirklich", beharrte er. „Ich weiß ja nun von deinen wahren Gefühlen; das wird der Sache eine ganz neue Dimension verleihen."

Sie rollte mit den Augen. „Wohl kaum. Selbst wenn du mit mir lachst statt über mich, kannst du der Katzenmusik doch nicht entrinnen."

„Ich ziehe in Erwägung, mir diskret Watte in die Ohren zu stopfen."

„Wenn meine Mutter dich dabei erwischt, wird sie tödlich beleidigt sein. Und das nach all ihrer liebevollen Pflege!"

Er sah sie einigermaßen überrascht an. „Sie hält dich immer noch für begabt?"

„Uns alle", bestätigte Honoria. „Ich glaube, sie ist ein bisschen traurig, dass ich die letzte Tochter bin, die auftritt. Aber der Stab wird wohl bald an die nächste Generation weitergereicht werden. Ich habe jede Menge Nichten, die sich bereits an ihren winzig kleinen Geigen die kleinen Fingerchen wundspielen."

„Wirklich? Winzig kleine Geigen?"

„Nein. Es klingt nur besser, wenn man sie so beschreibt."

Er lachte und wurde dann still. Sie schwiegen beide, standen im Salon, untypisch verlegen und, nun ja, schweigsam.

Es war merkwürdig. Es sah ihnen gar nicht ähnlich.

„Möchtest du ein wenig spazieren gehen?", fragte er unvermittelt. „Das Wetter ist recht schön."

„Nein", sagte sie brüsker als beabsichtigt. „Danke."

Ein Schatten huschte über sein Gesicht und war so schnell verschwunden, dass sie annahm, sie habe es sich vielleicht nur eingebildet. „Na gut", sagte er steif.

„Ich kann nicht", fügte sie hinzu, weil sie ihn wirklich nicht hatte verletzen wollen. Oder vielleicht hatte sie genau das beabsichtigt und hatte nun ein schlechtes Gewissen. „Meine Cousinen sind alle da. Wir proben."

Auf seinem Gesicht zeigte sich leichte Beunruhigung.

„Am besten besinnst du dich auf irgendein Anliegen, das dich weit von Mayfair wegführt", riet sie ihm. „Daisy hat das *pianissimo* noch nicht gemeistert." Als sie seinen verständnislosen Blick sah, erklärte sie: „Sie ist laut."

„Und ihr anderen seid das nicht?"

„Touché, aber nein, nicht so schlimm."

„Das bedeutet auch, dass ich mir, wenn ich auf die musikalische Soiree gehe, einen Platz ganz hinten suchen sollte?"

„Wenn es geht, im nächsten Raum."

„Wirklich?" Er wirkte bemerkenswert – nein, vielleicht doch

absurd – hoffnungsvoll. „*Gibt* es denn Sitzplätze im nächsten Raum?“

„Nein.“ Honoria hob die Brauen. „Und die letzte Reihe wird dich auch nicht retten. Zumindest nicht vor Daisy.“

Er seufzte.

„Das hättest du dir vor deiner überstürzten Genesung überlegen sollen.“

„Allmählich gelange ich auch zu dieser Einsicht.“

„Na ja“, sagte sie und versuchte dabei zu klingen wie eine viel beschäftigte junge Dame mit zahllosen Verabredungen, die sich außerdem überhaupt nicht nach ihm verzehrte. „Ich muss jetzt wirklich gehen.“

„Natürlich“, sagte er und nickte ihr zum Abschied höflich zu.

„Wiedersehen.“ Aber sie bewegte sich nicht.

„Wiedersehen.“

„Es war sehr schön, dich zu sehen.“

„Ebenfalls“, sagte er. „Grüße bitte deine Mutter von mir.“

„Natürlich. Sie wird sich sehr darüber freuen, dass es dir gut geht.“

Er nickte. Und blieb stehen. Und sagte schließlich: „Also dann.“

„Ja“, sagte sie hastig, „ich muss gehen. Wiedersehen“, sagte sie noch einmal. Diesmal verließ sie den Raum tatsächlich. Sie blickte nicht einmal über die Schulter zurück.

Was mehr Disziplin erforderte, als sie sich je hätte träumen lassen.

18. KAPITEL

In Wahrheit ist es doch so, dachte Marcus, während er im Arbeitszimmer seines Londoner Stadthauses saß, dass ich sehr wenig Ahnung davon habe, wie man einer jungen Dame den Hof macht. Wie man heiratswilligen jungen Damen aus dem Weg ging, das wusste er, noch besser vielleicht, wie man deren Mütter mied. Und er wusste auch eine Menge darüber, wie man sich über andere Männer schlaumachte, die jungen Damen (genauer: Honoria) den Hof machten. Und am allerbesten wusste er, wie man diese Männer in aller Stille bedrohte, während man ihnen nahelegte, ihr Vorhaben aufzugeben.

Doch wenn es um ihn selbst ging, hatte er keine Ahnung.

Blumen? Er hatte schon andere Männer mit Blumen gesehen. Frauen mochten Blumen. Hol's der Teufel, er mochte Blumen auch. Wer mochte Blumen denn nicht?

Er überlegte, ob er sich vielleicht auf die Suche nach den Traubenhyazinthen machen sollte, die ihn immer an Honorias Augen denken ließen, aber es waren kleine Blumen, die in einem Sträußchen vielleicht nicht gut aussehen würden. Außerdem, sollte er ihr beim Überreichen der Blumen etwa sagen, sie erinnerten ihn an ihre Augen? Denn dann müsste er auch erklären, dass er von den frischen Blättern sprach, die noch nicht so dunkel waren.

Er konnte sich kaum etwas vorstellen, bei dem er sich noch alberner vorgekommen wäre.

Außerdem hatte er ihr noch nie Blumen geschenkt. Wenn er jetzt damit ankam, würde das erst ihre Neugierde wecken und dann ihr Misstrauen, und wenn sie seine Gefühle nicht erwiderte (und er hatte keinen speziellen Grund, anzunehmen, dass sie das tat), dann stünde er in ihrem Salon da wie ein dummer Esel.

Alles in allem wollte er dieses Szenario lieber vermeiden.

Sicherer wäre es, ihr in der Öffentlichkeit den Hof zu machen. Lady Bridgerton gab am nächsten Tag einen Geburtstagsball, und er wusste, dass Honoria hingehen würde. Selbst wenn sie nicht hingehen wollte, würde sie hingehen – es waren viel zu viele begehrte Junggesellen dort, um abzusagen. Unter anderem Gregory Bridgerton, über den Marcus seine Meinung geändert hatte – er war noch viel zu grün hinter den Ohren, um ans Heiraten zu denken. Sollte Honoria sich dennoch für den jungen Mann interessieren, dann würde er wohl einschreiten müssen.

Natürlich ganz diskret, wie immer. Schon aus diesem Grund musste er den Ball besuchen.

Er blickte über seinen Schreibtisch. Links lag die geprägte Einladung nach Bridgerton House. Rechts lag das Briefchen, das Honoria ihm bei ihrer Abreise auf Fensmore hinterlassen hatte. Es war eine unglaublich nichtssagende Nachricht. Ein Gruß, eine Unterschrift, dazwischen zwei ganz gewöhnliche Sätze. Nichts deutete darauf hin, dass ein Leben gerettet, ein Kuss getauscht, ein Sirupkuchen stibitzt worden war …

Es war die Art Nachricht, die man hinterließ, wenn man sich bei der Gastgeberin für ein nettes, korrektes Gartenfest bedanken wollte. Es war *nicht* die Art Nachricht, die man jemandem schrieb, den man eventuell heiraten wollte.

Marcus wollte Honoria heiraten. Sobald Daniel seinen verdammten Hintern nach England zurückbewegt hatte, würde er ihn um ihre Hand bitten. Aber bis dahin musste er wohl oder übel selbst um sie werben.

Er seufzte. Manche Männer wussten instinktiv, wie man mit einer Frau redete. Es wäre jetzt sehr praktisch gewesen, wenn er zu diesen Männern gehört hätte.

Aber das tat er eindeutig nicht. Er wusste nur, wie man mit Honoria redete. Und selbst das klappte in letzter Zeit nicht mehr besonders gut.

Und so fand er sich am darauffolgenden Abend an einem jener Orte ein, die ihm zutiefst zuwider waren: einem Ballsaal in London.

Wie immer bezog er etwas abseits Position mit dem Rücken zur Wand. Hier konnte er die Ereignisse beobachten und gleichzeitig so tun, als ginge ihn das alles nichts an. Nicht zum ersten Mal schätzte er sich glücklich, nicht als Frau zur Welt gekommen zu sein. *Er* durfte nach Herzenslust reserviert und grüblerisch sein. Die stille junge Dame zu seiner Linken hingegen war schlicht ein Mauerblümchen.

Es herrschte ein unglaubliches Gedränge auf dem Ball, man wurde schier erdrückt – Lady Bridgerton war immens beliebt –, und Marcus konnte nicht sagen, ob Honoria da war. Er sah sie nicht, aber er hatte auch keinen Überblick über das Kommen und Gehen. Wie man sich bei dieser Hitze, inmitten der schwitzenden Menschen wohlfühlen konnte, würde ihm für immer ein Rätsel bleiben.

Er warf der jungen Dame neben sich noch einen verstohlenen Blick zu. Sie kam ihm bekannt vor, aber er wusste sie nicht recht einzuordnen. So ganz jung war sie nicht mehr, aber wohl auch nicht viel älter als er. Sie seufzte tief und erschöpft auf, und er dachte unwillkürlich, dass er wohl neben einer verwandten Seele stand. Auch sie sah über die Menge hinweg und tat dabei so, als suchte sie niemand Bestimmten.

Er spielte mit dem Gedanken, ihr guten Abend zu sagen und sie vielleicht zu fragen, ob sie Honoria kannte, und wenn ja, ob sie sie bereits gesehen habe. Aber bevor er sich dazu durchringen konnte, drehte sie sich in die andere Richtung, und er war sich ganz sicher, dass er sie murmeln hörte: „Verflixt, ich hole mir ein Eclair."

Sie schlängelte sich durch die Menschenmenge. Marcus sah ihr interessiert nach; sie schien zu wissen, wohin sie wollte. Und wenn er sie richtig verstanden hatte, bedeutete dies …

Sie wusste, wo man ein Eclair bekommen konnte.

Sofort machte er sich ebenfalls auf den Weg. Wenn er schon in diesem Ballsaal festsaß, ohne Honoria überhaupt zu Gesicht zu bekommen, die doch der einzige Grund war, warum er sich dieses Getümmel überhaupt antat, dann würde er sich wenigstens etwas Süßes holen.

Seit Langem hatte er die Kunst perfektioniert, sich auch ohne Ziel zielbewusst zu bewegen, und es gelang ihm, jeder überflüssigen Konversation aus dem Weg zu gehen, indem er das Kinn hob und den Blick scharf über die Köpfe der Menschen hinweggleiten ließ.

Bis ihn jemand ans Bein stieß.

Autsch.

„Was guckst du denn so böse, Chatteris?", ertönte eine herrische weibliche Stimme. „Ich habe dich doch kaum berührt."

Er erkannte die Stimme und wusste, dass es kein Entrinnen gab. Mit leisem Lächeln blickte er hinab in das runzlige Gesicht von Lady Danbury, die die Britischen Inseln bereits seit der Restauration in Angst und Schrecken versetzte.

Zumindest erweckte sie diesen Eindruck. Sie war die Großtante seiner Mutter und bestimmt hundert Jahre alt.

„Eine Beinverletzung, Mylady", sagte er und verneigte sich ehrerbietig vor ihr.

Sie stieß mit ihrer Waffe (andere Leute mochten Stock dazu sagen, aber er wusste es besser) auf den Boden. „Vom Pferd gefallen?"

„Nein, ich …"

„Die Treppe runtergeflogen? Eine Flasche auf den Fuß fallen lassen?" Ihre Miene wurde listig. „Oder hat es gar mit einer Frau zu tun?"

Er unterdrückte das Bedürfnis, entrüstet die Arme vor der Brust zu verschränken. Sie sah ihn mit einem ziemlich süffisanten Grinsen an. Es machte ihr Freude, sich über ihre Mitmenschen lustig zu machen; einmal hatte sie ihm gestanden, das Schönste am Altwerden sei der Umstand, dass man ungestraft alles sagen konnte.

Er beugte sich zu ihr herab und sagte sehr ernst: „Mein Kammerdiener hat mich mit dem Messer angegriffen."

Es war das erste (und vermutlich einzige) Mal in seinem Leben, dass er sie sprachlos machte.

Sie klappte den Mund auf und ihre Augen wurden immer größer. Nachdem der erste Schreck vorüber war, brach sie in ein bellendes Gelächter aus. „Jetzt aber mal wirklich. Was ist passiert?"

„Genau das, was ich gesagt habe. Ich wurde mit dem Messer verletzt." Er wartete einen Augenblick und fügte hinzu: „Wenn wir nicht in einem Ballsaal stünden, würde ich es dir zeigen."

„Wahrhaftig?" Jetzt klang sie ehrlich interessiert. Sie beugte sich vor, und ihre Augen leuchteten vor makaberer Neugier. „Ist es grausig?"

„Es *war* grausig."

Sie presste die Lippen zusammen und fragte mit schmalen Augen: „Und wo ist dein Kammerdiener jetzt?"

„In Chatteris House, wo er sich vermutlich ein Glas von meinem besten Brandy genehmigt."

Sie stieß noch einmal ihr bellendes Gelächter aus. „Du hast mir schon immer Spaß gemacht", erklärte sie. „Ich bin mir ziemlich sicher, dass du mein zweitliebster Neffe bist."

Darauf fiel ihm nichts anderes ein als: „Wirklich?"

„Du weißt, dass die meisten Leute dich humorlos finden, nicht wahr?"

„Du nimmst wirklich kein Blatt vor den Mund", murmelte er.

Sie zuckte mit den Schultern. „Du bist mein Urgroßneffe. Da kann ich so direkt sein, wie ich will."

„Tu doch nicht so, als sei Blutsverwandtschaft eine notwendige Voraussetzung, um dich frisch von der Leber weg zu äußern."

„Touché." Sie nickte ihm beifällig zu. „Ich wollte dich aber eigentlich nur darauf hinweisen, dass dein Humor eher von der verstohlenen Art ist. Ich finde das sehr begrüßenswert."

„Ich bebe vor Entzücken."

Sie deutete mit dem Finger auf ihn. „Genau das meine ich. Du bist wirklich sehr amüsant – auch wenn du es keinen merken lässt."

Er dachte an Honoria. Sie konnte er zum Lachen bringen. Ihr Lachen war das schönste Geräusch, das er kannte.

„Genug davon." Lady Danbury stieß mit dem Stock auf den Boden. „Warum bist du überhaupt hier?"

„Ich glaube, ich war eingeladen."

„Ach, Schnickschnack. Du hasst diese Veranstaltungen doch."

Er zuckte nur leicht mit den Schultern.

„Wahrscheinlich passt du auf dieses Smythe-Smith-Mädel auf", vermutete sie.

Er hatte sich eben umgeblickt, in der Hoffnung, die Eclairs doch noch irgendwo entdecken zu können, drehte sich nun aber wieder abrupt zu ihr um.

„Ach, keine Sorge", sagte sie und rollte mit den Augen. „Ich werde nicht herumerzählen, dass du dich für sie interessierst. Sie ist eine von denen mit Geige, nicht? Lieber Himmel, binnen einer Woche wärst du taub."

Er öffnete den Mund, um Honoria zu verteidigen, um zu sagen, dass sie durchaus wusste, wie komisch das Ganze war, doch dann fiel ihm ein, dass es für Honoria gar nicht komisch war. Sie wusste ganz genau, dass das Quartett schrecklich spielte, aber sie machte weiter mit, weil es für ihre Familie wichtig war. Dass sie sich auf die Bühne setzte und so tat, als hielte sie sich für eine erstklassige Geigenvirtuosin – das erforderte großen Mut.

Und Liebe.

Honoria liebte aus vollem Herzen, und er konnte nur denken – *von dieser Liebe will ich auch etwas haben.*

„Du hast der Familie immer nahe gestanden", unterbrach Lady Danbury seine Überlegungen.

Er blinzelte, brauchte einen Augenblick, um in das Gespräch zurückzufinden. „Ja", sagte er schließlich. „Ich bin mit ihrem Bruder zur Schule gegangen."

„Oh ja", seufzte sie. „Was für eine Farce das doch war! Der Junge hätte nie aus dem Land gejagt werden dürfen. Ich habe immer gesagt, dass Ramsgate ein Esel ist."

Schockiert starrte er sie an.

„Wie du ja gesagt hast“, erklärte sie keck, „ist Blutsverwandtschaft keine Voraussetzung für Offenheit.“

„Anscheinend nicht.“

„Ach, schau doch, da ist sie ja“, sagte Lady Danbury. Sie nickte nach rechts, und Marcus folgte ihrem Blick, bis er Honoria sah, die mit zwei anderen jungen Damen plauderte, die er aus der Entfernung nicht identifizieren konnte. Sie hatte ihn noch nicht entdeckt, und so nutzte er die Gelegenheit, ihren Anblick in sich aufzusaugen. Ihr Haar sah anders aus; er konnte nicht genau erkennen, was sie geändert hatte – die Feinheiten der weiblichen Coiffure waren ihm schon immer ein Rätsel gewesen –, aber er fand es wunderschön. Vielleicht sollte er sich ja die Mühe machen, eine poetischere Beschreibung für Honorias Reize zu finden, aber manchmal waren die schlichtesten Worte auch die am tiefsten empfundenen.

Sie war wunderschön. Und er sehnte sich nach ihr.

„Du liebst sie ja wirklich“, hauchte Lady Danbury.

Er fuhr herum. „Wovon redest du?“

„Es steht dir doch förmlich ins Gesicht geschrieben, so abgedroschen diese Redewendung auch ist. Ach, nun geh schon und fordere sie zum Tanzen auf“, sagte sie, hob den Stock und deutete damit in Honorias Richtung. „Du könntest es sehr viel schlimmer treffen.“

Er hielt lieber noch eine Weile still. Bei Lady Danbury wusste man nie so recht, wie man selbst den einfachsten Satz interpretieren sollte. Ganz zu schweigen davon, dass sie ihren Stock immer noch in die Luft reckte. Wenn dieser Stock in Aktion war, war Vorsicht geboten.

„Nun geh schon“, drängte sie ihn. „Mach dir wegen mir keine Gedanken. Ich finde hier schon irgendeinen anderen nichts ahnenden Narren, den ich quälen kann. Und ja, bevor du glaubst, protestieren zu müssen, ich habe dich eben einen Narren genannt.“

„Das, so könnte ich mir vorstellen, ist das einzige Privileg, das die Blutsverwandtschaft mit sich bringt."

Sie kicherte entzückt. „Du bist der König unter meinen Neffen."

„Dein zweitliebster", erinnerte er sie.

„Du erklimmst die Spitze meiner Favoriten-Liste, wenn du einen Weg findest, ihre Geige zu zerstören."

Marcus hätte nicht lachen sollen, aber er tat es.

„Ich bin die einzige Person in meinem Alter, die ich kenne, die noch Ohren hat wie ein Luchs", sagte Lady Danbury. „Im Grunde ist es ein Fluch."

„Die meisten würden das einen Segen nennen."

Sie schnaubte. „Nicht, wenn die musikalische Soiree kurz bevorsteht."

„Warum gehst du da eigentlich hin? Du stehst der Familie nicht besonders nahe. Du könntest leicht wegbleiben."

Sie seufzte, und einen Moment wurde ihr Blick erstaunlich sanft. „Ich weiß nicht", räumte sie ein. „Irgendwer muss diesen armen Dingern doch Beifall klatschen."

Er sah zu, wie ihr Gesicht wieder seinen normalen, unsentimentalen Ausdruck annahm. „Du bist viel netter, als du dir anmerken lässt", behauptete er lächelnd.

„Verrat es keinem. Pah." Sie stieß mit dem Stock auf den Boden. „Ich bin jetzt mit dir fertig."

Er verbeugte sich mit allem Respekt, der einer furchterregenden Urgroßtante gebührte, und ging zu Honoria. Sie trug ein zartblaues Kleid, ein duftiges Gebilde, das er nicht zu beschreiben gewusst hätte, nur dass es die Schultern bloß ließ, was ihm sehr gefiel.

„Lady Honoria", sagte er, als er bei ihr angekommen war. Sie drehte sich zu ihm um, und er verbeugte sich höflich.

Ihre Augen leuchteten vor Freude. Sie nickte höflich und murmelte: „Lord Chatteris, wie reizend, Sie zu sehen."

Auch deswegen hasste er diese Veranstaltungen. Ihr Leben lang hatte Honoria ihn stets mit seinem Vornamen angesprochen, aber sobald sie in einem Londoner Ballsaal aufeinandertrafen, wurde er zu Lord Chatteris. Zum Glück fing sie sich gleich wieder.

„Du erinnerst dich sicher an Miss Royle.“ Sie wies auf die in dunkleres Blau gekleidete junge Dame zu ihrer Rechten. „Und das ist meine Cousine Lady Sarah.“

„Miss Royle, Lady Sarah.“ Er verbeugte sich vor den Damen.

„Was für eine Überraschung, dich hier zu sehen“, sagte Honoria.

„Eine Überraschung?“

„Ich hätte nicht gedacht …“ Sie unterbrach sich, und ihre Wangen färbten sich rosa. „Ach, nichts“, korrigierte sie sich, was offensichtlich gelogen war. Aber an einem so öffentlichen Ort konnte er sie nicht bedrängen, und so machte er stattdessen die unglaublich tiefsinnige und interessante Bemerkung: „Ganz schön voll heute Abend, finden Sie nicht auch?“

„Oh ja“, murmelten die drei Damen in unterschiedlicher Lautstärke. Eine von ihnen sagte vielleicht sogar: „Allerdings.“

Darauf geriet die Unterhaltung wieder ins Stocken, und dann platzte Honoria heraus: „Hast du noch einmal von Daniel gehört?“

„Nein“, erwiderte er. „Hoffentlich bedeutet das, dass er sich bereits auf die Rückreise gemacht hat.“

„Dann weißt du nicht, wann er zurückkehrt?“, sagte sie.

„Nein“, erwiderte er. Seltsam. Das hätte sie doch schon seiner Aussage davor entnehmen müssen.

„Verstehe“, sagte sie, und dann setzte sie eines dieser *Ich-lächele-weil-ich-nichts-zu-sagen-habe*-Lächeln auf. Was noch seltsamer war.

„Bestimmt kannst du seine Rückkehr kaum erwarten“, bemerkte sie mit einigem Nachdruck, nachdem mehrere Augenblicke verstrichen waren, ohne dass jemand zur Konversation beigetragen hätte.

Offenbar hatten ihre Worte noch einen zweiten, tieferen Sinn, aber er hatte keine Ahnung, was das sein mochte. Bestimmt war es nicht die Bedeutung, die sie für ihn hatten, nämlich dass er sehnsüchtig auf ihren Bruder wartete, um ihn um ihre Hand zu bitten.

„Ich freue mich darauf, ihn zu sehen, ja", murmelte er.

„Wie wir alle", sagte Miss Royle.

„Oh ja", mischte sich Honorias bisher schweigende Cousine ein.

Eine weitere lange Pause trat ein, und dann wandte Marcus sich an Honoria: „Ich hoffe, dass du mir einen Tanz reservierst."

„Natürlich", erwiderte sie, und er hatte den Eindruck, dass sie dabei erfreut aussah, aber er fand es an diesem Abend ungewohnt schwierig, ihr Verhalten einzuschätzen.

Die anderen beiden Damen standen absolut reglos da, mit großen Augen und starrem Blick. Sie erinnerten ihn an zwei Strauße. Plötzlich wurde Marcus klar, was von ihm erwartet wurde. „Ich hoffe, Sie beide reservieren mir ebenfalls einen Tanz", sagte er höflich.

Sofort wurden Tanzkarten gezückt. Miss Royle gewährte ihm ein Menuett, Lady Sarah einen Kontretanz, und von Honoria forderte er einen Walzer. Sollten die Klatschmäuler doch sehen, was sie damit anfingen. Es war ja nicht so, als hätte er noch nie Walzer mit ihr getanzt.

Nachdem die Tänze eingetragen waren, standen sie wieder da, ein schweigsames Quartett (wenn doch nur alle Quartette so still wären, dachte Marcus), bis Honorias Cousine sich räusperte und sagte: „Ich glaube, der Ball ist eröffnet."

Was hieß, dass es Zeit war für das Menuett.

Miss Royle sah ihn an und lächelte strahlend. Etwas verspätet fiel ihm ein, dass ihre Mutter plante, sie miteinander zu verheiraten.

Honoria sah ihn an, als wollte sie sagen: *Fürchte dich.*

Und alles, was ihm dazu einfiel, war: *Verdammt, ich habe kein einziges Eclair ergattert.*

„Er hat dich gern“, sagte Sarah, sobald Marcus und Cecily sich zu ihrem Menuett aufgemacht hatten.

„Was?“, fragte Honoria. Sie musste blinzeln. Ihr Blick war etwas unscharf, weil sie ihn die ganze Zeit auf Marcus’ Rücken gerichtet hatte.

„Er hat dich gern“, sagte Sarah.

„Was redest du da, natürlich hat er mich gern. Wir sind schon seit Ewigkeiten befreundet.“ Nun, streng genommen stimmte das nicht. Sie kannten sich seit Ewigkeiten. Freunde – echte Freunde – waren sie erst vor Kurzem geworden.

„Nein, er hat dich *gern*“, wiederholte Sarah mit übertriebener Betonung.

„Was?“, fragte Honoria noch einmal, da sie heute offenbar zur Idiotie verurteilt war. „Oh. Nein. Nein, natürlich nicht.“

Doch ihr Herz tat einen Satz.

Sarah schüttelte langsam den Kopf, als käme ihr beim Sprechen eine Erkenntnis. „Cecily hat mir gesagt, sie hätte so einen Verdacht, als ihr damals zu ihm nach Fensmore gefahren seid, um nach ihm zu sehen, aber ich dachte, sie bildet sich das nur ein.“

„Du solltest deine ersten Eindrücke achten“, erklärte Honoria energisch.

Sarah schnaubte verächtlich. „Hast du nicht bemerkt, wie er dich angestarrt hat?“

Honoria, die innerlich darum flehte, dass man ihr widersprach, sagte: „Er hat mich doch nicht angestarrt.“

„Oh doch, das hat er“, entgegnete Sarah. „Ach, und übrigens, falls du dir deswegen Gedanken machen solltest, ich habe kein Interesse an ihm.“

Honoria konnte nur blinzeln.

„Bei den Royles“, erinnerte Sarah sie. „Ich hatte mir doch überlegt, ob er sich vielleicht ganz schnell in mich verlieben könnte.“

„Ach, stimmt ja“, erinnerte sich Honoria und versuchte zu ignorieren, wie sich ihr bei der Vorstellung, Marcus könnte sich in jemand anderen verlieben, der Magen umdrehte. Sie räusperte sich. „Das hatte ich ganz vergessen."

Sarah zuckte mit den Schultern. „Es war eine verzweifelte Hoffnung." Sie sah auf die Menge, murmelte: „Ich frage mich, ob einer der anwesenden Gentlemen mich wohl vor nächstem Mittwoch heiraten würde."

„Sarah!"

„Das war ein Witz. Lieber Himmel, das solltest du doch wissen." Und dann sagte sie: „Er sieht schon wieder zu dir hin."

„Was?" Honoria zuckte vor Überraschung zusammen. „Nein, nein, das glaube ich nicht. Er tanzt doch mit Cecily."

„Er tanzt mit Cecily und sieht dabei *dich* an." Sarah klang recht zufrieden mit sich und ihrer Einschätzung.

Honoria hätte nur zu gern geglaubt, dass Marcus' Blicke ein Zeichen für sein Interesse an ihr waren, doch nachdem sie Daniels Brief gelesen hatte, wusste sie es besser. „Er schaut mich nicht an, weil er mich gern hat", sagte sie und schüttelte den Kopf.

„Ach nein?" Sarah sah aus, als hätte sie jetzt gern die Arme vor der Brust verschränkt, um ihren Worten Nachdruck zu verleihen. „Warum denn dann?"

Honoria schluckte und sah sich dann verstohlen um. „Kannst du ein Geheimnis für dich behalten?"

„Natürlich."

„Daniel hat ihn gebeten, ein Auge auf mich zu haben, während er weg ist."

Sarah war nicht beeindruckt. „Warum ist das ein Geheimnis?"

„Ist es wohl eigentlich gar nicht. Nun ja, doch, es ist schon eins. Weil mir niemand davon erzählt hat."

„Woher weißt du es dann?"

Honoria spürte, wie ihre Wangen heiß wurden. „Ich habe möglicherweise etwas gelesen, was nicht für mich bestimmt war."

Sarah riss die Augen auf. „Wirklich?", sagte sie und beugte sich vor. „Das sieht dir aber gar nicht ähnlich."

„Es geschah in einem Moment der Schwäche."
„Den du jetzt bedauerst?"
Honoria dachte einen Augenblick nach. „Nein", räumte sie schließlich ein.
„Honoria Smythe-Smith", verkündete Sarah und grinste dabei über das ganze Gesicht, „ich bin so stolz auf dich."
„Ich würde ja fragen, warum", erwiderte Honoria misstrauisch, „aber ich bin mir nicht sicher, ob ich das so genau wissen möchte."
„Das ist doch vermutlich das Ungebührlichste, was du je getan hast."
„Das stimmt nicht!"
„Ach, vielleicht hast du bislang ja nur vergessen, mir zu erzählen, wie du damals nackt durch den Hyde Park gelaufen bist."
„Sarah!"
Sarah lachte. „Jeder hat doch mal irgendwann irgendetwas gelesen, was nicht für ihn bestimmt war. Ich bin einfach froh, dass du dich entschieden hast, dich dem Rest der Menschheit anzuschließen."
„Ich bin gar nicht so steif und sittsam", protestierte Honoria.
„Natürlich nicht. Aber als abenteuerlustig würde ich dich nun auch nicht gerade bezeichnen."
„Na, dich würde ich auch nicht unbedingt als abenteuerlustig bezeichnen."
„Nein." Sarah ließ die Schultern hängen. „Bin ich auch nicht."
Einen Augenblick standen sie da, ein bisschen traurig, ein bisschen nachdenklich. „Nun", sagte Honoria und versuchte, wieder etwas Leichtsinn in die Unterhaltung zu bringen, „das heißt ja wohl, dass du kaum nackt durch den Hyde Park laufen wirst, oder?"
„Nicht ohne dich", erwiderte Sarah listig.
Honoria lachte und legte ihrer Cousine dann impulsiv den Arm um die Schultern und drückte sie. „Ich hab dich lieb, das weißt du doch."

„Natürlich weiß ich das."

Honoria wartete.

„Ach, und übrigens, ich hab dich auch lieb", sagte Sarah.

Honoria lächelte, und einen Augenblick schien mit der Welt alles in Ordnung. Oder zumindest normal. Sie war in London, auf einem Ball, neben sich ihre Lieblingscousine. Nichts hätte normaler sein können. Sie legte den Kopf schräg und ließ ihren Blick über die Menge schweifen. Es war wirklich herrlich, einem Menuett zuzusehen. So ein anmutiger, vornehmer Tanz. Und vielleicht war es ja Einbildung, aber es hatte doch den Anschein, als trügen die Damen alle ähnliche Farben – auf dem Parkett leuchteten Blau-, Grün- und Silbertöne.

„Es sieht fast aus wie auf einer Musikdose", murmelte sie.

„Ja", stimmte Sarah zu, zerstörte den poetischen Augenblick aber sogleich mit der Bemerkung: „Ich hasse Menuett."

„Wirklich?"

„Ja", sagte sie. „Ich weiß nicht mal, warum."

Honoria sah den Tanzenden weiter zu. Wie oft hatten sie schon so nebeneinandergestanden, sie und Sarah? Seite an Seite, beide mit Blick aufs Geschehen, während sie sich gleichzeitig unterhielten. Sie kannten einander so gut, dass sie auch ohne sich anzusehen ganz genau wussten, was gerade in der anderen vorging.

Honoria beobachtete, wie Marcus und Cecily miteinander tanzten. „Glaubst du, dass Cecily Royle es auf Marcus abgesehen hat?", erkundigte sie sich.

„Glaubst du das?", fragte Sarah zurück.

Honoria blickte auf Marcus' Füße. Für einen so großen Mann war er erstaunlich anmutig. „Ich weiß nicht", murmelte sie.

„Würde es dir etwas ausmachen?"

Honoria dachte einen Augenblick darüber nach, wie viel von ihren Gefühlen sie preisgeben wollte. „Ich glaube ja", bekannte sie schließlich.

„Selbst wenn es so wäre, es spielt keine Rolle", entschied Sarah. „Er ist nicht an ihr interessiert."

„Ich weiß“, sagte Honoria leise, „aber ich glaube nicht, dass er an mir interessiert ist.“

„Wart es nur ab“, sagte Sarah und drehte sich endlich zu ihr um, um ihr in die Augen zu sehen. „Wart’s einfach ab.“

Etwa eine Stunde später – Honoria stand gerade am Dessert-tisch und beglückwünschte sich dazu, dass sie das letzte Eclair ergattert hatte – kam Marcus, um sie zum versprochenen Walzer zu holen.

„Hast du eines abbekommen?“, fragte sie ihn.

„Was abbekommen?“

„Ein Eclair. Sie haben himmlisch geschmeckt. Oh.“ Sie versuchte nicht zu lächeln. „Tut mir leid. Deiner Miene entnehme ich, dass du keins gehabt hast.“

„Dabei versuche ich schon den ganzen Abend, hierher zu gelangen.“

Sie bemühte sich um einen optimistischen Ton: „Vielleicht gibt es ja Nachschub.“

Er hob eine Augenbraue und sah sie nur an.

„Vermutlich nicht“, räumte sie ein. „Tut mir schrecklich leid. Vielleicht könnten wir Lady Bridgerton fragen, wo sie sie herhatte. Oder …“, sie schenkte ihm ihren listigsten Blick, „… wenn ihr eigener Koch sie zubereitet hat, könnten wir versuchen, ihn abzuwerben.“

Er lächelte. „Wir könnten auch einfach tanzen.“

„Das könnten wir auch tun“, stimmte sie glücklich zu. Sie legte ihre Hand auf seinen Arm und ließ sich von ihm in die Mitte des Ballsaal geleiten. Sie hatten schon öfter miteinander getanzt, sogar ein, zwei Walzer waren dabei gewesen, aber dies hier fühlte sich anders an. Schon bevor die Musik einsetzte, hatte sie das Gefühl, mühelos über den gebohnerten Parkettboden zu gleiten. Und als er ihr die Hand auf die Taille legte und sie ihm in die Augen blickte, breitete sich in ihrem ganzen Körper ein heißes, fließendes Gefühl aus.

Sie war schwerelos. Sie war atemlos. Sie fühlte sich hungrig, sehnsüchtig. Sie wollte etwas, was sie nicht näher beschreiben konnte, und sie wollte es mit einer Heftigkeit, die ihr eigentlich hätte Angst machen sollen.

Aber sie hatte keine Angst. Nicht, solange Marcus' Hand auf ihrem Rücken lag. In seinen Armen fühlte sie sich sicher, auch wenn sie sich gerade in einen regelrechten Rauschzustand steigerte. Sie spürte seine Wärme durch ihre Kleider, das war eine derart erregende Empfindung, dass sie sich am liebsten auf die Zehenspitzen gestellt hätte und davongeflogen wäre.

Sie wollte ihn. Plötzlich wurde ihr klar: Was sie fühlte, war Begehren.

Kein Wunder, dass Frauen sich für dieses Gefühl ruinierten. Sie hatte von jungen Mädchen gehört, die „Fehler" begangen hatten. Die Leute tuschelten, dass sie liederlich seien, dass sie verführt worden seien. Honoria hatte das nie recht verstanden. Warum sollte jemand lebenslange Sicherheit für eine einzige Nacht der Leidenschaft aufs Spiel setzen?

Jetzt wusste sie, warum. Und hätte gern dasselbe getan.

„Honoria?", drang Marcus' Stimme in ihre Träumereien ein.

Sie blickte auf und begegnete seinem neugierigen Blick. Die Musik hatte bereits begonnen, doch sie hatte die Füße noch nicht bewegt.

Er neigte den Kopf, als wollte er eine Frage stellen. Doch er brauchte nichts zu sagen, und sie brauchte nicht zu antworten. Stattdessen drückte sie seine Hand, und dann begannen sie zu tanzen.

Zum Klang der an- und abschwellenden Musik folgte Honoria Marcus' Führung, die Augen auf sein Gesicht gerichtet. Die Musik trug sie, und zum ersten Mal im Leben verstand sie, was es hieß zu tanzen. Ihre Füße bewegten sich im Rhythmus des Walzers – *eins-zwei-drei, eins-zwei-drei* –, und ihr Herz tanzte mit.

Der Klang der Geigen prickelte auf ihrer Haut. Die Holzblasinstrumente kitzelten sie in der Nase. Sie wurde eins mit der

Musik, und als es vorbei war, als sie sich voneinander lösten und sich mit einer Verbeugung und einem Knicks verabschiedeten, da fühlte sie sich beraubt.

„Honoria?“, fragte Marcus leise. Er wirkte besorgt. Allerdings galt seine Sorge wohl nicht ihren Gefühlen für ihn, sondern ging vermutlich eher in die Richtung *Oh Gott, sie wird mir doch jetzt nicht krank werden!*

Er sah jedenfalls nicht aus wie jemand, der sich verliebt hatte. Er sah vielmehr aus wie jemand, der fürchtete, dass sein Gegenüber möglicherweise an einer schlimmen Magenverstimmung litt.

Sie hatte mit ihm getanzt und sich dabei wie verwandelt gefühlt. Sie, die weder eine Melodie halten noch einen Rhythmus klopfen konnte, war in seinen Armen regelrecht verzaubert worden. Der Walzer war himmlisch gewesen, und es brachte sie schier um, dass es ihm ganz offensichtlich nicht so ging.

Das war doch nicht möglich. Sie konnte sich kaum auf den Beinen halten, und er sah einfach aus …

Wie er selbst.

Derselbe alte Marcus, der sie als Last empfand. Eine nicht ganz unangenehme Last, aber dennoch eine Last. Kein Wunder, dass er Daniels Rückkehr kaum erwarten konnte. Denn für ihn hieß das, dass er London verlassen und aufs Land zurückkehren konnte, wo er viel glücklicher war.

Es hieß, dass er wieder frei wäre.

Er sagte ihren Namen noch einmal, und irgendwie gelang es ihr, sich aus ihrer Benommenheit zu befreien. „Marcus“, sagte sie abrupt, „warum bist du hier?“

Einen Augenblick starrte er sie an, als wäre ihr ein zweiter Kopf gewachsen. „Ich war eingeladen“, erwiderte er eine Spur empört.

„Nein.“ Ihr tat der Kopf weh, sie hätte sich gern die Augen gerieben, und am liebsten hätte sie geweint. „Nicht hier auf dem Ball, ich meine: Warum bist du hier in London?“

Seine Augen verengten sich misstrauisch. „Warum fragst du mich das?“

„Weil du London hasst.“

Er rückte sein Krawattentuch zurecht. „Also, ich *hasse* London doch ni…“

„Du hasst die Saison“, unterbrach sie ihn. „Das hast du mir selbst gesagt.“

Er wollte etwas entgegnen, doch nach einer halben Silbe unterbrach er sich. Plötzlich fiel Honoria ein, dass er ein schlechter Lügner war. Schon immer. Als sie klein waren, hatten er und Daniel einmal einen ganzen Kronleuchter von der Decke gezogen. Honoria fragte sich immer noch, wie sie das fertiggebracht hatten. Als Lady Winstead ein Geständnis forderte, hatte Daniel ihr direkt ins Gesicht gelogen, und das so charmant, dass ihre Mutter offenbar nicht sicher gewesen war, ob er nicht doch die Wahrheit sagte.

Marcus hingegen war ein wenig rot geworden und hatte an seinem Kragen gezerrt, als juckte ihn der Hals.

Genau so, wie er es jetzt machte.

„Ich habe hier … gewisse Pflichten“, sagte er verlegen.

Gewisse Pflichten.

„Verstehe“, sagte sie und wäre beinahe erstickt an dem Wort.

„Honoria, ist mit dir alles in Ordnung?“

„Mir geht es blendend“, fuhr sie ihn an und hasste sich selbst für ihren Jähzorn. Schließlich konnte er nichts dafür, dass Daniel ihm die Sorge um sie aufgebürdet hatte. Man konnte ihm nicht mal vorwerfen, dass er sich dazu bereit erklärt hatte. Von einem Gentleman war nichts anderes zu erwarten.

Marcus hielt ganz still, doch sein Blick huschte im Raum umher, als sei dort irgendeine Erklärung für ihr merkwürdiges Benehmen zu finden. „Du bist zornig …“, murmelte er besänftigend, vielleicht sogar eine Spur herablassend.

„Ich bin nicht zornig“, stieß sie hervor.

Die meisten Leute hätten darauf erwidert, dass sie aber zornig klinge, doch Marcus sah sie nur auf seine nervtötend beherrschte Art an.

„Ich bin nicht zornig", murrte sie, weil er sie durch sein Schweigen praktisch zu einer weiteren Antwort zwang.

„Natürlich nicht."

Abrupt hob sie den Kopf. *Das* war tatsächlich herablassend gewesen. Das andere hatte sie sich vielleicht eingebildet, aber das hier nicht.

Er sagte nichts. Natürlich nicht. Marcus würde niemals eine Szene machen.

„Ich fühle mich nicht wohl", platzte sie heraus. Das zumindest entsprach der Wahrheit. Sie hatte Kopfschmerzen, sie war überhitzt und aus dem Gleichgewicht und sie wollte jetzt nur noch nach Hause, sich ins Bett legen und die Decke über den Kopf ziehen.

„Ich bringe dich nach draußen, damit du ein wenig Luft schnappen kannst", sagte er steif und legte die Hand auf ihren Rücken, um sie durch die Terrassentür zu schieben, die auf den Garten hinausging.

„Nein", sagte sie, und das Wort klang übertrieben laut und misstönend. „Ich meine, nein danke." Sie schluckte. „Ich glaube, ich gehe jetzt nach Hause."

Er nickte. „Ich hole deine Mutter."

„Das mache ich selbst."

„Ich bin nur zu gern …"

„Ich kann mich selbst um meine Angelegenheiten kümmern", fuhr sie ihn an. Lieber Himmel, ihr war der Klang ihrer eigenen Stimme zuwider. Sie wusste, dass sie jetzt besser den Mund hielt. Sie fand einfach nicht die richtigen Worte. Aufhören konnte sie aber auch nicht. „Du brauchst mich nicht als deine Verpflichtung zu sehen."

„Wovon sprichst du?"

Diese Frage konnte sie unmöglich beantworten, daher sagte

sie stattdessen: „Ich will nach Hause."

Er starrte sie so lange an, dass es sich wie eine Ewigkeit anfühlte, und dann verneigte er sich formell. „Wie du möchtest", sagte er und ging davon.

Und sie ging nach Hause. Wie sie es gewollt hatte. Sie hatte genau das bekommen, was sie gewollt hatte.

Es war einfach fürchterlich.

19. KAPITEL

Am Tag der musikalischen Soiree
Sechs Stunden vor dem Auftritt

„Wo ist Sarah?“

Honoria sah von ihren Noten auf. Sie hatte sich am Rand Notizen gemacht. Nichts, was sie schrieb, ergab irgendeinen Sinn, aber es verschaffte ihr immerhin die Illusion, dass sie wenigstens teilweise wusste, was sie tat, und so achtete sie darauf, dass auf jeder Seite mindestens eine Anmerkung stand.

„Wo ist Sarah?“, fragte Iris noch einmal.

„Ich weiß nicht.“ Honoria blickte sich um. „Wo ist Daisy?“

Iris wedelte ungeduldig mit dem Arm Richtung Tür. „Sie macht sich nur noch kurz frisch. Wegen *ihr* brauchst du dir keine Sorgen zu machen. Sie würde unseren Auftritt um nichts auf der Welt verpassen wollen.“

„Sarah ist nicht hier?“

Iris sah aus, als würde sie gleich explodieren. „Siehst du sie etwa irgendwo?“

„Iris!“

„Tut mir leid. Ich wollte nicht unhöflich sein, aber wo zum Teufel steckt Sarah?“

Honoria stieß verärgert die Luft aus. Gab's denn nichts Wichtigeres? Ach nein, für Iris wohl nicht. Ihre Cousine hatte sich schließlich nicht vor dem Mann, den sie liebte (was sie erst kürzlich erkannt hatte) bis auf die Knochen blamiert.

Drei Tage waren seither vergangen, und ihr wurde immer noch übel, wenn sie daran dachte.

Honoria konnte sich nicht genau erinnern, was sie gesagt hatte. Sie wusste nur, dass ihre Stimme schrecklich geklungen hatte, abgehackt und erstickt. Sie erinnerte sich, dass ihr Verstand ihren Mund angefleht hatte, doch einfach *still* zu sein, doch ihren Mund hatte das nicht im Geringsten interessiert. Ihr Verhalten war vollkommen irrational gewesen, und wenn Marcus sie bisher als Verpflichtung betrachtet hatte, dann sah er sie jetzt sicher als Belastung.

Und schon vorher, bevor sie angefangen hatte, Unsinn von sich zu geben und sich so emotional zu verhalten, dass sämtliche Männer dieser Welt sich in dem Vorurteil bestätigt sehen mussten, Frauen seien das kapriziösere Geschlecht, schon vorher hatte sie sich dumm benommen. Sie hatte mit ihm getanzt, als wäre er ihre Erlösung, sie hatte mit anbetendem Blick zu ihm aufgesehen, und er hatte …

Nichts. Er hatte nichts gesagt. Nur ihren Namen. Und dann hatte er sie angesehen, als wäre sie grün im Gesicht geworden. Vermutlich hatte er gedacht, sie könnte sich jeden Augenblick übergeben und ein weiteres Paar seiner Stiefel ruinieren.

Das war vor drei Tagen gewesen. Vor drei Tagen. Seither kein Wort.

„Spätestens vor zwanzig Minuten hätte sie hier sein müssen", knurrte Iris.

Worauf Honoria murmelte: „*Er* hätte spätestens vor zwei Tagen herkommen müssen."

Iris wandte sich scharf um. „Was hast du gesagt?"

„Vielleicht war auf den Straßen viel Verkehr?", fragte Honoria rasch, um von ihrem Ausrutscher abzulenken.

„Sie wohnt doch nur eine halbe Meile entfernt."

Honoria nickte abwesend. Sie sah auf die Notizen, die sie sich auf der zweiten Seite ihrer Noten gemacht hatte, und entdeckte, dass sie Marcus' Namen geschrieben hatte. Zweimal. Nein, dreimal. Ein kleines, verschlungenes M.H. hatte sich noch hinter einer punktierten halben Note verborgen. Lieber Himmel. Das war ja erbärmlich.

„Honoria! Honoria! Hörst du mir überhaupt zu?"

Honoria unterdrückte ein Stöhnen. „Bestimmt kommt sie gleich", sagte sie beruhigend.

„Bist du sicher?“, fragte Iris spitz. „Ich glaube das nämlich nicht. Ich wusste, dass sie mir das antun würde.“

„Was denn?“

„Verstehst du nicht? Sie wird nicht kommen.“

Jetzt hatte sie endlich Honorias Aufmerksamkeit. „Sei nicht albern. Das würde Sarah nie tun.“

„Wirklich nicht?“ Iris’ Blick zeugte von Ungläubigkeit. Und Panik. „*Wirklich nicht?*“

Honoria starrte sie lange an, und dann: „Ach, du lieber Gott.“

„Ich habe dir doch gesagt, dass du nicht das erste Quartett hättest auswählen sollen. Sarah ist gar nicht so schlecht am Klavier, aber das Stück ist viel zu schwierig.“

„Für uns ist es doch auch schwierig“, wandte Honoria schwach ein. Allmählich wurde ihr ein wenig übel.

„Nicht so schwierig wie für das Klavier. Und außerdem spielt es keine Rolle, wie schwierig die Geigenparts sind, weil ...“ Iris unterbrach sich. Sie schluckte, und ihre Wangen färbten sich rot.

„Du brauchst keine Angst zu haben, mich zu kränken“, erklärte Honoria. „Ich weiß, dass ich schlecht bin. Und ich weiß, dass Daisy noch schlimmer ist. Welches Stück man auch nimmt, wir spielen alles gleich schlecht.“

„Ich kann es nicht fassen“, sagte Iris und lief erregt im Zimmer auf und ab. „Ich kann nicht fassen, dass sie mir das antut.“

„Wir *wissen* doch noch gar nicht, ob sie wirklich nicht auftritt“, sagte Honoria.

Iris fuhr herum. „Ach, wirklich nicht?“

Honoria schluckte unbehaglich. Iris hatte recht. Sarah war noch nie zwanzig – nein, inzwischen waren es fünfundzwanzig – Minuten zu spät zu den Proben gekommen.

„Das wäre nicht passiert, wenn du nicht ein so schwieriges Stück ausgewählt hättest“, warf Iris ihr vor.

Honoria stampfte mit dem Fuß auf. „Versuch jetzt nur nicht, mir die Schuld in die Schuhe zu schieben. Ich bin nicht diejenige, die sich letzte Woche die ganze Zeit darüber beschwert hat, dass … Ach, vergiss es. Ich bin hier, sie ist nicht hier, und ich wüsste nicht, wieso das meine Schuld sein sollte."

„Nein, nein, natürlich nicht", meinte Iris und schüttelte den Kopf. „Es ist nur … Oh!" Sie stieß einen lauten Schrei zorniger Erbitterung aus. „Ich kann nicht fassen, dass sie mir das antut."

„Uns", erinnerte Honoria sie ruhig.

„Ja, aber ich bin diejenige, die gar nicht erst auftreten wollte. Dir und Daisy war es egal."

„Mir ist nicht klar, was das damit zu tun hat."

„Ich weiß nicht", heulte Iris. „Es ist nur, weil wir doch alle in einem Boot sitzen sollten. Es sollte eine gemeinsame Unternehmung sein. Das hast du gesagt, tagtäglich. Und wenn ich meinen Stolz hinunterschlucken und mich vor jedem Menschen, den ich kenne, erniedrigen soll, dann sollte Sarah das auch tun müssen."

In diesem Augenblick kam Daisy ins Zimmer. „Was ist denn los?", fragte sie. „Warum regt Iris sich so auf?"

„Sarah ist nicht gekommen", sagte Honoria.

Daisy sah zu der Uhr auf dem Kaminsims. „Das ist aber unhöflich. Sie ist schon fast eine halbe Stunde zu spät."

„Sie kommt nicht", erklärte Iris rundheraus.

„Sicher wissen wir das noch nicht", wandte Honoria ein.

„Was soll das heißen, sie kommt nicht?" Daisy konnte es offenbar nicht fassen. „Sie kann doch nicht einfach wegbleiben. Wie sollen wir denn ein Klavierquartett aufführen ohne Klavier?"

Plötzlich senkte sich Schweigen über den Raum. Und dann keuchte Iris plötzlich begeistert auf. „Daisy, du bist großartig!"

Daisy wirkte erfreut. „Wirklich?"

„Wir können das Konzert einfach absagen!"

„Nein!" Daisy schüttelte heftig mit dem Kopf. „Das will ich nicht."

„Uns bleibt gar nichts anderes übrig", fuhr Iris fort. Ihre Augen strahlten vor Freude. „Es ist, wie du gesagt hast. Ohne

Klavier können wir kein Klavierquartett aufführen. Oh, Sarah ist *brillant*!“

Honoria war keineswegs überzeugt. Sie liebte Sarah von Herzen, aber es war schwer vorstellbar, dass sie etwas so Selbstloses geplant hatte, vor allem unter den Umständen. „Glaubst du wirklich, dass sie das gemacht hat, um uns die Möglichkeit zu geben, das Konzert abzusagen?“

„Mir ist egal, warum sie es getan hat“, erwiderte Iris offen. „Ich bin nur so glücklich, dass ich …“ Einen Augenblick verschlug es ihr tatsächlich die Sprache. „Ich bin frei! Wir sind frei! Wir …“

„Mädchen! Mädchen!“

Iris unterbrach ihren Begeisterungsausbruch, und die Cousinen wandten sich zur Tür. Sarahs Mutter, ihre Tante Charlotte – dem Rest der Welt als Lady Pleinsworth bekannt –, eilte ins Zimmer, gefolgt von einer jungen dunkelhaarigen Frau, deren hochwertiges, aber furchtbar schlichtes Kleid sie sofort als Gouvernante auswies.

Honoria beschlich ein sehr ungutes Gefühl. Nicht wegen der Frau. Sie wirkte sehr nett, wenn ihr vielleicht auch ein wenig unbehaglich war, weil sie in einen Familienstreit hineingezogen wurde. Doch Lady Pleinsworth hatte so ein beängstigendes Glitzern in den Augen. „Sarah ist krank geworden“, verkündete sie.

„Oh nein!“, rief Daisy aus und sank dramatisch auf einen Sessel nieder. „Was sollen wir nur tun?“

„Ich bringe sie um“, murmelte Iris Honoria zu.

„Natürlich konnte ich nicht zulassen, dass euer Auftritt abgesagt wird“, fuhr Lady Pleinsworth fort. „Mit einer solchen Tragödie könnte ich nicht mehr leben.“

„Und sie auch“, stieß Iris leise hervor.

„Mein erster Gedanke war, dass wir mit der Tradition brechen und ein ehemaliges Mitglied des Ensembles auftreten lassen könnten, aber seit Philippas Auftritt 1816 hatten wir keine Pianistin mehr im Quartett.“

Honoria starrte ihre Tante ehrfürchtig an. Erinnerte sie sich tatsächlich an all diese Details, oder hatte sie sich das irgendwo aufgeschrieben?

„Philippa steht kurz vor der Niederkunft“, gab Iris zu bedenken.

„Ich weiß“, erwiderte Lady Pleinsworth. „Sie hat nicht mal mehr einen Monat, die Ärmste, und ist entsprechend ausladend geworden. Geige hätte sie noch spielen können, aber hinter das Piano hätte sie beim besten Willen nicht mehr gepasst.“

„Wer hat vor Philippa gespielt?“, erkundigte sich Daisy.

„Niemand.“

„Also, das kann unmöglich stimmen“, wandte Honoria ein. Achtzehn Jahre musikalische Soireen, und aus dem Smythe-Smithschen Kreis waren nur zwei Pianistinnen hervorgegangen?

„Es ist aber wahr“, bestätigte Lady Pleinsworth. „Ich war genauso überrascht wie du. Ich habe mir alle unsere Programme angesehen, nur um sicherzugehen. Meist hatten wir zwei Geigen, eine Viola und ein Cello.“

„Ein Streichquartett“, erläuterte Daisy überflüssigerweise. „Die klassische Zusammensetzung eines Quartetts.“

„Dann sagen wir ab?“, fragte Iris, worauf Honoria ihr einen warnenden Blick zuwarf. Iris klang ein wenig zu begeistert von dieser Möglichkeit.

„Kommt nicht infrage“, sagte Lady Pleinsworth und wies auf die junge Frau neben ihr. „Das ist Miss Wynter. Sie wird für Sarah einspringen.“

Alle wandten sich der dunkelhaarigen Frau zu, die seitlich hinter Lady Pleinsworth stand. Man konnte sie mit einem Wort beschreiben: hinreißend. Alles an ihr war vollkommen, von ihrem glänzenden Haar bis zum milchweißen Teint. Ihr Gesicht war herzförmig, ihre Lippen waren voll und rosig und ihre Wimpern so lang, dass Honoria glaubte, sie müssten ihre Augenbrauen berühren, wenn sie die Augen zu weit aufriss.

„Na“, murmelte Honoria Iris zu, „wenigstens wird *uns* niemand ansehen.“

„Sie ist unsere Gouvernante“, erklärte Lady Pleinsworth.

„Und sie spielt Klavier?“, fragte Daisy.

„Wenn nicht, hätte ich sie nicht hergebracht“, erwiderte Sarahs Mutter ungeduldig.

„Es ist aber ein schwieriges Stück“, sagte Iris in beinahe aufsässigem Ton. „Ein sehr schwieriges Stück. Ein sehr, *sehr* …“

Honoria versetzte ihr einen Rippenstoß.

„Sie kennt es bereits“, erklärte Lady Pleinsworth.

„Wirklich?“, fragte Iris. Voll Unglauben und, um der Wahrheit die Ehre zu geben, Verzweiflung wandte sie sich an Miss Wynter. „Wirklich?“

„Nicht sehr gut“, bekannte Miss Wynter mit weicher Stimme, „aber ich habe Auszüge daraus bereits gespielt.“

„Die Programme sind schon gedruckt“, versuchte Iris es noch einmal. „Für das Klavier steht dort Sarahs Name.“

„Zum Kuckuck mit dem Programm.“ Lady Pleinsworth verlor jetzt endgültig die Geduld. „Wir machen am Anfang einfach eine Ansage. Im Theater tun sie das die ganze Zeit.“ Sie wedelte mit der Hand in Miss Wynters Richtung und stieß die junge Frau dabei aus Versehen gegen die Schulter. „Betrachtet sie als Sarahs Zweitbesetzung.“

Darauf trat eine kleine, etwas unhöfliche Pause ein. Schließlich rang Honoria sich durch. „Willkommen“, sagte sie mit einer Bestimmtheit, der Iris und Daisy entnehmen konnten, dass sie ihrem Beispiel besser folgen sollten, wenn sie nicht etwas erleben wollten. „Ich freue mich sehr, Ihre Bekanntschaft zu machen.“

Miss Wynter machte einen kleinen Knicks. „Ganz meinerseits, ähm …“

„Oh, tut mir schrecklich leid“, sagte Honoria. „Ich bin Lady Honoria Smythe-Smith, aber bitte, wenn Sie mit uns auftreten, müssen Sie uns mit Vornamen ansprechen. „Das hier ist Iris, und das Daisy. Ebenfalls Smythe-Smith.“

„Ich bin auch eine geborene Smythe-Smith“, fügte Lady Pleinsworth hinzu.

„Ich heiße Anne“, sagte Miss Wynter.

„Iris spielt Cello“, fuhr Honoria fort, „und Daisy und ich spielen beide Geige.“

„Dann verlasse ich euch nun, damit ihr in Ruhe proben könnt.“ Lady Pleinsworth ging zur Tür. „Ihr habt einen arbeitsreichen Nachmittag vor euch.“

Kaum war sie draußen, ging Iris zum Angriff über. „Sie ist doch gar nicht krank, oder?“

Anne fuhr zusammen, offensichtlich überrascht von dem heftigen Ton. „Wie bitte?“

„Sarah“, erläuterte Iris nicht allzu freundlich. „Sie tut nur so. Das weiß ich.“

„Da kann ich mir wirklich kein Urteil erlauben“, sagte Anne diplomatisch. „Ich habe sie nicht einmal zu Gesicht bekommen.“

„Vielleicht hat sie einen Ausschlag“, vermutete Daisy. „Sie würde nicht wollen, dass jemand sie sieht, wenn sie Flecken im Gesicht hat.“

„Ich kenne Lady Sarah nicht sehr gut“, erklärte Anne. „Ich wurde erst dieses Jahr eingestellt, und Sarah braucht keine Gouvernante mehr.“

„Sie würde ohnehin nicht auf Sie hören. Sind Sie denn überhaupt älter als sie?“

„Daisy!“, tadelte Honoria. Lieber Himmel, an diesem Nachmittag konnte sich wirklich keine benehmen.

Daisy zuckte mit den Schultern. „Wenn sie uns mit Vornamen anspricht, kann ich sie wohl auch fragen, wie alt sie ist.“

„Älter als du jedenfalls“, versetzte Honoria, „und das bedeutet, nein, du kannst sie das nicht fragen.“

„Es stört mich nicht“, erwiderte Anne mit schmalem Lächeln. „Ich bin vierundzwanzig. Ich habe Harriet, Elizabeth und Frances in meiner Obhut.“

„Dann gnade Ihnen Gott", murmelte Iris.

Honoria konnte sich nicht dazu durchringen, ihr zu widersprechen. Sarahs jüngere Schwestern waren, jede für sich genommen, reizend. Zusammen jedoch … Im Hause Pleinsworth spielten sich nicht umsonst so viele Dramen ab.

Sie seufzte. „Ich glaube, wir sollten anfangen zu proben."

„Ich muss Sie warnen", sagte Anne. „Ich bin nicht besonders gut."

„Schon in Ordnung. Wir auch nicht."

„Das stimmt nicht!", protestierte Daisy.

Honoria beugte sich zu Miss Wynter, sodass die anderen sie nicht hören konnten, und flüsterte: „Iris ist in Wahrheit recht talentiert, Sarah hat ganz ordentlich gespielt, aber Daisy und ich sind fürchterlich. Mein Rat: Setzen Sie eine tapfere Miene auf und wursteln Sie sich ansonsten durch."

Anne sah sie ein wenig beunruhigt an. Honoria zuckte mit den Schultern. Sie würde bald genug erfahren, was es bedeutete, auf einer Smythe-Smithschen musikalischen Soiree aufzutreten.

Marcus war früh dran, aber nicht ganz sicher, ob er sich durch sein rechtzeitiges Erscheinen einen Sitz ganz vorn oder doch lieber ganz hinten sichern wollte. Er hatte Blumen dabei – keine Traubenhyazinthen, die hatte ohnehin niemand im Angebot, sondern zwei Dutzend bunte Tulpen.

Nie zuvor hatte er einer Frau Blumen geschenkt. Er fragte sich, was zum Teufel er mit seinem Leben bisher angefangen hatte.

Er hatte mit dem Gedanken gespielt, die Veranstaltung auszulassen. Honoria hatte sich auf Lady Bridgertons Geburtstagsball so merkwürdig verhalten. Aus irgendeinem Grund war sie ganz offensichtlich zornig auf ihn gewesen. Er hatte keine Ahnung, weswegen – und ob das überhaupt eine Rolle spielte. Sie hatte schließlich auch untypisch distanziert gewirkt, als er sie nach seiner Rückkehr nach London besucht hatte.

Aber als sie dann miteinander getanzt hatten …

Wie verzaubert war es gewesen. Er hätte schwören können, dass sie das ebenfalls so empfunden hatte. Der Welt um sie herum war versunken, es hatte nur noch sie beide gegeben in einem Strudel von Farbe und Musik. Sie war ihm nicht einmal auf die Füße getreten.

Was an und für sich schon ein Wunder war.

Aber vielleicht hatte er sich das Ganze doch nur eingebildet. Vielleicht hatte nur er es so empfunden. Denn als die Musik aufgehört hatte, war Honoria kurz angebunden und schroff gewesen, und obwohl sie behauptet hatte, sich nicht wohlzufühlen, hatte sie jedes Hilfsangebot abgelehnt.

Er würde die Frauen nie verstehen. Honoria hatte er für eine Ausnahme gehalten, aber anscheinend hatte er sich getäuscht. Und die letzten drei Tage darüber gegrübelt, warum das so war.

Am Ende hatte er jedoch erkannt, dass er die musikalische Soiree nicht auslassen konnte. Sie war schließlich, wie Honoria so eloquent erklärt hatte, eine Tradition. Er besuchte die musikalischen Soireen der Smythe-Smiths, seit er alt genug war, sich allein in London aufzuhalten. Wenn er jetzt nicht hinging, nachdem er behauptet hatte, er sei nur deswegen so kurz nach seiner Krankheit in die Stadt gekommen, wäre das für Honoria wie ein Schlag ins Gesicht.

Das konnte er einfach nicht machen. Es spielte keine Rolle, dass sie zornig auf ihn gewesen war. Es spielte keine Rolle, dass er zornig auf *sie* war. Und sich dabei völlig im Recht fühlte: Sie hatte sich ihm gegenüber höchst seltsam und feindselig benommen und den Grund dafür nicht einmal angedeutet.

Sie war seine Freundin. Selbst wenn sie ihn niemals lieben würde, würde sie doch immer seine Freundin sein. Und er brachte es genauso wenig fertig, sie absichtlich zu verletzen, wie er es fertigbrachte, sich die rechte Hand abzuhacken.

Auch wenn er sich erst vor Kurzem in sie verliebt hatte, kannte er sie doch schon seit fünfzehn Jahren. Wegen eines einzigen merkwürdigen Abends würde er seine gute Meinung von ihr nicht revidieren.

Er ging zum Musikzimmer, wo es wie im Bienenkorb summte, während die Dienstboten alles für den bevorstehenden Auftritt vorbereiteten. Eigentlich wollte er nur einen kurzen Blick auf Honoria erhaschen, ihr vor dem Konzert vielleicht noch ein paar ermutigende Worte sagen.

Zum Teufel, dachte er, eigentlich brauche *ich* ja die Ermutigung. Es würde schmerzlich sein, ihr dabei zuzusehen (und zuzuhören), wie sie sich der Familie zuliebe verstellte.

Er hielt sich steif an einer Seite des Raums und wünschte, er wäre nicht so früh gekommen. Er wusste nicht mehr so recht, warum er das für eine gute Idee gehalten hatte. Honoria war nirgends zu sehen. Das hätte er sich eigentlich gleich denken können; sie und ihre Cousinen spielten sich und ihre Instrumente sicher irgendwo im Haus ein. Und die Dienstboten warfen ihm alle merkwürdige Blicke zu, als wollten sie sagen: *Was haben Sie denn schon hier zu suchen?*

Er hob das Kinn und sah sich auf dieselbe Art um, wie er es sonst bei förmlichen Veranstaltungen tat. Vermutlich sah er gelangweilt aus, bestimmt hochnäsig, und keines von beiden traf zu.

Er nahm an, dass die anderen Gäste erst in ungefähr einer halben Stunde eintreffen würden, und fragte sich, ob er vielleicht im – sehr wahrscheinlich menschenleeren – Salon warten dürfte. In diesem Augenblick sah er aus den Augenwinkeln etwas Rosafarbenes vorbeiflitzen und erkannte, dass es sich dabei um Lady Winstead handelte, die in untypischer Aufregung durch das Zimmer fegte. Sie entdeckte ihn und lief auf ihn zu. „Oh, Gott sei Dank, dass Sie hier sind."

Er sah die Panik in ihrer Miene. „Ist irgendetwas passiert?"

„Sarah ist krank geworden."

„Das tut mir leid", sagte er höflich. „Doch hoffentlich nichts Ernstes?"

„Ich habe keine Ahnung.“ Lady Winsteads Ton war recht scharf, wenn man bedachte, dass es immerhin um den Gesundheitszustand ihrer Nichte ging. „Ich habe sie nicht gesehen. Ich weiß nur, dass sie nicht hier ist.“

Er versuchte, seine aufkeimende Euphorie zu bezwingen. „Dann müssen Sie die musikalische Soiree absagen?“

„Warum stellen die Leute nur andauernd dieselbe Frage? Ach, vergessen Sie es. Natürlich können wir den Auftritt nicht absagen. Die Gouvernante der Pleinsworths spielt Klavier und übernimmt Sarahs Part.“

„Dann ist ja alles gut“, sagte er. Er räusperte sich. „Oder nicht?“

Sie sah ihn an, als wäre er ein begriffsstutziges Kind. „Wir wissen nicht, ob diese Gouvernante auch etwas taugt.“

Er nahm nicht an, dass die wie auch immer geartete Kunstfertigkeit der Gouvernante am Klavier die Qualität des gesamten Quartetts in irgendeiner Weise beeinflussen würde, hütete sich aber, dies laut zu sagen. Stattdessen murmelte er etwas wie: „Ach so.“ Oder vielleicht auch: „Ach ja.“ Jedenfalls erfüllte es seinen Zweck: Er gab etwas von sich, ohne etwas zu sagen. Unter diesen Umständen war das wohl das Beste, was er tun konnte.

„Das ist unsere achtzehnte musikalische Soiree, haben Sie das gewusst?“, fragte Lady Winstead.

Er hatte es nicht gewusst.

„Jede war ein rauschender Erfolg, und jetzt das.“

„Vielleicht ist die Gouvernante ja sehr talentiert“, warf er ein, um sie zu trösten.

Lady Winstead warf ihm einen ungeduldigen Blick zu. „Talent spielt keine große Rolle, wenn man nur sechs Stunden zum Üben hat.“

Marcus erkannte, dass sich diese Unterhaltung immer weiter im Kreis drehen würde, und fragte höflich, ob er irgendetwas tun könne, um der Aufführung doch noch zum Erfolg zu verhelfen, natürlich in der Erwartung, dass sie Nein sagen und er im Salon ein Glas Brandy würde trinken können.

Doch zu seiner großen Überraschung und zu seinem – um ehrlich zu sein – noch größeren Entsetzen packte sie seine Hand, drückte sie innig und sagte: „Ja!"

Er erstarrte. „Wie bitte?"

„Könnten Sie den Mädchen ein wenig Limonade bringen?"

Sie wollte, dass er … „Was?"

„Alle haben zu tun. Wirklich alle." Sie wedelte mit den Armen, als wollte sie damit demonstrieren, wie beschäftigt alle waren. „Die Lakaien haben die Stühle schon drei Mal umgestellt."

Marcus fragte sich, was an zwölf gleichmäßigen Stuhlreihen wohl so kompliziert sein mochte.

„Sie wollen, dass ich ihnen Limonade bringe", wiederholte er.

„Sie werden Durst haben", erklärte sie.

„Sie *singen* aber doch nicht?" Lieber Gott, was für ein Horror.

Irritiert presste sie die Lippen zusammen. „Natürlich nicht. Aber sie haben den ganzen Tag geprobt. Das ist anstrengend. Spielen Sie irgendein Instrument?"

„Ich? Nein." Das gehörte zu den wenigen Fähigkeiten, die sein Vater nicht für nötig erachtet hatte.

„Dann können Sie das nicht verstehen. Die armen Mädchen werden wie ausgedörrt sein."

„Limonade", sagte er noch einmal und fragte sich, ob sie sich vorstellte, dass er ihnen das Getränk auf einem Tablett servierte. „Also schön."

Sie hob die Brauen, als wäre sie ein wenig verärgert über seine Begriffsstutzigkeit. „Ich nehme doch an, dass Sie stark genug sind, einen Krug zu tragen?"

Das war eine derart absurde Beleidigung, dass er nicht weiter darauf einging. „Ich glaube, ich komme zurecht, ja", erwiderte er trocken.

„Gut. Sie finden ihn da drüben", sagte sie und wies auf einen

Tisch an der Wand. „Und Honoria ist gleich hinter dieser Tür." Sie deutete nach hinten.

„Nur Honoria?"

Ihre Augen wurden schmal. „Natürlich nicht. Es ist ein Quartett." Und damit ging sie davon, um die Lakaien und Dienstmädchen zu dirigieren und eine nach Marcus' Ansicht bereits bestens organisierte Veranstaltung noch etwas besser zu organisieren.

Er ging zu einem der Tische, auf denen bereits die Erfrischungen aufgebaut waren, und nahm einen Krug mit Limonade. Gläser waren noch keine zu sehen. Marcus fragte sich, ob Lady Winstead der Meinung war, er solle den Mädchen die Limonade direkt in die Kehle gießen.

Er lächelte. Die Vorstellung war amüsant.

Mit dem Krug in der Hand ging er durch die erwähnte Tür. Er bewegte sich ganz leise, um die Proben nicht zu stören.

Doch es wurde gar nicht geprobt.

Stattdessen sah er vier junge Frauen streiten, als hinge von dem Ergebnis das Schicksal Großbritanniens ab. Also gut, eigentlich stritten sich nur drei Frauen. Die Frau am Klavier, vermutlich die Gouvernante, hielt sich weise aus der Sache heraus.

Bemerkenswert war vor allem, dass es den drei Smythe-Smiths gelang, bei all der Aufregung nicht die Stimmen zu erheben – vermutlich in stillschweigender Übereinkunft, weil sie wussten, dass nebenan die Gäste eintrafen.

„Wenn du nur ein wenig lächeln würdest, Iris", fuhr Honoria ihre Cousine an, „wäre alles gleich viel einfacher."

„Für wen denn? Für dich? Denn glaub mir, für mich würde es dadurch kein bisschen einfacher."

„Mir ist egal, ob sie lächelt", sagte die Dritte. „Von mir aus braucht sie nie wieder zu lächeln. Sie ist böse."

„Daisy!", rief Honoria.

Daisy starrte ihre Schwester wütend an. „Du *bist* böse."

„Und du bist eine dumme Gans."

Marcus sah die Gouvernante an. Sie hatte den Kopf gegen das Klavier gelehnt, worauf er sich fragte, wie lange die drei anderen schon zugange waren.

„Könntest du vielleicht wenigstens *versuchen* zu lächeln?“, fragte Honoria erschöpft.

Iris zog die Lippen auseinander. Ihre Miene war so entsetzlich, dass Marcus beinahe aus dem Zimmer gegangen wäre.

„Lieber Himmel, vergiss es“, brummte Honoria. „Lass das lieber bleiben.“

„Es ist schwierig, gute Laune zu heucheln, wenn ich mich eigentlich lieber aus dem Fenster stürzen würde.“

„Das Fenster ist geschlossen“, erklärte Daisy wichtigtuerisch.

„Was du nicht sagst“, zischte Iris giftig.

„Bitte“, flehte Honoria. „Können wir uns nicht einfach alle vertragen?“

„Ich finde, wir klingen wunderbar“, erklärte Daisy. „Niemand würde heraushören, dass wir nur sechs Stunden Zeit hatten, mit Anne zu proben.“

Die Gouvernante sah auf, als sie ihren Namen hörte, und sank wieder in sich zusammen, als deutlich wurde, dass sie nicht zu antworten brauchte.

Iris ging jetzt richtig auf Daisy los: „Du kannst gute von schlechter Musik – uff! Honoria!“

„Tut mir leid? War das mein Ellbogen?“

„In meinen Rippen.“

Honoria zischte Iris etwas zu, was wohl nur für diese bestimmt war. Marcus nahm an, dass es um Daisy ging, da Iris ihrer jüngeren Schwester einen abschätzigen Blick zuwarf, mit den Augen rollte und sagte: „Gut.“

Er sah wieder zur Gouvernante. Nun zählte sie anscheinend die Flecken an der Decke.

„Wollen wir es ein letztes Mal versuchen?“, bat Honoria mit erschöpfter Entschlossenheit.

„Ich kann mir nicht vorstellen, was das bringen soll." Das kam natürlich von Iris.

Daisy warf ihr einen vernichtenden Blick zu und verkündete schnippisch: „Übung macht die Meisterin."

Marcus glaubte zu sehen, dass die Gouvernante sich das Lachen verbiss. Sie sah schließlich auf und entdeckte ihn mit seinem Krug Limonade. Er legte den Finger auf die Lippen, und sie nickte und lächelte und wandte sich wieder dem Klavier zu.

„Sind wir so weit?", fragte Honoria.

Die Geigenspielerinnen hoben ihre Geigen.

Die Hände der Gouvernante schwebten über den Tasten des Pianofortes.

Iris stöhnte gequält, setzte aber dennoch den Cellobogen an.

Und dann begann das Grauen.

20. KAPITEL

Marcus hätte die Geräusche, die aus den vier Instrumenten im Übungsraum der Smythe-Smiths drangen, nicht annähernd beschreiben können. Er war sich nicht mal sicher, ob es dafür überhaupt Worte gab. Aber *wenn* man diese Töne tatsächlich mit irgendetwas vergleichen wollte, dann wohl am ehesten mit einer Waffe.

Er sah die Frauen nacheinander an. Die Gouvernante wirkte leicht panisch, ihr Kopf zuckte ständig zwischen Noten und Tasten hin und her. Daisy hatte die Augen geschlossen und wiegte den Kopf, als wäre sie ganz in den Bann geschlagen von dieser – nun ja, vermutlich musste er es doch Musik nennen. Iris sah aus, als hätte sie am liebsten geweint. Oder Daisy gemeuchelt.

Und Honoria …

Sie war so wunderschön, dass *er* am liebsten geweint hätte. Oder ihre Geige zertrümmert.

Sie sah anders aus als bei der letzten musikalischen Soiree. Damals hatte sie glücklich gelächelt, und ihre Augen hatten vor Leidenschaft geglänzt. Heute hingegen attackierte sie ihre Geige mit grimmiger Entschlossenheit, so, als führte sie Truppen in die Schlacht.

Sie war der Leim, der dieses alberne Quartett zusammenhielt, und er liebte sie umso mehr dafür.

Er hatte keine Ahnung, ob sie das Stück hatten durchspielen wollen, doch zum Glück sah Iris auf, entdeckte ihn und stieß ein „Oh!“ aus, das laut genug war, die Probe zu unterbrechen.

„Marcus!“, rief Honoria, und er hätte schwören mögen, dass sie froh war, ihn zu sehen. Allerdings war er sich seines Urteilsvermögens in dieser Angelegenheit nicht mehr sicher. „Was machst du denn hier?“

Er hielt den Krug in die Höhe. „Deine Mutter hat mich mit Limonade hergeschickt.“

Einen Augenblick starrte sie ihn an, und dann brach sie in Gelächter aus. Iris begann ebenfalls zu lachen, und sogar die Gouvernante lächelte ein wenig. Nur Daisy stand da und sah sich verständnislos um. „Was gibt es da zu lachen?“, wollte sie wissen.

„Nichts“, keuchte Honoria. „Es ist einfach … lieber Himmel, dieser ganze Tag … und jetzt schickt uns meine Mutter einen Earl, damit er uns Limonade serviert.“

„Ich finde das nicht komisch“, erklärte Daisy. „Ich finde das absolut unpassend.“

„Achten Sie nicht auf sie“, sagte Iris. „Sie hat keinerlei Sinn für Humor.“

„Das ist nicht wahr!“

Marcus warf Honoria heimlich einen fragenden Blick zu. Sie bestätigte Iris’ Aussage mit einem winzigen Nicken.

„Sagen Sie, Mylord“, fragte Iris nun übertrieben höflich, „wie fanden Sie unsere Darbietung?“

Darauf würde er unter keinen Umständen antworten. „Ich bin nur hier, um Limonade auszuschenken“, wiegelte er ab.

„Gut gemacht“, murmelte Honoria.

„Hoffentlich habt ihr Gläser“, sagte er zu ihr, „ich habe keine entdeckt.“

„Haben wir“, sagte sie. „Würdest du bitte zuerst Miss Wynter einschenken? Sie hat am härtesten gearbeitet, da sie erst heute Nachmittag zu uns gestoßen ist.“

Gehorsam ging Marcus hinüber zum Klavier. „Ähm, hier bitte“, sagte er, vielleicht ein wenig steif, aber er war es schließlich nicht gewohnt, Getränke anzubieten.

„Danke, Mylord“, sagte sie und hielt ihm ein Glas hin.

Er goss ihr ein und verneigte sich höflich. „Kennen wir uns?“, fragte er. Sie kam ihm tatsächlich bekannt vor.

„Ich glaube nicht“, erwiderte sie und führte rasch das Glas an die Lippen.

Innerlich zuckte er mit den Schultern und ging zu Daisy. Normalerweise hätte er wohl nur gedacht, dass die Gouvernante eben eines dieser Dutzendgesichter hatte, die einem immer irgendwie vertraut erschienen. Doch das traf auf Miss Wynter ganz gewiss nicht zu. Sie war unglaublich schön, auf eine stille, gelassene Art. Frauen wie sie wurden normalerweise nicht als Gouvernante eingestellt. Lady Pleinsworth hatte sich vermutlich sicher gefühlt: Söhne gab es nicht, und wenn ihr Ehemann Dorset je verließ, so hatte zumindest Marcus ihn noch nie gesehen.

„Danke, Mylord", sagte Daisy, als er ihr einschenkte. „Es ist sehr demokratisch von Ihnen, eine solche Aufgabe zu übernehmen."

Er hatte keine Ahnung, was er darauf erwidern sollte, und so nickte er nur verlegen und wandte sich zu Iris, die ob der Stumpfsinnigkeit ihrer Schwester wieder mal peinlich berührt die Augen verdrehte. Als auch diese Cousine mit Limonade versorgt war, konnte Marcus sich endlich Honoria zuwenden.

„Danke", sagte sie und nahm einen Schluck.

„Was wirst du unternehmen?"

Sie sah ihn fragend an. „Weswegen?"

„Wegen der musikalischen Soiree", präzisierte er.

„Wie meinst du das? Ich werde spielen. Was soll ich denn sonst tun?"

Unauffällig nickte er zur Gouvernante hinüber. „Ihr habt eine erstklassige Ausrede, alles abzublasen."

„Das geht nicht." In ihrer Stimme lag mehr als nur leises Bedauern.

„Du brauchst dich nicht für deine Familie zu opfern", argumentierte er leise.

„Es ist kein Opfer. Es ist ..." Sie lächelte verlegen, vielleicht auch ein bisschen sehnsüchtig. „Ich weiß nicht, was es ist, aber ein Opfer ist es nicht." Sie sah auf. Ihr Blick war warm. „Es gehört eben zu mir."

„Ich ..."

Sie wartete einen Moment ab, ob er weitersprechen würde, und fragte dann: „Was ist denn?"

Er hätte ihr gern gesagt, dass er sie für die wohl tapferste, selbstloseste Person hielt, die er kannte. Er hätte ihr gern gesagt, dass er auch tausend Smythe-Smithsche musikalische Soireen durchstehen würde, wenn er dafür mit ihr zusammen sein konnte.

Er hätte ihr gern gesagt, dass er sie liebte. Aber hier ging das nicht. „Ich bewundere dich."

Darauf lachte sie nur leise. „Möglich, dass du das am Ende dieses Abends zurücknehmen möchtest."

„Ich würde das nicht fertigbringen, was du da tust", sagte er ruhig.

Sein ernster Ton verblüffte sie. „Wie meinst du das?"

Er war sich nicht ganz sicher, wie er es formulieren sollte, und so sagte er schließlich zögernd: „Ich stehe nicht gern im Mittelpunkt."

Sie legte den Kopf schräg und sah ihn lange an, ehe sie antwortete: „Nein, das stimmt." Und dann: „Du warst immer ein Baum."

„Wie bitte?"

Ihr Blick wurde erinnerungsselig. „Damals, als wir unsere schrecklichen Krippenspiele aufgeführt haben. Du hast immer einen Baum gespielt."

„Da brauchte ich nie etwas zu sagen."

„Und du durftest dich immer im Hintergrund halten."

Er spürte, wie sich in seiner ernsten Miene ein Lächeln Bahn brach, etwas schief zwar, aber ehrlich. „Als Baum habe ich mich ziemlich wohl gefühlt."

„Du warst auch ein sehr guter Baum." Sie lächelte jetzt ebenfalls – ein strahlendes, wunderbares Lächeln. „Wir brauchen mehr Bäume auf dieser Welt."

Am Ende der Soiree tat Honoria vor lauter Lächeln das Gesicht weh. Sie grinste während des ersten Satzes, strahlte während des zweiten, und nach dem dritten hatte sie mindestens so viele Zähne gezeigt wie beim Zahnarzt.

Die Aufführung war genauso schrecklich, wie sie befürchtet hatte. Eher noch schrecklicher. Tatsächlich war es das vielleicht schlimmste Konzert in der Geschichte der Smythe-Smithschen musikalischen Soireen gewesen, und das war keine geringe Leistung. Anne hatte sich am Klavier ganz geschickt gezeigt; mit etwas mehr Zeit zum Üben hätte sie sich im Stück vermutlich einigermaßen zurechtgefunden und ihre Sache gut gemacht. So aber hechelte sie den anderen immer eineinhalb Takte hinterher.

Was noch durch die Tatsache verkompliziert wurde, dass Daisy immer eineinhalb Takte *voranpreschte*.

Iris hatte wunderbar gespielt beziehungsweise hätte wunderbar spielen können. Honoria hatte sie schon öfter allein üben hören und war jedes Mal so überwältigt von ihrer Kunstfertigkeit, dass es sie nicht überrascht hätte, wenn Iris plötzlich aufgestanden wäre und erklärt hätte, sie sei adoptiert.

Aber ihre Cousine war so unglücklich über diesen erzwungenen Auftritt auf der behelfsmäßigen Bühne gewesen, dass sie ihren Bogen ohne jede Energie führte. Sie hatte die Schultern hängen lassen, ihre Miene war schmerzerfüllt, und jedes Mal, wenn Honoria zu ihr hinübersah, schien sie kurz davor, sich den Hals ihres Cellos in den Leib zu rammen.

Was Honoria selbst anging … Nun, sie war schrecklich, sogar noch schlechter als sonst. Sie hatte sich so darauf konzentrieren müssen, die Lippen zu jenem seligen Pflichtlächeln zu verziehen, dass sie beim Notenlesen oft einfach nicht mehr mitgekommen war.

Trotzdem war es die Sache wert gewesen. In der ersten Reihe hatten größtenteils Verwandte gesessen. Ihre Mutter war da und sämtliche Tanten. Ein paar Schwestern, Scharen von Cousinen … Und sie alle hatten mindestens so strahlend gelächelt wie sie. Und sie war wieder einmal stolz und so glücklich, Teil dieser Tradition sein zu dürfen.

Zugegeben, das übrige Publikum wirkte ein wenig mitgenommen, aber schließlich wussten die Leute ja von Anfang an, worauf sie sich einließen. Nach achtzehn Jahren besuchte niemand eine Smythe-Smithsche musikalische Soiree, ohne etwas von den Schrecken zu ahnen, die vor ihm lagen.

Der Applaus war recht üppig ausgefallen, zweifellos wollte man das Ende des Konzerts feiern, und danach stand Honoria immer noch lächelnd auf der Bühne und begrüßte die wenigen Zuhörer, die den Mut aufbrachten, nach vorne zu kommen.

Sie hatte den Verdacht, dass die meisten sich nicht zutrauten, ihre Gesichtszüge lange genug zu beherrschen, um den Musikerinnen zu gratulieren.

Gerade als sie dachte, sie habe auch diese Runde glücklich überstanden, kam ein letzter Gratulant.

Verflixt, Marcus war es nicht. Anscheinend war er mit Felicity Featherington, die allgemein als die hübscheste der vier Featherington-Schwestern galt, ins Gespräch vertieft.

Honoria versuchte, ihren verkrampften Unterkiefer zu einem Lächeln zu bewegen und wandte sich zu …

Lady Danbury. Du lieber Gott.

Honoria versuchte, nicht in Panik zu verfallen, aber zum Kuckuck, die alte Dame machte ihr *Angst*.

Tock, tock (machte der Stock). Gefolgt von der brüsken Frage: „Sie sind aber keine von den Neuen, was?“

„Wie bitte, Madam?“, fragte Honoria, da sie wirklich keine Ahnung hatte, was das heißen sollte.

Lady Danbury beugte sich vor, die Brauen so fest gerunzelt, dass ihre Augen fast darunter verschwanden. „Sie haben schon letztes Jahr gespielt. Ich würde in meinem Programm nachschauen, aber ich hebe keine Programme auf. Viel zu viel Papier.“

„Ach so“, erwiderte Honoria. „Nein, Madam, ich meine, ja, ich bin keine Neue.“ Sie versuchte, all die doppelten Verneinungen im Blick zu behalten und entschied dann, dass es keine Rolle spiele, ob sie sich korrekt ausgedrückt hatte. Lady Danbury schien verstanden zu haben, was sie meinte.

Ganz zu schweigen davon, dass mindestens die Hälfte ihrer Aufmerksamkeit auf Marcus gerichtet war, der *immer* noch mit Felicity Featherington plauderte. Die, wie Honoria nicht umhin kam zu bemerken, an diesem Abend außergewöhnlich hübsch aussah. In genau dem Primelrosa übrigens, in dem *sie* sich ein Kleid hatte arbeiten lassen wollen, ehe sie so überstürzt abgereist war, um den fieberkranken Marcus zu pflegen.

Lady Danbury beugte sich vor und betrachtete die Geige in ihren Händen. „Eine Violine?"

Mühsam konzentrierte Honoria sich wieder auf ihren Gast. „Ähm, ja, Madam."

Die alte Countess warf ihr einen durchdringenden Blick zu. „Eigentlich hätten Sie jetzt am liebsten angemerkt, dass es sich nicht um ein Klavier handelt. Das sehe ich genau."

„Nein, Madam, das stimmt nicht." Und weil es so ein außergewöhnlicher Abend war, fügte Honoria hinzu: „Ich wollte anmerken, dass es sich nicht um ein Cello handelt."

Lady Danbury kicherte so laut, dass Honorias Mutter besorgt herübersah.

„Ich persönlich finde es ja recht schwer, eine Geige von einer Bratsche zu unterscheiden", plauderte Lady Danbury weiter. „Sie nicht?"

„Nein", erwiderte Honoria, die im Laufe des Gesprächs etwas Mut gefasst hatte, „aber das mag auch daran liegen, dass ich tatsächlich Geige spiele."

Nun ja, fügte sie in Gedanken hinzu, „spielen" ist in meinem Fall vielleicht ein zu ehrgeiziges Verb.

Lady Danbury rammte ihren Stock auf den Boden. „Das Mädel am Klavier habe ich nicht erkannt."

„Das war Miss Wynter, die Gouvernante der kleinen Pleinsworths. Meine Cousine Sarah ist krank geworden und brauchte jemanden, der für sie einspringt." Honoria runzelte die Stirn. „Eigentlich sollte das vorher angekündigt werden."

„Schon möglich. Ich habe nicht zugehört."

Schon lag Honoria die Bemerkung auf der Zunge, sie hoffe, dass Lady Danbury den ganzen Abend lang nicht zugehört habe, aber sie schluckte sie hinunter. Es fiel ihr seltsam schwer, eine fröhliche Fassade aufrechtzuerhalten. Sie machte Marcus – und bis zu einem gewissen Grad auch Felicity Featherington – dafür verantwortlich, dass sie so gereizt war.

„Wen schauen Sie denn an?", wollte Lady Danbury wissen.

Honorias Antwort kam sehr schnell. „Niemanden."

„Na gut, nach wem halten Sie dann Ausschau?"

Lieber Himmel, diese Frau war neugierig wie ein Affe.

„Ebenfalls nach niemandem, Madam", schwindelte Honoria zuckersüß.

„Pah. Er ist mein Neffe, wissen Sie."

Sie versuchte, sich ihren Schrecken nicht anmerken zu lassen. „Wie bitte?"

„Chatteris. Mein Urgroßneffe, um genau zu sein, aber damit fühlt man sich ja uralt."

Honoria sah zu Marcus und dann zurück zu Lady Danbury. „Marc… ich meine, Lord Chatteris ist Ihr Neffe?"

„Nicht dass er so oft zu Besuch käme, wie er sollte."

„Nun, er mag London nicht", murmelte Honoria ohne nachzudenken.

Lady Danbury kicherte triumphierend. „Das wissen Sie also, ja?"

Honoria fühlte, wie ihre Wangen zu glühen begannen. Wie schrecklich. „Ich kenne ihn fast mein ganzes Leben lang."

„Ja, ja", sagte Lady Danbury wegwerfend, „hab ich schon gehört. Ich …" Etwas im Raum schien ihre Aufmerksamkeit zu fesseln. Dann beugte sie sich mit furchterregender Miene noch näher zu ihr hin. „Ich tue Ihnen jetzt einen sehr großen Gefallen."

„Mir wäre es lieber, Sie täten es nicht", sagte Honoria schwach. Ihr schwante nichts Gutes.

„Pah. Überlassen Sie das nur mir. Ich habe in derlei Dingen erstklassige Erfolge zu verbuchen.“ Sie hielt inne. „Nun ja, einen zumindest, aber ich bin recht optimistisch, was die Zukunft angeht.“

„Was?“, fragte Honoria verzweifelt.

Lady Danbury ignorierte sie. „Mr Bridgerton! Mr Bridgerton!“, rief sie enthusiastisch. Sie winkte, leider mit der Hand, in der sie den Stock hielt, sodass Honoria sich eilig nach rechts wegducken musste, um ihr Ohr zu retten.

Als sie sich wieder aufgerichtet hatte, hatte sich ein attraktiver Mann mit verwegen funkelnden grünen Augen zu ihnen gesellt. Es dauerte einen Augenblick, doch kurz bevor er ihr vorgestellt wurde, erkannte sie in ihm Colin Bridgerton, einen von Gregory Bridgertons älteren Brüdern. Honoria hatte ihn nie persönlich getroffen, aber ihre älteren Schwestern hatten während ihrer Londoner Saisons unablässig von ihm geschwärmt. Sein Charme war beinahe so legendär wie sein Lächeln.

Und dieses Lächeln galt in diesem Moment ihr allein. Honoria spürte, wie sich in ihrem Magen ein paar Schmetterlinge regen wollten, doch sie vertrieb sie energisch. Aber wenn sie nicht so in Marcus verliebt gewesen wäre (dessen Lächeln viel subtiler und daher viel bedeutsamer war), hätte ihr dieser Mann durchaus gefährlich werden können.

„Ich war im Ausland“, bemerkte Mr Bridgerton, nachdem er ihr die Hand geküsst hatte, „und bin mir daher nicht sicher, ob wir einander schon vorgestellt wurden.“

Honoria nickte und wollte irgendetwas erwidern, das man getrost gleich wieder vergessen konnte, als sie sah, dass seine Hand bandagiert war.

„Ich hoffe, Ihre Verletzung ist nichts Ernstes“, erkundigte sie sich höflich.

„Ach, das?“ Er hielt die Hand hoch. Seine Fingerspitzen ragten heraus, der übrige Verband sah aus wie ein Fausthandschuh. „Das war nichts weiter. Eine Meinungsverschiedenheit mit einem Brieföffner."

„Passen Sie bloß auf, dass es sich nicht entzündet", sagte Honoria vielleicht etwas nachdrücklicher, als *de rigueur* gewesen wäre. „Wenn es rot wird oder anschwillt oder, noch schlimmer, gelb wird, müssen Sie sofort einen Arzt aufsuchen."

„Und was ist mit grün?", scherzte er.

„Wie bitte?"

„Sie haben so viele Farben aufgezählt, vor denen ich mich vorsehen sollte."

Einen Augenblick konnte sie ihn nur anstarren. Über Wundinfektionen machte man keine Scherze.

„Lady Honoria?"

Sie beschloss, einfach fortzufahren, als hätte er nichts gesagt. „Vor allem müssen Sie auf rote Streifen achten, die von der Wunde ausgehen. Die sind am schlimmsten."

Er blinzelte, aber wenn ihn die Wendung überraschte, die das Gespräch genommen hatte, ließ er es sich nicht anmerken. Stattdessen sah er neugierig auf seine Hand und fragte: „Wie rot?"

„Wie bitte?"

„Wie rot müssen die Streifen sein, ehe ich mir Sorgen machen muss?"

„Woher kennen Sie sich so gut aus mit Medizin?", mischte sich Lady Danbury ein.

„Ich bin mir nicht sicher, wie rot sie sein müssen", sagte Honoria zu Mr Bridgerton. „Ich würde meinen, dass es schon Anlass zur Sorge gibt, wenn überhaupt ein Streifen auftaucht." Dann wandte sie sich an Lady Danbury und erklärte: „Ich habe kürzlich jemandem geholfen, bei dem sich eine Wunde schrecklich entzündet hatte."

„Hand?", bellte Lady Danbury.

Honoria konnte sich nicht vorstellen, was die alte Dame damit sagen wollte.

„War es ihre Hand? Ihr Arm? Ihr Bein? Die Details sind wichtig, Mädchen.“ Sie stieß mit dem Stock auf und verfehlte dabei nur knapp Mr Bridgertons Fuß. „Sonst ist die Geschichte langweilig.“

„Tut mir leid. Ähm … Bein.“ Honoria sah keinen Grund zu erwähnen, dass es sich bei ihrem Patienten um einen Mann gehandelt hatte.

Lady Danbury schwieg einen Augenblick, und dann lachte sie meckernd los. Honoria konnte sich beim besten Willen nicht vorstellen, was diesen plötzlichen Heiterkeitsausbruch ausgelöst hatte. Danach erklärte die alte Dame, sie müsse nun mit der anderen Geigenspielerin reden, marschierte davon und ließ Honoria mit Mr Bridgerton zurück.

Gebannt beobachtete sie, wie Lady Danbury sich Daisy näherte. „Machen Sie sich keine Sorgen, sie ist größtenteils harmlos“, beruhigte Mr Bridgerton.

„Meine Cousine Daisy?“, fragte sie zweifelnd.

„Nein“, erwiderte er verblüfft, „Lady Danbury.“

Honoria sah zu Daisy und Lady Danbury hinüber. „Ist sie taub?“

„Ihre Cousine Daisy?“

„Nein, Lady Danbury.“

„Ich glaube nicht.“

„Oh.“ Honoria verzog das Gesicht. „Das ist bedauerlich. Aber möglicherweise ist sie es, wenn Daisy mit ihr fertig ist.“

Daraufhin musste er doch einen Blick über die Schulter werfen. Es lohnte sich: Daisy machte einen Heidenlärm, indem sie all ihre Sätze übertrieben laut und deutlich für Lady Danbury artikulierte. Nun verzog auch Mr Bridgerton das Gesicht.

„Das nimmt kein gutes Ende“, murmelte er.

Honoria schüttelte den Kopf. „Nein.“

„Hängt Ihre Cousine sehr an ihren Zehen?“

Honoria blinzelte verwirrt. „Ich glaube schon.“

„Dann sollte sie den Stock im Auge behalten.“

Honoria lenkte ihren Blick gerade noch rechtzeitig zurück, um mitzubekommen, wie Daisy einen spitzen Schrei ausstieß und versuchte, einen Satz zurückzumachen. Dabei hatte sie allerdings kein Glück: Lady Danbury hatte sie mit ihrem Stock festgenagelt.

Honoria und Mr Bridgerton standen einen Augenblick einfach nur da und versuchten nicht zu lachen. Dann sagte Mr Bridgerton: „Ich habe gehört, dass Sie letzten Monat in Cambridge waren."

„Das stimmt", erwiderte Honoria. „Ich hatte das Vergnügen, mit Ihrem Bruder zu dinieren."

„Mit Gregory? Wirklich? Das würden Sie als Vergnügen bezeichnen?" Aber er grinste bei diesen despektierlichen Worten, und sie konnte sich sofort vorstellen, wie es im Hause Bridgerton zuging: Man neckte sich, und man liebte sich von Herzen.

„Zu mir war er sehr galant", gab sie lächelnd zurück.

„Soll ich Ihnen ein Geheimnis verraten?", murmelte Mr Bridgerton, und Honoria entschied, dass es in seinem Fall wohl klug war, dem Klatsch zu glauben: Er war wirklich ein unglaublicher Charmeur.

„Muss ich das Geheimnis für mich behalten?", fragte sie und beugte sich ein winziges Stück vor.

„Aber nein."

Sie schenkte ihm ein sonniges Lächeln. „Dann bitte ich darum."

Mr Bridgerton beugte sich ebenfalls vor, ungefähr so weit, wie sie es getan hatte. „Man hat ihn schon dabei gesehen, wie er Erbsen über den Tisch katapultiert hat."

Honoria nickte düster. „Auch in letzter Zeit?"

„Nein, in letzter Zeit nicht."

Sie presste die Lippen zusammen, um nicht zu grinsen. Hänseleien unter Geschwistern waren etwas Wunderbares. Bei ihr zu Hause war es ähnlich gewesen, sie selbst war allerdings meistens nur Zeugin gewesen. Sie war so viel jünger als ihre Geschwister; um ehrlich zu sein, hatten die wohl meist vergessen, sie zu ärgern.

„Ich habe nur noch eine Frage, Mr Bridgerton."

Er legte den Kopf schräg.

„Woraus bestand das Katapult?"

Er grinste. „Aus einem schlichten Löffel, Lady Honoria. Aber in Gregorys geschickten Händen hatte er nichts Schlichtes mehr an sich."

Darüber musste sie nun doch laut lachen, und plötzlich spürte sie eine Hand am Ellenbogen.

Es war Marcus, und er sah fuchsteufelswild aus.

21. KAPITEL

Marcus konnte sich nicht erinnern, wann er das letzte Mal Gewalt angewendet hatte, doch als er so dastand und in Colin Bridgertons feixendes Gesicht sah, war er stark in Versuchung, die Erfahrung zu erneuern.

„Lord Chatteris.“ Bridgerton nickte höflich und warf ihm einen *Blick* zu. Wenn Marcus besserer Stimmung gewesen wäre, hätte er vielleicht beschreiben können, was genau ihn an diesem Blick so reizte, doch Marcus' Stimmung war nicht gut. Oh, er *war* guter Stimmung gewesen. Eigentlich sogar sehr guter Stimmung, obwohl er soeben die schlimmste Mozartaufführung der Welt durchlitten hatte.

Es spielte keine Rolle, dass irgendeine tragische Region seiner Ohren heute Abend gestorben war; der ganze restliche Marcus war durchströmt von Glück. Er hatte auf seinem Platz gesessen und Honoria beobachtet. Während ihrer letzten Probe hatte sie sich als grimmige Kriegerin erwiesen, während des Konzerts zeigte sie sich wieder als glückseliges Mitglied der Truppe. Sie hatte die ganze Zeit gelächelt, und er hatte gewusst, dass sie nicht für das Publikum lächelte, nicht einmal wegen der Musik. Sie hatte für die Leute gelächelt, die sie liebte. Und für einen kurzen Augenblick konnte er sich vorstellen, dass er zu diesen Leuten gehörte.

In seinem Herzen hatte sie für ihn gelächelt.

Aber nun lächelte sie Colin Bridgerton an, den berühmten Charmeur mit den funkelnden grünen Augen. Das wäre ja fast noch angegangen, aber als Colin Bridgerton dann angefangen hatte, ihr Lächeln zu erwidern …

Es gab Dinge, die konnte man einfach nicht ertragen.

Doch bevor er eingreifen konnte, musste er sich aus dem Gespräch mit Felicity Featherington loseisen – oder eher aus dem Gespräch mit Felicity Featheringtons Mutter, deren Konversation etwas von der Unnachgiebigkeit eines Schraubstock hatte. Vermutlich war er unhöflich gewesen, nein, er war bestimmt unhöflich gewesen, aber sich aus den Fängen der Featheringtons zu befreien war keine Aufgabe, die mit Takt oder Fingerspitzengefuhl zu bewerkstelligen war.

Nachdem er Mrs Featherington seinen Arm förmlich entrissen hatte, konnte er endlich zu Honoria gehen, die lachend und strahlend mit Mr Bridgerton scherzte.

Er hatte die Absicht, höflich zu bleiben. Wirklich, er war fest dazu entschlossen. Doch genau in dem Moment, in dem er näher kam, trat Honoria einen kleinen Schritt zur Seite, und er sah unter ihrem Rock roten Satin aufblitzen.

Ihre roten Glücksschuhe.

Und plötzlich brannte sein Zorn lichterloh.

Er wollte nicht, dass irgendein anderer Mann diese Schuhe sah. Er wollte nicht einmal, dass irgendein anderer Mann davon *wusste*.

Er sah zu, wie die Schuhe wieder sicher unter dem Rock verschwanden, trat vor und sagte, vielleicht frostiger als er beabsichtigte: „Lady Honoria."

„Lord Chatteris", erwiderte sie.

Er hasste es, wenn sie ihn Lord Chatteris nannte.

„Wie schön, dich zu sehen." Ihr Ton war der einer flüchtigen Bekannten, oder vielleicht einer sehr entfernten Verwandten. „Kennst du Mr Bridgerton?"

„Allerdings", erwiderte Marcus knapp.

Bridgerton nickte sein höfliches Nicken, und dann nickte Marcus, und das war anscheinend das Maximum an Konversation, zu dem sich die beiden Männer herabzulassen gedachten.

Marcus wartete darauf, dass Bridgerton irgendeine Entschuldigung vorbrachte und ging, denn er verstand doch sicherlich, was von ihm erwartet wurde. Doch der Blödmann blieb einfach stehen und grinste, als hätte er keine Sorgen auf der Welt.

„Mr Bridgerton hat gerade davon gesprochen …“, begann Honoria. Genau im selben Augenblick erklärte Marcus: „Wenn Sie uns bitte entschuldigen würden. Ich möchte mit Lady Honoria unter vier Augen sprechen.“

Da Marcus’ Ton lauter und entschiedener war, konnte er seinen Satz vollenden. Honoria presste die Lippen zusammen und schwieg.

Mr Bridgerton musterte ihn von oben bis unten, gerade so lange, dass Marcus wütend die Zähne zusammenbiss. Dann drehte er von einer Sekunde auf die andere seinen Charme auf, so, als wäre nichts geschehen. Mit einer munteren Verbeugung sagte er: „Aber natürlich. Gerade habe ich mir gedacht, dass ich jetzt furchtbar gern ein Glas Limonade trinken würde.“

Er verbeugte sich, lächelte und war im nächsten Moment verschwunden.

Honoria wartete, bis er außer Hörweite war, und bedachte Marcus dann mit einem finsteren Blick. „Das war unglaublich rüde von dir.“

Er sah sie streng an. „Im Gegensatz zu seinem kleinen Bruder ist dieser Bridgerton nicht mehr feucht hinter den Ohren.“

„Was redest du denn da?“

„Du solltest nicht mit ihm flirten.“

Honoria blieb der Mund offen stehen. „Das habe ich doch gar nicht!“

„Natürlich hast du das“, erwiderte er. „Ich habe dich doch dabei beobachtet.“

„Von wegen!“, gab sie zurück. „Du hast mit Felicity Featherington geredet.“

„Die einen ganzen Kopf kleiner ist als ich. Ich konnte direkt über sie hinwegsehen.“

„Wenn du es unbedingt wissen musst“, stieß Honoria hervor und konnte es gar nicht fassen, dass er sich verhielt, als wäre er derjenige, dem hier Unrecht geschehen war, „so hat ihn deine *Tante* hergerufen. Erwartest du etwa, dass ich so unhöflich bin, ihm in meinem eigenen Haus die kalte Schulter zu zeigen? Bei einer Veranstaltung, möchte ich hinzufügen, zu der er eingeladen war?"

Beim letzten Punkt war sie sich nicht ganz sicher, aber sie konnte sich nicht vorstellen, dass ihre Mutter irgendeinen Bridgerton nicht eingeladen hätte.

„Meine Tante?"

„Lady Danbury. Deine Urur..."

Wütend starrte er sie an.

„Urururur...", fuhr sie fort, nur um ihn zu ärgern.

Marcus murmelte etwas Ungebührliches in sich hinein und sagte dann in kaum respektvollerem Ton: „Sie ist eine Landplage."

„Ich mag sie", entgegnete Honoria trotzig.

Er schwieg, doch sein zorniger Blick sprach Bände. Und Honoria konnte nur denken: *warum*? Weswegen war er nur so wütend? Immerhin war sie diejenige, die in jemanden verliebt war, der sie ganz offensichtlich nur als Bürde empfand. Zwar eine, mit der ihn eine angenehme Freundschaft verband, aber doch zweifellos eine Bürde. Selbst jetzt ließ er sich noch von seinem dummen Versprechen leiten und vergraulte Herren, die er für unangemessen hielt.

Wenn er sie schon nicht selbst lieben wollte, könnte er wenigstens aufhören, ihre Chancen bei anderen Männern zu zerstören.

„Ich gehe", erklärte sie, denn sie hielt es keinen Augenblick länger aus. Sie wollte ihn nicht sehen, sie wollte auch Daisy und Iris nicht sehen, nicht ihre Mutter und nicht einmal Mr Bridgerton, der mit seiner Limonade im Eck stand und Felicity Featheringtons ältere Schwester charmant um den Finger wickelte.

„Wohin?", fragte er aufgebracht.

Sie antwortete nicht. Es ging ihn schließlich nichts an.

Ohne sich noch einmal umzudrehen, verließ sie den Raum.

Verdammt und zugenäht.

Marcus wäre Honoria gern hinterhergerannt, aber damit hätte er nur eine große Szene verursacht. Er hätte auch gern geglaubt, dass niemand ihren Streit mitbekommen hatte, aber Colin Bridgerton stand in der Ecke und feixte in seine Limonade, und Lady Danbury hatte mal wieder ihren *Ich-weiß-alles-und-bin-allmächtig*-Blick aufgesetzt, den Marcus normalerweise nicht beachtete.

Diesmal hatte er jedoch das dumpfe Gefühl, dass die alte Dame irgendwie an seiner Niederlage beteiligt war.

Als der lästige Mr Bridgerton nun auch noch die bandagierte Faust zu einem spöttischen Gruß hob, beschloss Marcus, dass es ihm nun reichte. Er schritt durch dieselbe Tür, durch die Honoria hinausgegangen war. Zum Teufel mit dem Klatsch. Wenn die Leute merkten, dass sie beide gegangen waren, und sich deswegen aufregten, konnten sie ja verlangen, dass Marcus ihr einen Heiratsantrag machte.

Damit hatte er keinerlei Problem.

Nachdem er im Garten, im Salon, im Musikzimmer, in der Bibliothek und sogar in der Küche nach ihr gesucht hatte, entdeckte er sie schließlich in ihrem Schlafzimmer, einem Ort, dessen Existenz er bisher eisern ignoriert hatte. Aber er hatte nun wirklich genug Zeit in Winstead House verbracht, um zu wissen, wo die Wohnräume waren, erwartete Honoria also wirklich, dass er sie, nachdem er in jedes andere verdammte Zimmer geschaut hatte, hier nicht finden würde?

„Marcus!" Sie kreischte beinahe. „Was machst du hier?"

Anscheinend hatte sie tatsächlich erwartet, dass er sie hier nicht finden würde.

Die erste Bemerkung, die aus seinem Mund kam, hätte kaum ungeschickter sein können: „Was ist bloß los mit dir?"

„Was mit mir los ist?" Sie setzte sich rasch auf ihrem Bett auf und arbeitete sich wie eine Krabbe Stück für Stück zum Kopfbrett empor. „Was ist mit *dir* los?"

„Ich bin nicht vom Ball davongestürmt, um in einer Ecke zu schmollen."

„Es ist kein Ball. Es ist eine musikalische Soiree."

„Es ist *deine* musikalische Soiree."

„Ich schmolle, wenn ich will", knurrte sie.

„Was?"

„Nichts." Wütend starrte sie ihn an und verschränkte die Arme eng vor der Brust. „Du hast in meinem Schlafzimmer nichts zu suchen."

Er warf die Hand in die Luft, als wollte er (voll Sarkasmus) sagen: *Ach, wirklich?*

Sie sah erst auf seine Hand und dann in sein Gesicht. „Was soll das denn jetzt heißen?"

„Du hast gerade erst den Großteil einer Woche in *meinem* Schlafzimmer verbracht."

„Du warst beinahe tot!"

Da musste er ihr zwar recht geben, hatte aber nicht die Absicht, es auch einzugestehen. Stattdessen kam er auf den Punkt zurück, um den es eigentlich ging. „Ich habe dir einen Gefallen getan, als ich Bridgerton gebeten habe zu gehen."

Empört riss sie den Mund auf. „Du …"

„Er gehört nicht zu der Sorte Mensch, mit der du dich abgeben solltest", unterbrach er sie.

„*Was?*"

„Sei doch mal leise!", zischte er.

„Ehe du hereingekommen bist, war ich mucksmäuschenstill", zischte sie zurück.

Er konnte sich kaum mehr beherrschen und trat einen Schritt vor. „Er ist nicht der Richtige für dich."

„Das habe ich auch nie behauptet. Lady Danbury hat ihn hergerufen."

„Sie ist eine Landplage."

„Das sagtest du bereits."

„Man kann es gar nicht oft genug wiederholen."

Endlich sprang sie vom Bett auf. „Was um alles in der Welt ist so schlimm daran, dass sie mir Colin Bridgerton vorgestellt hat?“

„Sie hat versucht, mich eifersüchtig zu machen!“ Es klang fast wie ein Aufschrei.

Sie erstarrten beide, und nach einem raschen Blick zur offenen Tür ging er hastig hinüber und machte sie zu.

Als er zu Honoria zurückkehrte, stand sie so still da, dass er sie schlucken sehen konnte. Ihre Augen waren riesig – wieder dieser eulenhafte Blick, der ihn so aus der Fassung brachte. Im flackernden Kerzenschein schimmerte ihre Iris beinahe silbern, und er war wie gebannt.

Sie war wunderschön. Das wusste er zwar schon, doch die Erkenntnis überwältigte ihn von Neuem, so machtvoll, dass ihm beinahe die Knie zitterten.

„Warum sollte sie das tun wollen?“, fragte sie leise.

Er biss die Zähne zusammen, um nicht antworten zu müssen. Aber schließlich sagte er doch: „Ich weiß es nicht.“

„Wie kommt sie auf die Idee, sie *könnte* das tun?“

„Weil sie sich für allmächtig hält“, schwindelte Marcus verzweifelt. Es war nicht so, als wollte er ihr nicht sagen, dass er sie liebte, doch dies war nicht der geeignete Zeitpunkt für die Wahrheit. Auf diese Art wollte er die Sache nicht anpacken.

Sie schluckte noch einmal, und die Bewegung wirkte umso eindringlicher, weil sie sich sonst nicht bewegte. „Und warum glaubst du, dass es deine Aufgabe ist, mir die Männer auszusuchen, mit denen ich Umgang pflege?“

Er schwieg.

„*Warum*, Marcus?“

„Daniel hat mich darum gebeten“, bekannte er mit angespannter Stimme. Er schämte sich dessen nicht. Er schämte sich nicht einmal dafür, dass er es ihr nicht erzählt hatte. Aber es behagte ihm nicht, hier so unter Druck gesetzt zu werden.

Honoria schöpfte lang und zittrig Atem und stieß ihn dann wieder aus. Sie legte eine Hand auf den Mund und kniff die Augen zusammen. Einen Augenblick glaubte er, sie würde anfangen zu weinen, aber dann erkannte er, dass sie versuchte, ihre Gefühle im Zaum zu halten. War sie bekümmert? Zornig? Er hatte keine Ahnung, und aus irgendeinem Grund versetzte ihm das einen Stich ins Herz.

Er wollte sie kennen. Er wollte sie durch und durch kennen.

„Nun", sagte sie schließlich, „bald kommt er zurück, dann bist du die Verantwortung los."

„Nein." Es klang wie ein Schwur, der sich ihm aus tiefster Seele entrungen hatte.

Sie sah ihn verwirrt und ungeduldig an. „Was willst du mir damit sagen?"

Er trat einen Schritt vor. Er war sich nicht sicher, was er vorhatte. Er wusste nur, dass er jetzt nicht aufhören konnte. „Ich will dir damit sagen, dass ich die Verantwortung nicht los sein will."

Sie öffnete die Lippen.

Er tat noch einen Schritt. Sein Herz hämmerte, und etwas in ihm forderte ihre Nähe, heiß und gierig, und wenn es auf dieser Welt noch irgendetwas neben ihr gab, neben ihm – dann wusste er nichts davon, wollte nichts davon wissen.

„Ich will dich", sagte er unverblümt, beinahe harsch, aber die Worte waren durch und durch wahrhaftig.

„Ich will dich", sagte er noch einmal und griff nach ihrer Hand. „*Ich* will dich."

„Marcus, ich …"

„Ich will dich küssen", sagte er und legte einen Finger auf ihre Lippen. „Ich will dich festhalten." Und dann konnte er es keine Sekunde länger für sich behalten. „Ich brenne für dich."

Er umfasste ihr Gesicht mit den Händen und er küsste sie. Er küsste sie mit allem Gefühl, all der schmerzlichen, hemmungslosen Sehnsucht, die sich in ihm aufgestaut hatte. Seit dem Augenblick, da er erkannt hatte, dass er sie liebte, spürte er diese Leidenschaft, die immer stärker wurde. Vermutlich war sie schon immer da gewesen, hatte nur darauf gewartet, dass er sie endlich bemerkte.

Er liebte sie.

Er wollte sie.

Er brauchte sie.

Und er brauchte sie jetzt.

Er war sein Leben lang ein vollkommener Gentleman gewesen. Er war kein Lebemann, kein Charmeur. Er hasste es, Aufmerksamkeit zu erregen, aber bei *ihr* wollte er im Mittelpunkt stehen, er allein. Er wollte das Falsche tun, das Schlechte. Er wollte sie in die Arme nehmen und zum Bett tragen. Er wollte ihr alle Kleider vom Leib reißen, und dann wollte er ihrem Körper huldigen. Er wollte ihr all die Dinge zeigen, von denen er nicht wusste, ob er sie in Worte zu fassen vermochte.

„Honoria", sagte er, weil er doch zumindest ihren Namen sagen konnte. Und vielleicht würde sie ja die Gefühle hören, die er in seine Stimme zu legen versuchte.

„Ich … ich …" Sie berührte seine Wange, ihr Blick wanderte fragend über sein Gesicht. Ihre Lippen waren geteilt, gerade so weit, dass er ihre feuchte rosa Zungenspitze herausschlüpfen sah.

Und dann konnte er es nicht mehr ertragen. Er musste sie noch einmal küssen. Er musste sie festhalten, musste ihren Leib an seinem spüren. Wenn sie Nein gesagt hätte, wenn sie den Kopf geschüttelt oder ihm durch sonst ein Zeichen zu verstehen gegeben hätte, dass sie ihn nicht wollte, hätte er umgehend von ihr abgelassen und wäre aus dem Raum gegangen.

Aber sie tat es nicht. Sie starrte ihn nur an, mit großen, staunenden Augen, und so zog er sie an sich, legte die Arme um sie und küsste sie noch einmal, und diesmal ließ er auch den letzten Rest an Zurückhaltung fahren.

Er presste sie an sich, weidete sich an den verheißungsvoll geschwungenen Linien ihres Körpers. Sie stöhnte leise – vor

Lust? Vor Begehren? – und dieser sehnsüchtige Laut ließ seine Begierde endgültig lichterloh auflodern.

„Honoria", stöhnte er, ließ seine Hände über ihren Rücken gleiten, spürte ihr köstlich anschwellendes Hinterteil und zog sie näher, zwang mit sanftem Druck ihren zart gerundeten Bauch an seine harte Männlichkeit. Sie schnappte nach Luft, offenbar überrascht von dieser unerwarteten Berührung, doch er brachte es nicht fertig, sich jetzt zurückzuziehen und es ihr zu erklären. Sie war unschuldig, das wusste er, und vermutlich hatte sie keine Ahnung, was es zu bedeuten hatte, wenn sein Körper auf diese Art reagierte.

Er sollte es langsamer angehen lassen, sie liebevoll und geduldig mit dieser neuen Erfahrung vertraut machen, aber er konnte einfach nicht. Die Selbstbeherrschung eines jeden Mannes hatte Grenzen, und seine waren in dem Moment erreicht, als sie die Hand ausgestreckt und ihn an der Wange berührt hatte.

Und sie lag so weich und nachgiebig in seinen Armen. Ihr Mund, so unschuldig und ungeübt, erwiderte voll Eifer seine Küsse. Er nahm sie in seine Arme, hob sie hoch und trug sie rasch zum Bett. Mit aller Zärtlichkeit, deren er fähig war, ließ er sie auf die Decke sinken, und dann legte er sich auf sie, immer noch voll bekleidet, und wäre beinahe vor Lust vergangen, als er sie unter sich spürte.

Ihr Kleid hatte diese kleinen Puffärmelchen, die bei den Damen so hoch im Kurs standen, und Marcus hatte alsbald Gelegenheit festzustellen, dass sie im Liegen recht locker saßen. Seine Finger glitten unter den Saum des Stoffs und legten eine milchweiße Schulter frei.

Marcus zitterte jetzt vor Erregung, sein Atem ging stoßweise. Er rückte ein Stück von ihr ab und sah auf sie hinunter. „Honoria", flüsterte er, und wenn er nicht so angespannt gewesen wäre, hätte er womöglich gelacht. Offenbar war ihr Name der einzige Laut, den er von sich geben konnte.

Vielleicht war es ja das einzige Wort, das noch eine Rolle spielte.

Sie sah zu ihm auf, ihre Lippen waren voll und rot. Sie war das Schönste, was er je gesehen hatte, ihre Augen glühten vor Lust, ihre Brust hob und senkte sich mit jedem raschen Atemzug.

„Honoria", sagte er noch einmal, und diesmal war es eine Frage oder vielleicht auch eine Bitte. Er setzte sich auf, um seinen Rock und sein Hemd abzulegen. Er wollte Luft auf seiner Haut fühlen, er wollte *sie* auf seiner Haut spüren. Als seine Kleider zu Boden fielen, hob sie eine Hand und berührte sanft seine Brust. Sie wisperte seinen Namen, und es war um ihn geschehen.

Honoria wusste nicht mehr, wann genau sie beschlossen hatte, sich ihm zu schenken. Vielleicht als er ihren Namen flüsterte und sie ihm über die Wange gestreichelt hatte. Oder vielleicht, als er sie so glühend und begierig angesehen und gesagt hatte: „Ich brenne für dich."

Wenn sie ehrlich war, musste sie jedoch zugeben, dass es passiert war, als er in ihr Zimmer geplatzt war. Etwas in ihr hatte da schon gespürt, dass es geschehen würde, dass sie verloren wäre, wenn er ihr irgendwie zeigte, dass er sie liebte oder auch nur, dass er sie begehrte. Sie hatte auf dem Bett gesessen und darüber nachgedacht, wie dieser Abend auf so unerklärliche Weise hatte entgleiten können, und dann war er plötzlich bei ihr, als hätte sie ihn durch irgendetwas herbeigezaubert.

Sie hatten sich gestritten, und wenn noch jemand im Zimmer gewesen wäre und sich nach ihren Absichten erkundigt hätte, dann hätte sie im Brustton der Überzeugung beteuert, dass sie nichts anderes wollte, als ihn hochkant aus dem Zimmer zu werfen und hinter ihm abzusperren. Doch tief in ihr fing etwas Feuer, begann zu glühen und zu lodern. Sie waren in ihrem Schlafzimmer. Sie saß auf ihrem Bett. Die Intimität dieses Augenblicks war überwältigend.

Als er also zu ihr trat und sagte: „Ich brenne für dich", konnte sie ihr Begehren genauso wenig unterdrücken wie das Bedürfnis zu atmen. Als er sie zum Bett trug, war ihr einziger Gedanke, dass sie jetzt genau dort sein wollte und mit ihm. Dass er zu ihr gehörte.

Er gehörte ihr. So einfach war das.

Dann zog er das Hemd aus, entblößte seine muskulöse Brust. Natürlich hatte sie die schon vorher gesehen, aber diesmal war es anders. Diesmal beugte er sich über sie, mit glühenden Augen und dem ganz und gar urtümlichen Bedürfnis, sie zur Seinen zu machen.

Und sie wollte es. Oh, wie sie es wollte. Wenn er ihr gehörte, würde sie mit Freuden ihm gehören. Für immer.

Sie berührte ihn, spürte die Wärme seines Körpers, seinen Herzschlag, und sie hörte, wie sie seinen Namen flüsterte. Er war so stattlich, so ernst und so … *gut*.

Er war gut. Er war ein guter Mann mit einem guten Herzen. Und, lieber Gott, was auch immer das war, was er gerade mit seinen Lippen an ihrem Hals machte … darin war er ebenfalls sehr gut.

Sie hatte die Schuhe abgestreift, noch bevor er ins Zimmer gekommen war, und nun fuhr sie mit den bestrumpften Füßen an seinem …

Sie brach unvermittelt in Gelächter aus.

Marcus rückte von ihr ab. Sein Blick war fragend, aber auch sehr, sehr amüsiert.

„Deine Stiefel", keuchte sie.

Er erstarrte und schaute auf seine Füße. Und sagte dann: „Verdammt."

Sie musste noch mehr lachen.

„Das ist nicht komisch", knurrte er. „Es ist …"

Irgendwie gelang es ihr, die Luft anzuhalten.

„… komisch", räumte er ein.

Inzwischen lachte sie so heftig, dass das Bett wackelte. „Bekommst du sie herunter?"

Er warf ihr einen hochmütigen Blick zu und setzte sich auf den Bettrand.

Nach ein paar tiefen Atemzügen brachte sie schließlich heraus: „Du bekommst unter keinen Umständen ein Messer von mir, damit du sie aufschneiden kannst."

Statt einer Antwort hörte sie ein lautes Poltern, als sein rechter Stiefel zu Boden fiel. Und dann: „Ein Messer wird nicht nötig sein."

Sie bemühte sich um eine ernste Miene. „Da bin ich aber sehr froh."

Er warf auch den anderen Stiefel vor das Bett und wandte sich ihr wieder zu, mit einem so innigen, glühenden Blick, dass sie innerlich dahinzuschmelzen begann. „Ich bin auch froh", murmelte er und streckte sich neben ihr aus. „Sehr froh."

Er nestelte an den kleinen runden Knöpfchen am Rücken ihres Kleides, und die rote Seide schien ihr wie von selbst vom Körper zu fallen, mit einem leisen Rascheln. Instinktiv bedeckte sie die Brüste mit den Händen. Er versuchte, sie nicht davon abzuhalten, untersagte sich, ihre schützenden Hände wegzuziehen. Stattdessen küsste er sie noch einmal, mit heißem Verlangen. Der Kuss wurde tiefer, leidenschaftlicher und sie entspannte sich in seinen Armen, bis sie plötzlich bemerkte, dass nicht mehr ihre Hand auf ihren Brüsten lag, sondern seine.

Und wie sie es genoss!

Sie hatte nicht geahnt, dass ihr Körper – jeder beliebige Teil ihres Körpers – so empfindsam sein konnte, so willig. „Marcus!", keuchte sie und drückte schockiert den Rücken durch, als seine Finger die rosigen Brustspitzen fanden.

„Du bist so schön", hauchte er, und sie *fühlte* sich auch schön. Wenn er sie ansah, wenn er sie berührte, kam sie sich vor wie die schönste Frau, die je gelebt hatte.

Jetzt gingen seine Lippen dort zu Werke, wo eben noch seine Finger gewesen waren, und sie stöhnte vor Überraschung und Erregung leise auf. Sie streckte die Beine gerade aus und grub ihre Finger in sein Haar. Sie musste sich einfach irgendwo festhalten.

Unbedingt. Sonst würde sie einfach davonschweben. Oder vor Hitze entflammen und anschließend verglühen.

Ihr Körper fühlte sich so fremd an, so ganz anders, als sie es sich je hätte träumen lassen. Und gleichzeitig kam ihr alles vollkommen natürlich vor. Ihre Hände schienen wie von selbst zu wissen, was sie zu tun hatten, ihre Hüften wussten, wie sie sich bewegen mussten, und als seine Lippen langsam an ihrem Bauch entlang nach unten glitten, dem Kleid folgten, das er ihr so eifrig abstreifte, da wusste sie, dass es richtig war, dass es gut war, dass sie es nicht nur wollte, sondern noch mehr davon wollte. Und das bitte sofort.

Er umfasste ihre Schenkel und schob sie sanft auseinander, und sie folgte ihm willig und stöhnte dabei: „Ja", und „Bitte", und „Marcus!"

Und dann küsste er sie. Das hatte sie nicht erwartet, und sie glaubte, vor Lust vergehen zu müssen. Als er ihre intimste Stelle vorsichtig berührt, ihre zarten Lippen zärtlich geöffnet hatte, da hatte sie den Atem angehalten, sich gegen das Eindringen gewappnet. Doch stattdessen verwöhnte er sie mit dem Mund, mit seiner Zunge, seinen Lippen, bis sie sich, keuchend vor Begehren, unter ihm wand und drehte.

„Bitte, Marcus", flehte sie, und sie wünschte, sie hätte gewusst, worum genau sie ihn bat. Aber was es auch war, sie wusste, dass er es ihr geben konnte. Er würde wissen, wie er diese köstliche Qual lindern, ihr süßes Verlangen stillen konnte. Er würde sie in den Himmel schicken und wieder zurück auf die Erde holen, damit sie ihr Leben in seinen Armen verbringen konnte.

Er zog sich ein Stück zurück, und sie hätte beinahe schmerzlich aufgeschrien, als der Kontakt zu ihm abbrach. Er riss sich die Hose vom Leib und legte sich dann neben sie, sein Gesicht auf der Höhe des ihrigen, seine Hand in ihrer, seine Hüften zwischen ihren Beinen.

Sie versuchte, wieder zu Atem zu kommen und sah ihn an. Er schaute ihr tief in die Augen und sagte nur: „Nimm mich."

Er war ganz hart, drängte sich gegen sie, öffnete sie, und sie verstand sofort, was er wollte. Es war so schwierig, weil sie instinktiv alle Muskeln anspannen wollte, doch irgendwie gelang es ihr, sich so weit zu entspannen, dass er mit vorsichtigen Stößen in sie eindringen konnte, immer tiefer, bis sie mit einem überraschten Keuchen feststellte, dass er ganz und gar in ihr war.

Er schauderte vor Lust, und dann begann er, sich in einem neuen Rhythmus zu bewegen, glitt in ihr auf und ab. Sie redete, ohne zu wissen, was sie sagte. Vielleicht flehte oder bettelte sie ihn an, oder sie versuchte, mit ihm zu verhandeln, damit er weitermachte und sie mit sich nahm, damit er dem Ganzen ein Ende bereitete oder dafür sorgte, dass es nie aufhörte und …

Irgendetwas geschah.

Alles in ihr zog sich auf einmal zu einem winzigen kleinen Ball zusammen und explodierte dann, wie einer dieser Feuerwerksböller, die sie in Vauxhall gesehen hatte. Marcus schrie auf, drang ein letztes Mal tief in sie ein und verströmte sich in ihr, bevor er sich auf sie sinken ließ.

Ein paar Augenblicke konnte Honoria nur daliegen und staunend seine Nähe spüren, seine Wärme genießen. Marcus hatte eine weiche Decke über sie gezogen, und darunter hatten sie sich ihr eigenes kleines Paradies geschaffen. Seine Hand lag auf ihrer, ihre Finger waren ineinander verschränkt, und sie konnte sich keinen friedvolleren, schöneren Moment vorstellen.

Es würde ihr gehören. Das hier. Für den Rest ihres Lebens. Er hatte nicht von Ehe gesprochen, aber das beunruhigte sie nicht. Das war Marcus. Er würde nie eine Frau nach einem Moment wie diesem im Stich lassen. Er wartete vermutlich nur, bis sich die passende Gelegenheit für einen Heiratsantrag bot. Er machte gern alles ordentlich, ihr Marcus.

Ihr Marcus.

Gut hörte sich das an.

Andererseits war sein Benehmen gerade alles andere als ordentlich gewesen, dachte sie. Ihre Augen glänzten mutwillig. Vielleicht würde er ja …

„Woran denkst du?“, wollte er wissen.

„An nichts“, schwindelte sie. „Warum fragst du?“

Er verlagerte sein Gewicht, damit er sich auf den Ellbogen stützen und sie ansehen konnte. „Du hast ein furchterregendes Gesicht gezogen.“

„Furchterregend?“

„Durchtrieben“, verbesserte er sich.

„Ich bin mir nicht sicher, was mir da lieber ist.“

Er lachte herzlich, es war ein tiefes, fröhliches Grollen, das durch seinen Körper in ihren drang. Dann wurde seine Miene wieder nüchtern. „Wir müssen wohl zurück.“

„Ich weiß“, sagte sie seufzend. „Man wird uns vermissen.“

„Mich nicht, aber dich.“

„Ich kann meiner Mutter immer noch sagen, dass es mir nicht gut ging. Ich sage, dass ich mich bei Sarah angesteckt habe, was immer sie hat. Sie hat natürlich gar nichts, aber außer ihr weiß das ja keiner.“ Sie knabberte nachdenklich an ihrer Unterlippe. „Und mir. Und Iris. Und vermutlich auch Miss Wynter. Aber trotzdem.“

Er lachte noch einmal und küsste sie leicht auf die Nase. „Wenn ich könnte, würde ich für immer hierbleiben.“

Sie lächelte. Die Worte wärmten sie wie ein Kuss. „Ich habe mir gerade gedacht, dass das hier wie im Paradies ist.“

Er schwieg einen Augenblick und dann flüsterte er so leise, dass sie nicht sicher war, ob sie ihn richtig verstanden hatte: „Das hier ist viel besser als das Paradies.“

22. KAPITEL

Glücklicherweise hatte Honoria ihr Haar nicht zu einer komplizierten Frisur aufgesteckt gehabt. Wegen all der Extraproben an diesem Nachmittag war dazu einfach keine Zeit geblieben. Und so war es jetzt nicht schwierig, die zerzausten Strähnen wieder zu richten.

Marcus' Krawattentuch war da schon erheblich problematischer. Was sie auch anstellten, sie konnten den sauberen, komplizierten Knoten nicht nachvollziehen.

„Du darfst deinen Kammerdiener niemals gehen lassen", sagte Honoria nach dem dritten fehlgeschlagenen Versuch. „Vielleicht solltest du ihm sogar mehr Lohn zahlen."

„Ich habe Lady Danbury aber schon erzählt, dass er mit dem Messer auf mich losgegangen ist."

Honoria hielt sich den Mund zu. „Ich versuche, nicht zu lächeln", murmelte sie gedämpft, „weil das nämlich gar nicht komisch ist."

„Es ist komisch!"

Sie beherrschte sich, so lange sie konnte. „Also gut, ja."

Er grinste auf sie herab und sah dabei so glücklich aus, so sorglos, dass Honorias Herz vor Freude einen Sprung machte. Wie merkwürdig und doch wie wunderbar, dass ihr eigenes Glück so vom Glück eines anderen abhängen konnte.

„Lass mich noch mal versuchen", sagte er, nahm die Enden des Krawattentuchs in die Hand und stellte sich vor den Spiegel.

Sie beobachtete ihn kurz bei seinen Bemühungen und erklärte dann: „Du musst wohl nach Hause gehen."

Er konzentrierte sich weiter auf die Krawatte. „Ich bin ja noch nicht mal über den ersten Knoten hinaus."

„Darüber wirst du auch nie hinauskommen."

Dafür erntete sie einen hochmütigen Blick, samt hochgezogener Braue und allem, was dazugehörte.

„Du wirst das nie hinbekommen“, beharrte sie. „Also, wenn ich das so sehe und dann noch an deine Stiefel denke, muss ich meine Meinung über komplizierte Damenmode und praktische Herrenmode wohl ein wenig revidieren.“

„Wirklich?“

Sie betrachtete seine auf Hochglanz gewienerten Stiefel. „Meine Schuhe habe ich mir noch nie mit dem Messer herunterschneiden müssen.“

„Ich trage dafür nichts, was im Rücken geknöpft wird“, konterte er.

„Stimmt, aber ich kann auch ein Kleid wählen, das die Knöpfe vorn hat, während du nicht ohne Krawattentuch gehen kannst.“

„Auf Fensmore schon“, brummte er. Er mühte sich immer noch mit dem inzwischen arg verknitterten Tuch ab.

„Aber wir sind nicht auf Fensmore“, erinnerte sie ihn und grinste.

„Ich gebe auf.“ Er riss sich das Krawattentuch ganz vom Hals und stopfte es sich in die Tasche. „Es ist wohl auch besser so“, befand er kopfschüttelnd. „Selbst wenn ich das verflixte Ding richtig gebunden hätte, wäre es nicht besonders klug, jetzt wieder bei der Soiree aufzutauchen. Bestimmt denken alle, ich wäre längst heimgegangen.“ Er hielt inne und fügte dann hinzu: „Sofern sie überhaupt an mich denken.“

Da mehrere unverheiratete junge Damen anwesend waren und, was womöglich noch entscheidender war, auch mehrere Mütter unverheirateter junger Damen, ging Honoria davon aus, dass seine Abwesenheit sehr wohl bemerkt worden war.

Doch sein Plan war gut, und so schlichen sie sich gemeinsam die Hintertreppe hinunter. Honoria wollte sich in den Musikraum begeben, während Marcus durch den Dienstboteneingang aus dem Haus schlüpfen sollte. Als sich ihre Wege trennten, sah Marcus sie noch einmal zärtlich an und berührte sanft ihre Wange.

Sie lächelte. Sie musste einfach zeigen, wie glücklich sie war.

„Ich komme morgen bei dir vorbei", versprach er.

Sie nickte. Und dann wisperte sie, weil sie wirklich nicht anders konnte: „Bekomme ich noch einen Abschiedskuss?"

Er ließ sich nicht lange bitten, umfasste ihr Gesicht mit beiden Händen, und ihre Lippen fanden sich zu einem leidenschaftlichen Kuss. Honoria spürte, wie sie innerlich brannte, dahinschmolz, sich förmlich auflöste. Vor Freude hätte sie beinahe gelacht, sie stellte sich auf die Zehenspitzen, um ihm noch näher zu sein, und dann …

War er verschwunden.

Ein fürchterlicher Schrei ertönte, und dann flog Marcus durch den kleinen Flur und knallte an die Wand gegenüber.

Honoria kreischte auf und rannte zu ihm. Ein Eindringling war ins Haus gelangt, und nun hatte er Marcus bei der Kehle gepackt. Sie hatte nicht einmal Zeit, Angst zu haben. Ohne nachzudenken, stürzte sie sich auf den Schuft und sprang ihm auf den Rücken. „Lass los", rief sie und versuchte, seinen Arm zu fassen, um ihn daran zu hindern, Marcus noch einmal zu schlagen.

„Um Himmels willen", fuhr der Mann sie an, „geh runter von mir, Mücke."

Mücke?

Sie erschlaffte. „Daniel?"

„Wer zum Teufel sollte es wohl sonst sein?"

Honoria fielen darauf eine ganze Reihe von Möglichkeiten ein, vor allem, wenn man berücksichtigte, dass ihr Bruder mehr als drei Jahre im Ausland gewesen war. Auch wenn er geschrieben hatte, dass er bald heimkommen wollte – er hatte sich nicht dazu herabgelassen, ein konkreteres Datum zu nennen.

„Daniel", sagte sie noch einmal und sprang von seinem Rücken. Sie trat einen Schritt zurück und starrte ihn an. Er sah älter aus, was er ja auch war, aber es hatte nicht nur mit den Jahren zu tun, die vergangen waren. Er sah erschöpft aus, vielleicht sogar etwas lebensüberdrüssig. Vielleicht lag es auch nur daran, dass er so lange unterwegs gewesen war: Er war immer noch staubig und zerzaust; nach der weiten Reise von Italien nach London würde wohl jeder erschöpft und lebensüberdrüssig aussehen.

„Du bist wieder da", sagte sie stupide.

„In der Tat", erwiderte er scharf. „Was zum Teufel ist hier los?"

„Ich …"

Daniel hob die Hand. „Halt du dich da raus, Honoria."

Aber hatte er ihr nicht gerade eine Frage gestellt?

„Lieber Himmel, Daniel", sagte Marcus und kam auf die Füße. Er schwankte ein wenig und rieb sich den Hinterkopf, mit dem er gegen die Wand geknallt war. „Nächstes Mal könntest du uns vielleicht vorher in Kenntnis …"

„Du Bastard!", zischte Daniel und donnerte Marcus die Faust in die Wange.

„Daniel!", kreischte Honoria. Sie sprang noch einmal auf seinen Rücken, versuchte es zumindest, doch er schüttelte sie ab.

Wie ein lästiges Insekt, was sie noch mehr erboste.

Sie versuchte, sich schnell genug aufzurappeln, um ihn von weiteren Gewalttätigkeiten abzuhalten, doch Daniel war immer sehr beweglich gewesen, und im Moment war er außer sich vor Zorn. Noch bevor sie aufstehen konnte, hatte er Marcus den nächsten Schlag versetzt.

„Ich will nicht mit dir kämpfen, Daniel", sagte Marcus und wischte sich mit dem Ärmel das Blut vom Kinn.

„Was zum Teufel hast du mit meiner Schwester getrieben?"

„Du bist ja …"

Uff!

„… übergeschnappt", stieß Marcus hervor, doch seine Stimme ging in dem Schlag unter, den Daniel ihm in den Magen versetzte.

„Ich habe dich gebeten, sie im Auge zu behalten", knurrte Daniel und unterstrich jedes Wort mit einem wütenden Schlag in Marcus' Mitte. „Im *Auge*!"

„Daniel, hör auf!", flehte Honoria.

„Sie ist meine Schwester", fauchte Daniel.

„Ich weiß", erwiderte Marcus grollend. Allmählich gewann er das Gleichgewicht wieder, und so holte er aus und versetzte Daniel einen scheppernden Kinnhaken. „Und du ..."

Doch bevor Marcus seinen Satz vollenden konnte, packte Daniel ihn am Nacken und drückte ihn gegen die Wand. „Was", zischte er noch einmal, „hast du mit meiner Schwester getrieben?"

„Du bringst ihn ja um!", kreischte Honoria. Sie eilte noch einmal nach vorn, versuchte Daniel wegzuziehen, doch Marcus war sehr wohl in der Lage, seine eigenen Schlachten zu schlagen: Er ließ das Knie nach oben schnellen und erwischte Daniel direkt in der Leistengegend. Daniel stieß ein Gebrüll aus, das schier unmenschlich klang, ging zu Boden und riss Honoria mit sich.

„Ihr seid ja beide verrückt", keuchte sie und versuchte, sich von ihrem Bruder zu befreien. Doch die beiden Männer hörten nicht zu; genauso gut hätte sie sich mit den Bodendielen unterhalten können.

Marcus hob die Hände an seine Kehle und rieb die Stelle, wo Daniel ihn gewürgt hatte. „Herrgott noch mal", sagte er, „du hast mich fast umgebracht."

Daniel starrte ihn vom Boden aus wütend an, obwohl er selbst noch vor Schmerz keuchte. „Was hast du mit Honoria gemacht?"

„Es spielt keine ..." Sie versuchte sich einzumischen, versuchte zu sagen, dass es keine Rolle spielte, doch Marcus unterbrach sie. „Was hast du denn gesehen?"

„Das ist doch egal", fuhr Daniel ihn an. „Ich habe dich gebeten, ein Auge auf sie zu haben, und nicht, Schindluder mit ihr ..."

„Du hast mich darum gebeten", unterbrach Marcus ihn zornig. „Aber was hast du dir eigentlich dabei gedacht? Du hast *mich* gebeten, über deine junge, unverheiratete Schwester zu wachen. Ausgerechnet mich? Was zum Teufel weiß ich schon über das Debüt einer jungen Dame?"

„Offenbar mehr, als du solltest", fuhr Daniel ihn an. „Du hattest deine Zunge in ihrem ..."

Honoria blieb der Mund offen stehen, und sie versetzte ihrem Bruder eine Ohrfeige. Sie hätte ihm auch noch eine zweite gegeben, wenn auch nur, weil Daniel sie in Reaktion auf die erste gestoßen hatte, aber in diesem Moment stürzte sich Marcus schon auf ihn.

„Grrooooaaaarrrr!" Der Schrei, den er dabei ausstieß, war vollkommen unverständlich. So hörte sich reiner, glühender Zorn an. Honoria konnte gerade noch ausweichen, ehe Marcus sich auf den Mann warf, den er immer als seinen einzigen wahren Freund betrachtet hatte.

„Um Gottes willen, Marcus", keuchte Daniel zwischen den Schlägen. „Was ist nur los mit dir?"

„Rede nie wieder so über deine Schwester", schäumte Marcus.

Dann glitt er unter ihm hervor und rappelte sich auf die Füße. „Was? Ich habe doch *dich* beleidigt!"

„Ach ja?", knurrte Marcus. „Na schön, dann ist das ...", seine Faust traf Daniels Gesicht an der Seite, „... für die Beleidigung. Und *das* ...", andere Faust, andere Gesichtsseite, „... ist dafür, dass du sie im Stich gelassen hast."

Es war wirklich süß von ihm, das zu sagen, aber Honoria war sich nicht sicher, ob es auch zutraf. „Also, eigentlich hat er mich doch gar nicht ..."

Daniel presste die Hände an seinen Mund, von dem das Blut zu Boden tropfte. „Die hätten mich gehängt!"

Marcus boxte Daniel in die Schulter, und dann versetzte er ihm noch einen Stoß. „Du hättest längst zurückkommen können."

Honoria schnappte verblüfft nach Luft. Stimmte das etwa?

„Nein", erwiderte Daniel und stieß Marcus ebenfalls in die Schulter. „Hätte ich nicht. Du weißt doch, dass Ramsgate vollkommen verrückt ist?"

Marcus verschränkte die Arme. „Du hast ihr über ein Jahr lang nicht geschrieben."

„Das stimmt nicht!"

„Doch, es stimmt", sagte Honoria, nicht dass irgendwer ihr zugehört hätte. Sie begriff, dass keiner der beiden auf sie hören würde, zumindest nicht während dieser Rauferei.

„Deine Mutter war am Boden zerstört", sagte Marcus.

„Dagegen konnte ich nichts tun", erwiderte Daniel.

„Ich gehe jetzt", verkündete Honoria.

„Du hättest ihr schreiben können."

„Meiner Mutter? Habe ich doch! Sie hat nie geantwortet!"

„Ich gehe jetzt", wiederholte Honoria, doch Marcus und Daniel standen nun Auge in Auge voreinander und warfen einander Schimpfworte und Gott weiß was noch an den Kopf. Sie zuckte mit den Schultern. Zumindest würden sie sich nicht mehr gegenseitig umbringen. Alles würde gut werden. Gerauft hatten sie schon früher und würden es wohl auch wieder tun, und sie musste einräumen, dass ein winziger Teil ihres Selbst – also gut, ein etwas größerer Teil – es furchtbar aufregend fand, dass die beiden sich ihretwegen schlugen. Nicht so sehr ihr Bruder, aber Marcus ...

Sie dachte daran, wie grimmig er zu ihrer Verteidigung geeilt war, und seufzte selig. Er liebte sie. Er hatte es noch nicht gesagt, aber sie wusste es, und er würde es ihr ganz bestimmt bald sagen. Er und Daniel würden bereinigen, was immer bereinigt werden musste, und dann würde diese Liebesgeschichte – *ihre* Liebesgeschichte – ein glückliches Ende nehmen. Sie würden heiraten, Scharen von Babys in die Welt setzen und die glückliche, frotzelnde Familie werden, die Marcus immer verdient hatte. Und einmal in der Woche würde es Sirupkuchen geben.

Es würde großartig werden.

Sie schaute noch einmal auf die beiden Männer, die einander gerade wieder mit Schulterstößen attackierten, wenn auch glücklicherweise nicht mehr so heftig wie zuvor. Sie konnte genauso gut zu ihrer Soiree zurückkehren. Jemand musste ihrer Mutter schließlich mitteilen, dass Daniel wieder da war.

„Wo ist Honoria?“, fragte Daniel ein paar Minuten später.

Sie saßen nebeneinander auf dem Boden mit dem Rücken zur Wand. Marcus hatte die Beine angezogen, Daniel hatte seine ausgestreckt. Irgendwann hatten sie einfach aufgehört mit Stoßen und Schubsen und sich in schweigendem Einvernehmen auf dem Fußboden niedergelassen, um ihre Wunden zu lecken.

Marcus hob den Kopf und sah sich um. „Wahrscheinlich ist sie auf das Fest zurückgegangen.“ Er hoffte wirklich, dass Daniel nicht wieder gewalttätig werden wollte, denn er war sich nicht sicher, ob seine Energie für eine weitere Runde ausreichen würde.

„Du siehst furchtbar aus“, stellte Daniel fest.

Marcus zuckte mit den Schultern. „Du noch schlimmer.“ Hoffte er zumindest.

„Du hast sie geküsst“, sagte Daniel.

Marcus warf ihm einen ärgerlichen Blick zu. „Und?“

„Was willst du deswegen unternehmen?“

„Bevor du wie ein Irrer auf mich losgegangen bist, hatte ich eigentlich vor, dich um ihre Hand zu bitten.“

Daniel blinzelte. „Oh.“

„Was zum Teufel hast du dir eigentlich vorgestellt? Dass ich sie erst verführen und dann den Wölfen zum Fraß vorwerfen würde?“

Sofort verspannte Daniel sich wieder, und seine Augen blitzten vor Zorn. „Hast du sie verf…“

„Nicht fragen“, stieß Marcus hervor und hob die Hand.

Daniel hielt den Mund, doch er beäugte den Freund misstrauisch.

„Frag mich nicht“, stellte Marcus noch einmal klar. Er fasste sich ans Kinn. Verdammt, tat das weh. Er sah Daniel an, der schmerzlich das Gesicht verzog, während er die Finger streckte und die Blessuren an seinen Knöcheln begutachtete. „Übrigens, willkommen zu Hause."

Daniel sah auf und hob spöttisch eine Augenbraue.

„Nächstes Mal sagst du uns vorher, wann du ankommst."

Daniel sah aus, als wollte er darauf etwas sagen, doch dann rollte er nur mit den Augen.

„Deine Mutter hat deinen Namen drei Jahre lang nicht ausgesprochen", sagte Marcus ruhig.

„Warum erzählst du mir das?"

„Weil du England verlassen hast. Du hast England verlassen und …"

„Ich hatte keine andere Wahl."

„Du hättest wiederkommen können", erklärte Marcus abschätzig. „Du weißt, dass du …"

„Nein", unterbrach Daniel ihn. „Hätte ich nicht. Ramsgate hat mich auf dem Kontinent verfolgen lassen."

Marcus schwieg einen Augenblick. „Tut mir leid. Das wusste ich nicht."

„Schon gut", seufzte Daniel und lehnte den Kopf an die Wand. „Sie hat meine Briefe nie beantwortet."

Marcus sah auf.

„Meine Mutter", erklärte Daniel. „Daher überrascht es mich nicht, dass sie meinen Namen nie erwähnt hat."

„Für Honoria war es sehr schwer", sagte Marcus leise.

Daniel schluckte. „Wie lang seid ihr, ähm …"

„Erst seit diesem Frühling."

„Was ist passiert?"

Marcus lächelte. Nun ja, mit einer Seite seines Mundes. Die andere schwoll allmählich an. „Ich bin mir nicht sicher", räumte er ein. Es schien irgendwie nicht richtig, Daniel von dem Maulwurfsloch zu erzählen, dem verstauchten Knöchel, der Infektion in seinem Bein oder von dem Sirupkuchen. Das waren alles äußere Ereignisse. Das war nicht das, was in seinem Herzen geschehen war.

„Liebst du sie?“

Marcus sah auf und nickte.

„Na dann.“ Daniel zuckte mit einer Schulter.

Mehr brauchten sie nicht zu sagen. Mehr *würden* sie auch nicht sagen. Sie waren Männer, und so waren sie eben. Aber es war genug. Er streckte die Hand aus, um Daniel auf das Bein oder vielleicht die Schulter zu klopfen, doch dann versetzte er ihm lieber einen freundschaftlichen Rippenstoß. „Ich bin froh, dass du wieder da bist.“

Daniel schwieg eine Weile. „Ich auch, Marcus. Ich auch.“

23. KAPITEL

Nachdem sie Marcus und Daniel im Flur zurückgelassen hatte, schlüpfte Honoria leise in den Übungsraum. Er war leer, wie sie erwartet hatte. Durch die offene Tür zum Musikraum fiel ein Streifen Licht auf den Boden. Honoria sah ein letztes Mal prüfend in den Spiegel. Es war dunkel, sie konnte also nicht sicher sein, doch sie glaubte, einigermaßen präsentabel auszusehen.

Im Musiksaal tummelte sich immer noch eine ganze Reihe von Gästen, Honoria konnte also hoffen, dass niemand sie vermisst hatte, zumindest keiner, der nicht zur Familie gehörte. Daisy hielt in der Nähe der Raummitte Hof; sie erklärte jedem, der es wissen wollte, wie ihre Ruggieri-Geige gebaut war. Lady Winstead stand an der Seite und wirkte überaus glücklich und zufrieden, und Iris war …

„Wo bist du gewesen?“, zischte Iris.

… offenbar hier neben ihr.

„Ich habe mich nicht wohlgefühlt“, erklärte Honoria.

Iris schnaubte angewidert. „Ach, und als Nächstes machst du mir noch weis, du hättest dich bei Sarah angesteckt, was auch immer sie haben mag.“

„Ähm, vielleicht.“

Ihre Cousine seufzte tief. „Ich möchte jetzt eigentlich nur noch nach Hause gehen, aber Mutter will davon nichts wissen.“

„Tut mir leid“, sagte Honoria. Es fiel ihr schwer, mitfühlend zu klingen, während sie vor Freude beinahe zersprang, aber sie gab sich Mühe.

„Am schlimmsten ist Daisy“, sagte Iris bösartig. „Sie stolziert herum wie … sag mal, ist das an deinem Ärmel etwa Blut?“

„Was?“ Honoria drehte den Hals, um sich die Stelle anzusehen. Tatsächlich, auf dem Puffärmel prangte ein 1-Penny großer Blutfleck. Weiß der Himmel, von wem er war – als sie gegangen war, hatten beide Männer geblutet. „Oh. Ähm, nein, ich weiß nicht, was das ist."

Iris runzelte die Stirn und trat näher. „Ich glaube, das ist Blut."

„Das kann gar nicht sein", log Honoria.

„Na, was ist es denn …"

„Was hat Daisy denn gemacht?", unterbrach Honoria sie rasch. Und als Iris sie nur anblinzelte, ergänzte sie: „Du hast gesagt, sie ist am schlimmsten."

„Sie braucht gar nichts Besonderes zu tun. Es reicht schon …"

Sie wurde von trillerndem Gelächter unterbrochen. Es kam von Daisy.

„Gleich fange ich an zu heulen", kündigte Iris an.

„Nein, jetzt hör doch mal …"

„Lass mir doch mein Elend", unterbrach Iris sie.

„Tut mir leid", murmelte Honoria zerknirscht.

„Für mich war das der demütigendste Tag in meinem ganzen Leben." Beinahe benommen schüttelte Iris den Kopf. „Ich kann das nicht noch einmal machen, Honoria. Glaub mir, ich kann das nicht. Ist mir ganz egal, wenn es keine andere Cellistin gibt, die meinen Platz einnehmen könnte. Ich kann es nicht noch einmal tun."

„Wenn du heiratest …"

„Ja, dessen bin ich mir bewusst", fuhr Iris sie an. „Glaub nicht, dass mir das nicht schon letztes Jahr in den Sinn gekommen ist. Ich hätte beinahe Lord Venable geheiratet, nur um nicht im Quartett spielen zu müssen."

Honoria verzog das Gesicht. Lord Venable war alt genug, um ihr Großvater zu sein. Eher noch älter.

„Tu mir bitte den Gefallen und verschwinde nicht noch einmal einfach so." Iris' Stimme klang jetzt so erstickt, als ob ein Tränenausbruch wirklich unmittelbar bevorstand. „Ich komme nicht damit zurecht, wenn die Leute mir zu unserem

Auftritt gratulieren wollen. Ich weiß nicht, was ich darauf sagen soll."

„Natürlich bleibe ich", sagte Honoria und ergriff die Hand ihrer Cousine.

„Honoria, da bist du ja!" Ihre Mutter kam herbeigeeilt. „Wo warst du denn?"

Honoria räusperte sich. „Ich habe mich oben ein paar Minuten hingelegt. Ich war auf einmal so erschöpft."

„Nun ja, es war auch ein langer Tag", sagte Lady Winstead und nickte.

„Ich habe gar nicht gemerkt, wie die Zeit vergeht. Ich muss wohl eingeschlafen sein", erklärte Honoria entschuldigend. Wer hätte gewusst, dass sie so gut lügen konnte? Erst das Blut und nun das.

„Das macht nichts", sagte ihre Mutter und fragte Iris dann: „Hast du Miss Wynter gesehen?"

Iris schüttelte den Kopf.

„Charlotte möchte heimgehen, und ich kann sie nirgends finden."

„Vielleicht macht sie sich frisch?", vermutete Iris.

Lady Winstead sah sie zweifelnd an. „*Dafür* ist sie aber schon sehr lange weg."

„Ähm, Mutter", sagte Honoria, die an Daniel draußen auf dem Flur dachte, „könnte ich dich vielleicht kurz sprechen?"

„Dafür habe ich im Moment keine Zeit. Ich mache mir allmählich Sorgen wegen Miss Wynter."

„Vielleicht musste sie sich auch hinlegen."

„Möglich. Ich hoffe, Charlotte denkt daran, ihr nächste Woche einen zusätzlichen Tag freizugeben." Lady Winstead nickte, als stimmte sie sich selbst zu. „Ich glaube, ich mache mich gleich auf die Suche nach ihr und schlage ihr das vor. Das ist das Mindeste, was wir tun können. Miss Wynter hat uns buchstäblich in letzter Minute gerettet."

Honoria und Iris sahen ihr nach, und dann sagte Iris: „Kommt drauf an, wie man ‚gerettet‘ definiert.“

Honoria kicherte leise und hängte sich bei ihrer Cousine ein. „Komm mit“, sagte sie. „Wir gehen ein bisschen auf und ab und setzen dabei unsere glücklichste, stolzeste Miene auf.“

„Glücklich und stolz übersteigt momentan meine Fähigkeiten, aber …“

Iris wurde von einem lauten Krachen unterbrochen. Oder vielleicht eher einem splitternden Lärm. Dazu knallte und schwirrte es.

„Was war das denn?“, fragte Iris.

„Ich weiß nicht.“ Honoria reckte den Hals. „Es klang wie …“

„Oh, Honoria!“, hörten sie Daisy kreischen. „Deine Geige!“

„Was?“ Langsam ging Honoria auf das Durcheinander zu. Noch war sie nicht in der Lage, eins und eins zusammenzuzählen.

„Ach du lieber Himmel!“, sagte Iris abrupt und schlug die Hand vor den Mund. Mit der anderen hielt sie Honoria zurück, als wollte sie sagen: *Schau lieber gar nicht erst hin.*

„Was ist denn los? Ich …“ Honoria fiel die Kinnlade herunter.

„Lady Honoria!“, bellte Lady Danbury. „Tut mir so leid wegen Ihrer Geige.“

Honoria blinzelte nur und starrte auf die traurigen Überreste ihres Instruments. „Was? Wie …“

Lady Danbury schüttelte den Kopf mit, wie Honoria argwöhnte, übertriebenem Bedauern. „Ich habe keine Ahnung, wie das passieren konnte. Ich muss sie wohl versehentlich vom Tisch gewischt haben. Mit meinem Stock …“

Honoria machte den Mund auf und wieder zu. Sie brachte keinen Ton heraus. Ihre Geige sah nicht aus, als wäre sie aus Versehen heruntergeworfen worden. Sie war vollkommen zerstört. Jede Saite war gerissen, einzelne Holzteile waren komplett vom Korpus getrennt, und der Kinnhalter war nirgends zu sehen.

Die Geige war eindeutig von einem Elefanten zertrampelt worden.

„Ich bestehe darauf, Ihnen eine neue zu kaufen“, verkündete Lady Danbury.

„Oh. Nein“, erwiderte Honoria merkwürdig tonlos. „Das ist nicht nötig.“

Lady Danbury ignorierte ihren Einwurf. „Und zwar eine Ruggieri.“

Daisy wimmerte.

„Nein, wirklich“, sagte Honoria. Sie konnte ihre Augen nicht von der Violine abwenden. Das zertrümmerte Instrument hatte etwas absolut Faszinierendes an sich.

„Ich habe den Schaden verursacht“, erklärte Lady Danbury bombastisch. Sie wedelte mit dem Arm durch die Luft, eine Geste, die eher an die übrigen Zuschauer als an Honoria gerichtet war. „Also muss ich ihn wiedergutmachen.“

„Aber eine Ruggieri!“, rief Daisy.

„Ich weiß“, sagte Lady Danbury und legte eine Hand auf ihr Herz. „Die sind schrecklich teuer, aber in so einem Fall ist nur das Beste gut genug.“

„Die Warteliste ist ziemlich lang.“

„Allerdings. Sie haben es vorhin erwähnt.“

„Sechs Monate. Vielleicht ein Jahr.“

„Oder noch länger?“, fragte Lady Danbury. Sie klang fast ein wenig frohlockend.

„Ich brauche keine neue Geige“, sagte Honoria. Sie brauchte wirklich keine. Sie würde Marcus heiraten. Sie würde für den Rest ihres Lebens nie wieder in einer musikalischen Soiree auftreten müssen.

Natürlich konnte sie das niemandem sagen.

Er musste schließlich noch um ihre Hand anhalten.

Aber das schien eine Kleinigkeit. Sie war sich völlig sicher, dass er es tun würde.

„Sie kann meine alte Geige benutzen“, sagte Daisy. „Das stört mich nicht.“

Während Lady Danbury sich deswegen mit ihr herumstritt,

neigte Honoria sich zu Iris hinüber und flüsterte, den Blick immer noch auf das Durcheinander auf dem Boden gerichtet: „Wirklich bemerkenswert. Was meinst du, wie sie das fertiggebracht hat?"

„Ich weiß nicht", erwiderte Iris ebenso fassungslos. „Dazu braucht man mehr als einen Stock. Ich glaube, man braucht einen Elefanten."

Honoria kicherte entzückt und riss sich endlich vom Anblick des Gemetzels los. „Genau das habe ich mir auch gedacht!"

Ihre Blicke begegneten sich, und dann begannen sie zu lachen, und zwar so heftig, dass Lady Danbury und Daisy aufhörten, zu diskutieren und zu ihnen herüberstarrten.

„Ich glaube, sie ist außer sich", sagte Daisy.

„Nun, natürlich ist sie das, Sie dumme Gans", bellte Lady Danbury. „Sie hat eben ihre Geige verloren."

„*Gott* sei Dank", sagte eine Stimme aus dem Hintergrund mit viel Gefühl.

Honoria sah sich um. Sie war sich nicht einmal sicher, wer der betreffende Herr war. Ein sehr modisch gekleideter Gentleman mittleren Alters mit einer ebenso modisch gekleideten Dame an seiner Seite.

„Diese Dame braucht keine Geige", verkündete der elegante Herr. „Man sollte ihr lieber die Hände fesseln, damit sie nie wieder ein Instrument anrühren kann."

Ein paar Leute kicherten verhalten. Andere sahen sehr unbehaglich drein.

Honoria hatte keine Ahnung, was sie tun sollte. In London herrschte das ungeschriebene Gesetz, dass man sich zwar über die Smythe-Smithschen musikalischen Soireen lustig machen durfte, aber nie in Hörweite einer Smythe-Smith. Selbst die Klatschkolumnisten erwähnten nie, wie schlecht sie spielten.

Wo war ihre Mutter? Oder Tante Charlotte? Hatten sie es gehört? Es würde sie umbringen.

„Ach, nun kommen Sie schon“, sagte er, an die kleine Menge gerichtet, die sich um ihn versammelt hatte. „Die Wahrheit ist doch: Die Damen sind fürchterlich. Abscheulich. Eine Katastrophe.“

Nun lachten schon mehr Leute. Zwar hinter vorgehaltener Hand, aber trotzdem.

Honoria versuchte etwas zu sagen, irgendeine Art Verteidigung von sich zu geben. Iris hielt ihren Arm umklammert, als wäre sie am liebsten auf der Stelle gestorben, und Daisy war einfach nur völlig fassungslos.

„Ich flehe Sie an“, sagte der Gentleman nun zu Honoria direkt. „Lassen Sie sich von der Countess keine neue Geige schenken. Fassen Sie am besten überhaupt nie wieder eine Geige an.“ Und dann, nachdem er seiner Begleiterin affektiert zugelacht hatte, als wollte er sagen: Wart nur ab, was ich noch alles auf Lager habe, sagte er zu Honoria: „Sie sind entsetzlich. Sie bringen Singvögel zum Weinen. Beinahe hätten Sie auch mich zum Weinen gebracht.“

„Vielleicht klappt es ja noch“, bemerkte seine Begleiterin und feixte selbstgefällig.

Honoria schluckte und blinzelte heiße Zornestränen zurück. Bislang hatte sie sich immer eingebildet, dass sie, sollte jemand sie in aller Öffentlichkeit beleidigen, mit schneidendem Witz kontern würde. Ihr Timing wäre makellos, und sie würde ihren Gegner mit so viel Verve und Stil vernichten, dass ihm gar nichts anderes übrig bliebe, als den Schwanz einzuziehen und davonzuschleichen.

Aber jetzt, wo es passierte, war sie wie gelähmt. Sie konnte den Mann nur anstarren und mit zitternden Händen um Selbstbeherrschung ringen. Später würde ihr allerlei einfallen, was sie hätte sagen sollen, aber im Augenblick herrschte in ihrem Kopf nur nebliges Chaos. Sie hätte auch dann keinen vernünftigen Satz herausgebracht, wenn ihr irgendwer Shakespeares gesammelte Werke in die Arme gelegt hätte.

Sie hörte, wie noch jemand lachte, und dann noch jemand. Er gewann. Dieser schreckliche Mann, dessen Namen sie nicht einmal kannte, war in ihr Haus gekommen, beleidigte sie vor all ihren Bekannten, und dann gewann er auch noch. Grundsätzlich mochte er ja recht haben, und doch war das, was er sagte, aus vielen Gründen vollkommen verkehrt. Ihr Geigenspiel war tatsächlich schrecklich. Aber trotzdem wussten die Leute doch, dass man sich so nicht benehmen konnte. Bestimmt würde bald jemand vortreten und sie verteidigen.

Und dann hörte sie über das gedämpfte Gelächter und die gezischten Gemeinheiten hinweg das unmissverständliche Klicken von Stiefeln auf Parkett. Langsam, wie in einer Welle, hoben die Schaulustigen den Kopf und blickten Richtung Tür. Und was sie dort sahen …

Honoria verliebte sich auf der Stelle noch einmal neu.

Marcus, der Mann, der in ihren Krippenspielen immer den Baum hatte geben wollen; Marcus, der Mann, der seine Geschäfte lieber in aller Stille abwickelte; Marcus, der Mann, der es hasste, im Mittelpunkt zu stehen …

War dabei, eine Riesenszene zu machen.

„Was haben Sie zu ihr gesagt?“, fragte er und durchmaß den Raum wie ein zorniger Rachegott. Ein zerzauster und blutiger Rachegott, der zufällig kein Krawattentuch trug, aber trotzdem beeindruckend zornig wirkte. Und absolut göttlich, ihrer Meinung nach.

Der elegante Gentleman zuckte zurück. Tatsächlich zuckte eine ganze Reihe Leute zurück; Marcus sah tatsächlich ein wenig wild aus.

„Was haben Sie zu ihr gesagt, Grimston?“, wiederholte Marcus und blieb erst stehen, als er direkt vor ihrem Peiniger stand.

Blitzartig kam die Erinnerung. Vor ihr stand Basil Grimston. Er war London ein paar Jahre ferngeblieben, aber zu seinen Glanzzeiten war der Mann allseits berüchtigt gewesen für seinen grausamen Witz. Ihre Schwestern hatten ihn verabscheut.

Mr Grimston hob das Kinn und erklärte: „Nur die Wahrheit."

Marcus ballte eine Hand zur Faust und wiegte sie in der anderen Hand. „Sie wären nicht der Erste heute Abend, mit dem ich mich schlage", sagte er ruhig.

In diesem Augenblick bekam Honoria ihn endlich richtig zu Gesicht. Er sah völlig ungebändigt aus – das Haar stand ihm in alle Richtungen ab, um sein Auge breitete sich ein schwarzblauer Fleck aus, und sein Mund war links schon leicht angeschwollen. Sein Hemd war zerrissen und voller Blut- und sonstiger Flecken, und wenn sie sich nicht irrte, klebte an seiner Rockschulter eine winzige Feder.

Sie fand, er war der schönste Mann, den sie je gesehen hatte.

„Honoria?", flüsterte Iris und grub ihr die Finger in den Arm.

Honoria schüttelte den Kopf. Sie wollte jetzt nicht mit Iris reden. Sie wollte Marcus keine Sekunde aus den Augen lassen.

„Was haben Sie zu ihr gesagt?", fragte Marcus noch einmal.

Mr Grimston wandte sich an die Menschenmenge. „Diesem Menschen muss man doch sicherlich die Tür weisen. Wo ist unsere Gastgeberin?"

„Hier bin ich", sagte Honoria und trat vor. Streng genommen entsprach das nicht ganz der Wahrheit, doch ihre Mutter war nirgends zu sehen, und sie dachte sich, sie wäre die nächstbeste Vertreterin.

Aber als sie Marcus ansah, schüttelte er unmerklich den Kopf, und so trat sie schweigend an ihren Platz neben Iris zurück.

„Wenn Sie sich nicht bei Lady Honoria entschuldigen", sagte Marcus in furchterregend ruhigem Ton, „bringe ich Sie um."

Ein entsetztes Raunen ging durch die Menge. Daisy tat, als fiele sie in Ohnmacht, und ließ sich elegant gegen Iris sinken, die prompt auswich und sie zu Boden stürzen ließ.

„Ach, nun kommen Sie schon", sagte Mr Grimston. „Wir werden doch nicht mit Pistolen im Morgengrauen gegeneinander antreten."

„Ich rede nicht von einem Duell", erklärte Marcus. „Ich meine, dass ich Sie auf der Stelle umbringen werde."

„Sie sind ja verrückt!", keuchte Mr Grimston.

Marcus zuckte mit den Schultern. „Vielleicht."

Mr Grimston sah von Marcus zu seiner Begleiterin, von dort in die Menge und wieder zu seiner Begleiterin. Niemand schien sich bemüßigt zu fühlen, ihm irgendwie behilflich zu sein, und so gab er nach, wie jeder Dandy, dem eine Tracht Prügel angedroht wurde. Er räusperte sich, wandte sich zu Honoria und sagte, den Blick starr auf ihre Stirn gerichtet: „Ich bitte um Entschuldigung, Lady Honoria."

„Machen Sie es ordentlich", stieß Marcus hervor.

„Ich entschuldige mich", sagte Mr Grimston mit zusammengebissenen Zähnen.

„Grimston ...", warnte Marcus.

Schließlich senkte Mr Grimston den Blick, bis er Honoria in die Augen sah. „Bitte nehmen Sie meine Entschuldigung entgegen", sagte er zu ihr. Er klang fuchsteufelswild, aber er sagte es.

„Danke", sagte sie rasch, ehe Marcus zu dem Schluss kommen konnte, dass auch diese Entschuldigung nicht angemessen war.

„Und jetzt gehen Sie", befahl Marcus.

„Ich würde nicht im Traum daran denken, noch länger hierzubleiben", erklärte Mr Grimston und rümpfte die Nase.

„Ich werde Sie doch noch schlagen müssen", sagte Marcus und schüttelte ungläubig den Kopf.

„Das wird nicht nötig sein", erklärte Mr Grimstons Begleiterin rasch und warf Marcus einen wachsamen Blick zu. Sie trat vor, packte ihren Gentleman am Arm und zog ihn einen Schritt zurück. „Vielen Dank", sagte sie zu Honoria, „für diesen reizenden Abend. Falls sich jemand erkundigt, so werde ich sagen, dass es keine besonderen Vorkommnisse gab."

Honoria wusste immer noch nicht, wer sie war, nickte aber trotzdem.

„Gott sei Dank, die sind weg", brummte Marcus, als die beiden Störenfriede das Haus verlassen hatten. Er rieb sich die Knöchel. „Ich hatte eigentlich keine Lust, schon wieder jemanden zu schlagen. Dein Bruder hat einen harten Schädel."

Honoria lächelte. Es war ein denkbar ungünstiger Zeitpunkt für ein Lächeln. Daisy lag immer noch auf dem Boden und stöhnte in ihrer gespielten Ohnmacht, Lady Danbury ließ jeden, der bereit war, ihr zuzuhören, mit bellender Stimme wissen, dass es „nichts zu sehen" gebe, und Iris hörte nicht auf, sie mit Fragen zu bestürmen.

Doch Honoria hörte gar nicht hin. „Ich liebe dich", sagte sie, sobald Marcus' Blick auf sie fiel. Eigentlich hatte sie es in diesem Moment gar nicht sagen wollen, doch sie konnte es nicht länger für sich behalten. „Ich liebe dich. Für immer."

Anscheinend hatte sie jemand gehört, und dieser Jemand erzählte es einem anderen, der es wiederum weitererzählte, und binnen weniger Augenblicke senkte sich erwartungsvolles Schweigen über den Raum. Und erneut fand Marcus sich im Mittelpunkt des allgemeinen Interesses wieder.

„Ich liebe dich auch", erklärte er mit klarer, fester Stimme. Und dann ergriff er ihre Hände, ließ sich auf ein Knie nieder und sagte: „Honoria Smythe-Smith, wirst du mir die große Ehre erweisen, meine Frau zu werden?"

Honoria versuchte Ja zu sagen, doch vor Ergriffenheit war ihr die Kehle wie zugeschnürt. Und so nickte sie nur. Sie nickte unter Tränen. Sie nickte so schnell und so heftig, dass sie beinahe das Gleichgewicht verloren hätte und ihr gar nichts anderes übrig blieb, als sich in seine Arme zu stürzen, nachdem er sich wieder erhoben hatte.

„Ja", flüsterte sie schließlich. „Ja."

Iris erzählte ihr später, dass daraufhin der ganze Raum in Jubel ausgebrochen war, aber Honoria bekam davon nichts mit. In diesem perfekten Augenblick gab es nur Marcus und sie und die Art, wie er sie anlächelte, während er seine Nase an ihre drückte.

„Ich wollte es dir auch sagen", erklärte er, „aber du bist mir zuvorgekommen."

„Ich wollte es eigentlich gar nicht sagen", räumte sie ein. „Ich habe auf den richtigen Zeitpunkt gewartet."

Sie stellte sich auf die Zehenspitzen und küsste ihn, und diesmal hörte sie den lauten Applaus ringsum. „Ich glaube, jetzt *ist* der richtige Zeitpunkt", flüsterte sie.

Anscheinend war er ebenfalls dieser Meinung, denn er küsste sie noch einmal. Vor allen Leuten.

EPILOG

Ein Jahr später

Ich bin mir nicht sicher, ob wir in der ersten Reihe den besten Blick haben", sagte Marcus und sah sehnsüchtig auf die vielen leeren Plätze weiter hinten.

„Es geht nicht um den besten Blick", erklärte sie. „Es geht ums Zuhören."

„Ich weiß", bekannte er düster.

„Und im Übrigen geht es auch nicht ums Zuhören, sondern darum, Unterstützung zu zeigen." Sie schenkte ihm ein strahlendes Lächeln und ließ sich auf dem Platz ihrer Wahl nieder – erste Reihe Mitte. Seufzend setzte Marcus sich auf den Platz zu ihrer Rechten.

„Hast du es bequem?", fragte er. Honoria erwartete ein Kind, und ihre Schwangerschaft war schon so weit fortgeschritten, dass sie sich in der Öffentlichkeit eigentlich nicht mehr hätte zeigen sollen, aber sie hatte darauf bestanden, für die musikalische Soiree eine Ausnahme zu machen.

„Es ist eine Familientradition", sagte sie. Und für sie war das Erklärung genug.

Für ihn war es der Grund, warum er sie liebte.

Es war so merkwürdig für ihn, plötzlich eine eigene, richtige Familie zu haben. Da waren all die Smythe-Smiths, so viele, dass er immer noch nicht alle kannte. Und wenn er sich nachts neben seiner Frau zur Ruhe bettete, konnte er jedes Mal kaum glauben, dass sie zu ihm gehörte. Und er zu ihr. Sie waren eine Familie.

Und bald würden sie zu dritt sein.

Ein Wunder.

„Sarah und Iris sind immer noch sehr missmutig wegen ihres Auftritts." Honoria flüsterte, obwohl sonst keiner da war.

„Wer übernimmt deinen Part?"

„Harriet“, sagte sie und fügte hinzu: „Sarahs kleine Schwester. Sie ist erst fünfzehn, aber vor ihr war niemand mehr dran.“

Marcus spielte mit dem Gedanken zu fragen, ob Harriet gut war, dachte dann aber, dass er das gar nicht wissen wollte.

„Im Quartett sind diesmal zwei Schwesternpaare“, stellte Honoria fest. „Ich frage mich, ob das je zuvor der Fall war.“

„Deine Mutter wird es bestimmt wissen.“

„Oder Tante Charlotte. Sie ist eine richtige Familienchronistin geworden.“

Der Raum begann sich langsam zu füllen.

„Ich bin so nervös.“ Honoria lächelte aufgeregt. „Weißt du, dass ich zum ersten Mal im Publikum sitze?“

Er blinzelte verwirrt. „Was war denn in den Jahren, bevor du mitgespielt hast?“

„Das ist etwas anderes“, sagte sie und warf ihm einen dieser *Das-verstehst-du-ohnehin-nie*-Blicke zu. „Oh, da sind sie ja, da sind sie. Es geht los.“

Marcus tätschelte ihr die Hand, machte es sich in seinem Sessel bequem und sah zu, wie Iris, Sarah, Daisy und Harriet ihre Plätze einnahmen. Er glaubte, Sarah stöhnen zu hören.

Und dann begannen sie zu spielen.

Es war schrecklich.

Er hatte natürlich gewusst, dass es fürchterlich werden würde, es war ja immer fürchterlich. Aber irgendwie vergaßen seine Ohren immer wieder, wie schrecklich es tatsächlich war. Vielleicht waren die Mädchen dieses Jahr auch noch schlechter als sonst. Harriet ließ zweimal den Bogen fallen. Das verhieß nichts Gutes.

Er sah zu Honoria, in der Erwartung, sie voller Mitgefühl zu finden. Schließlich hatte sie auch schon mitgemacht. Sie wusste genau, wie es sich anfühlte, dort oben zu sitzen und diesen Lärm zu veranstalten.

Doch Honoria sah nicht im Mindesten verstört oder mitleidig aus. Im Gegenteil, sie lauschte den Musikerinnen mit einem strahlenden Lächeln, beinahe wie eine stolze Mama, die sich im Glanz ihrer talentierten Sprösslinge sonnt.

Er musste zweimal hinsehen, um sich zu vergewissern, dass er nicht halluzinierte.

„Sind sie nicht wunderbar?“, murmelte sie und neigte den Kopf in seine Richtung.

Schockiert öffnete er den Mund, brachte aber keinen Ton heraus.

„Sie haben sich so verbessert“, wisperte sie.

Falls das stimmte, war er unendlich dankbar, dass er nie einer ihrer Proben beigewohnt hatte.

Den Rest des Konzerts brachte er damit zu, Honoria zu beobachten. Sie strahlte, sie seufzte, einmal presste sie die Hand aufs Herz. Und als ihre Cousinen die Instrumente absetzten (Sarah hob natürlich nur die Finger von den Tasten), sprang sie als Erste auf und klatschte frenetisch Beifall.

„Wäre es nicht wunderbar, wenn wir Töchter hätten, die in diesem Quartett mitspielen können?“, schwärmte sie und küsste ihn ungestüm auf die Wange.

Er hatte ehrlich keine Ahnung, was er darauf antworten sollte. Gewiss nicht das, was er dann tatsächlich sagte: „Ich kann es gar nicht erwarten.“

Doch als er schließlich neben seiner Frau stand, die Hand leicht auf ihren Rücken gelegt, und ihr zuhörte, wie sie mit ihren Cousinen plauderte, wanderte sein Blick unwillkürlich zu ihrem Bauch, wo das neue Leben heranwuchs. Und er erkannte, dass er es tatsächlich nicht erwarten konnte. Alles.

Er beugte sich vor und flüsterte Honoria ins Ohr: „Ich liebe dich.“

Sie sah nicht auf, doch sie lächelte.

Und er lächelte auch.

– ENDE –

Lesen Sie auch von Julia Quinn:

Julia Quinn
Die zehn Geheimnisse des Sebastian Grey

Ihre erste Saison in London kann die schöne Annabel nicht recht genießen. Sie soll den vermögenden Earl of Newbury heiraten, um für ihre verarmte Familie zu sorgen …

Band-Nr. 25771
7,99 € (D)
ISBN: 978-3-95649-045-3
336 Seiten

Julia Quinn
Eine Lady kann's nicht lassen

Ihr neuer Nachbar Sir Harry Valentine soll seine Verlobte gemeuchelt haben? Lady Olivia Bevelstoke, jung, bildhübsch und neugierig wie eine Katze, kann das nicht glauben …

Band-Nr. 25722
7,99 € (D)
ISBN: 978-3-86278-856-9
336 Seiten

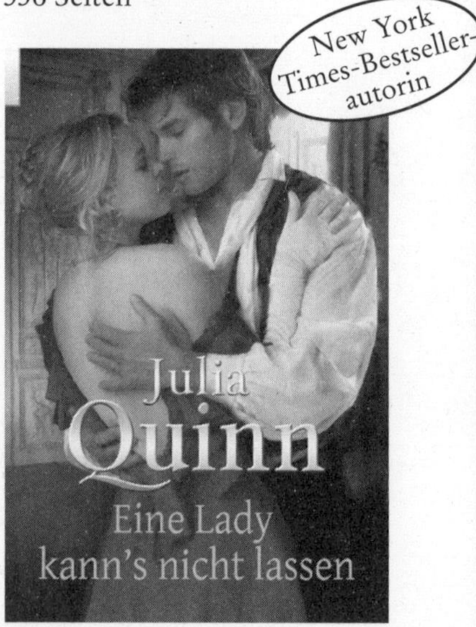